얼쑤! 소리

얼쑤! 소리

초판 인쇄일 2009년 8월 8일
초판 발행일 2009년 8월 18일

개정판 인쇄일 2017년 3월 17일
개정판 발행일 2017년 3월 20일

지은이   이 도 회
펴낸이   손 형 국
펴낸곳   (주)북랩
편집인   선일영
디자인   이현수, 이정아, 김민하, 한수희
마케팅   김회란, 박진관
출판등록 2004. 12. 1(제2012-000051호)
주소   서울시 금천구 가산디지털 1로 168, 우림라이온스밸리 B동 B113, 114호
홈페이지 www.book.co.kr
전화번호 (02)2026-5777

편집   이종무, 권유선, 송재병, 최예은
제작   박기성, 황동현, 구성우

팩스   (02)2026-5747

ISBN   979-11-5987-485-7 03810(종이책)   979-11-5987-486-4 05810(전자책)

소설로 배우는 창의력 계발 프로젝트

이도희 장편소설

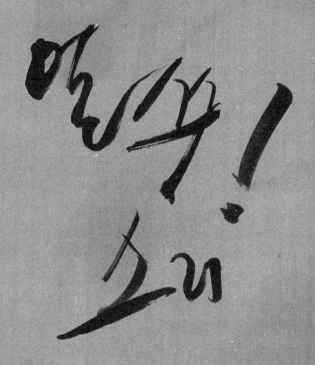

북랩 **book** Lab

"성인봉 원시림의 '얼쑤! 소리'는 나로 하여금 반대되는 두 상황을 분명히 느끼게 해줬다. 대자연의 원시의 고요함이 있고 날아가는 작은 새의 움직임이 있었다. 창의력의 원리는 모든 존재의 다름을 인정하고 그에 융합적 가치를 부여하는 인식과 실천에서 찾을 수 있었다. 그것의 실체는 대조(對照)와 융합(融合)이었다. 더불어 인간의 본질은 창의적 존재임을 깨달았다."

이 소설 후반부의 내용이다. 내가 창의성 계발의 원리를 소설의 양식에 담았다는 것을 다행으로 여긴 부분이다. 지금까지는 창의성 계발 과정을 실용서로만 발간한 것이 우리나라 출판계의 현실이었다. 그러나 이런 책은 독자들에게 이론적으로 다가갈 수는 있겠지만 그 깨달음의 감동이 잔잔한 여운으로 남지는 않는다. 후끈한 문학성을 배제했기 때문이다. 나는 주간동아에 『네 안의 창의력을 깨워라!』를 1년 동안 연재하면서 느끼고 깨달았다. 시대적 화두인 창의성 계발 과정을 담은 소설의 양식을 연구해야겠다는 것을!

소설 『얼쑤! 소리』는 그 결과물에 해당한다. 울릉도 성인봉 원시림의 "얼쑤! 소리"는 우리 민족의 잠재된 신명으로 창의력을 깨우는 소리였다. 오늘날 각계각층에서 창의성 계발에 대한 중요성이 강조된다. 특히 대입 수시모집에서는 학생들의 잠재된 창의력을 평가하고 있다. 또한 직장인들, 전문인들의 창의적 능력은 생존경쟁의 원동력으로 작용한다. 지금이 진검(眞劍)의 한판 승부가 필요한 시점이다. 자신의 경쟁력을 높이려는 분들에게 이 소설 『얼쑤! 소리』를 권하고 싶다. 더불어 성인봉 원시림의 여행을 권하고 싶다. 눈이 오고 안개가 낀 겨울이면 더 좋다.

2017년 2월 27일
이도희 쓰다

■ **일러두기**

이 책은 창의적인 내용을 소설의 구조에 담기 위한 방법으로 다음 내용의 일부를 인용하였다.
그 외 인용되는 내용은 책에 직접 출처를 밝혀 적었다.

1. 《주간동아》, 〈네 안의 창의력을 깨워라〉(이도희, 2006.07.11. 543호~2007.07.13. 592호)
2. 《한국경제신문》, 〈얼쑤! 선생의 창의력 교실〉(이도희, 2007.08.24~2007.11.02)
3. 《동아일보》, 〈理知논술/독서로논술잡기〉(이도희, 2008.01.07~2009.09.28)
4. 『얼쑤! 스스로논술학습법』(이도희, 동인, 2009)
5. 『한 단락으로 독서논술을 잡아라』(이도희, 명지출판사, 2010)
6. 『한 단락으로 창의적 사고를 잡아라』(이도희, 명지출판사, 2010)
7. 『의사전달법을 개성으로 디자인하라』(이도희, 명지출판사, 2011)

|차 례|

안개, 꿈, 면접관, 얼쑤! 소리

눈이 내리고 안개가 끼었다.

온통 하얀 세상이었다. 나는 여기가 어디인지 두리번거려 보았다. 머리에 떠오르는 곳이 없었다. 분명 겨울산인 것 같은데 미지 (未知)의 세계였다. 모든 것이 흐릿하게 보였다. 나는 감각을 총동원하였다. 눈을 더듬이로 하여 안개를 살폈다. 눈썹의 더듬이에 안개가 스쳤다. 안개가 스멀거리면서도 푹신한 느낌이 목화솜처럼 다가왔다. 오랜 가뭄 끝에 단비를 받은 풀잎사귀의 느낌이었다. 안개는 눈썹에 아롱지며 매달렸다.

더듬이가 맑고 깨끗한 물기로 젖었다. 눈동자는 아주 가까운 거리에서 물기를 쳐다보고 있었다. 고운 밀가루를 얼굴에 뿌리는 상쾌한 기분이었다. 부드럽고 촉촉한 물기였다. 안개는 그랬다. 나는 안개의 실체(實體)를 알고 싶었다. 그러면서도 불가능하다는 생각을 했다. 내 현재의 능력이 부족한 것을 알았다. 그것을 상상력으로 펼칠 창의력이 없었다. 푸른 하늘에 낙하산이 퍼지듯 상상력이 펼

처지지 않았다.

겨울산 안개의 실체는 내 능력 밖에 있었다. 기대를 하지 않았다. 날씨는 매우 추웠던 것으로 기억됐다. 땅은 눈으로 뒤덮였고, 산안개가 내 몸을 바람과 같이 휘감았다. 몸에 바람이 들어와 빠져나가는 느낌이었다. 상쾌한 기분이었다. 눈이 많이 내렸다. 안개는 사람들이 모여드는 형상이었다. 안개 속에 또 안개가 있었다. 겉의 안개는 약간 농도가 흐렸고 속의 안개는 진했다. 속의 진한 안개는 농악대인 듯, 탈춤패인 듯싶었다. 풍성한 가을을 즐기는 그들의 모습이 떠올랐다. 안개의 사람들이 흥성(興盛)거리고 있었다. "얼쑤! 소리"가 들렸다.

"덩더덩더덩더쿵! 얼쑤!"

좋아서 신명(神明)이 나고 기쁨에 찬 흥겨운 소리였다. 바로 자연과 인간이 융합(融合)된 소리였다. 무한한 상상력과 기존의 관념을 뒤엎는 창의력이 솟아올랐다. 그러다가 겉의 안개가 갑자기 흩어졌다. 다른 안개와 서로 섞였다. 때를 같이하여 웃는 안개 사람들도 흩어졌다. 사람들의 무리인 안개가 안개 속으로 사라졌다. 나는 생각했다. 안개 속의 안개, 안개 사람들의 실체는 무엇인가? 그런 많은 안개들이 무슨 연유로 모였다 흩어졌다 하는가? 또한 여기가 어디인가? 신비스러웠다. 강한 호기심이 발동했다. 신비스러움에 전율을 느꼈다. 추운 날 오줌에 지린 듯 몸이 움찔했다. 함박눈이 보였다.

한 줄기의 물줄기가 뻗쳤다. 머리부터 발끝까지 직선으로 타고 내려갔다. 그런데 발끝에서 나오지 않았다. 지렁이처럼 스멀스멀

머물렀다. 터져 나와야 한다. 내발에서 마그마처럼 분출되어야 한다. 하얀 설산을 녹이고 흘러내려야 한다. 붉은 마그마가 되어 솟아올라야 한다. 나는 조용히 "덩더덩더덩더쿵!" 하고 외쳐보았다. 그랬더니 "얼쑤!" 하고 추임새가 들려왔다. 큰 벽을 향하여 조용히 외치는 듯 그 소리는 내 귀로 슬며시 들어왔다. 귀가 추억을 회상하듯 아련했다. 나는 즐거움을 느꼈다. 또 내가 "덩더덩더덩더쿵!" 하고 외치자 삼라만상(森羅萬象)에서 "얼쑤! 소리가" 들려왔다. 은은한 소리였다. "얼쑤! 소리"는 한(恨) 맺힌 듯! 절제된 기쁨으로 승리를 축하하는 듯, 패자(覇者)가 패자(敗者)를 위로하는 소리 같았다. 실체가 없이 아련하게 들려오는 소리였다. 심장이 바람결에 흔들렸다.

심장이 용솟음쳐 움직였다. 심장이 맑은 혈액을 공급받아 꿈틀거리며 요동쳤다. 심장을 움직인 소리를 기억하려 소리의 끝을 좇았다. 어렴풋한 실체가 귀에 아른거렸다. 안개에 싸인 안개 사람들이었다. 그들은 소리 없이 웃고 있었다. 소리를 머리 깊이 기억했다. 눈과 안개가 뒤섞였다.

소리는 심장을 흔드는 동력이었다. 심장의 뜨거운 피가 점점 동맥을 타고 전신으로 퍼지고 있었다. 내 몸은 따뜻함으로 채워졌다. 열정이 되어 마구 움직이고 있었다. 신명(神明)이 난 것이었다. 도대체 안개 사람들이 지르는 그 소리는 어떤 소리인가? 함박눈이 내렸다.

지금까지 들었던 경험의 소리를 모아봤다. "얼쑤! 소리"를 다시 들어야 했다. 바로 "덩더덩더덩더쿵! 얼쑤!" "얼쑤!"라는 추임새 소리다. 가장 근접한 소리를 붙잡고 그대로 내가 추임새를 쳐보았다.

그 추임새의 실체와 내 추임새를 비교해 보았다. 너무 달랐다. 내가 외치는 소리는 대량으로 녹음된 소리였다. 원음(原音)이 아니었다. 신명이 없었다. 생기와 활력이 없었다. 목소리가 갈라지고 있었다. 좌절감이 쌓이고 이내 고개를 숙였다. 머리가 아파왔다. 귀가 소리로 막혔다. 귀가 소리 없는 매미처럼 울어댔다. 감각이 마비되고 신명이 떨어졌다. 안개가 사라지고 검은 비가 내렸다. 눈이 사라지고 새들이 사라졌다.

나는 잠을 뒤척였다. 꿈을 꾼 것이다. 무의식의 혼수상태와 같았다. 그 신명의 소리의 실체를 알지 못했다. 안개의 겨울 산의 소리가 들려오지 않았다. 꿈속의 분명했던 의식은 흐려졌다. 꿈속의 소리가 멀어지면 의식은 흐려졌다. 눈을 감고 소리의 끝을 좇았다. 귀를 막고 "얼쑤! 소리"의 소리를 찾았다. 아! 다시 들려온다. 온 몸으로 그 "얼쑤! 소리" 그 추임새를 좇아가기로 했다. 움직이려고 해도 몸은 움직이지 않았다. 옷이 나뭇가지에 걸려 갈기갈기 찢어지는 기분이었다. 감각의 피가 솟구쳐도 아픈 줄을 몰랐다. 시골의 소년이 무지개를 찾아 산을 넘듯 온 산을 헤맸다. "얼쑤! 소리"의 실체는 찾지 못했다.

어렴풋한 그 소리만 생각해도 신명이 났다. 덩실덩실 어깨춤이 올라갔다. 그 소리는 한국 사람이면 다들 좋아했다. 몸을 흔들고 어깨춤을 추니 열정의 뜨거운 땀이 흘렀다. 이제는 소리가 무서워졌다. 소리에 집착한 결과였다. 주먹을 쥐고 눈에 보이는 나무를 흔들어 보았다. 나무가 흔들리면서 물방울이 떨어졌다. 눈과 안개가 만든 물기였다.

나는 잠에서 완전히 깨었다. 꿈을 꾼 것이었다. 이상한 꿈이었다. 그런데 마음속 깊은 곳으로부터 두근거림이 있었다. 첫사랑의 두근거림과는 비교가 되지 않았다. 지금도 꿈속의 그런 소리가 현실의 어디인가 존재하리라 생각했다. 믿음과 확신이었다. 그곳은 어디인가? 찾아 나서야 한다. 꿈속의 신명을 현실에서 찾아나서야 한다. 꿈을 꾸고 난 오늘은 하루가 어수선했다. 그런데 그 소리만을 생각하면 가슴이 심장이 묘한 리듬에 맞춰 춤을 추었다. 내 생각이 망망대해(茫茫大海)로 끝없이 확대되었다. 넓은 푸른 하늘의 새가 되었다. 한 눈에 세상의 모든 것을 다 볼 수 있었다.

그 소리를 생각하면 근심, 걱정, 절망이 사라졌다. 인간의 머릿속에 각인된 악(惡)이 보이지 않았다. 인간이 인간을 이해하고 화합하는 그 묘한 소리였다. 그 소리가 꿈속에서 나를 구원해주었다. 묘한 것은 "얼쑤! 소리"가 내 감정만을 정화시켜 준 것이 아니었다. 나아가 대상에 대해서도 새로운 개념을 불어넣어 주었다. 대상에 대한 신개념이었다. 기존의 관념을 내리고 대상에 대한 다양한 사고를 갖게 해주었다. 비가 걷히고 해가 뜬 기분이었다. 믿음이 생겼다. 용기가 솟아올랐다. 안개에 싸인 설산이 보였다. 설산(雪山)의 원시(原始)가 눈에 보였다. 구름 속에 솟아있는 설산을 기억했다.

이후로 그런 꿈을 꾸지 못했다. 처음의 꿈속에서 그 소리를 들었다는 것이 아쉬웠다. 눈과 안개를 보았다는 것이 아쉬웠다. 꿈속의 흔적으로만 아련히 남아있었다. 나는 다짐했다. 그 신명의 소리를 꿈속이 아닌 현실에서 찾아야겠다고 생각했다. 두 눈은 의지로 불타올랐다.

나는 입사면접을 앞두고 있었다. 오늘이 평찬(平燦)그룹 신입사원 모집의 면접날이었다.

"지원자만이 가진 능력은 무엇입니까?"

면접관은 질문했다. 다른 지원자들과 차별화를 이루는 자신만의 능력을 물었다. 내가 기다리던 질문이었다. 찌의 미세한 움직임을 주시하던 낚시꾼의 날카로움이 떠올랐다. 대답 대신 고개를 돌렸다. 내가 준비해간 낡은 노트북 컴퓨터를 꺼내려 했다. 컴퓨터 가방은 낡았다. 가방 겉에 칠해진 검은색의 염색이 떨어져 마치 늙은 코끼리 엉덩이 가죽 같았다.

면접관에게 인터넷 논술 카페를 보여주려 했다. 내가 운영자이면서 회원이 15,000여 명이나 가입한 논술 카페였다. 섬광 같은 생각이 머릿속을 스쳤다. 강렬한 빛이었다. 뛰어난 다른 지원자들과 차별화를 이루려면 달라도 한참 달라야 했다. 미친 사람처럼 속으로 중얼거렸다. 나는 광인(狂人)이 되어 갔다. 순간 다른 생각이 스쳤다.

"아니야. 그게 아니지. 이것도 다른 사람과의 큰 차별화가 아니란 말이지. 요즘 신입사원 지원자들도 노트북을 가지고 다닌다. 자신의 블로그나 카페를 통해 자신만의 전문성을 면접관에게 증명하려고 한다. 나는 그들과 뭔가 달라야 한다. 지금이 기회다. 능력을 분명히 보여줄 수 있는 절호의 기회. 평찬그룹의 합격의 열쇠는 이것이다. 행운이 왔고, 면접관은 지금 나의 능력을 물어보고 있다."

순간적으로 많은 문장이 떠올랐다. 불완전한 내 몸과 마음은 눈과 안개가 섞인 강풍으로 흔들거렸다. 꿈속의 그 눈과 안개였다.

자연의 신선한 향기가 내 가슴의 심장을 통과했다. 어둠의 구름을 강풍이 휘몰아 나가는 통쾌함이었다. 긴 터널을 빠져나가는 기차의 경쾌함이었다. 나는 급하게 가방에 넣었던 손을 떼었다. 손에 닿은 징그런 벌레를 급히 털어버리는 모습이었다. 순간적으로 감각이 예민해졌다. 내 손이 벌레의 물렁한 피부에 닿은 듯 느물느물한 감촉이 느껴졌다. 가방이 벌레가 된 듯한 느낌이었다. 벌레의 털이 붙은 가방의 모습이었다.

면접관을 자신감 있게 바라보았다. 목소리에 힘이 있었다.

"면접관님!"

면접관이 나를 바라보았다.

"면접관님의 노트북을 빌려 쓸 수 있을까요? 부탁드립니다."

"이민준(李民俊) 군. 내 노트북을 쓰겠다고요?"

면접관은 당황했다. 이민준 '지원자'란 말 대신에 이민준 '군'이란 표현이 그것을 증명했다. 실제 면접 장소에서 면접관의 노트북 컴퓨터를 빌려달라는 신입사원 지원자는 지금까지 없었다. 돌발적인 상황이었다. 평찬그룹의 네 명의 면접관들도 황당하고 의아한 표정을 지었다. 모든 면접관들이 나를 바라보았다. 순간적으로 소프트라이트를 받는 기분이었다. 더욱 자신감이 생겼다.

나는 어깨를 쭉 펴고 고개를 들었다. 사막에서 불청객을 만났을 때 코브라의 모습이었다. 목을 똑바로 쳐들고 허리를 최대한으로 펴고 당당한 모습을 보이려했다. 위협에 직면한 코브라가 자신감으로 그것을 극복하려는 것처럼 나는 자신감을 보여야 한다고 생각했다.

이런 상황을 두고 "저 자식 너무 튀는 것 아니야!"라는 생각이 면접관들에게 들 수도 있다. 그러나 나는 모험의 면접방식을 택했다. 그것이 나의 잠재된 능력을 면접의 이벤트의 첫 번째 형식으로 보여주려고 했다. 예상을 뒤엎는 이벤트는 신선하고 유쾌한 것이다. 대부분의 신입사원 지원자들은 면접관들의 질문에만 성실한 답변을 했다. 예상된 질문에서 벗어나려 하지 않았다. 일반적인 질문에 대해 이벤트의 형식을 통한 답변은 내가 최초일 것이라고 생각했다.

새로운 면접 방식을 창조하고 싶었다. 나의 합격전략이자 생존전략이었다. 평찬그룹의 대다수 신입사원 지원자들은 면접관의 질문에 준비된 대답을 했다. 그들은 정장을 했고 말과 행동은 겸손했다. 정장 옷의 색깔도 검정색이 대부분이었다. 넥타이의 색상도 정장의 색과 잘 어울렸다. 남성의 상징인 넥타이의 색깔을 그들은 한 시간은 골랐을 것이다. 전문가의 코디를 받은 느낌이었다.

그들의 답변에는 논리가 있었다. 주장에 대한 논거도 명쾌했다. 그들의 또박또박한 표준 말투는 답변에 세련을 더 했다. 도덕적으로 윤리적으로 문제가 없는 내용을 답변에 담고 있었다. 모범생에 모범답안이었다. 많은 돈을 지불하고 면접 전문학원에서 배운 듯했다. 부럽기도 했다.

"좋습니다. 그렇게 하시지요."

면접관은 호쾌하게 대답했다. 그러면서 그 답변에 기대를 거는 눈치였다. 면접관은 일단 나의 방식에 흥미를 보인 것이다. 내 답변에 면접관들은 주위를 집중하고 경청을 하였다. 다시 꿈속의 눈과 안개를 생각했다. "덩더덩더덩더쿵! 얼쑤!" 난 속으로 외쳐보았다. 미진한 자신감이 생겼다. 속으로 외쳤다.

"내가 칼자루를 쥐었다!"

나는 면접관의 노트북 컴퓨터를 가져왔다. 그것을 나의 방향으로 돌려놓았다. 그 행동은 민첩했다. 재빨리 인터넷 다음(daum)의 〈얼쑤논술연구소〉 카페를 검색했다. 그러나 면접관의 생각에 따라서는 거만하게 보일 수도 있는 모습이었다. 사람들의 생각은 다 같은 것이 아니기 때문이다. 다른 면접관의 의아한 표정이 그것을 증명했다. 어떤 면접관은 묘한 웃음을 띠고 있었다. 그들의 모습을 신경 쓰지 않기로 했다.

나는 면접관의 노트북을 인터넷과 연결하고 입을 열었다.

"저는 5년 동안 이 논술 카페의 운영자로 지냈습니다. 이 인터넷 카페의 자료를 보십시오. 제가 매일 밤을 새우다시피하여 논술을 정리한 내용입니다. 설득을 위한 논리적인 글쓰기 방식입니다."

이때 면접관의 눈이 나를 쏘아보았다. 논리적인 글쓰기 방식이란 어구에서 보인 면접관의 첫 반응이었다. 면접관의 눈에서 찬란한 빛을 느꼈다. 무언가 기대감을 갖는 눈빛이었다. 좋게 생각하기로 했다. 나는 말을 이었다.

"오늘날은 전문분야에서 대조를 융합하는 논술이 강조됩니다. 강력한 논술은 바로 다른 사람의 반대되는 의견을 끌어들여 자신만의 논리로 비판하는 것이죠. 굉장히 유쾌합니다. 상대방의 반대되는 논리를 반박하면 나의 주장이 강화됩니다. 그러나 한 발짝 더 나가면 내 의견과 상대방의 의견을 융합(融合)하여 제시하는 논술(論述)이 더 강력합니다. 한 사람이 아닌 두 사람의 주장이 됩니다. 최고의 설득력을 높이는, 비판정신을 드러내는 방법입니다. 비판정신은 사회정의가 살아있다는 것을 말합니다. 이것이 창의력으로 이어지죠. 창의력 발현의 원동력이 논술이라는 생각에서 인터넷에 논술 카페를 운영했습니다."

"비판정신은 사회정의가 살아있다는 것을 말합니다"라는 말은 괜히 했다고 후회했다. 자칫 대기업 신입사원 면접에서 드러난 강성의 이미지는 나를 부정적으로 평가할 우려가 있다는 생각이 들었다. 순간 새가슴이 되려했다. 그러나 나는 면접관을 쳐다보며 말을 이었다. 답변의 핵심을 대조를 융합하는 창의력에 방점(傍點)을 찍고 말했다.

"오늘날은 대조를 융합하는 논술적 사고가 기업을 살리기도 죽이기도 합니다. 저는 〈얼쑤논술연구소〉 논술 카페를 운영하면서 논술을 통한 창의적 사고 계발에 중점을 두었습니다. 처음에는 논술과 관련된 신문기사의 내용을 게시판에 링크하는 것으로 출발했죠. 그러나 지금은 저만의 논술과 융합에 관련한 창의적인 결과물을 가지고 있습니다."

나는 말을 이었다.

"여기를 보십시오."

나는 노트북을 들고 면접관 앞으로 갔다. 이 때 구두소리가 났다. 〈얼쑤논술연구소〉 논술 카페의 메뉴판의 게시판 내용을 보여주었다. 도서의 일부 내용을 선택하여 제시한 후 현실의 문제점과 관련시켜 얻을 수 있는 해결방안을 제시했다. 문제점에 대한 해결

방안에 대한 다양한 관점의 획득이 내가 얻고자 하는 핵심이었다. 인터넷의 다른 논술 카페나 블로그에서 볼 수 없는 나만의 내용이었다. 면접관들의 눈이 빛났다. 몇몇 면접관은 서로 귀엣말을 주고받았다.

"그 결과 유력 일간지에서 창의성과 관련한 논술과 융합의 원고 청탁도 받았습니다."

내가 창의성이 있다는 답변이 유력 일간지의 원고청탁으로 증명되었다. 논술과 융합을 위한 창의성의 발현은 누구나 할 수 있는 일이 아니다. 나의 경우도 5년 동안 다른 것에 관심을 두지 않고 오로지 창의력 연구에만 집중한 결과이다. 매일 밤 도깨비처럼 컴퓨터 앞에 앉아서 거북이처럼 머리를 늘어뜨리고 노력한 결과다.

살이 푹푹 빠졌다. 엉덩이뼈가 바닥에 닿았다. 창의력 향상을 위한 내용작성에 미쳐있던 나의 모습이 그대로 〈얼쑤논술연구소〉 카페에서 구체화되었다. 그때 노트북 컴퓨터의 주인인 면접관은 질문했다. 눈은 예리했고 날카로운 목소리였다.

"지원자의 〈얼쑤논술연구소〉 카페의 운영과 우리 그룹과는 어떤 관계가 있죠?"

"좋은 질문입니다."

나도 모르게 대답했다.

"좋은 질문입니다"라는 내 말은 보이지 않는 파장을 낳았다. 이 말에 순간적으로 면접관과 지원자의 입장이 뒤바뀌고 말았다. 묘한 긴장감이 흘렀다. 내가 면접관이 되고 면접관은 지원자 입장의 분위기가 됐다. 나의 전략은 예상대로 들어맞았다. 관계의 역전(逆

轉) 전략이었다.

요즘 실질 실업자가 300만 명이 넘는다. 이런 입장에서 자신이 선호하는 직장을 잡는다는 것은 하늘의 별따기다. 현실은 전쟁터와 같다. 어떻든 살아남아야 한다. 먹고 살아야 한다. 그것은 무엇인가? 그것은 내가 남과 다른 무기를 가지고 그 효과를 극대화해야 한다.

그러기 위해서는 그 무기는 신무기이면서 가공할 파괴력을 지녀야 한다. 신입사원 지원자들에게는 명문대 출신일 수도 있다. 또한 자신만이 가진 잠재 능력인 창의력일 수도 있다. 나는 대조를 융합하는 창의력에 승부를 걸었다. 한국의 대학생들이 가장 선호하는 평찬그룹에 창의력으로 승부를 건 것이다. 지금의 면접시험이 기회다.

일반적으로 명문대를 졸업한 사람은 창의력이 높은 것으로 이해한다. 하지만 그것은 오해다. 아니 별개의 문제다. 명문대를 나온 사람은 그 인위적인 제도적 사고의 틀에 갇혀 창의력이 제한받을 수도 있다. 창의력은 상상력을 바탕으로 한다.

모두 그런 것은 아니지만 석, 박사가 갖는 견고한 학문적 틀에 박힌 지식들이 번뜩이는 창의력을 억누르는 경우가 많다. 물론 그런 전문지식이 필요한 분야도 있다. 그러나 그것은 창의력이라기보다는 그 전문지식을 잘 익혀 적용하는 기능적인 차원이다. 우리는 그동안 이것을 혼동했다. "면접관들도 이제는 깨어라!"라고 외치고 싶었다.

나도 "좋은 질문입니다"라는 말에 당황했다. 습관적인 말이 나왔기 때문이다. 내가 동료들과 대화나 토론 시에 상대방을 배려한다는 입장에서 의식적으로 써오던 말이었다. 그러나 오늘의 "좋은 질문입니다"는 면접관들에게 큰 심리적인 영향력을 미쳤다. 관계의 역전이라는 묘한 결과를 보였다. 지원자와 면접관의 관계가 역전된 것이다. "좋은 질문입니다"는 분위기와 내용적인 차원에서 상급자인 평가자가 하는 것이 자연스럽다. 그러나 이러한 고정된 인식의 틀을 깨부수는 것도 창의성의 발현이라고 본다. 특히 대기업의 신입사원의 면접에서 지원자의 "좋은 질문입니다"란 말은 예상 밖의 결과를 기대할 수 있다. 일종의 모험적 답변이다.

지원자의 "좋은 질문입니다"는 형식을 따지는, 융통성이 없는 면접관이라면 건방지다, 뭐 저런 지원자가 있느냐? 하며 불쾌했을 것이다. 그러나 대기업에서 선임된 면접관이라면 사고의 방식도 다를 것이다. 지원자의 예기치 못한 다양한 상황을 수용할 수 있는 사고의 지혜를 가졌다고 보면 된다. "좋은 질문입니다"라는 한 마디의 말을 통해 면접관은 지원자의 창의적인 능력을 가진 자라는 보석을 발견할 수도 있다. 순간적인 판단력이 창의적으로 작용했을 것이다. 많은 내용의 상식적인 답변보다는 촌철살인(寸鐵殺人)의 창의적인 이 한 마디가 핵심을 명쾌하게 증명할 수도 있다.

면접관과 지원자인 나 사이에 침묵이 흘렀다. 짧지만 긴 침묵이었다. 나는 말했다. 계속 답변할 필요를 느꼈다. 상황을 내 우위에 두고 주도권을 잡아야했다.

"오늘날은 창의력이 기업의 경쟁력을 키워줍니다. 평찬그룹의 경우는 더욱 그렇지요. 평찬그룹은 생각지 못한 신기능의 전자제품을 만들어 내야 합니다. 획기적인 창의력이 필요하다는 얘기죠. 평찬그룹의 경쟁력은 창의력입니다. 제가 조사한 바에 따르면 평찬그룹의 경쟁사인 한국의 A그룹은 한 번 신기술을 개발하는 데 1,000억 원이 들어갔다고 합니다. 바로 창의적 능력을 얻기 위한 투자 금액이나 마찬가지죠. 실로 엄청난 금액이죠. 논술과 융합에 창의력을 가진 저 같은 사원을 선발한다면 1,000억 원을 절약할 수 있습니다."

나는 면접관을 쳐다보았다. 면접관은 담담하게 말했다.

"계속 말하세요."

면접관의 말에 자신감이 붙었다.

"논술은 분석적, 논리적, 비판적, 창의적 사고를 키워주는 논리적인 글쓰기 방식입니다. 과거로부터 현재, 또는 미래는 창의적인 논술로 업적이 기록됩니다. 또한 융합은 서로 다른 것이 섞여서 차원이 다른 결과물을 창조해냅니다. 논술과 융합으로 무장한 사고력은 기업의 창조적 운영에 다양한 활용이 가능합니다. 융합과 논술이 융합과 논술로만 끝나는 것이 아니라 기업의 경쟁력 확보의 창의적 아이디어를 흠뻑 제공하는 것이죠. 사례를 들면…"

나는 답변 도중 멈칫했다. 평가자인 면접관을 쳐다보았다. 이러한 나의 모습이 창의성을 지닌, 그것을 뿜어낼 의지와 열정으로 각인되기를 바랐다. 그러면서 내가 면접관을 쳐다보는 것을 답변에 중간평가를 받고자 하는 뜻도 포함돼 있다. 면접관이 "잘 했어요."라는 유치원의 코멘트식의 아니라 고차원적인 심리적인 동의를 구하는 형식이었다.

"감사합니다. 사례를 들면 역발상(易發想)이 있습니다. 전에 흑백 TV광고가 있었습니다. 오늘날 컬러 시대의 TV광고는 누구나 컬러를 사용하여 광고를 합니다. 다양한 색상이 갖는 호기심을 바탕에 깔고 있습니다. 컬러를 이용하면 다양한 이미지를 효과적으로 동원할 수 있습니다. 그것을 통해 시청자들의 머릿속에 광고 목적을 확실히 각인시키려 한 전략입니다. 그게 상식이죠. 광고 기획사나 시청자들, 소비자들도 그것을 당연시 생각합니다. 모든 광고들이 컬러를 통한 광고에 열을 올린 이유가 됩니다. 컬러를 통한 그 광고가 목적을 둔 메시지를 전달하는 데 효과적이라고 믿기 때문입니다."

나는 말을 이었다.

"문제는 모든 광고가 그렇다면 고정관념이 된다는 것입니다. 이 광고와 저 광고가 그 바탕은 동일하다고 할 때 다른 광고와의 차이는 두드러지지 않습니다. 차별화가 안 됐다는 것이죠. 모두 컬러라는 고정관념에 매달렸기 때문입니다. 이런 광고는 결국은 누가 많은 자금을 들여 많은 시간, 황금 시간대에 광고를 했느냐로 결정됩니다. 결국 자본의 문제로 귀결되죠. 이것을 극복하기 위해서는 역발상이 필요합니다. 때론 정반대로 접근하는 것이죠. 컬러 시대에 흑백광고라는 전략이 그것입니다."

면접관은 인내심으로 열심히 들어주었다. 그는 말했다.

"아, 됐습니다."

면접관은 자신의 컴퓨터에 켜진 〈얼쑤논술연구소〉 카페에 눈을 돌렸다. 면접관 자신이 직접 카페의 카테고리를 클릭해 보았다.

매우 신중한 모습이었다. 이어 놀라는 표정을 지었다. 눈을 크게 뜨고 말했다.

"이것을 5년 동안 해왔다는 말입니까?"

"예. 그렇습니다."

나는 짧게 대답했다. "길게 대답했으면 다음은 짧게 대답하라"의 효과적인 말하기 방식의 교훈을 생각했다. 마음이 편했다.

"지원자의 주소를 보니 고향이 충청남도 청양(靑陽)이군요. 시골이죠?"

"예. 그렇습니다. 시골이 지금은 관광 명소가 됐습니다. 개발이 늦은 것이 오히려 지금은 청정지역으로 소문이 났습니다. 여름에 많은 관광객이 청양으로 몰려듭니다. 낙후된 시골이라는 단점을 장점으로 바꾼 사례가 됩니다. 시골스런 풍경을 관광요소로 지방자치단체들이 창의적으로 활용했습니다. 시골의 자연과 건강문화를 융합한 것이죠. 칠갑산(七甲山)과 청양고추, 구기자가 유명합니다. 가수 주병선의 칠갑산이라는 노래도 있습니다. 고추모양의 기둥을 가진 출렁다리도 있습니다."

면접관은 미소를 지었다. 부드러운 미소였다. 지원자인 나를 똑바로 쳐다보며 말을 했다. 호기심의 모습이었다.

"그것도 역발상(易發想)이군요. 그런데 지원자인 이민준 군이 생각하는 것처럼 세상은 그렇게 누구나 마당을 내주는, 그렇게 호락호락하지 않아요. 젊은이의 뜻대로 되지 않는단 말이지요. 내 눈에는 민준 군이 순진하게 보여요. 좀 더 공부를 해야겠어요. 세상 공부를…"

면접관의 말은 매서웠다. 말에 칼날이 서있었다. 찬바람이 휙 불었다. 부드러운 미소와는 정반대의 말이었다. 나는 돌아오는 전철에서 추위를 느꼈다. 그 면접관의 "내 눈에는 민준 군이 순진하게 보여요. 좀 더 공부를 더 해야겠어요"라는 말이 귀에서 빙빙 돌았다. 전철의 소리도 "내 눈에는 민준 군이 순진하게 보여요. 좀 더 공부를 해야겠어요"라는 말을 계속 해대는 소리 같았다.

그러나 나는 어젯밤에 꾸었던 꿈을 떠올렸다. 핵심은 "덩더덩더덩더쿵!" "얼쑤!" 소리다. 신명나는 소리, 바로 추임새다. 실체는 분명치 않았지만 신명을 이끌어준 그 창의적인 소리, 이 생각을 떠올리자 예상외로 면접관의 그 질타의 소리는 슬며시 사라졌다. 꿈속의 "얼쑤! 소리"만이 계속 어렴풋이 들려왔다.

나는 영등포의 원룸으로 들어왔다. 피곤함이 파도같이 밀려들었다. 장식이 없는 시멘트 감옥과 같은 이 원룸에 나를 처박았다. 썩은 고목처럼 쓰러지듯 맨 방에 힘없이 누웠다. 원룸이라는 표현만 없었다면 노숙자가 자는 방 같았다. 노숙자가 자는 전철의 계단에 벽과 지붕만 만들어 댄 모습이었다. 추운 겨울에 방은 난방이 되지 않았고 차가운 냉기만이 나를 맞아주었다. 동굴 속의 부엉이처럼 원룸에 웅크리고 있었다.

그러나 정신만은 맑은 겨울밤의 별처럼 빛났고 또렷했다. 이상(李箱)의 "육신이 흐느적흐느적하도록 피로했을 때만 정신이 은화처럼 맑소."란 말이 생각났다. 천장의 별이 하나 하나 내게로 쏟아져 내리는 것 같았다. 의욕을 상실해 저녁밥을 굶었다. 나 혼자 산다는 것이 가을날의 낙엽 같은 고독을 주었다.

그동안 나는 대학을 졸업하고 열 군데가 넘는 기업에 지원서를 냈었다. 신입사원 모집광고를 보는 대로 냈던 것이다. 결과는 줄줄이 낙방이었다. 처음 몇 군데에 떨어질 때는 '그럴 수 있겠지' 라고 생각했다. 그러나 열 번 정도 탈락이 이어지자 파도와 같은 좌절감이 밀려들었다. 낙방할 때마다 나는 '능력이 부족하다'를 실패의 이유로 생각했다.

치졸한 심리적인 방어였다. 좌절감으로 탈락의 현실을 방어했다. 비참한 삶에 대한 무기력한 방어였다. 실패를 합리화하기 위한 현실에 대한 방어는 애처로울 정도였다. '약한 자에게 유일한 무기는 자기합리화다' 라는 말을 떠올렸다. 이런 저런 생각에 마음의 상처는 깊어졌다.

"그 말을 누가 한 말이지?"

"당연히 내가 한 말이잖아."

나의 자문자답이었다. 힘없이 웃었다.

그동안 취업의 실패에는 삶에 대한 안일함이 작용했다. 그러나 그것을 나의 안일함으로 인식했다면 자신만의 경쟁력으로 다른 능력을 계발했어야 했다. 취업의 전쟁에 내 자신만의 독특한 능력으로 승부를 걸었어야 했다. 진검(眞劍)의 승부 말이다. 그것을 면접시험 때의 이벤트의 형식의 답변으로 면접관들에게 효과적으로 보여주었어야 했다. 그것을 등한시했다. 그것이 그동안 취업 실패의 원인이다. 또 다른 상념이 나를 괴롭혔다.

남들과 다른 차별화 전략이 필요하다. 그런데 자신만의 능력을 소유하는 것이 얼마나 어렵겠느냐고 의문을 표시할 수도 있다. 노력에 따라서, 발상에 따라서 누구든 충분히 그런 능력을 가질 수 있다.

문제는 논술과 융합의 창의력이다. 논술과 융합의 창의력은 정신적인 차원이기에 자금도 필요하지 않다. 학원에서 배울 수도 없다.

논술(論述)과 융합(融合)! 논술의 창의력은 도서의 일부 내용을 산택한 후 그것을 다양한 관점으로 문제의식과 해결방안을 찾는 것을 통해 획득할 수 있다. 융합의 창의력은 서로 이질적인 대상을 통합하여 새로운 결과물을 창조해낼 수 있다. 이런 창의력은 누구한테 배울 수는 없다. 자신이 뼈를 깎는 고통 속에서 창의성은 키울 수 있다.

나는 방벽에 쌓여져 있는 책을 바라보았다. 최근에 구입한 여러 책이 눈에 보였다. 그 중에서 『천재와 광기』(P. 브르노 지음. 김웅권 옮김 / 동문선)라는 책을 선택하여 읽기 시작했다. 추위에 언 손으로 책장을 넘겼다. 그리고 가장 감동을 주는 내용의 부분을 선택했다. 한 시간이 족히 걸렸다.

이 때 만큼은 지독한 추위도 잊었다. 몰입(沒入)이 주는 고난 극복 방식이었다. 천재들의 광기는 창의성으로 이어져 작품 창작에 열의로 작용하고, 창조적 흥분은 광기(狂氣)로 작용하기도 한다는 것이다.

"모든 전기들은 사회 질서에 반항하고, 세상으로부터 물러나 창조의 유배지로 향한 위대한 창조자들과 예외적 존재들이 지닌 독립성을 상기하고 있다. 롬브로소는 풍자적으로 이렇게 말한다. '사람들은 천재적 인간과 광인에 대해, 그들은 고독하고 춥고, 가족의 애정과 사회의 관습에 무심하게 태어나서 또 그렇게 죽어간다'고 말한다. 그러나 그는 이런 예외적 존재들이 지닌 한결같은 두 가지 요소, 즉 창조적 행위가 필요로 하는 독립성과 세계로부터 물러남을 부각시킨다. 그는 동시에 동시대인과의 단절을 반영하는 주변성과 불복종도 그러낸다."

　나는 『천재와 광기』의 이 부분을 선택했다. 천재들의 특성인 불복종(不服從)의 이야기가 감동을 주었다. 생각에 잠겼다. 천재들이 광인으로 인식되는 것은 비사회적인 존재이기 때문이다. 천재들의 창조성은 사회의 기존제도에 불복종하고 인위적인 자신만의 세계를 만들어 자신을 더욱 고립시킨다.
　천재는 자신의 작품과 직접 싸운다. 세계로부터의 은거(隱居)는 필연적 조건으로 강요된다. 그 결과 천재(창조자)의 은거나 방황은 작품 탄생에 크게 기여한다. 모파상이 대표적 사례다. 그는 절대적 고독 속에서 격렬하게 작업하는 천재로 규정된다. 모파상은 천재의 특성을 소유하고 있다.
　모파상의 1881년은 자신만의 세계에 극단적으로 고립되어 작품을 쓰고 그 후 자살한 작가다. 천재들의 은거나 방황을 생각하고 의미를 생각해봤다. 창의력은 정상적인 사고로는 획득될 수 없다는 것이다. 나는 천재는 아니다. 나는 모파상이 아니다. 속으로 소리쳤다. 그러나 논술과 융합의 상상력을 통한 창의력만은 내 삶의 경쟁력으로 삼고 싶다. 의지가 꿈틀댔다.
　"추운 원룸에 은거하리라. 좁은 방에서 방황하리라. 모파상이 되리라."
　엉뚱한 다짐이었다.

역시 『천재와 광기』 책은 매력이 있었다. 내 손은 어느덧 91쪽의 내용에 닿았다. 나는 그 부분을 소리 내어 읽어보았다.

"렐리는 소크라테스의 독창성에 관한 놀라운 묘사를 하고 있다. '항상 사계절 동안 같은 옷을 입고, 맨발로 얼음 위를 걷고 태양빛으로 뜨거워진 땅 위를 걸으며, 흔히 혼자서 이유 없이 그리고 이따금씩 변덕스럽게 춤을 추고 깡충거리는 이 소크라테스는 분명 특이한 사람이 아니었겠는가.' 그는 머리를 움직이는 특이한 버릇을 지녔고, 적어도 통속적인 사람에게는 매우 이상한 종류의 삶을 살며 괴벽으로 평판이 자자했기 때문에, 에피쿠로스파인 제논이 나중에 그의 별명을 아테네의 익살광대라고 붙였다."

이 내용 역시 천재들의 존재 수단인 독창성의 사례가 마음에 들었다. 천재들의 특이한 버릇은 창의성을 이루기 위한 조건으로까지 생각되었다. 나의 심장은 흥분되었다. 추웠던 방안이 훈훈하게 느껴졌다. 사실 이 방안의 추위는 육체적인 시련이 지나지 않았다. 열 번의 취업의 실패는 그마나 남아있던 나의 정신적인 양식을 쥐가 되어 야금야금 갉아먹어 버렸다. 겨울의 추위보다 취업의 실패를 괴로워하라! 가 좌우명이 될 정도였다. 나는 친구도 별로 없다. 오로지 책으로만 친구 삼아 지내고 있다. 특이한 버릇이 아닌가? 분명한 사실은 나는 천재가 아니라는 사실이다. 평범한 사람이라는 것이다. 책의 인용한 내용과 관련지어 상상을 해봤다. 설산을 생각하고 안개를 생각했다. "얼쑤! 소리!"를 기대했다.

천재는 독창적 인물이며 예사롭지 않은 창조적인 행동을 한다. 그 결과 동시대인과 확연히 구별된다. 천재들은 자신만의 내적 세계, 즉 꿈과 상상의 세계를 의식하며 자신만의 기질에 의해 감동된다. 바로 소크라테스의 경우다. 대부분 천재들은 개인주의를 추구하고 표현의 자유를 요구하며 유행하지 않는 독창성을 요구한다. 천재는 언제나 신비한 부분을 간직한다. 천재들은 다양한 구성 요소들로부터 구성된다. 천재들의 기이한 버릇은 창조적 수법의 독창성으로 이해된다. 또한 천재들은 사회를 자극하고 촉매하는 역할을 하기도 한다. 바로 천재가 갖는 특성이다. 그들은 자신만의 상상력에 마음을 두고 있다.

나는 갑자기 허기를 느꼈다. 라면을 끓이고 차갑게 얼은 밥 한 덩이를 넣었다. 혼자 사는 사람이 가장 편하게 먹는 방법이다. 거기다 김치만 있으면 진수성찬(珍羞盛饌)이다. 라면과 밥의 맛을 느끼며 오늘의 평찬그룹의 면접상황을 돌이켜봤다. 바둑의 고수가 명인전 타이틀 방어에 실패하고 복기(復棋) 통해 내가 왜 졌는지 그 이유를 분석하려는 것과 같은 비정한 마음이었다. 논술과 융합의 창의적 능력은 학벌과도 무관하다. 사실적으로 말하여 창의력과 학벌은 서로 관련되겠지만 절대적이지 못하다. 분명한 사실이다. 오히려 제도적인 교육의 테두리 속에서 형성된 사고는 진정한 의미에서 창의력은 아니다. 깊이 있는 상식일 뿐이다. 전문적인 내용일 뿐이다. 아니면 우리가 모르는 지식일 뿐이다.

우리나라는 창의력이 강하지 못하다. 이것은 학벌을 우선시하는 사회적인 분위기와도 관련을 맺는다. 이런 관점이라면 학벌은 창의력의 계발에 장애만 될 뿐이다. 사회적으로 용인된 학벌을 무시하는 것이 아니다. 창의력과 학벌은 무관하다는 것을 말하려는것뿐이다. 나는 명문대 출신이 아니면서도 당당하게 대기업에서 근무하고 싶었다.

"그렇군."

나는 생각에 잠겼다. 그동안 내가 지원했던 기업을 떠올렸다. 물론 거기에 지원하여 합격했던 사람들은 모두가 명문대 출신은 아닐 것이다. 그러나 이들과 당당하게 경쟁을 거쳐 들어간 소수의 비명문대 출신들은 그들만의 재능을 반드시 가지고 있었다. 바로 창의력이다.

"나는 왜 그렇게 못했지. 자신만의 창의력을 계발하여 과감하게 보여주는 적극적인 태도가 그동안 나에게는 없었어. 창의력이 중요하다는 것을 인식만 했지 그것을 계발하고 효과적으로 보여주는 전략에는 미흡했어."

자탄이었다. 그동안의 자신의 행위에 바보스러움을 느꼈다. 그동안 내가 한 것이라곤 영어 토익점수 올리기를 위해 학원에 다닌 것과 구인광고를 보고 기업체를 찾아가 주어진 면접시험을 보는 것, 언론사의 기자의 꿈을 두고 논술 쓰기 연습한 것이 전부였다. 냉혹한 현실에 대한 평범한 대응이었다. 또한 나는 모범생의 이미지를 갖추려고 노력했다. 모범생의 이미지가 나쁘다는 것은 아니다. 모범생은 주어진 규칙에 충실하게 따른다. 창의성에 바탕을 둔 모험을 하지 않는다. 암기위주의 학습에 능하다는 인식을 준다. 모범생은 파격적인 변화를 마음껏 즐기지 않는다. 모험적인 계획과 실행을 하기에는 모범생이 너무 여리다는 인식을 준다. 우리 사회는 모범생의 이미지를 좋아한다. 그러나 창의력으로 경쟁력을 갖추어야 할 기업에서는 그 이미지가 기업의 쇠퇴를 가져온다. 대기업도 창의력을 경쟁력의 핵심으로 잡는다. 창의력 계발을 위해 거대한 자금을 투입하는 이유다.

기업은 모범생의 신입사원을 좋아하지 않는다. 보다 자유로운 발상을 즐기고 그것에 미친 듯이 몰입하는 참신한 신입사원을 요구한다. 월급으로 생계를 유지하는 신입사원이 아니라 그 일을 즐기러 기업에 들어온 신입사원이어야 한다. 논술과 융합으로 창의성을 무장한 신입사원 말이다. 나는 먹다가 만 커피를 쳐다보았다. 커피의 검은색이 내 마음과 같았다. 생각에 잠겼다. 커피도 원래는 안 먹었다. 대기업 입사에 수차례 낙방을 하자 먹게 되었다. 커피의 쓴맛이 나와 동병상련(同病相憐)을 느끼게 해주었다.

"오늘 평찬그룹의 신입사원의 면접시험에서 말이야. 모든 것을 적극적으로 보여주지 못했어. 우선 정정장차림도 그렇고…. 좀 더 자유로운 복장에 과감한 질문과 답변이 있어야 하는데…. 논술(論述)과 융합(融合)으로 승부를 걸었어야 했는데…."

생각하면 아쉬움뿐이었다. 쓸쓸한 웃음을 지었다. 입가의 선을 부드럽게 만들었다.

"그렇지. 그것은 좋았어. 내가 컴퓨터를 가져갔는데도 그것을 꺼내지 않고 면접관의 컴퓨터를 빌려 쓴 것 말이야. 적극성을 보여주는 데 일조하지 않았을까? 음. 음. 아마도 그런 행동을 한 신입사원 지원자는 없었을 거야. 특히 내가 인터넷에서 사이트로 운영하는 〈얼쑤논술연구소〉도 많은 관심을 면접관으로부터 끌었을 거야. 면접관이 처음에는 황당한 모습을 보였다가 마지막에는 미소를 지었거든. 거기다가 나에게 들리도록 멘트까지 날렸지. 그것도 역발상이군요 하고 말이야. 그렇다면 이번에는 합격의 기쁜 소식이 오지 않을까?"

나는 즐거웠다. 이제 내 나이는 33세가 넘어가고 있었다. 취업의 장수생 쪽으로 가고 있다. 이런 생각을 하니 머리에 찬바람이 불었다. 그러나 고통 속에 일말의 희망이 생겨났다. 내가 살고 있는 한, 생명을 가지고 있는 한 창의력이란 단어는 필요했다. 삶의 강력한 무기로 작용할 것이다.

"합격의 행운도 따라주겠지. 내 가방 속에는 노트북 컴퓨터가 들어 있었는데, 그것을 사용 안 하고 면접관의 노트북을 빌린 것이 참신했어. 그렇지. 내 가방에 노트북의 모서리와 코드 선이 보였거든. 그렇다! 오늘부터 논술과 융합의 창의력 계발에 몰두하자. 내가 창의성 계발에 완전히 광인(狂人)이 되자. 거꾸로 기업에서 나를 영입하도록 창의적 재능을 키우자."

독백에 얼굴이 밝아졌다. 자기 암시의 결과다. 된다면 되는 것이다. 한다면 하는 것이다. 기업체의 신입사원의 모집에 불안감이 생기지 않고 그것을 초월하는 자신을 느낄 수 있었다. 나는 평창그룹 신입사원 모집에 합격이 된다면 창의력 계발과 관련된 부서를 희망하리라 생각했다. 나는 의식적으로 꿈속의 "얼쑤! 소리"를 생각했다. 꿈속의 소리이기에 흐릿했다.

현대의 변화의 흐름은 빠르다. 그러나 중요하게 요구되는 창의적 능력의 계발은 도외시된다. 말로만 한다. 기업체에 합격이 돼서 신입사원들에게만 창의력이 해당되는 것으로 생각한다. 이것도 역발상으로 바꾸어야 한다. 신입사원에게도 창의성이 필요하지만 직장을 구하는 구직자들에게도 창의성이 중요하다고 말이다. 이제는 분명해졌다. 그동안 나는 수많은 기업체 신입 사원 모집에 낙방한 원인은 창의적 능력이 보여주지 못해서이다. 얼굴이 밝아졌다. 오늘부터 바빠졌다. 창의성을 키우기 위한 특별한 전략에 돌입한 것이다. 그리고 논술과 융합을 통한 창의력을 신장시키기 위한 주제를 설정했다.

"다양한 대상들을 서로 융합하여 새로운 가치를 창출하고, 그 과정과 결과에 대한 자신만의 논술을 써보자."

창의성을 키우는 방법을 다시 생각해 봤다. 이것을 습관으로 정착이 돼야 지속성을 갖는다. 그러기 위해서는 하루 종일 창의성과 관련된 생각을 해야 한다. 바로 몰입(沒入)이다. 몰입은 대상에 대한 나만의 시각을 키우고 창의적인 사고의 동력이 된다. 그러다 보면 과정을 즐기게 된다. 누구든지 즐기는 사람을 이길 수 없다. 나에게 기업체 신입사원 모집의 합격으로 나타나고 결국 승진에 승진을 거듭하여 목표인 CEO에 오를 것이다. 이런 생각을 하니 가슴이 넓어지는 것을 느꼈다. 가슴 속의 심연으로부터 솟아오르는 에너지를 느꼈던 것이다.

눈에 보이는 사물을 둘러봤다. 그런데 대상에 대한 인식이 고정관념으로 다가왔다. 고추는 맵고 겨울은 춥게 느껴졌다. 이별은 슬프고 사랑은 달콤하게 느껴졌다. 창의적 사고와는 거리가 멀었다. 습관적인 고정관념으로 창의적인 사고를 하지 못하는 것이다. 책상을 생각했더니 공부하는 모습이 자동으로 내 머릿속에 떠올랐다. 상식적인 사고가 날 괴롭혔다. 고개를 흔들어서 그런 생각을 버렸다. 오늘부터 기존의 생각을 버리는 것으로 창의력의 출발로 잡았다. 기존의 상식을 버리되 아주 버리는 삭제가 아니라 휴지통에 넣어두는 것이다. 그것을 다른 생각과 융합하여 또 다른 차원의 창조물을 기대할 수 있다. 완전 삭제가 아닌 휴지통에 넣어두는 것. 휴지통의 내용물이 다른 대상과 융합을 통하여 보석이 되는 것! 바로 융합이었다. 그것을 글로 쓰는 것! 바로 논술이었다.

그러면서 생각했다. 어떤 상황만 생각하면 마음이 맑아지고 창의적인 발상이 되는 경우를 생각했다. 그것이 바로 "얼쑤! 소리"인데, 현실에서는 그것을 들을 수가 없었다. 지난 꿈속에서만 들었던 것이다. 꿈속의 그 소리를 현실에서 찾아야 한다. 꿈속의 비슷한 환경을 현실에서 찾아야 한다. 그러나 막막했다. 그것이 현실이 아닌 단어여도 좋았다. 문장이어도 좋았다. 내용의 한 단락이어도 좋다. 지나가는 사람의 후렴구(後斂句)여도 좋았다. 그런 말만 하면, 노래 이상의 기분이 신명으로 좋아질 것이다. 논술과 융합의 창의적인 발산적 사고가 수직으로 피어날 것이다. 현실에서 무엇을 찾고 싶었다. 우리의 문화, 전통과 관련되면 좋을 것이라고 생각했다. "얼쑤! 소리"는 우리들에게 DNA로 박혀 있기에 그 효과는 엄청나리라 생각했다. 과연 그것이 무엇인가?

책상, 쓰레기통, 작은 고추

　내 원룸의 방안에는 우일한 가재도구가 있다. 그것은 책상이다. 그런데 의자가 없다. 나는 그전에 〈다이제스트〉 책에서 영국의 수상인 처칠의 독서방법을 읽은 적이 있었다. 처칠은 늘 서서 책을 읽고 글을 썼다고 한다. 책상의 다리를 길게 하여 책상의 높이를 자신의 어깨에 맞춘 후 항상 서서 독서를 하였다. 당연히 다리가 아프고 피가 다리의 발로 내려앉았을 것이다. 그러면 처칠은 앉았다 일어났다를 반복하는 운동을 했다. 그렇게 젊을 때부터 다져진 독서법이 평생을 책을 읽고 글을 쓰는데 아주 유용했다고 이 책은 제시하고 있었다. 나는 깨달은 바가 많았다. 방안 구석에 내 책상만 덜렁 놓여있는데, 눈만 둘렸다 싶으면 멋없이 솟은 책상만 보이는 것이었다.

　내 방에는 책들이 무질서하게 쌓여있었다. 난 그러면서 저 책상 옆에 진돗개만 있으면 좋겠는데 라는 엉뚱한 생각을 하곤 했다. 당연히 진돗개라면 전원주택이나 개인주택의 마당에서 생각해볼 수 있는 짐승이다. 진돗개의 덩치가 큰데다가 한번 짖으면 그 소리가 우렁차기 때문이다. 책상을 내 관점으로 생각해봤다. 그랬더니 다양한 용도의 책상이 내 머릿속에 상상됐다. 일상의 모든 삶을 책상으로만 가능하도록 생각을 해보았다. 그럴수록 책상에 대한 다양한 또는 신개념이 생겼다. 다양한 용도의 신개념의 책상제품이 탄생하는 것이다. 소비자들에게 효과적으로 인식이 된다면 책상에 대한 수요는 폭발적으로 늘게 될 것이다. 책상과 다른 대상을 융합한 결과다.

"하하하."

나는 웃음을 터뜨렸다. 즉시 사례들을 생각해봤다. 물론 고정관념을 가진 사람에게는 이런 책상에 대한 내용은 어이없는 것이었다. 그러나 나는 고정관념을 깬다는 자체에 의미를 두었다. 책상의 가치를 다양하게 확산시켜 보았다. 그러자 머릿속에 수많은 책상의 용도들이 떠올랐다.

"책상 위에 올라 앉아 공부한다. 책상에 누워 깊은 잠을 잔다. 책상 위에서 부부관계를 갖는다. 책상 위에서 손을 씻고 세수를 한다. 책상 위에서 결혼식을 한다. 책상 위에서 병원 치료를 한다. 책상 위에서 즐거운 춤을 춘다. 책상에 앉아서 TV를 본다. 책상을 졸업 및 생일 선물로 준다. 책상을 열정적으로 사랑한다. 책상을 맛있게 뜯어먹는다. 책상과 사랑하고 결혼한다. 책상 위에서 자동차를 수리한다. 책상 위에서 시위를 한다. 책상 위에서 밥을 먹는다."

나는 "책상 위에서 밥을 먹는다"는 빼기로 했다. 책상을 식탁으로 대용할 때가 많으니 고정관념을 깬 것이 아니다. "책상 위에서 진돗개를 키운다"로 바꾸어 생각하기로 했다. 이런 생각을 입으로 중얼거렸다. 입술이 미세하게 움직이면서 굳게 닫혔다. 말은 안 되지만 고정관념에서 벗어나 보자가 오늘 생각이었다. 생각에 생각을 연결하니 다양한 가치가 생성되었다.

"물론 처음 그것을 본 사람들은 의아하게 쳐다보겠지. 그렇다고 당황할 필요는 없어. 나만의 가치를 뽑아내는 훈련의 과정이므로 난 그것을 즐겨야 돼. 그럴수록 그런 의자의 개발도 좋겠는데, 책상과 공동으로 쓰일 의자라. 그런 의자라면 육체의 편안함보다는 자신의 공부에 대한 자부심을 주는 쪽으로 콘셉트를 잡아야겠지. 책상 위에 앉아 공부하는 모습은 나만의 공부 방법으로 나만이 즐길 가치가 있다고 말이야. 나만의 사고는 신선하다. 하하하."

나는 엉뚱한 생각을 했다. 창의력은 상식 밖의 생각에서도 비롯된다. 현대인들은 매사를 고정관념을 갖고 판단한다. 우리는 이런 사고에 만성이 돼 있다. 우리들에게 과거의 산업화 시대에는 고정된 사고가 큰 무리가 없었다. 원칙에 따라 기술을 배우고 그 기능을 활용하면 됐기 때문이다. 공장에서 틀에 박힌 제품이 대량으로 쏟아져 나오는 시대는 획일적인 원칙에 바탕을 둔 단순한 생각도 통할 수 있다. 기술과 기능만 잘 익히면 됐기 때문이다. 우리는 고정 관념에 익숙하고 그 결과에 안심한다. 과거에는 사회나 조직에 적응을 잘하기 위해서는 고정관념이 좋을 수도 있었다. 고정관념을 통한 판단은 사회적으로 인정된 지식이기에 나중에 문제가 될 가능성이 적기 때문이다. 누구나가 상식적인 측면은 거부감 없이 수용한다.

그러나 이것은 변화를 거부하는 복지부동(伏地不動) 해당한다. 이러한 결과는 상식에 속한다. 자본주의 사회에서 자금이 우세한 기업은 다른 기업과의 경쟁에서 월등한 지위를 누린다. 돈이 돈을 번다는 것은 자본주의 사회의 철칙에 속한다. 자본주의 철칙을 잘 아는 사람이 기업체의 CEO들이다. 또한 이들은 창의력의 중요성을 잘 안다. 이들은 시장에 상식적인 것을 팔아서는 돈이 안 된다는 것을 잘 알고 있다. 기발한 상품이라는 것들은 대부분 소비자의 자부심을 높여주면서 새로운 가치를 창출하도록 느낌을 주는 것들이다. 대부분 융합을 통한 창의력에서 나오는 제품들이다.

　오늘날은 기업의 지위가 안정적이지 않다. 중소기업이, 중견기업들이 대기업의 지위를 노리고 위협한다. 기업들의 핵심 경쟁력은 바로 창의력이다. 창의력의 발휘 여부가 중소기업이 대기업이 되고 반대로 대기업이 망하기도 한다. 그 근본에는 대조를 융합하는 창의성이 잠재돼 있다. 제품이 소비자를 일깨우기도 한다. 제품을 통한 새로운 삶의 방식을 만들어내어 소비자들이 그 제품을 구매하도록 만든다. 그동안에는 소비자들의 삶에 필요한 제품을 만들었지만 이제는 창의력을 발휘하여 만든 제품이 새로운 삶의 방식을 창조하도록 유도하고 있다. 소비자들이 제 상품을 통하여 새로운 삶을 영위하고 가치를 창조하도록 이끌어나간다. 대부분 융합(融合)과 역발상(易發想)이라는 방식을 통해 이루어진다. 나는 상상력을 발휘했다.

　"우리가 애완동물하면 우선 강아지를 떠올리는 것과 같은 이치야. 누구에게나 강아지는 애완동물로는 상식이지. 그러나 뱀과 같은 파충류를 애완동물 시장에 처음 내놓았을 때 소비자들은 어떤 생각을 했을까?"

나는 나의 말에 대답했다.

"이 뱀은 나만의 갖고 있는 독특한 뱀이다. 징그럽다는 생각보다는 내가 이 뱀에 참신한 새로운 가치를 부여하면 된다. 새로운 애완동물이 탄생하는 순간이다. 뱀의 징그러움이 묘한 아름다움으로 바뀌지. 관점을 달리 해서 얻은 가치이기에 나만의 개성이 된다. 오늘날 뱀과 같은 파충류를 키우는 애완동물 애호가들도 많잖아. 애완동물도 반려동물로 바뀌고 있지. 그런 발상이 창의력의 출발이다."

나는 자문자답을 했다. 신이 났다. 나는 밤을 꼬박 새우고 있었다. 배가 부글부글 끓었다. 어제 저녁에 먹은 라면이 배에서 분 것이다. 추운 겨울밤은 그렇게 지나가고 있었다. 새벽이 가까워지고 있었다. 원룸의 방문을 열고 밖을 보니 수많은 별들이 서울의 매연에 의해서 희미하게 보였다. 차가운 날씨였다. 미친 듯이 상상력을 즐겼다. 미치지 않으면 이 추운 방에서 견딜 수가 없다. 내 몸을 확대하면서, 내 몸을 가혹하게 다루어 정신의 통일을 이루어 내야 한다. 오늘날 어떤 사람들은 요즘에도 헝그리 정신이 필요한가? 라는 말을 하겠지만, 논술과 융합을 통한 창의력만큼은 절박한 상황에서도 나올 수 있다고 생각했다.

나는 2002 월드컵의 히딩크 감독을 떠올렸다. 히딩크도 독특한 자신만의 세레모니를 갖고 있다. 한국의 월드컵 축구의 4강 신화를 이룩한 히딩크의 성공, 자신감의 표현이 바로 '어퍼컷' 세레모니로 표출된다. 바로 축구경기에서 역전의 골을 넣었을 때는 최고의 흥분된 상태로 히딩크는 어퍼컷을 힘차게 사용한다. 흥분과 어퍼컷의 융합(融合)! 눈에 보이지 않는 심리적인 것과 눈에 보이는 구체적인 대상과의 융합은 바로 최고의 경지를 만들어낸다. 어퍼컷은 히딩크의 최고의 상품으로 작용한다. 히딩크의 브랜드가 된다. 브랜드나 상징은 그 회사의 창의적 상품이 된다.

　히딩크 축구 감독의 웃는 얼굴을 떠올렸다. 그리고 미친 사람처럼 중얼거렸다. 즉시 평찬그룹의 신입사원 면접시험에서 아쉬운 점을 찾아내기 시작하였다. 일종의 '강박적인 생각으로 집요하게 실패를 찾아내고 있었다. 지독한 강박증(强拍症), 이것 또한 일부러 시달리고 싶었다. 그 생각의 집요함 속에는 나만의 논리가 재생되어 주장의 근거로 떠올랐다. 가만히 생각을 했더니 강박적인 성격이 창의적인 제품의 바탕이 될 수 있다는 엉뚱한 생각을 하였다.

　"어제 평찬그룹 신입사원 모집의 면접에서 흑백광고의 이야기를 했었지. 그 때 창의적 측면에서 더 강하게 나갔어야 했다. 모험심이 없는 나는 바보다. TV광고에서 다른 기업의 광고와 차별화를 이루려면 컬러 대신에 과감하게 흑백광고를 사용해야 한다고 말이야. 물론 면접관들 중에서도 내가 촌스럽다고 하는 사람도 있을 것이야. 그러면서도 컬러 시대에 흑백광고라니 말도 안 된다고 중얼거렸을 것이다. 그러나 면접관도 곧 느낄 것이야. 그런 자신의 생각이 고정관념의 사고방식이라고."

　1월의 추위가 밀려왔다. 손을 입으로 호하고 불었다. 하얀 입김이 난로의 연기처럼 생겼다가 사라졌다. 시골의 집에서 부모는 연료비, 방값 등으로 다소의 돈을 보내주었다. 그러나 방값만 제외하고 모조리 책을 사는데 써버렸다. 그 결과 벽에는 내 키만큼 책으로 쌓여있었다. 자연스럽게 청계천의 헌책방이 연상되었다. 비좁은 책의 통로를 만들고 소비자가 원하는 책을 주인은 이리저리 책 더미를 뒤집어 기어코 찾아내곤 하는 모습, 책 먼지를 탈탈 털며 건네주는 그 헌책방의 주인.

광고의 이야기를 확대하고 심화시켜 노트에 적어보았다. 나에게 면접에서의 긴장감이 지금까지 남아 있었다. 나는 긴장감을 논술을 쓰는 행위를 통하여 푸는 습관을 가지고 있었다. 어릴 때는 개를 유심히 바라보면 긴장감이 풀렸었다. 진돗개의 선한 눈을 가까이서 바라보면 어떤 스트레스도 자연스럽게 풀렸다. 지금은 내가 개를 키울 여건이 되지 못했다. 심리적인 중압감을 마음에 담아두고 있으면 우울의 늪에 빠질 수 있다. 우울을 극복하기 위해서는 논술을 통해 풀어야 한다는 것이 지론이다. 특히 논술은 나를 글쓰기의 대상에 몰입하게 하는 마력을 가지고 있었다. 융합도 마찬가지다.

어떤 책에서 봤는데 대상을 생각만으로는, 상상만으로는 효과가 없다는 것이다. 그 대상을 논술로써 표현하여 형상을 구체화했을 때 가치와 의미는 획득된다는 것이다. 논술은 무한한 지식의 창고이자 창의력의 원천이 되고 있다. 논술과 융합은 창의성의 기본적인 사고방식으로 생각하고 싶다. 어제 평창그룹의 면접에 많은 신경을 썼었다. 창의적인 답변이 신경을 많이 썼던 부분이다. 순간 빠른 문장들이 머릿속에 떠올랐다. 문장들이 꼬리에 꼬리를 물고 매달렸다. 내 머릿속에 있는 다른 문장들이 자신들도 빨리 써달라고 무언(無言)의 아우성을 쳤다. 가련한 나의 문장들, 나의 분신들, 그 얼마나 실업자의 그림자의 삭막한 공간에서 그토록 방황했니? 이제는 좀 쉬거라! 실업자의 고통에서 잠시 벗어나 하늘로 훨훨 날아올라라. 나는 순간 떠오른 상념의 문장들을 그대로 노트에 옮겨 적었다. 흑색 볼펜을 내려놓고 빨간 볼펜을 힘 있게 집어 들었다. 예상대로 문장들이 빨간 색을 달고 줄줄이 노트에 이어져 나갔다. 가뭄 속에 살아있는 지렁이들이었다.

"많은 광고의 일반적 규칙에서 벗어나는 것은 자신만의 특별함을 안겨준다. 그 특별함은 소비자의 시선을 끌게 한다. 소비자들의 '왜 그럴까?'로 사고가 생기어 분수처럼 확산된다. 광고가 소비자들에게 궁금증을 유발시켰다면 광고의 1단계는 성공이다. 컬러 시대에 과감한 흑백의 광고가 가져온 소비자들의 창의적인 사고다. 다음에 제품의 내용이나 이미지 광고 등의 전략으로 나가야 한다. 제품의 특별함이나 전달방식의 신선함은 큰 파괴력을 주지 않는다. 한계가 존재한다는 얘기다. 광고의 바탕과 본질에 그 상품만의, 그 기업만의 독특한 이미지의 특별함을 갖추어야 한다. 광고의 바탕은 컬러가 아닌 흑백일 수도 있다."

고정관념의 사고방식은 뻔한 내용이나 상식적 주장으로 일관할 위험성을 키운다. 누구나 아는 내용을 쓴다면 소비자의 큰 관심을 끌기 힘들다. 신선하고 참신한 맛이 없기 때문이다. 기업을 운영하는 CEO나 신입사원, 중견 사원이 빨리 창의적 사고의 중요성을 인식해야 한다. 요즘은 인터넷을 통해 많은 지식이 홍수를 이룬다.

이 때 홍수라는 표현은 무엇을 말하는가? 단순한 고정관념의 지식을 의미한다. 암기만 하면 되는, 고정관념의 지식들이 홍수처럼 우리 생활에 밀려들고 있는 것이다. 지식의 홍수는 심오한 의미가 삭제된 박제된 지식에 불과하다. 물론 죽은 지식을 바탕으로 창의적인 생각을 키울 수도 있다. 지식을 심화시키고 다른 상황에 적용하여 다양한 가치를 이끌어내어 활용한다면 그것 이상으로 좋은 것이 없다.

우리들은 상식의 지식에 매몰된다. 상식적인 것을 기획상품의 가치로 드러낼 수도 있다. 삶의가치가 표면적으로 드러난 브랜드는 이미 고정관념이 된다. 정보화의 변화의 시대에 고정관념은 큰 의미가 없다. 글에 의한 표현이든, 말에 의한 표현이든, 이미지에 의한 표현이든 독창적인 생각이 아니다. 널려 있는 내용을 주워 모은 것에 불과할 수도 있다. 소비자의 관심을 받기도 어렵다. 소금이 짜다고 주장한들 누가 귀를 기울이겠는가. 생각이 여기까지 미치자 피식하고 웃었다. 창의성 계발의 전문가가 된 듯한 묘한 기분이 들었다. 나는 고개를 돌렸다. 책상 옆에 놓인 '쓰레기통'이 보였다. 동시에 눈이 다른 사물로 옮기려 하자 그 의지에 강력한 제동을 걸었다. 쓰레기통에 집중할 수 있는 여건이 형상되었다. 쓰레기통에 대한 역설적(逆說的) 생각을 논술로, 그것을 다른 대상과의 만남을 통한 융합을 생각해 보기로 했다.

"아니지. 쉽게 다른 대상으로 옮아가면 안 되지. 쓰레기통을 나만의 관점, 창의적 관점으로 접근해 봐야지. 파생되는 다양한 가치를 무조건 존중해야해. 사고로부터 나오는 새로운 가치를 믿어야해."

그 때부터 창의성에 대한 실체들이 희미하게 펄럭이며 나불거렸다. 희미하고 텅 빈 머릿속에서였다. 내가 "덩더덩더덩더쿵!" 하고 외치면 "얼쑤!"하면서 그 실체가 떠오를까? 속으로 외쳐보았지만 "얼쑤! 소리"는 들리지 않았고 창의력은 보이지 않았다. 끈질기게 실체를 잡고 늘어졌다. 그래도 창의력은 잡히지 않았다. 구체적인 실체가 눈에 보이지 않았다. 논술, 융합을 통한 창의력의 실체를 말이다. 그것이 문제였다. 생각과 상상에서는 어림잡아 이해는 되지만 확실한 끈을 붙잡지 못했다. 창의성을 삶의 화두(話頭)로 삼아야겠다고 생각했다. 속으로 중얼거렸다.

"상황에 대한 독특한 관점을 지녀야지. 창의적인 인식과 대응으로 생각을 전문화하고 심화시켜야지. 암. 그렇고 말고."

내 얼굴은 일그러졌다. 무엇을 깊이 상상을 할 때마다 보이는 특이한 얼굴 모습이다. 우는 듯한 그러면서 웃는 듯한 중간의 모습의 표정이다. 그래 그렇다. 사람들은 쓰레기통은 단지 쓰레기통으로 본다. 대부분 사람들은 쓰레기를 담는 통(桶)이라는 의미 이외에 그것에 다양한 가치를 적극적으로 부여하지 않는다. 상상력의 빈곤을 드러내는 부분이다. 상상력의 그물망을 풍부하게 치지 못하고 깊숙한 늪에 쑥 빠져버린 현대인들의 모습, 빠른 변화 물결에 창의력이란 강력한 실탄을 장착하지 못했다. 몹시 허둥대면서 구석으로 떠밀려가는 사름들의 군상을 떠올렸다. '이것이 문제다'라고 생각하면서 감각과 쾌락에 탐닉한 현대인들의 머릿속에 무엇이 들어 있을까를 상상했다. 바로 창의력이 들어 앉아 있어야 할 공간에 타락한 쾌락이 있었던 것이다.

나는 볼펜을 놓았다가 들었다. 쓰레기통의 의미를 창의적으로 떠올리자. 그것을 논술로 생각나는 대로, 새로운 관점으로 작성해 보자. 대상에 대한 나만의 생각은 반드시 논술로 써야 한다고 생각했다. "생각한 것은 모두 논술로 표현한다"가 내 글쓰기 철학이다. 또한 그것을 다른 대상과 융합을 시도하여 새로운 가치를 창출해 보자. 손가락에 긴 볼펜은 부지런히 움직였다. 탄력을 받고 훨훨 날았다.

"쓰레기통에 대한 상식은 쓰레기를 담는 통이다. '쓰레기는 더러운 것'이라는 고정관념으로 쓰레기통을 바라보면 그대로 쓰레기통일 뿐이다. 우리는 이런 생각으로 쓰레기통을 산다. 고정관념은 겉으로 드러난 현상만을 대상으로 할 때 생긴다. 그러나 쓰레기통에 들어있는 내용물이 내 몸의 일부라고 생각하면 어떨까? 나의 분신(分身)이 되는 것이다. 현재 책상 옆에 있는 쓰레기통엔 무엇이 들어 있는가? 내게 비염이 있으니 아마도 콧물과 가래가 묻은 휴지 등이 들어 있을 것이다. 현재 건강상태를 쓰레기통이 간접적으로 말해주는 셈이다. 또한 쓰레기통에 신경질적으로 구겨진 원고뭉치가 들어 있다면 어떨까? 쓰레기통 안의 원고뭉치는 내가 고통스럽게 노력한 글쓰기 작업의 흔적으로 볼 수 있다. 치열한 내 삶의 편린(片鱗)인 것이다. 조금만 관점을 달리해서 보면 쓰레기통은 단지 더럽기만 한 것이 아니다. 내 삶을 평가하는 기준, 척도가 된다. 쓰레기통에 대한 고정관념을 벗어난 결과다. 만약에 방안의 쓰레기를 담기 위해서 쓰레기통을 사는 사람이 있다고 하자. 실용적인 목적에서는 아무 문제가 없다. 당연히 해야 하는 생활인의 일부이기 때문이다. 그러나 그것은 창의적인 관점은 아니다. 쓰레기를 담기 위해서도 쓰레기통을 구입했지마는 여기에 귀중한 가치에 한 가지가 더 포함된다면 어떨까? 그것은 위에서도 말했지만, 그 쓰레기통을 반성의 도구로 이용하는 것이다. 하루하루 쓰레기통을 바라보며, 아니 쓰레기통의 내용물을 쏟아 부으며 자신을 반성하는 통으로 생각하는 것이다. 나의 분신을 발견할 수 있다."

내가 쓴 글을 읽어보았다. 아마도 다른 사람이 이 글을 읽으면 웃을 것이다. 상식을 파괴한, 다른 관점에서 접근한 독특한 글이기 때문이다. 우리는 하찮은 물건에서 삶의 희망까지도 끄집어 낼 수 있다. 기존의 가치 외에 다른 가치를 새롭게 창조할 수 있다. 감각이라는 현상에 가려 안 보이는 가치를 관점만 바꾸면 잡아 낼 수가 있는 것이다. 쓰레기통이라는 더러운 통에서 반성하고 희망을 발견하는 깨끗한 통으로 재탄생할 수 있다. 관점을 바꾸어 쓰레기통을 바라볼 때 엄청난 결과의 차이를 가져오게 된다. 그것을 가능하게 해주는 것이 창의성이다. 쓰레기통도 그런데, 다른 모든 사물을 창의적으로 대할 때 얼마나 많은 가치가 재창출될까? 생각할수록 놀라운 일이다. 창의력의 완성은 융합으로 이루어진다. 문화적, 경제적으로도 무한한 부가가치가 창출될 것이다. 창의성을 생각하면 가슴이 두근두근 거렸다. 논술과 융합, 창의성이 주는 쾌감이다.

오늘날 많은 기업이 도산했다. 그 원인은 다양하겠지만, 분명한 것은 기업의 CEO나 직원들의 창의성 빈곤이 도산의 이유로 작용했다. 경제가 어려울 때 대부분 CEO가 취하는 정책이 있다. 바로 구조조정이라는 것이다. 상식적인 의미에서는 인건비를 줄이기 위한 전략으로는 납득이 된다. 비난을 무릅쓰고 용감하게 무자비하게 추진해서 기업이 회생도 되고 위기를 극복하기도 한다. 그러나 구조조정은 단기적인 처방에 불과하다. '지금 당장 들어가는 인건비를 줄이자'가 시야가 좁은 CEO가 취하는 행동이다. 현대 경영자들에게 가장 많은 영향을 끼치는 경제학자가 있다. 1시간 강연에 1억을 받는다는 게리 해멀(Gary Hamel)이다. 그는 이런 말을 한다.

"어려운 상황일수록 장기 비전(vision)을 뚜렷하게 제시하세요. 회사의 미래 성장 동력이 어느 부문에서 나올지를 확실히 보여주세요. 그리고 그 부문은 어떤 희생을 각오해서라도 지켜내야 합니다. 또한 어려운 상황일수록 새로운 인력을 계속 고용하라는 겁니다. 만약 상황이 어렵다고 새로운 직원을 뽑는 일을 멈춘다면, 그 기업은 그날로부터 도태될 겁니다. 조직의 평균 나이가 많아질수록 변화하기가 힘들어집니다."

이 말은 창의적 관점에서 분석할 때 시사점이 크다. 참신한 창의력은 젊은 신입 사원에서 나오는 것이기 때문에 기업이 위기일 때 오히려 신입사원을 뽑아 그들이 갖고 있는 창의력을 적극적으로 생산해내야 한다는 것이다. 경제가 어려울 때 신입사원들을 계속 뽑아야 기업의 위기를 기회로 잡을 수 있다는 것이다. 기업의 CEO들이 새겨들어야 할 안목이다. 상황에 대한 장기적인 관점에서의 대책이 기업의 성공을 지속하는 전략이라는 것이다. 게리 해멀도 역발상(易發想)을 기업 위기를 벗어날 수 있는 해법으로 제시하고 있다.

우리는 기업이라면 각 부서들이, 사원들 간에 서로 밀접하게 맞물고 돌아가는 구조를 생각한다. 조직적인 시스템을 연상하는 것이다. 활기찬 기업의 성공 사례를 읽어보고 기름이 칠해진 톱니바퀴를 연상하는 한다. 대부분의 기업들이 운영을 그렇게 하려 한다. 그것이 최선으로 생각한다. 그러나 창의적인 기업은 업무의 효율성을 높이기 위해 "어느 정도의 시간은 직원들이 재미있게 놀 수 있는 '장난 시간'을 계획한다"는 것이다. 일을 놀이처럼 즐기면서 하기 위한 근무방식이다. 또한 놀이와 일을 융합하여 추진하는 CEO의 창의적인 근무방식의 채택이다. 일이 놀이가 되고 놀이가 일이 된다. 일에 놀이적 요소를 융합하여 창의적 발상을 키우기 위해서다. 성공하는 기업들은 어떤 직원이든 자신의 아이디어를 놀이 형식을 통해 구상하고 즉시 실행에 옮길 수 있는 구조를 지니고 있다. 창의력은 고정관념을 파괴하면서 얻은 귀한 결과물이다. 나는 목에 힘을 주었다. 다짐을 하였다.

"성공하는 기업은 창의성을 바탕으로 기업의 조직개편을 시도한다. 인원 감축이라는 통상적인 해법의 제시는 부수적인 일에 속한다. 오늘날은 창의성의 유무가 기업이나 국가 경쟁력을 결정한다. 그것의 출발은 개인이다. 개인, 즉 기업의 사원들의 창의력을 키워주는 프로그램을 운영하거나 창의성을 가진 신입사원을 뽑아야 한다. 변화의 시대에 창의성이 성공의 키워드로 떠올랐다. 이제부터 나는 창의성 계발에 몸을 던진다. 아니 창의성 개발을 위해 목숨을 던지겠다."

나는 삶을 살아갈 명언을 생각해냈다.

"일생을 창의성 계발에 뛰어들어 살아간다!"

다시 생각해보았다. 가슴에 힘찬 파도가 밀려오는 느낌을 받았다. 파도에 밀친 내 마음은 자유롭게 흩어져 넓은 하늘로 날아올랐다. 그 감동, 환희, 드디어 삶의 목표가 분명히 정해진 것이다. 비로소 내가 살아가야 할 이유를 발견한 것이다. 그 부분에 특별한 능력이 있어서가 아니다. 노력하면 될 것이라는 자신감이 삶의 정체성(正體性)을 찾게 해주었다.

가문 날의 비오는 소리를 듣는 것 같았다. 지금까지는 수없는 입사원서를 들고 면접을 보아 수없는 실패를 맛봤지만 지금은 달랐다. 마음속에서 아련히 "얼쑤! 소리"가 들려오는 듯했다. 그러나 실체는 보이지 않았다. 비록 현재 입장은 실업자에서 벗어나지는 못했지만 마음만은 삶의 통로를 확보한 기분이었다. 나는 당당해졌다. 나는 창의력 계발이라는 길로 들어섰다. 나만의 전문성을 갖출 수 있도록 노력해야 한다는 것도 다짐했다. 한 가지가 확실히 정해지면 나머지는 자연스레 그 한 가지에 이끌려 나올 것이다. 그것도 재미였다. 나는 그것을 지금 느끼려 하고 있었다. 그렇게 생각하니 나만의 관점은 다른 대상으로 이동했다.

"우리 사회는 작고 힘없는 대상을 무시하는 경향이 있다. 다수의 의견은 다수라는 이유로 어느새 진리로 둔갑한다. 그 위세에 소수의 의견은 철저히 무시된다. 문화 후진국이 갖는 특징이다. 이런 후진 문화의 구조는 쉽게 사회적 합의를 이루어내지 못한다. 어떤 문제마다 늘 진통이 따르고 논쟁은 격화된다. 상대방의 의견은 왜곡된 비판으로 무시된다. 인터넷에서는 마냥 사냥이 진행되며 게시판에는 악플이 지독한 독가스를 품어댄다. 여기에 견디지 못한 사람들은 자살로 이어지고 인터넷은 또 다른 세상이 되어 버린다. 사회에서 소수의 대상은 어떤 사회적인 힘도 갖지 못한다. 다수에게 밀려 후미진 변두리로 쫓겨난다. 소수자로 전락하여 정신적, 육체적인 삶의 시련과 고통을 느낀다. 법의 보호를 요청해도 받지 못한다. 예컨대 트랜스젠더, 동성애자, 혼혈아, 외국인 노동자, 동남아 신부들이다. 이제는 우리들이 인식이 많이 달라졌지만, 우리 사회에 이들을 경계하는 눈초리는 매섭다."

나는 사회, 문화의 방향으로 대상을 돌렸다. 창의성 연구의 대상이 지금 쓰레기통에서 사회 이슈의 문제로 바뀐 것이다. 이렇게 대상을 옮겨보니 쉽게 해결되었다. 그것은 남들과 다르게 보기를 통한 나만의 차별성의 확보가 가능했기 때문이다. 대부분 사람들은 다수의 의견이 삶의 가치를 대변하는 것이라고 믿어 의심치 않는다. 그 결과 다수결의 의견을 존중하여, 과반수가 넘었기에 라는 말을 무서운 줄 모르고 쏟아낸다.

"자! 이것에 대한 사유(思惟)를 논술로 써 보자. 그리고 다른 대상과 융합해 보자. 빨간 볼펜이 어디 갔지? 그러니까 상상으로 첫 물꼬를 트고 그 다음은 큰 줄거리를 잡아 논술로 써야 한다. 바로 그것이었군. 그러기 위해서는 대상에 골몰하여 새로운 가치를 찾아내야 한다. 책을 통해서 보면 우연히 잡히는 것도 많단 말이야. 순간 영감으로 떠오르는 창의력은 메모를 통해 그 잔상을 기억해야 한다. 위대한 발명을 한 과학자들이 지독한 메모광이었다. 그 말이 이해가 됐다. 그들의 휘갈긴 메모는 상징이다. 메모에서 패러다임을 바꾸는 과학의 이론과 법칙이 나온다. 그것이 통용되어 한 시대를 이끄는 진리가 됐다. 우리가 그것을 교육을 통해 배우고, 또 후세에 전해준다. 하하하."

우리 사회가 안고 있는 소수자들에 대한 생각을 적어갔다.

"그러나 이런 소수자들에게도 귀중한 삶의 가치가 존재한다. 우리 사회의 문제점을 해결할 수 있는 다양한 가치를 이들 소수자들은 지니고 있다. 그러기 때문에 우리 사회는 적극적으로 이들을 사회 안의 주류로 편입시켜 중심에 서게 해야 한다. 그들의 창의성을 사회의 가치로 활용해야 한다. 그런데 사회는 왜 그들을 인정하지 않는 것일까? 작고 힘없는 상대는 우습게 봐도 된다는 편견이 개입된 것은 아닐까? 그렇다면 이들 역시 사회적으로 형성된 고정관념의 피해자인 셈이다. 농촌에서 살아본 사람들은 기억하는 것이 있다. 밭에 고추를 키우는 얘기다. 다른 밭작물도 마찬가지지만, 개중엔 밭두둑이 아닌 밭고랑의 황무지에서 어렵게 커가는 고추라는 녀석이 있다. 농부가 보살피는 밭두둑의 튼튼한 고추에 비해 이 녀석은 힘겹게 살아가는 모습이 역력하다. 가뭄이라도 드는 여름이면 몇 개 안 되는 잎도 오그라들어 왠지 생기가 없어 보인다. 잘 자랄 것 같지도 않다. 농부는 이 작은 고추를 그냥 무시한다. 농부의 발에 밟히기도 하고 때론 뽑히기도 한다. 작은 고추가 당하는 수난이다. 그러나 작은 고추 녀석은 어느 틈엔가 남보다 빨리 한두 개의 빨간 주머니를 매단다. 자신의 모든 삶의 지혜와 힘을 자신의 고추 키우기에 쏟아 부은 결과다. 이런 생명의 치열함에서도 삶의 아름다움, 역동성을 엿볼 수 있지 않은가?"

내가 생각해도 써진 문장이 멋있게 보였다. 그저 관점만 바꾸었을 뿐이었다. 어설펐지만 이렇게 창의적인 내용이 술술 나오다니, 나는 오랜만이 호탕하게 웃었다. 그 웃음은 그동안 나의 실업자로 떠돌던 어둠을 몰아내고 있었다. 밝은 빛이 보였다. 나는 계속 글을 써 나갔다. 손은 떨리고 마음이 격렬해졌다.

"실로 농부의 보살핌을 받은 큰 고추는 온실 속의 화초와 같다. 정권의 도움을 받는 거대한 기업과 같다는 말이다. 만약 농부에게 무슨 문제라도 생겨서 보살핌을 받지 못하면 그 큰 고추는 조금만 가뭄에도 시들고 만다. 이 큰 고추는 이미 도움을 받아 많은 물을 먹어왔고, 다른 것에 의존하는 타성에 젖어있다. 자생력을 상실했다는 것이다. 가뭄이라는 변화된 환경에 죽을 수밖에 운명이다. 큰 고추는 자신만의 치열한 생명력이 없다. 야성으로 뭉쳐진 삶의 전략이 없다. 게릴라 같은 치열한 자기 분석에서 나오는 비전을 볼 수 없다. 그러나 작은 고추는 자생력을 지니고 있다. 누구의 도움도 받지 않았다. 자신의 생명을 유지하기 위해서 재빨리 고추 주머니를 매달아 생존전략과 후손을 남기는 목적을 이룬다. 그것은 강한 추진력이다. 변화된 환경에 도망가는 것이 아니라 자신의 몸을 죽여 변화된 환경에 뿌리를 내린다. 실로 강한 생명력을 보이는 것이다. 작은 고추는 스스로의 몸을 조절하며 위기에 대처하는 위기관리 능력을 가지고 있다."

생각이 꼬리를 물고 이어졌다. 무한한 상상력이 펴지고 있었다. 밤에 눈이 내리기 시작했다. 나는 눈을 가장 좋아한다. 비도 나름대로 의미를 부여하여 좋아할 수도 있지만 눈은 세상을 완전히 바꾸어 준다는 점이 내가 좋아하는 환경적 가치로 생각되었다. 비는 세상을 완전히 바꾸어 주지 못한다. 물이라는 속성은 대상을 객관적인 눈으로 보게 만든다. 대상의 개성적인 모습이나 색깔은 물속에도 보인다. 물은 유리와 같이 투명하기 때문이다. 그러나 눈은 모든 컬러를 흰색으로 덮어 가린다. 눈은 대상에 대한 새로운 상황을 연출하는 자연의 힘이다. 바로 대상에 대한 새로운 상황의 연출!

그렇다. 눈은 창의력의 속성과 닮아있다. 조그만 사실에 감탄했다. 눈과 대상과의 융합이다. 눈은 완전히 대상을 파괴하지도 않고 그 본질은 유지시켜주면서도 새로운 변화를 시도한다. 범위는 실로 광범위하다. 세계적인 기업이 되려면 눈과 같은 융합의 창의성을 지녀야 한다. 본질은 유지한 채 다른 세상을 연출하는 놀라운 융합의 힘, 생각나는 대로 모든 생각들을 모아봤다. 눈을 창의적인 성격과 관련지어 새로운 관점을 만들어낸 것이다. 우리는 눈을 자연의 현상으로만 생각했다. 좀 더 사고를 확장시키면 순결성, 평화, 평등, 생명, 시련 등으로 그 속성을 생각했었다. 눈의 가치를 좀 더 확장해 보았다. 이제 평창그룹의 면접을 마치고 새로운 생각에 골몰했다.

자연은 창의력의 보고(寶庫)다. 자연을 대상으로 창의력의 실체를 찾기로 했다. 자연의 수많은 대상들은 그 대상만의 정체성을 속으로 지니고 있다. 우리가 말하는 생물학적인 특성이다. 정체성을 바탕에 두고, 본질을 바탕에 두고 융합이라는 다양한 관점으로 다양한 속성을 이끌어내고 싶었다. 대상에 대한 다양한 속성! 나는 이것을 따라 말해봤다. 그것을 경제적인 측면과 융합하여 관련시켜 봤다.

"대상은 상품, 제품이 된다. 이 세상의 대상인 자연물은 얼마나 많은가? 아마도 인위적인 숫자로 계산이 되지 않을 것이다. 그리고 자연물의 다양한 속성은 제품의 가치가 된다. 우리는 그 가치를 삶에 활용하기 위해서 제품을 구입한다. 창의력을 찾을 대상은 이 자연, 우주에 무한대로 널려 존재한고 있다. 이 얼마나 인간에게 주어진 축복인가?"

3

평찬그룹, 연설, 김순도 회장

　나의 어릴 적 꿈은 교사였다. 좋아했던 독서법은, 책을 읽다가 감동을 받은 문장이나 문단, 또는 그 일부 내용을 선택하는 것이다. 무한 시간을 투입하여 왜 그것이 감동이 되는지 생각해봤다. 그것이 오늘날 현실의 문제점과 관련지어 볼 때 어떤 의미와 가치가 있는지 구체적으로 생각해보는 것이다. 물론 책 한권을 다 읽고 감상문, 줄거리를 쓰는 전통적인 독서법도 좋다. 그러나 창의성을 암시하는, 신선한 관점이 보이는 부분의 내용을 선택하여 이를 집중적으로 분석해보는 것을 가르치고 싶었다. 대상이나 상황을 자신의 다양한 관점으로 분석하여 현실의 문제와 관련시켜 보는 융합적인 독서법도 개발하고 싶었다. 새로운 독서의 신기술, 이것을 내가 국어, 문학 선생이 되어 학생들에게 가르치고 싶었다. 진정 나의 꿈이었다. 나는 가끔 엉뚱한 상상에 매달렸다. 내가 유능한 교사가 신문 기자로부터 인터뷰를 하는 상상이었다.

　기자는 메모장을 가지고 내 말을 빠른 속도로 적어갈 것이다.

나는 그 기자의 적는 속도를 조절, 배려하기 위하여 천천히 말할 것이다. 기자는 융합 독서법의 핵심어를 잘 이해하지 못하고 자세히 물어볼 것이다. 기자가 생각하는 증명은 그 선생님의 융합 독서법으로 학생들을 명문대학에 과연 몇 명이나 보냈는지가 될 것이다. 평가기준은 오로지 대학입시를 바탕으로? 이렇다면 상식적인 관점을 가진 사람이다. 사실은 기자가 새로운 융합 독서법과 대입과의 관련성을 듣고 싶어서 인터뷰를 신청했는지도 모른다는 생각을 했다. 만약 내가 고등학교의 국어교사가 되었다면 이런 인터뷰는 절대 사절했을 것이라고 생각했다.

나는 사범대학 출신이 아니었다. 일반대학 출신이었다. 공부를 잘 못해 교직과목도 듣지 못했다. 교사가 되는 길과는 거리가 먼 대학을 나왔기에 교사의 꿈은 막연한 기대만 남기고 사라졌다. 그러나 마음의 저쪽 구석에 국어교사의 꿈은 조그만 돌이 되어 딱딱하게 자리 잡고 있었다. 나는 현실의 문제로 돌아왔다. 현실에 충실하자는 것이 생각이었다.

"작은 고추와 우리 기업과의 관계를 생각해볼까?"

창의적인 상상은 날개를 펴고 있었다. 해가 져서 밤이 되자 상상의 새는 날개를 활짝 펼쳤다. 이 밤도 나는 상상의 숲에 깊숙이 빠졌다. 작은 고추를 프리즘(prism)을 통과시켜 다양한 스펙트럼(spectrum)을 얻어 내야지. 하나의 대상의 속성에 나만의 다양한 관점을 들이대어 다양한 결과를 얻어야 한다. 다른 관점에서 '작은 고추'에 골몰했다. 고향은 고추의 고장이었다. 충남 청양 읍내의 가로등도 고추의 모양을 하고 있다. 고추의 가로등에 밤이 되면 빨간 등이 반짝하고 들어올 때 읍내의 거리에도 빨간 고추들이 뭉쳐서 익어 가는 것이다. 고추와 관련된 유머가 떠올랐다.

"어떤 마을에 고추를 잘 수확하는 사람이 있었다. 그런데 바로 옆집에는 고추 농사를 짓기만 하면 잘 안 되는 사람이 있었다. 그래서 고추 농사를 잘 짓지 못하는 사람은 고추 농사를 잘 짓는 사람의 밭을 몰래 가보기로 결심했다. 같은 종자의 고추씨에 같은 토질인데도 왜 그렇게 수확량에 차이가 날까? 그는 밤에 몰래 가서 보고는 놀랐다. 그 주인은 아름다운 여자가 그림으로 들어 있는 피켓을 들고 밤마다 세 시간씩 고추밭에 서 있는 것이 아닌가. 이것을 보고 고추가 빨리 익기를 바랐던 것이다. '그렇다'라고 몰래 고추밭은 찾은 사람은 감탄했다. 그는 한 단계 높은 더 전략을 쓰기로 했다. 그 사람은 집에 가서 나체의 아름다운 여자 사진을 붙인 피켓을 만들었다. 그리고는 밤마다 자신의 고추밭에 그 피켓을 들고 그 사람보다 한 시간을 더한 네 시간을 서 있었다. 다음 날 그 사람은 큰 기대감을 가지고 자신의 고추밭으로 가보았는데, 그는 비명을 지르며 놀랐다. 자신의 밭에 있던 고추가 불어서 너무 커지는 바람에 터져버린 것이다."

가벼운 웃음을 지었다. 거대한 기업이 주력 기업만을 남기는 것도 작은 고추의 생존전략과 긴밀히 맞닿아 있다. 과감하게 문어발을 자르는 다이어트의 실시와 같은 것이다. 때로는 작은 것이 큰 힘을 발휘한다. 주변의 벼두리로 밀려난 것은 하루의 생존을 걱정해야 하는 위급한 상황이다. 하루마다 느끼는 생존의식은 강한 생활력을 만들어 주었다. 우리 사회의 소수가 갖는 엄청난 힘이다. 위대한 가치를 내가 작은 고추를 통해 이끌어낸 수확이다. 우리 사회는 귀중한 가치를 무시해왔다. 작고 볼품없는 대상은 그 가치를 인정하지 않은 것이다. 사회의 기득권(既得權)을 지닌 주류가 가진 고정관념이다.

글을 쓰면서도 고정관념은 타파돼야 할 대상이라고 몇 번이고 생각했다. 그러면서 갑자기 주먹을 불끈 쥐었다. 창의성을 통한 나만의 차별화 선언을 주먹을 힘차게 쥐는 것으로 표현되었다. 나는 나의 글을 읽어봤다. 어느 정도 창의적 발상이 눈에 보였다. 물론 만족할 만한 수준은 아니었다. 창의성을 개발하기로 마음을 먹은 후 첫발을 내디딘 것에 불과하였다. 그러나 자신의 작은 수확은 눈에 구체적으로 보였다. 작은 고추를 통해 소수자의 고통을, 소수자들의 강인하고 아름다운 생명력을 뽑아 낸 가치를 생각했다. 강한 어조의 융합적 논술(融合的 論述)을 마무리 짓고 싶었다.

"오늘날의 정보화 시대는 앞서 말한 것과 같이 사회의 역동성 추구의 사례를 바로 작은 고추에서 찾아야 한다. 세계 경제의 위기를, 우리 경제의 위기를 극복할 수 있는 해법이 황무지에서 자라는 작은 고추의 생존전략에 있는지도 모른다. 우리 사회의 기득권자들의 고정관념이 놓친 큰 실수다. 바로 황무지에서 자란 작은 고추의 생명력, 가뭄에 대한 작은 고추의 생존전략이 오늘날 필요하다는 것을 인식해야 한다. 이것이 창의력이요, 고정관념에서 벗어나는 길이다."

나는 김경일의 교수의 『나는 오랑캐가 그립다』(바다출판사) 라는 책을 펼쳤다. 그는 국경 없는 다언어, 다문화의 시대에는 오랑캐 정신이 필요하다고 말한다. 다양한 변화가 예상되는 세계화 시대의 우리에게 필요한 것이 무엇인지 말해줬다. 나아가 변두리 국가인 한국의 21세기 생존전략은 무엇인가를 필자는 묻는다. 바로 세계화 시대에 열린 개인과 작지만 강한 나라가 되는 것이다. 바로 이런 "오랑캐 정신"은 개인으로 봐서는 스스로 당당하고 세계를 향해서는 열린 삶을 디자인하는 자기 혁명의 정신이라는 것이다. 오랑캐 정신을 통한 우리나라의 생존전략을 배워야 한다는 것이다. 나는 생각했다. 바로 오랑캐 정신은 바로 스스로 자신의 삶을 디자인하는 작은 고추에 해당한다. 실로 작은 고추에서 뽑아낸 국가의 생존 전략인 셈이다. 이렇게 작은 것에서 위대한 생각의 실마리를 제공받을 수 있다. 나는 하이에나처럼 상상의 공간에서 그 작은 고추의 실체를 물고 늘어졌다. 혈액이 A형다운 집요한 생각의 그물망을 펼친 것이다. 그물망은 색이 바랜 질긴 것이었다. 생각이 돌고 돌아 작은 고추가 닿아 있었다.

"그동안 소수자는 우리 사회에서 작은 고추처럼 치열한 삶을 살아왔다. 트랜스젠더, 동성애자, 혼혈아, 외국인 노동자들이 그렇게 살아왔다. 그 삶이 얼마나 아름다운가? 이렇게 그들의 삶을 올바로 평가하는 것이 창의적인 관점이다. 그동안 소수자들이기에 무시해왔던 것은 고정관념이다. 우리가 창의적인 관점으로 그들 삶의 내면을 들여다보면 작은 고추와도 같은 그들의 치열한 삶을 엿보게 될 것이다. 그렇게라도 살지 않으면 그들은 이 사회에서 발을 붙일 수 없다. 이런 소수자들도 우리 사회에서 당당한 한 축으로 서야 한다는 것은 지극히 당연한 일이다."

오늘날 대상이나 현상을 바라보는 관점이 창의적일 때 우리는 경쟁력을 갖추게 될 것이다. 그렇다면 나는 어떤 사람인가? 입사준비를 위해 영어공부도 치열하게 했던 사람이다. 입사시험에 실패할 때마다 눈물을 많이 흘렸던 사람이다. 그때마다 '다음에 또 도전하면 되지'라는 생각을 하고는 금방 잊어버렸던 사람이다. 그것이 전부였다. 지금 생각하니 입사를 위한 형식적인 행위에 불과했다. 그것은 누구나 하는 것이기에 결과적으로 치명적인 경쟁력 약화를 가져왔다. 인생의 방향을 제시하고 삶을 극복하는 강력한 비타민제가 없었다. 열정과 의지를 재충전하는 핵심이 없었다. 작은 고추다운 치열함이 없었다. 뿌리까지 뽑아내야 하는 절박감이 없었다. 척박한 환경을 극복하고 피어난 아름다운 작은 고추의 매력이 나에게는 없었다. 입의 주변이 늘어진 불독처럼 하나의 대상을 물고 늘어지는 의지와 열정이 없었다.

그것은 대조(對照)를 통합하는 융합(融合)이었다. 그것이 바로 창의력이다. 창의력 계발을 나의 운명으로 인식해야 한다. 내 삶속에서 창의력 계발에 미쳐 치열하게 살아야 한다. 이것을 나의 존재 이유로 만들어야 한다. 나의 삶의 아름다운 이유로 만들어야 한다. 치열함의 극치는 아름다움이다. 나는 창의력에 미쳐 지냈다. 그러다 보니 평찬그룹 신입사원 채용 결과가 어떻게 됐는지 잊어버리고 있었다. 그전 같으면 결과에 대해 전전긍긍했었다. 그러나 이제는 대조를 융합하는 창의성 계발이라는 화두(話頭)를 놓고 신문의 광고를 연구하고 이것을 TV의 광고로 적용하여 상상해 보기도 하였다. 그 후 며칠이 지났다. 순간 휴대폰이 울렸다.

"평찬그룹입니다. 이민준 씨죠. 합격입니다. 축하합니다."

평찬그룹의 인사담당의 전화였다. 합격의 통보를 받는 순간 신입사원 면접관의 마지막 말이 떠올랐다. 마지막 말을 통해 평찬그룹의 합격은 기대를 안 했다. "민준 군은 세상을 너무 모르는군요"라는 면접관으로부터 냉정한 말을 들었었다. 면접관의 차가운 말이 내 귓가에서 맴돌았다. 낙담의 말을 듣고 전철에 올랐을 때의 기분이란 참담함 자체였다. 생각해 보니 다른 해석이 가능했다. 면접관의 친근감을 표시하는 멘트로 마지막을 장식하는 분위기는 불합격을 예견하는 말이었다. 면접관의 친절함이란 낙방이 예견된 지원자에 대한 최소한의 예의라고 할까? 위로라고 할까? 인연을 맺지 못할 사람이기에 인생 선배로서 베푸는 최소한의 도리라 할까? 뭐 그런 것이었다. 인간적인 연민이 그렇게 표현되었으리라.

그러나 냉정함으로 충고를 하는듯한 면접관의 마지막 멘트는 무엇인가? 이제 그 실마리 해석의 가닥이 잡혔다. 무언가 기대를 하고, 입사해서 서로 만났을 때 이루어질 인연의 끈을 의식했기 때문이 아니었을까? 대부분 직장의 후배가 될 사람은 쓴 얘기를 주로 해주는 것이다. 나는 정말 평찬그룹의 면접관의 말대로 순진하게 세상을 모르고 있었다. 역설적인 해석을 말이다. 합격의 소식을 들은 후 의외로 담담했다. 그토록 10여 차례의 입사시험에서 탈락해 고심했던 자신을 생각할 때 그 담담한 심리는 의외였다. 이유는 다른 곳에 있지 않았다. 바로 대조를 융합하는 논술적 창의력 계발의 일을 하고 있었기 때문이다. 다양한 대상을 두고 창의성 계발에 몰입하다보니 세상을 바라보는 안목이 넓어졌기 때문이다.

난 창의성의 계발이라는 인생의 목표가 정해져 있었다. 때문에 합격이라는 극적인 상황도 초월해 있었던 것이다. 합격, 불합격은 내 삶의 과정에서 겪는 여러 일 중의 하나라는 것이다. 바로 성숙된 관점이었다. 종교가 죽음의 순간 그 공포를 초월하듯 융합은 한 단계 높은 정신적인 차원을 이루어냈다. 내가 잡고 늘어지던 감각의 속세의 문제는 순간 나의 관심권에서 멀어졌다. 내가 깨달은 것은 바로 대조를 융합하는 논술적 창의력의 힘이었다. 고대하던 평찬그룹의 신입사원이 되었다. 그렇게 원하던 평찬그룹의 사원이 된 것이다. 그러나 의외로 기쁘지 않았다. 영등포의 원룸을 떠나지 않기로 했다. 내가 대기업에 합격을 했다하더라도 나를 철저히 헝그리 정신으로 무장하기로 했다. 추운 겨울을 난방 장치 없이 지낼 수 있다는 자신감이 생겼다. 외로움도 극복할 수 있다는 창의력의 충만감이 생겼다. 사람의 고통과 대기업 합격의 융합은 또 다른 나를 만들고 있었다. 잔잔함 속에서 치열함이라 할까?

한 마리의 백조를 상상했다. 겉으로 평화롭게 보이지만 물갈퀴는 물속에서 치열하게 움직이고 있는 백조. 100% 편안함의 추구는 거부했다. 고통과 편안함의 융합을 추구하고 싶었다. 고통스러우면서도 고통스럽지 않고 편하면서도 편하지 않은 삶을 살고 싶었다. 쉽지는 않겠지만 평찬그룹에 입사하면서 추구해야 할 삶의 방식이었다. 하늘이 맑았다. 날씨는 추웠다. 2월의 추운 바람이 생각보다 날카로웠다. 아스팔트 도로 바닥에는 언제 떨어졌는지 모를 마른 잎사귀가 바람에 날리고 있었다. 소리가 삭막하게 들렸다. 인생의 마지막 모습과 같았다. 잎이 터서 녹음을 이루다가 가을바람에 떨어져서 겨울에 뒹구는 나뭇잎, 마치 80년 인생의 여정을 1년으로 압축해 놓은 모습이다.

나뭇잎을 바라보았다. 쓸쓸함이 엄습해왔다. 평찬그룹의 신입사원의 연수는 첫날부터 빡빡했다. 오늘날 경제 위기를 맞이하여 그것의 극복 방안을 뛰어난 인재인 신입사원의 두뇌에서 찾으려는 듯 했다. 연수 일주일의 일정이 빼곡하게 줄을 이었다. 신입사원 오리엔테이션 첫날부터 긴장감이 돌았다. 모두 어려운 관문을 통과하고 들어온 신입사원답게 얼굴은 밝은 빛이었다. 속에는 당당한 자신감이 바탕을 이루고 있었다. 합격을 위한 그 동안의 어둠은 얼마나 고통스러웠을까? 그들은 지나온 고통에 대한 보상을 받은 듯 모두 밝은 모습으로 연수에 참여하였다.

나는 신입사원들의 틈에 끼어 평찬그룹의 연수 대강당으로 이동하였다. 100여명의 신입사원들은 평찬그룹의 계단의 통로를 걸어갔다. 대강당으로 가는 길이었다. 통로의 하얀 벽의 여백에는 그림과 함께 붓글씨로 쓴 휘호들이 걸려있었다. 유명한 서예가들의 작품들도 눈에 보였다. 액자 속의 하얀 바탕에 검은 붓글씨 그리고 빨간 낙관(落款)은 묘한 조화를 이뤘다. 한편의 예술작품이었다. 평찬그룹 김순도(金純度) 회장의 서예작품도 있었다. "창의력이 경쟁력이다!"라는 서예글씨가 눈에 확연히 들어왔다. 아, 김순도 회장은 창의력을 평찬그룹의 발전의 원동력으로 삼고 있구나 하고 생각했다. 창의력 계발이라는 단순한 내용을 담고 있지만 내가 창의력을 화두로 삼아 일생을 바치려는 입장에서는 서예작품은 깊은 감동을 주었다. 김순도 회장의 작품은 다양한 의미를 주면서 삶에 성공을 위한 의지를 갖게 했다. 나는 힘차게 중얼거렸다.

"보는 자의 안목에 따라서 작품의 가치가 빛을 발한다."

발을 멈추었다. 김 회장의 서예작품을 뚫어져라 쳐다보았다. 다른 신입사원들은 즐거운 표정으로 복도를 지나가고 있었다. 모습은 대학생들이 가장 선호한다는 평찬그룹의 정식사원이 됐다는 자부심이 당당히 퍼진 그들의 어깨와 웃는 얼굴에서 확인할 수 있었다. 모두들 웃음을 천박하게 웃지 않고 지적으로 웃으려 노력하는 모습이었다. 신입사원의 어깨가 무거워졌다. 평찬그룹의 찬란한 브랜드가 무겁게 내려앉았다. 마음만은 기쁜 모양이었다. 신입사원들의 걸음을 경쾌하게 하였다. 평찬그룹의 브랜드가 신입사원 어깨에서 빛나고 있었다. 평찬그룹 회장의 휘호를 다시 바라보았다. 회장인 김순도란 이름과 창의력 계발의 상관성을 생각했다. 다소 엉뚱한 생각이었다. 나는 속으로 중얼거렸다.

"평찬그룹은 창의력의 순도가 100%이구나."

처음에 대상이나 상황을 인식할 때 사람의 이름과 관련시켜 생각해보았다. 나의 평소 버릇이었다. 이런 사고방식도 무한한 상상력을 이끌어내는 창의력의 일종이라고 생각했기 때문이다. 창의력은 상식인 사고의 통로를 찾아 들어가는 것이 아니라 두 대상의 융합으로 접근할 때 발현된다고 생각했다. 대상과 상황에 대한 자신만의 독특한 사고를 이끌어내기 위한 접근 방법을 즐겼다. 그렇게 하면 반드시 재미있는 결과가 나왔다.

"김순도 회장이기에 평찬그룹의 창의력을 계발하는 열정만큼은 '순도 100%'라고 생각한 것이다. 거기다가 김순도의 성인 김(金)의 한자는 금(金)자도 되는 것이다."

스스로 웃지 않을 수 없었다. 들어가던 몇몇의 신입 사원들이 나를 쳐다보았다.

"하하하. 정말 평찬그룹의 발전 동력은 바로 창의력이군."

실없이 웃었다. 대상에 대하여 엉뚱하게 접근하면 좋은 점이 있다. 아무리 딱딱한 대상이나 상황이라도 말랑말랑하게 느껴졌다. 젤리를 먹는 기분이었다. 이렇게 먹는 것도 말랑말랑한 것이 좋은데 창의성을 이끌어내기 위한 과정이야 더 말할 나위가 없었다. 그것의 긍정적인 점은 대상에 강력한 신뢰감이 생긴다는 것이다. 누구에게나 오랫동안 기억되고 잊혀 지지 않는다는 것이다. 이름과 특정 상품과 관련지어 융합적으로 생각하면 이름이 반드시 호의적으로 다가왔다. 웃음이 나오는 유머가 되기도 했다. 부정적인 대상을 유머로 접근하면 한 발짝씩 긍정적으로 돌진하는 마력이 생겼다.

나는 생각했다. 창의력은 평찬그룹이 세계적인 그룹으로 성장한 이유가 된다. 시대의 화두인 창의성을 중시하여 평찬그룹의 경쟁력으로 삼았다는 것이 결론이었다. 구체적으로 말하면, 다른 제조업의 투자보다 창의력을 계발하는 데 막대한 자본을 투자했다는 이야기가 된다. 김순도 회장의 현명한 판단이었다. 성공한 기업의 이런 사실을 떠올렸다. 기업의 발전과 창의성의 관계를 대조를 융합하는 논술적 창의력으로 더 파고들기로 했다. 가능하다면 평찬그룹의 창의력 계발팀에 지원하고 그곳에 발령을 받고 싶어졌다. 융합적 창의력을 최대한 발휘하고 싶었다.

"평찬그룹 김순도 회장님의 연설이 있겠습니다."

연수장에 있는 사회자의 말이 들렸다. 김순도 회장이 천천히 연단에 올랐다. 70대의 중후한 모습이었다. 사회자는 김순도 회장에 대한 약력 등의 소개를 하지 않았다. 회장에 대한 권위를 외적으로 내세우지 않았다. 신선한 순간이었다. 신문에서나 보던 김순도 회장은 생각보다 젊어 보였다. 신입사원들의 눈과 마주치는 순간 엷은 미소로 좌중을 돌아보았다. 모습은 일종의 그동안 역경을 딛고 올라온 관록이 뿜어져 나오는 카리스마 그 자체였다. 김순도 회장은 환영 스피치를 시작했다. 그는 스피치를 상당히 즐기는 사람이었다. 그는 많은 독서를 통하여 설득력이 높은 스피치를 위한 자료를 많이 모으고 그것을 자기화하기 위해 연구를 많이했다고 한다. 국내외의 스피치에 능한 저명인사들의 연설방법을 철저히 연구한 김 회장은 그것을 리더십의 동력으로 활용하였다. 김순도 회장의 연설은 30분을 넘기지 않았다. 문장은 짧고 내용은 한편의 이야기 형태로 재미가 있었다. 스토리텔링(Storytelling) 스피치의 귀재(鬼才)였다. 연설을 한다는 것이 아니라 즐긴다는 표현이 정확했다. 스토리 형태의 구조는 무엇보다도 흥미진진했다.

네이버 지식백과에 보면 "이야기는 어떤 논리적인 설득보다도 사람의 마음을 움직이는 힘이 강력하다. 그래서 요즘 스토리텔링이 다양한 분야에서 주목을 받고 있다. 대중 스피치에서도 스토리텔링은 매우 고전적이면서 효과적인 커뮤니케이션 형태다. 스토리텔링은 정보를 단순히 전달하는 것이 아니라 전달하고자 하는 정보를 쉽게 이해시키고, 기억하게 하며, 정서적 몰입과 공감을 이끌어내는 특성을 가지고 있기 때문이다."고 설명돼 있다.

김순도 회장의 첫마디였다.

"평찬그룹 신입사원 여러분! 저는 여러분들을 보고 싶었습니다. 미치도록 보고 싶었습니다. 저! 저! 저는 어젯밤에 한숨도 못 잤습니다. 그런 저에게 박수를 쳐주시면 감사하겠습니다."

김순도 회장은 연설의 첫 문장부터 박수를 받는 노련함을 보였다. 특히 '저, 저, 저'의 더듬는 모습은 묘한 친밀감을 느끼게 해주었다. 연설은 세련돼 있었다. 인위적인 권위가 아니었다. 웃음을 지으며 정말 보고 싶었다는 모습이 김 회장의 얼굴에 구체적으로 나타났다. 100여명의 우리 신입사원들은 연설에 빠져 들어갔다. 김순도 회장은 5분 간격으로 박수를 받고, 우리 신입사원들을 웃게 만들었다. 유머 스피치 기법이 동원되는 순간이었다.

"여러분, 여러분들이 성공한 직장인이 되기 위해서는 창의력 계발에 열정을 지녀야 합니다."

김순도 회장의 연설을 듣고 깜짝 놀랐다. 창의력 계발이란 말이었다. 치열한 신입사원 면접장에서 내가 면접관에게 했던 말이었기 때문이었다. 창의력 신장과 관련지어 필요한 것은 대조를 융합한 논술적 창의력이라고 답변했던 것이다.

"김순도 회장과 코드가 통하는구나."

연설을 들으며 생각했다. 김 회장은 연설을 힘차게 이어나갔다.

"저는 창의력 계발에 능통하기 위해 노력한 사람입니다. 어린 시절부터 노력했습니다. 할아버지께서는 신문을 좋아하셨습니다. 제가 초등학교 5학년 때, 시골의 삼거리에 가서 신문을 받아다가 2km의 산길을 걸어 할아버지께 갖다 드렸습니다. 신문을 들고 험한 산길을 걸을 땐 얼마나 힘들었겠습니까? 나무 그루터기에 주저앉아 자주 신문을 보았지요. 무슨 내용인지도 모르고 무작정 읽었습니다. 그리고 그대로 베껴봤습니다. 그런데 참 이상도 하죠. 그대로 신문의 칼럼이나 사설을 베끼다 보면 자신도 모르게 그 문장, 문단, 전체의 글의 구조를 배우게 됩니다. 유기적인 구조를 말이죠. 모방이라는 것은 결국 내가 문장, 문단, 전체의 글을 개성 있게 쓰는 능력을 키워줍니다. 열심히 노력했던 저에게 박수를 부탁드립니다."

우렁찬 박수가 쏟아졌다. 김순도 회장은 박수가 끝날 때까지 말을 하지 않고 기다렸다. 침착하게 호흡을 가다듬었다. 역시 연설의 귀재였다. 노련함이 김 회장의 몸과 행동과 언어에서 그대로 드러났다. 김순도 회장은 신입사원들을 골고루 둘러본 후 손을 쳐들었다. 연설의 호흡을 한 단계 높였다. 눈에 힘을 주었다.

"저는 신문의 사설을 원고 삼아 산 속에서 연설을 했습니다. 수많은 나무들이 청중들이라고 생각했습니다. 20분 동안 했습니다. 나무들이 흔들거렸지요. 그 때 강풍이 불었던 것입니다."

그 때 "와아" 하고 신입사원들은 웃었다.

김 회장의 스토리텔링의 스피치가 본격적으로 막이 오른 듯 싶었다. 많은 신입사원들은 숨을 죽이며 들었다. 이야기가 구구절절 우리들의 가슴을 파고들었다. 설득력 있는 목소리에 우리 가슴은 파도로 출렁거렸다. 김 회장의 스피치는 이제 막바지를 치달았다. 신문의 칼럼과 사설을 그대로 베끼고 있고, 그것을 바탕으로 자신의 의견을 넣어 직접 글을 써본다는 내용으로 치달았다. 지금도 3일에 한번 씩 그렇게 하고 있다는 것이다.

"글쓰기는 신문을 통하면 쉽게 배울 수 있습니다. 연설을 잘 하려면 자신이 쓴 글을 구어체로 바꾸어서 전달해 보십시오. 그것도 유머를 섞어서, 재미있게 말이죠. 지금부터 노력하면 틀림없이 그렇게 됩니다. 이 자리에 있는 우리 평찬그룹 신입사원들은 열정이 있고 유능하고 젊잖아요. 확신합니다."

김 회장의 말은 자신감이 있었다. 사람의 진실이 있었다. 자신의 구체적인 체험을 바탕으로 하고 있었다. 자신의 삶을 있는 그대로, 과거의 일을 진술하게 스피치에 담고 있었다. 나는 신뢰감이 들었다. 언론에서도 김순도 회장은 명 스피치를 하는 회장이란 말은 들었다. 그러나 직접 들은 것은 처음이었다. 뭉클한 감동이 밀려왔다.

"이렇게 스피치란 엄청난 힘이 있구나." 나도 모르게 생각이 들었다. 마지막의 김 회장은 목소리의 톤을 급격히 높여 말했다. 거대한 파도가 밀려왔다가 바위에 부딪혀 물보라를 내는 소리와 같았다. 파도는 강렬하게, 물보라는 부드럽게, 맘대로 언어를 멋지게 요리하였다. 김순도 회장의 스피치에 정신이 번쩍 들었다. 이제 주제를 말하고 있었다.

"창의력은 글쓰기와 말하기에서 능력이 길러집니다."

드디어 김 회장의 상징인 창의력에 대한 이야기로 접어들었다. 그 내용에 정신을 집중할 수밖에 없었다. 내 관심사가 창의력 계발이고, 이곳 평찬그룹의 연수원 강당으로 올 때 복도에서 보았던 김 회장의 휘호가 "창의력은 경쟁력이다!"라는 글이 떠올랐다.

숨을 죽였다. 똑바로 김순도 회장을 바라보았다.

"제가 평찬그룹을 대기업으로 성장시킨 것도 창의력 때문입니다. 여러분들은 창의력 계발에 최선을 다해야 합니다. 당장 목숨을 걸어야 합니다. 젊음을 투자해야 합니다. 밤낮을 가리지 말아야 합니다. 열정을 발휘해야 합니다."

서술어 중심으로 말하던 김 회장은 잠시 말을 멈췄다. 호흡을 조절하고 말을 이었다. 서술어 중심의 말하기는 청중들에게 명쾌한 느낌을 전달한다. 짧으면서도 주장이 강력했다. 군더더기가 없이 퍼졌다.

"제 자신이 목이 마른데 물 한잔을 먹기보다는 여러분들의 열렬한 박수를 받고 싶습니다. 물보다는 여러분들의 박수가 내 가슴을 시원하게 적실 것 같군요."

연수원 강당은 박수와 환호의 도가니였다. 그룹의 총수가 이렇게 많은 박수와 환호를 받을 수 있는가 의심이 들었다. 대부분 권위를 드러내고 신비주의 전략을 펼치는 사람이 그룹 회장이 많다. 우리는 익숙하게 그런 모습을 많이 봐왔다. 그러나 의심은 금방 해소되었다. 탈권위적인 비밀은 바로 진실을 말하는 명스피치에 있었다. 쉬운 내용을 쉬운 형식을 동원해 쉽게 전달한다. 쉬운 내용을 전달하면서도 서술어 중심으로 말하기에 천박하지 않게 느껴진다. 연설의 달인이라고 불러도 좋다는 생각이 들었다. 어떤 정치가는 병상 정치를, 어떤 기업가는 휠체어 경영을, 어떤 스포츠맨은 벙어리 훈련을, 어떤 연예인은 신비주의 전략을 쓴다는 말은 많이 들어봤다. 그러나 평찬그룹의 김 회장 같이 쉬운 스피치를 통해 리더십을 강화하는 경우는 들어보지를 못했다. 이것도 창의력이구나 생각했다. 리더십을 김 회장의 스피치라는 재능을 통하여 새롭게 창조했구나. 누가 감히 흉내를 낼 수 없을 정도의 특이한 리더십의 비밀의 진실을 알 수 있었다.

나는 김 회장의 감동스런 연설을 듣고 삶의 목표를 수정했다. 창의력을 바탕으로 내가 연설을 잘하는 기업의 CEO가 되리라 생각했다. 그러면서 쓰기와 말하기를 뛰어넘어 대조를 융합한 논술적 창의력에 통달하고 싶었다. 김 회장의 리더십의 출처가 스피치라면 나는 대조를 융합한 논술적 창의력에 두고 싶었다. 끊임없이 이 생각에 골몰했다.

"존경하는 신입사원 여러분! 내가 오늘 생각했던 이야길 모두 말하면 다음에 할 이야기가 없어집니다. 다음에 재미있는 연설을 하기 위해 이만 줄여야 합니다. 지금 더 말하고 싶지만 저도 참겠습니다. 이해해주시기 바랍니다."

우레와 같은 박수가 터졌다. 김순도 회장의 연설은 유머와 겸손으로 마무리 되었다. 새로운 세상을 만난 느낌이었다. 어두운 바다를 항해하고 천신만고 끝에 육지를 발견하여 뭍에 오른 난민처럼 얼떨떨하게 주위를 둘러보았다. 어떤 신입사원은 얼굴이 벌개

졌으며, 어떤 신입사원은 연신 노트에 메모를 하고 있었다. 감동의 서로 다른 모습을 보여주고 있으리라. 오늘은 평찬그룹 신입사원 연수의 마지막 날이다. 자신이 원하는 부서를 쓰게 하고 간단한 면접을 보았다. 면접이란 면접관이 신입사원이 쓴 자기 소개서를 읽으면 기다리고 있다가 확인 질문을 하는 정도였다. 그러나 눈빛만은 날카로웠다. 원하는 부서로 창의력 계발팀을 적었다. 이유를 김 회장의 연설에 감동을 받았기 때문이라고 적었다. 스피치에 대한 감동이었다.

평찬그룹은 독특한 프로그램이 있었다. 신입사원 연수가 끝나면 1주일의 여행을 한 후 결과를 보고서로 적어내는 것이었다. 평찬그룹 연수생이 스스로 목적지를 정하고 자신만의 경영전략을 제시하는 셈이다. 신입사원의 보고서에 가끔 큰 물건이 있다는 것이다. 여행 보고서는 연수생이 희망한 부서 배정 원칙에 강력한 평가 자료로 활용된다는 것이다. 떠도는 소문에 의하면 그렇다. 그만큼 평찬그룹은 연수생의 여행에 큰 의미를 두고 있었다. 여행에서 얻은 구체적인 경험을 바탕으로 평찬그룹에서 분명한 정체성을 정립해보라는 의미였다. 연수생의 존재감은 여행으로부터 시작된다고 해도 과언은 아니다.

신입사원은 분석적, 논리적, 비판적, 창의적 사고력이 중요하다. 거기에 정신력의 중요성, 여행을 통해 삶에 대한 깨달음, 정체성의 확인, 의지의 필요성을 현실적으로 인식하라는 것이다. 번데기가 허물을 벗고 나방이 되듯 자신의 재탄생과 같은 계기를 여행을 통해 찾아보고 잡아보라는 의미이기도 하다. 정말 좋은 프로그램이라고 생각했다. 평찬그룹의 성장 동력은 여기에서 출발한다고 생각했다.

나는 여행지를 울릉도의 성인봉(聖人峰)으로 정했다. 거기에는 천연의 원시림(原始林)이 있었다. 원시림에 안개가 존재한다는 것은 상식에 속한다. 또한 울릉도의 겨울은 눈이 많이 오지 않는가? 원시림, 생각만 해도 가슴이 뜨겁게 달아올랐다. 우리나라에서 유일한 원시림은 울릉도의 성인봉에만 있다는 것이다. 원시림, 안개, 함박눈이 머리를 떠나지 않았다. 본질을 발견하고 또 다른 나를 성인봉에서 만날 수 있다고 생각했다. 진정한 자연의 소리가 있을 것으로 생각했다.

내가 꿈속에서 어렴풋이 들었던 "얼쑤! 소리"를 성인봉의 원시림에서 찾아야 한다. "얼쑤! 소리"는 나에게 창의력과 깨달음을 주는 신명(神明)의 소리다. 원시림이기에 순수하고 누구의 손길이 닿지 않아 소리가 원음(原音)으로 남아 있을 것이라고 생각했다. 원시림의 소리 없는 소리를 통해 자신의 정체성 회복과 창의성의 본질을 찾아야 한다. "얼쑤! 소리"를 평찬그룹에 주입시켜 신바람 직장문화를 창조하고 싶었다. 그러기에 반드시 자연의 소리가 그곳에서 나를 반겨 주리라는 희망이 생겼다. 나는 본질적인 차원에서 원시림의 소리를 찾아 삶의 의미를 찾아보고 싶었다. 이번 여행에 목숨을 걸고 싶었다. 나는 눈을 돌려 주위를 보았다.

다른 사원들은 주로 해외가 여행의 장소로 정하고 있었다. 또한 연수에서 친했던 연수생들이 그룹별로 정하고 있었다. 그러나 나는 혼자 떠나기로 했다. 해외가 아니라 반대로 국내의 섬을 찾아가 겨울의 삭막함 속에서 나 자신의 정체성을 확인하고 오리라고 생각했다.

"얼쑤! 소리"를 듣고 싶었다. 창의성의 원류를 찾아오고 싶었다.

이번 평창그룹의 연수에서 귀한 친구를 얻었다. 정찬시(鄭燦時)라는 이름의 신입사원이다. 그는 말씨가 다정다감했다. 나에게 호의를 가지고 잘 대해줬다. 그러면서 나에게 낚시를 제의했다. 이야기를 들으니 찬시는 낚시가 취미인 정도가 아니라 바로 삶인 듯한 인상까지 들게 했다. 그러면서 그는 낚시의 좋은 점을 설명했다. 어느새 우리는 서로 말까지 놓는 사이가 되었다. 찬시는 얼굴이 미남이었다.

"민준아, 낚시는 말이야. 새벽이 아주 좋거든. 물안개가 피어오르는 저수지의 풍경을 상상해봤나? 그것은 한 폭의 그림이 아니라 신선의 세계라 할 수 있지. 특히 봄에는 복숭아꽃이 만발한 곳의 저수지를 찾아가는데 도연명(陶淵明)의 도화원기(桃花源記)가 바로 그곳이야. 이 때 만큼은 나 자신에 몰입하고 나란 누구인가를 생각하지. 내가 철학자가 된단 말이야. 나 자신에서 내가 벗어날 때는 물고기가 낚시를 물을 때야. 잡힌 물고기의 입을 벌리고 낚시를 빼낼 때에만 비로소 물고기의 실체가 인식된다네. 이때가 바로 나를 잊는 시간이지."

"내가 생각할 때는 물고기가 낚시를 물었을 때, 순간의 손맛을 느끼는 그때가 자신을 잊어버리는 때가 아닌가?"

"민준은 무슨 소리를 하는가? 그것은 누구나 낚시꾼이면 다 느끼는 황홀한 순간이지. 나는 비로소 그것에서 초월했다네. 진정한 자유를 알게 된 것이지."

"그렇다면 진정한 자유란 자신을 잊을 때란 말이지."

"그렇지."

정찬시는 현실에 대한 인식의 차원이 높았다. 바로 평찬그룹에 걸맞는 신입사원이었다. 지적이고 철학적이고 낭만적이고, 일에 대한 열정이 분수처럼 하늘로 솟고… 나는 속으로 긴장했다. 처음에 한 찬시의 말 때문이었다.

"물안개가 피어오르는 저수지의 풍경!"

내가 그토록 듣고자 했던 그 "얼쑤! 소리"의 실체를 그 저수지에서 들을 수 있을 것이란 생각이 들었기 때문이다. 가슴이 마구 뛰었다. 나의 꿈속에 등장하여 창의력의 암시를 준 상황이 저수지에서도 이루어질까? 왜 그런 생각이 들었을까? 우선 저수지에는 '안개'가 있었다. 긴장감이 생겼다. 그러나 나의 꿈속과 저수지는 두 가지의 상황이 달랐다. 그 하나는 산(山)이고, 또 하나는 눈(雪)이 있어야 했다. 그런데 찬시가 말하는 저수지는 안개만 있을 뿐 산과 눈이 없었다. 저수지는 원시림이 아니다. 저수지의 물안개는 외면의 안개지 내면의 안개가 아니었다. 실체가 없는 짝퉁 안개였다. 찬시는 그런 내 생각을 아는지 모르는지 자신의 말을 이었다.

"그 순간을 경계로 원시의 시간 속으로 나를 몰입한다네. 물고기가 낚시를 무는 순간이 아닌 물고기 입에서 낚시를 빼는 순간, 몰입(沒入)이 된다네. 주둥이에서 낚시를 빼낼 때 순간 파르르 떠는 물고기의 모습은 원시의 생명력이지. 이때 외경심(畏敬心)을 느낀다네. 그것은 나에게 무한한 생명력을 주지. 그 실체를 분명히 찾으려고 한다네."

정말 대단한 친구였다. 나는 속으로 생각했다. 찬시의 외경심은 내가 찾는 "얼쑤! 소리"와 다를 바 없다는 것을, 외경심의 감각적 표현은 "파르르 떠는 생명력"이었다. 찬시는 조용히 말했다.

"새벽의 낚시는 일종의 정신적인 여행이지. 인도에서 느낄 수 있다는 고요한 세계의 명상. 그런 의미에서 낚시는 나에게 정신적인 비타민제야. 마음의 고통에서 벗어나 아무런 왜곡 없는 순수한 마음 상태로 돌아가는 것을 초월이라 하며 이를 실천하려는 것이 명상이지."

"아, 그렇군요."

나는 어느새 존댓말을 하고 있었다. 그리고 맞장구를 쳐줬다. 찬시는 매우 즐거워했다. 내가 자기를 따라 낚시를 한다면 좋은 낚싯대를 그냥 주겠다는 제안도 했다. 찬시의 말은 순수했고 가식이 없었다. 또한 자신만의 세계를 뚜렷이 지니고 있어 한편으로는 그가 부러웠다. 나는 창의력에 대해 관심을 가지고 있지만 초보적인 수준에 머무르고 있었다. 실체를 밝히지 못했다. 창의력의 주변만 상상력으로 맴돌았지 핵심부의 모습을 보지 못하였다. 그러나 찬시는 낚시에 대해 자신만의 전문성을 드러내고 그것에 철학적인 의미와 가치도 분명히 제시하고 있었다. 찬시는 대상에 대한 인식에만 그치는 것이 아니라 대응에서 자신만의 삶의 가치를, 자신만의 생활 철학을 정립하고 있었다. 바로 낚시를 통해서다.

나는 듣고만 있었다. 찬시의 흥겨운 낚시에 대한 이야기가 듣기에도 좋았다. 낚시에 대해 잘 모르고 있던, 어린 시절 대나무를 베어 낚싯줄을 매달아 저수지에 몇 번 갔던 나에게는 그 얘기를 듣는 자체로만도 좋았다. 무엇보다 찬시의 차분한 말투가 나를 안정시켰다. 그는 심리적으로 안정이 돼 있었다. 명문대학에서 미술을 전공한 친구였다. 찬시는 어떤 상황에서도 고요함을 잃지 않을 것 같았다. 나에게 예상되는 수많은 시련과 역경에 그는 안식처가 돼 줄 수도 있을 것 같았다. 나는 당분간 결혼을 염두에 두지 않고 있었다. 33세는 많지도 않은 나이인데다가 창의력 계발에 미치기 위해서는 혼자가 되어야 했다. 어둡고 추운 영등포 원룸의 공간, 은거지(隱居地)에서 나는 창의력 계발에 미쳐야 했다. 또 하나의 은거지를 물색하기로 했다. 주변의 대학교 도서관이었다. 은거지에 맞게 후미진 구석의 자리를 봐 놨었다. 그러나 나의 돌발적이고 엉뚱한 생각에서 나오는 행동을 제어해줄 친구가 있었으면 했다.

바로 정찬시가 눈에 들어왔다. 나의 이기적인 생각이지만 어쨌든 그렇게 생각이 들었다. 그러면서 이 친구를 반드시 내가 나이를 먹어 죽을 때 나를 위해 울게 하리라고 생각했다. 어떤 사람이 말하기를 가장 성공한 삶이 되기 위해서는 "태어날 때 사람을 웃게 하고, 죽을 때 다른 사람을 울게 하라"고 말했다. 비록 일주일의 짧은 연수였지만 귀중한 친구를 얻었다는 것도 큰 보람이었다. 나는 혼자 울릉도 성인봉 여행을 계획하였다. 혼자 여행을 떠나야만 내 자신을 거울처럼 잘 볼 수 있다는 판단에서였다. 좀 낭만적인 성격이어서 여행 중에 은연중에 잊지 못할 인연도 기대하곤 했다. 그런 의미라면 혼자 여행을 해야 한다. 그것이 대기업의 사원이면서 총각의 입장에서는 자연스러운 일이며 누구나 가질 수 있는 생각이다. 찬시와 휴대폰 전화를 주고받으며 서로 잘 다녀오라고 말했다. 찬시는 저수지에서 일주일 동안 낚시를 하면서 자신만의 철학을 느껴보겠다는 것이다. 나는 휴대폰을 놓고 울릉도 성인봉 원시림으로 떠나기로 했다. 가끔 눈이 내리기 시작했다.

갈매기, 울릉도 여객선, 구토

2월의 날씨는 바람과 함께 매서웠다. 눈발이 날리고 있었다. 이번의 여행은 평찬그룹의 연수 일정에 따른 것이었다. 자신이 스스로 여행지를 결정하고 비서실에 결과 보고서를 제출하도록 돼 있었다. 김 회장이 직접 읽어보겠다는 의도로 생각되었다. 물론 100여명의 신입사원의 보고서를 모두 읽을 수는 없는 것이다. 아마도 비서실에서 읽을 만한 가치가 있는 보고서를 선별하여 50여 편 정도를 제출할 것으로 생각되었다. 그러나 연수에서 들은 내용은 신입사원의 여행 보고서는 김순도 회장이 중요하게 여기는 부분이라는 것이었다. 특히 평찬그룹이 나갈 방향, 전략을 구상하는 자료로 활용한다는 것이었다.

신입사원 중에서 창의적 시각을 가진 자를 발굴하겠다는 뜻이다. 아마도 여행 보고서의 내용에 따라 희망 부서의 배치도 결정되리라 생각했다. 신입사원의 여행 프로그램은 신입사원 연수일정의 총결산의 성격으로 "평찬그룹의 창의적인 발전방향 보고서"를 은근히 요구하고 있었다. 물론 이런 조건을 달고 있지는 않았다. 평찬그룹의 김순도 회장은 50여건의 보고서를 읽으며 수많은 아이디어를 접할 것이다. 그 중에서 핵심적인 아이디어를 택하여 김 회장이 거시적인 발전계획에 넣을 것이다.

나는 여행 대상지를 울릉도 성인봉(聖人峰) 원시림이라고 적었다. 이유를 적는 란에는 우리나라의 원시림은 울릉도 성인봉밖에 없기 때문이라고 적었다. 금액 신청은 100만 원이었다. 최대 신청 금액이 500만 원인데 나는 최소한의 비용을 요청했다. 특별한 프로그램에 따라 1000만 원까지 신청할 수도 있다고 하였다. 평찬그룹은 인재양성 투자에는 비용을 아끼지 않는 것 같았다. 나는 신입사원들이 신청한 개인 금액 중에서 가장 적으리라 생각했다.

신입사원의 95%가 해외로 떠났다. 배경이 있는 신입사원들은 해외 굴지의 회사를 찾아 회장과의 인터뷰, 그 회사의 발전 모델을 찾아 보고서를 써보겠다는 말을 심심찮게 했었다. 엘리트답게 대담한 발상을 보여주었다. 평범한 사람은 회장을 만나기도 어렵겠지만 그들은 배경을 발판삼아 쉽게도 이루어지는 것 같았다. 생각에 따라서는 가진 자가 누리는 특권으로 볼 수 있었다. 출발부터 이런 차이가 벌어진다면 결과도 차이가 나지 않을까? 하지만 창의적인 생각을 가진 사람은 이것을 기우(杞憂)라고 생각한다. 결국 승자는 창의력을 가진 사람이라는 것을 확신한다.

연수생들도 이런 해외여행 일정이 평찬그룹의 발전 방향에 큰 영향을 끼치리라고 생각했다. 그런 계획을 갖고 있는 신입사원들은 최대 신청 금액인 500만 원을 써 넣었을 것이다. 나는 여행의 관점과 가치를 그들과 다르게 잡았다.

해외 여행파가 대다수였다. 나는 달리 국내의 성인봉 원시림으로 여행의 목적지를 잡았다. 신입사원 연수 때 만난 정찬시도 국내의 저수지를 여행지로 잡아 신청한 금액은 300만 원이라고 말했다. 어떤 신입 연수생은 도서관으로 잡아 1주일 동안 경제, 경영서를 탐독하고 독창적인 보고서를 쓰겠다고 말하기도 했다. 나는 그것도 정적(靜的)인 여행이라고 생각했다. 울릉도 안내 책자에서 본 성인봉의 원시림은 여름을 담고 있었다. 여러 종류의 원시 나무들이 서로 뒤엉키며 푸른 녹음을 자랑하고 있었다. 그런 나무들에 의해 하늘은 보이지 않았다. 원시림의 매력이었다. 인공의 냄새를 맡을 수 없는 자연 그대로의 모습이었다. 땅에는 온갖 여러 풀들이 뒤덮인 상태로 자라서 사람의 무릎까지 솟아있었다. 나무의 열매들이 여기저기 군데군데 떨어져 있었다. 한마디로 책자에서 본 여름의 성인봉 원시림은 생명의 왕성한 현장이었다.

그렇다면 겨울의 성인봉의 모습은 어떨까? 생각하니 가슴이 뛰었다. 우선 여름과 반대의 모습을 떠올렸다. 구불구불한 철근 같은 나무들이 하얀 눈과 강력한 바람에 맞서고 있을 것이다. 전체적인 배경으로 안개가 휘감고 있을 것이다. 마음이 크게 요동쳤다. 나는 흥분되기 시작했다. 원시림, 안개, 눈은 내가 꿈속에서 봤던 모습이었다. "얼쑤! 소리"가 들어오는 데 최적의 배경을 이루었던 것이다. "얼쑤! 소리"는 자연의 소리와 인간의 소리가 묘하게 융합된 소리였다. 자연도 인간도 아닌 그 소리가 성인봉에 있을 것이다.

여기에 맞춰 나도 최소화하기로 했다. 내가 꾸린 행장도 최소한 원시의 상태를 유지하기로 했다. 명색이 원시림을 찾아 떠나는 젊은 내가 문명의 이기를 잔뜩 소지하고 원시림을 찾아간다는 것은 자연에 대한 예의가 아니라고 생각했다. 나도 원시의 상태가 원시림을 찾는 것과 대응될 때 "얼쑤! 소리"는 들려올 것 같았다. 그 소리를 찾기 위한 정신적, 육체적인 모습은 본능의 차원을 유지하기로 했다. 철저한 자기 관리로, 하루를 먹고 사는 늑대처럼 배고픈 여행을 하기로 했다. 차라리 자기 학대에 가까운 의지였다.

나는 우선 텐트를 준비했다. 텐트도 중고품으로 5만 원을 주고 샀다. 한 번 쓰고 버릴 것을 염두에 두었기에 약간 찢어지고, 지퍼가 잘 올라가지 않는 것을 일부러 구입했다. 거기에 딸린 코펠 등이 약간 있었다. 밥도 하루에 한 끼만 먹기로 했다. 나를 처절하게 원시인으로 만들어야 성인봉의 원시림을 최대한 몰입할 수 있으리라는 것이 나의 판단이었다. 자연이 주는 환경을 그대로 수용하면서 원시림에 가고 싶었다. 규칙에 따라 여행 준비를 완벽하게 한다면 문명으로 순수를 대하는 것이다. 그런 어리석음을 범하고 싶지 않았다.

나는 상상했다. 밥은 된장에 약간의 미숫가루, 물은 원시림의 눈으로 활용한다. 눈을 딱딱하게 뭉쳐서 불에 녹이면 되니까. 젓가락은 준비하지 않고 손으로 대신하기로 했다. 젓가락은 계속 씻어야 하고 사용의 기준은 청결함이다. 이것은 문명의 의식이다. 시급히 몰아내야 할 인식이다. 된장과 미숫가루에 눈의 만남은 인공과 자연의 융합이다. 된장과 미숫가루도 상업성과는 멀어진 순수에 가까운 음식이다. 이 정도면 원시적인 등산의 준비가 아닌가? 순수를 찾아 나선 최소한의 예의가 아닌가? 하하하."

나는 여유를 가지려 했다. 또한 체력이 소진하여 원시림에서 쓰러 졌으면 좋겠다고 생각했다. 죽기 직전까지 갔으면 생각했다. 119산악구급대가 와서 나를 구해주면 내가 신문에도 나고 유명해지리라 생각했다. 그러나 고개를 힘차게 흔들었다. "얼쑤! 소리"를 찾는 나는 낭만적인 예상을 거부했다. 순결한 속살이 보이는 마지막의 원시림에 문명의 이기인 헬기를 앉힐 생각은 추호도 없었다. 바람을 헤치는 헬기의 프로펠러의 소리는 원시의 고요함을 깨뜨릴 것이다. 바로 "얼쑤! 소리"를 깨뜨리는 문명의 굉음에 속한다.

헬기의 이동에 따라 일어나는 인공의 바람은 원시림의 나뭇가지들을 부러지게 할 것이다. 최대한 고요하게 원시림을 밟아야 한다. 김소월의 '진달래꽃'에 나오는 "즈려 밟고 가시옵소서"의 "즈려"로 원시림을 밟고 싶었다. 이 순간만큼은 철저히 원시인이 되고 싶었다. 우리나라의 하나밖에 없는 원시림에 포근히 안겨야 했다. 내가 성인봉의 원시림을 택한 이유도 그렇다. 평창그룹의 신입사원 면접 전의 꿈에서 들었던 그 소리 때문이었다. 신비로운 소리의 실체를 원시림에 가면 찾을 수 있으리라 생각했다. 창의력의 원천은 그 소리였다.

그 소리의 진원지가 울릉도 성인봉일 것이다. 들리는 듯, 들리지 않는 듯한 은은한 소리는 심장을 흔들어 깨웠었다. 그때 심장은 힘차게 요동쳤고 온몸으로 생기가 도는 신명을 받았었다. 그날 꿈에 보인 자연의 풍경은 지독한 안개, 엄청난 눈, 희미한 얼쑤! 소리였다. 꿈속이라 손에 와 잡히는 실체가 느껴지지 않았지만 지금은 소리의 실체를 찾아야한다는 생각뿐이었다. 나는 이 소리를 꼭 찾아야 했다. 평찬그룹에서 "얼쑤! 소리"를 활용할 부가가치는 엄청날 것이라 생각했다. 무형의 신명(神明)의 소리를 평찬그룹의 발전방향에 적용하여 상상할 수 없는 신제품을 만들고자 생각했다. 파격적인 매출을 위한 창의적 생각이라고 생각했다. 또한 '얼쑤! 소리"를 내 정체성을 찾는 소리로 변형하여 수용해야 했다. 현실의 불안감, 슬픔을 극복하고 삶의 가치를 새롭게 정립하는 화두(話頭)의 소리로 받아들여야 했다.

울릉도 성인봉 여행의 보고서에 담을 내용은 이것이라고 생각했다. 그리고 소리를 평찬그룹의 광고의 배경음악으로 활용하면 어떨까라는 생각도 해보았다. "얼쑤! 소리"의 활용도는 무한했다. 그 소리는 전 국민의 심장을 은은하게 건드려 신명과 감동을 줄 것이다. 우리 민족의 잠든 혼(魂)인 신바람의 DNA를 깨울 것이다. 원시림의 모습을 간직한 성인봉에 나 자신을 불쑥 던져버리고 싶었다. 현실을 발가벗기고 혼자 산속에서 참된 자아를 찾아 확인하고 싶었다. 성인봉에서 눈사람이 되고 싶었다. 지금 밖에는 눈보라가 휘날렸다. 성인봉에도 하얀 눈이 내릴까? 2월의 추운 날씨에 배낭을 둘러매고 포항으로 향했다. 바다의 비릿한 냄새가 코를 찔렀다. 배낭에는 다수의 책이 들어있고, 된장, 날콩, 라면 등을 넣어 빈 곳을 채웠다. 그러나 라면은 빼냈다. 라면은 문명적이다. 문명의 이기인 기름에 밀가루 줄기가 노랗게 튀겨져 있었다. 된장은 냄새가 안 나도록 비닐로 여러 겹을 쌌었다.

내가 여행에 책을 가져가는 것은 기본적인 준비물에 속했다. 휴대폰은 가져가지 않기로 한 계획은 잘 했다고 생각했다. 최대한 문명의 이기(利器)를 버리고 순수한 자연의 모습으로 여행을 떠날 때 소리의 실체를 인식할 수 있다고 생각했다. 원시림에 대한 조그만 예의였다. 포항의 항구에 갈매기들이 떠 있었다. 칼바람에 갈매기의 머리털이 분수처럼 솟아올랐다. 그때마다 갈매기의 붉은 피부가 보였다. 포항은 울릉도로 가는 출발지였다. 추운 날씨 때문인 듯 갈매기들은 대부분 조용히 앉아있었다. 어쩌다가 날아가는 갈매기의 모습도 자연스럽지 못했다.

갈매기들은 어선이 정박해 있는 주위를 최소한 공간을 만들어 필요한 만큼 돌고 있었다. 갈매기의 날개도 활짝 핀 것이 아니라 약간 굽힌 채 허공을 허무하게 휘젓고 있었다. 최소한의 행동으로 최소한의 에너지를 소비하고 있었다. 겨울을 나는 갈매기의 지혜였다. 갈매기의 날카로운 금속성의 울음소리도 무뎌 있었다. 겨울의 허무가 전달돼 왔다. 얼굴을 베는 겨울바람 때문인 듯싶었다. 갈매기의 털이 바람에 풀썩 들썩였다. 여객선 매표소에 들어가자 더 비릿한 냄새가 코를 찔렀다. 생선 다라를 머리에 인 아주머니들의 모습이 눈에 들어왔다. 생선을 덮은 큰 그릇의 비닐이 바람에 펄럭거렸다. 겨울에 대한 무생물의 반항이었다. 생명이 없는 존재도 다른 존재에 의해 가끔 생명을 부여받는다. 혼자 있으면 죽는다. 다른 대상을 만나서 자신의 존재를 확인해야 한다.

살아있는 생선은 눈을 껌벅거렸다. 죽어가는 생선은 입에 붉은색을 띤 채 힘없이 누워 있었다. 아주머니들은 최소한의 동작으로 바쁘게 움직였다. 나는 배 멀미를 걱정했다. 순간적으로 배 멀미약을 구입할까 고민했다. 그러나 배 멀미를 일부러 체험해 보기로 했다. 원시림을 스스로 찾아가는 사람이 아닌가? 반문해 보았다. 배 멀미가 무섭다는 말은 들었지만 죽을 각오로 맞서보기로 했다. 젊다는 것이 무엇인가?

나는 과감해지기로 했다. 멀미약을 구입하는 것을 포기했다. 포기에도 의지가 필요하다. 나 자신을 몰아서 구석에 넣고 내가 나를 관찰하기로 했다. 관찰이 아닌 연구에 해당했다. 그러나 막연했다. 중간 매개항이 필요했다. 나와 나를 연결해주는 무형의 교각(橋脚)이 필요했다. 난 그것을 "얼쑤! 소리"라고 생각했다. 얼쑤! 소리를 만날 때 본질이 인식되고 창의성이 터져 나올 것이다. 나의 본질은 창의성이었다.

울릉도의 도동행 배표를 샀다. 대합실에 쓰여 있는 울릉도의 도동항까지의 뱃길은 3시간이 걸린다는 것이다. 커다란 여객선을 선택하여 올랐다. 미리 생각해보았다. 젊음을 특권으로 생각했다. 내가 만약 평찬그룹에 첫 출근을 한다면 어느 기업이 그렇듯 나를 반겨주겠지. 신입사원은 기업의 분위기를 뜨겁게 살려주는 대상이 된다. 새로운 마음에 모두들 들뜨게 하는 대상이 된다. 예쁜 여자가 신입사원으로 들어오면 부서는 보이지 않는 활기에 넘친다. 총각이나 기혼자들은 모두 그녀의 행동과 말투에 관심을 가졌지만 아닌 척한다. 때론 많은 관심으로, 아니면 철저한 무관심으로 칭찬하기에 바쁘다. 무관심은 또 다른 관심의 표현! 그러나 6개월이 지나면 원래의 분위기로 돌아간다.

나는 대기업인 평찬그룹을 선택했다. 입사는 희망대로 되었지만 그동안 수없는 낙방의 고배를 마셨다. 물론 전문성을 인정받은 벤처 중소기업을 선택하고 싶었지만 오히려 그곳의 입사조건이 더 까다로웠다. 중소기업은 완성된 신입 전문가를 원했다. 입사지원서를 발전가능성이 있는 벤처기업에도 냈지만 예상대로 철저하게 떨어졌다. 나는 완성된 신입 전문가가 아니었다. 나는 장점을 다른 사람과 차별화하는 전략을 세우지 못하고 있었다. 입사원서를 내고 보자는 식의 아마추어에 불과했다. 울릉도행 여객선을 평찬그룹이라고 생각했다. 여객선의 일원이 나는 된 것이다. 상상은 무한의 공간과 시간을 확보할 수 있다. 내가 주인공이 되는 것이다. 기업 입사에 수없이 낙방해도 상상의 공간은 내가 모든 것을 주도할 수 있다. 울릉도의 도동항에 닿을 때까지 많은 것을 경험할 것이다. 인생이 미지(未知)의 바다에서 3시간의 항해를 시작했다. 활력이 없는 갈매기들이 따라왔다.

"속이 좀 이상하다!"

나는 느끼함을 느끼며 중얼거렸다. 여객선이 포항의 항구를 출발한지 30분이 지났을 때였다. 나도 모르게 감각이 한곳에 집중됐다. '토할 것 같다는 생각!' 가슴이 울렁거리면서 눈에 들어오던 바다의 풍경이 희미해지기 시작했다. 하얀 갈매기는 낮게 날고 있었고 배의 창문 밖의 파도는 푸르렀지만 마음은 바다와 동화되지 않았다. 머리가 무거워지고 생각이 정지되어 자유롭지가 않았다. 배 멀미로 속이 울렁거리고 있었다. 갈매기들의 숫자가 줄어 있었다. 울릉도행 배를 탈 때 느낀 점이 있었다. 여객선에 타자마자 생선을 포항에 팔고 돌아가는 아주머니들이 배 바닥에 재빨리 자리를 잡고 드러누웠다는 사실이다. 그때는 배가 울릉도에 3시간 정도 가기에 잠을 청하는 것이 아닌가 생각했었다. 아주머니들의 행동이 지금은 이해가 되었다. 아주머니들은 배 멀미를 잠재우기 위해서 자신을 잠재웠던 것이다. 오늘과 같이 파도가 치는 날은 더욱 그랬다.

이제 3시간을 가야 하는 배 여행이 걱정이 되었다. 이런 상태로는 내가 어떻게 될지를 몰랐던 것이다. 벌써부터 배 멀미로 속이 끓어오르고 눈이 허무하게 풀리는 듯했다. 위장이 시리고 아파오기 시작하였다. 쥐어짜는 듯한 통증을 느꼈다. 여객선의 천장 스피커에서 방송이 물결처럼 흘러 나왔다. 그 방송은 나를 더욱 고통에 빠져들게 했다.

"도동항까지는 2시간 30분 남았습니다. 즐거운 여행이 되기를 바랍니다."

2시간 30분 남았다는 말에 몸은 힘없이 허우적거렸다. 배 구석에 앉아 가만히 웅크리고 있었다. 검은 동굴 속의 부엉이 같다는 생각을 하였다. 그러나 웃음이 나오지 않았다. 그 모습이 연상되어 한심스러웠다. 삶의 경험의 부재가 초래한 결과였다. 시련과 역경을 모두 감수하고 울릉도의 도동항까지 갈 수밖에 없었다. 온몸으로 겪을 수밖에 없었다. 그러나 한편으로 다행이었다. 난 원시의 체험을 하기로 하지 않았던가? 원시림을 찾는 내가 원시적인 모습을 보여야 의미가 있지, 배 멀미약을 먹을 수는 없었다. 스스로 그렇게 달랬다. 갈매기들이 한두 마리 날아다녔다. 밖의 바다는 파도를 치고 오후 4시에 출발한 배는 속도를 내고 있었다. 속도를 낼수록 위장도 허무한 경련을 일으켰다. 점심에 먹은 음식 찌꺼기들이 입으로 몰려 뭉쳐 나왔다. 주위를 둘러보니 새우젓 통 같은 녹슬은 큰 통이 있었다.

위장에 남아 있는 음식물을 손가락을 입에 넣어 억지로 토해냈다. 언젠가 의사로부터 절대로 입에 손가락을 넣어 억지로 토하지 말라는 말은 들었었다. 지금은 당시의 생각을 기억하고 판단을 할 여유가 사라지고 없었다. 노란 구토물이 입에서 흘렀다. 위산의 냄새가 심했다. 내가 있는 곳은 배의 3등석이기에 배의 바닥이나 마찬가지였다. 옆으로 아주머니들은 보자기 등을 둘둘 말아 베개를 삼아 베고 자고 있었다. 억지로 잠을 청한다는 것이 맞을 것이다.

아주머니들은 울릉도와 포항을 오가면서 느낀 많은 경험을 삶의 지혜로 승화시켜 발휘하고 있었다. 잠을 통해 배 멀미를 극복한다는 자연의 순리를 따르고 있었다. 아주머니들은 배 멀미약을 먹지 않았다. 매일 배를 탈 때마다 약을 먹는다는 것은 자연의 순리에 어긋나고 수고로운 일이었다. 나는 비틀거리며 갑판으로 나갔다. 날카롭고 추운 바람이 얼굴에 소나기처럼 쏟아졌다. 눈을 뜰 수가 없었지만, 추운 바람도 이 순간만큼은 시원하게 느껴졌다. 갈매기도 힘든 듯이 갑판의 모서리에 앉아 쉬고 있었다. 부리를 내려뜨린 채 몇 마리가 얼굴을 마주대고 무어라 수군거리고 있었다. "갈매기들도 배 멀미를 하나" 하고 생각했다.

그곳으로 다가갔다. 갈매기들과 친구가 되고 싶었다. 그런데 갈매기들도 얼굴이 물기에 젖어있었다. 처음에는 땀인가 생각했으나 털로 뒤덮인 새의 생태로 미루어 땀을 흘릴 수 없었다. 갈매기들이 여객선을 따라 배의 후미에 밀착하여 붙어왔다. 갈매기가 큰 배의 스크루가 뿜어대는 물보라를 맞아 그렇게 된 것이다. 갈매기들의 얼굴이 금방 세수한 아이처럼 보였다. 무엇 때문에 이 여객선을 따라왔을까? 머리는 엉뚱한 생각으로 자루에 콩이 차듯 가득 찼다. 무한의 상상을 해보았다. 그런 생각에 몰두함으로써 배 멀미의 고통을 잠시나마 잊어보자는 심산이었다. 그러나 아픈 배를 움켜졌다. 송곳으로 찔림을 당하는 위장의 신음소리를 들어야 했다. 피할 수 없는 현실의 고통이었다. 구토를 하기 시작했다. 쓰디 쓴 노란 물의 액체였다. 위액이 섞여 입가로 흘러내리는 노란 물을 손으로 훔치니 눈물이 흘렀다. 입에서 눈물이 흘러 나왔다. 차디찬 절망에 빠졌다.

"죽고 싶다."

처음에 든 생각이었다. 배 멀미가 이렇게 고통스러울 줄은 몰랐다. 갑자기 푸른 바다가 푸른 천으로 감싼 편안한 곳이라는 생각이 들기 시작했다. 의식이 가물가물해지면서 잠이 들었다. 파도에 흔들리는 나의 몸만이 바다에 떠가는 여객선에 맡겨진 채 짐짝처럼 실려 갔다. 갈매기들이 있는 갑판의 구석에서 고개를 수그린 채 파도에 몸이 흔들거리고 있었다. 얼마나 지났을까? 귀에 저쪽 미로에서 조그만 소리가 들려왔다. 선실에서 흐르는 방송 소리였다. 귀는 소리를 미친 듯이 쫓아갔다. 울릉도 도동항이 앞으로 2시간이 남았다는 방송 소리였다. 이 소리는 나를 더욱 힘들게 했다. 절망에 빠졌다. 나는 비틀거리며 일어났다. 끈끈한 바닷바람이 얼굴에 달려와 붙었다. 내 몸을 숨겨야 한다고 생각했다. 내가 읽었던 영웅전은 한결 같이 죽음을 조용히 묘사하고 있었다. 전쟁터에서 영웅은 결코 비참하게 죽지 않았다. 죽는 모습이 구체적으로 보여주지 않았다. 사형을 당하는 영웅도 마찬가지였다.

감각이 사라지고 죽음의 이미지만 어른거렸다. 죽는다는 것이 아니라 사라진다는 말이 맞을 것이다. 죽음의 비참함은 영웅과 맞지 않았다. 적에게 보이지 않으려는 영웅의 몸부림이다. 난 배 멀미에 그런 영웅이 되지 못했다. 내가 지하의 짐짝을 싣는 곳에 있다는 것을 새롭게 알았다. 그곳은 새우젓의 심한 냄새가 났다. 벌겋게 녹이 슬은 대형 기름통 같은 곳에 얼굴을 묻고 가쁜 숨을 몰아쉬고 있었다. 다시 토하기 시작했다. 토하는 소리는 매우 컸으나 내용물은 콧물보다도 적었다.

일그러진 모습으로 웃었다. 내가 콧물만도 못한 내용물을 토하기 위해 온갖 표정을 지어내고, 토하는 소리를 지르고, 허리를 구부렸단 말인가. 신세가 처량하게 느껴지기 시작했다. 갈매기들은 소리가 없었다.

나는 여객선에서 꿈을 꾸기 시작했다. 조용한 호수에 낚시질을 하는 정찬시의 모습을 보았다. 아무도 없는 저수지는 평화스럽게 보였다. 물위로 물안개가 멈추듯이 올라가는 것으로 보아 새벽인 것 같았다. 두 개의 낚싯대를 드리우고 찌를 응시하는 찬시는 바로 강태공의 모습이었다. 자연 속에서 속세를 잊은 모습은 누구도 접근할 수 없는 위엄을 지니고 있었다. 흔들거리는 낚싯대가 느껴졌다. 싱싱한 물고기를 붙잡고 낚시 바늘을 뺐다. 그 모습이 지극히 자연스러웠다. 바로 이 순간이었다. 눈은 새파랗게 불을 뿜었다. 손아귀에 잡힌 물고기는 잉어인지 붕어인지 구별이 되지 않았다. 찬시의 몸이 흔들거리는 것으로 보아 월척임에는 틀림이 없었다. 안개에 물고기의 눈이 보이지 않았다.

"나도 낚시를 하고 싶어. 나도 하고 싶단 말이야."

꿈속에서 어린애처럼 찬시에게 달라붙었다. 그러나 찬시는 아무 말도 없었다. 빙그레 웃었다. 아무 말 없이 나를 지긋이 바라보았을 뿐이다. 거짓말처럼 아무 말도 없었다. 내가 달려들어 찬시의 낚싯대를 움켜쥐며 빼앗으려는 순간 잠에서 깨어났다. 울릉도로 가는 내가 왜 찬시의 저수지 낚시를 질투했을까? 그것도 왜 달려들어 낚싯대를 빼앗으려 했을까? 알 수 없었다. 저수지 낚시 꿈은 "얼쑤! 소리"가 들리지 않았다. 나는 미리 생각해보았다. 여객선을 통해 평찬그룹의 생활과 관련지었다. 창의력을 인정받아 한국의 대학생들이 소망하는 대기업인 평찬그룹에 입사했다고 해도 과언이 아니다. 신분은 별 볼일 없었다. 학벌도 시원찮은데다가 백그라운드 줄도 없는 깊숙한 농촌 출신이었기 때문이다.

난 창의력 계발팀을 지원했다. 때문에 팀장은 각별한 관심으로 내 이력을 봤을 것이다. 내가 알기로 인사기록부는 인사관리부의 사물함에 보관해야 하지만 소속된 팀장만큼은 사원을 관리한다는 명목 하에 수시로 열람이 가능했다. 내 이력을 보고 팀장은 실망할 것이다.

"아니, 일천한 이력으로 평찬그룹에 입사하다니?"

그러나 한편 상상에 잠길 것이다.

"백(줄)이 있는 놈이다. 그렇지 않고서야 대기업에 들어올 수가 있나?"

그렇게 생각했다면 팀장도 줄을 대어 수소문했을 것이다. 내가 어떤 놈인지를, 팀장 자신에게 내가 유리한 사람인지, 아니면 내가 그저 그런 사람인지, 나라는 신입사원을 보고 많은 전략적인 생각을 하겠지. 아니면 직접 나를 담당했던 면접관에게 물어볼 것이다. 그리고는 "아, 그래요. 창의성을 높이 평가하여 이민준을 신입사원으로 뽑았어요!" 고 하면 그는 놀랄 것이다. 결과야 어떻든 팀장은 나를 무시할 것이다. 자신은 팀장이고 나는 말단 사원이니 경쟁에서는 게임이 되지 않는다고 생각할 것이다.

팀장은 피식하고 웃을 것이다. 팀장으로서 10여년을 근무했다면 기업이 돌아가는 상황을, 경쟁의 삶이 무엇인가를 알 것이다. 선배보다 바로 후배가 더 강력한 경쟁자가 된다는 사실을 말이다. 내가 평찬그룹에 속하게 될 부서의 팀장도 바보가 아니다. 여러 방향으로 머리를 돌려 최상의 지혜를 담아낼 것이다. 자신도 팀장까지의 자리에 올랐다면 자신의 맡은 일 이외에 또 다른 무기를 겸비했을 것이다. 팀장들이 갖고 있는 무기란 무엇인가? 자신의 가문의 배경일 수도 있고, 아부의 기술일 수도 있고, 회장의 핵심 측근일 수도 있다. 내가 그런 배경에 부딪친다면 당혹해 할 것이다. 나는 아무 것도 없기 때문이다. 내가 발휘하려는 창의력도 지금은 아마추어 수준인 것이다.

소위 따돌림을 당할 것이다. 미운 오리 새끼가 될 것이다. 학벌을 따지고, 줄을 따지고, 끼리끼리, 유유상종(類類相從)으로 편을 갈라 자기편끼리 어울리는 작태에 나는 구역질을 할 것이다. 철저히 소외될 것이다. 마침내 그것을 못 견디고 자의반 타의반 퇴사할 것이다. 생각되는 대로 상상하였다. 아무런 장애를 받지 않고 그냥 상상이 되는 대로 그 내용을 떠올렸다. 다시 배가 아팠다. "얼쑤! 소리"는 배 멀미로 시작되는 것이구나! 라고 생각했다. 언제 도동항까지 가야 하는가? 절망감이 꼬리를 물고 이어졌다. 이젠 갈매기들도 보이지 않았다.

나는 억지 잠을 택했다. 잠만이 배 멀미를 극복할 수 있는 최선의 대책이었다. 그렇다고 잠이 쉽게 오지 않았다. 잠이 왔다고 하지만 위장이 아프게 되면 금방 잠이 달아나 버렸다. 나는 심리적인 시간과 물리적인 시간의 개념을 알게 되었다. 절대로 두 가지의 시간 개념이 일치하지 않는다는 사실이다. 심리적으로는 시간의 흐름은 3시간이 다 된 것 같은데 물리적으로 시계를 보면 10여 분도 지나지 않은 때가 많았다. 배 멀미로 인한 고통의 시간의 차이는 엄청났다.

10여 분간의 짧은 잠 속에서 아버지를 보았다. 아버지가 꿈에 나타난 것이다. 꿈속의 아버지는 병석에 누워 계셨다. 위암 말기라는 진단을 받았다고 한다. 서울대병원에서 수술을 받고 힘없는 얼굴로 누워 계셨다. 아버지는 조용히 울고 계셨다. 평소에 건강하셨는데, 병원에 가보신 적이 없었는데 왜 그럴까? 아버지의 슬픈 모습이 내 머리의 영상으로 편입되어 비쳐왔다. 아버지의 얼굴이 동해 바다의 물결에 흐릿하게 흔들렸다. 나는 꿈에서 철저하게 깨었다. 짧은 꿈이었다. 파도가 몰아치는 배에 내가 흔들려 아버지의 얼굴도 조용히 흔들거렸다. 그런데 아버지께서 왜 아픈 모습으로 내 꿈에 나타나셨을까? 꿈속의 아버지의 모습을 기억하려 무진 애썼다. 수척하신 아버지의 얼굴, 나도 모르게 눈물이 파도처럼 흘렀다.

나는 비틀거리며 갑판 위로 나갔다. 2월의 날씨는 매서웠다. 배멀미로 정신이 혼란스러워졌다. 아버지의 얼굴을 희미하게 기억한 채 갑판 위로 올라갔다. 나는 전화를 하고 싶었으나 휴대폰을 가지고 오지 않았다. 여객선이 동해 바다의 한 가운데로 나갔다. 갈매기도 보이지 않았다. 부연 구름만이 바닷물로 내려 앉아 바다 안개와 서로 뒤섞였다. 파도 속에 하얀 얼굴의 이미지로 아버지가 비쳐왔다. 아버지는 철저하게 말이 없었다. 심한 파도에도 아버지는 백색의 얼굴을 유지하고 있었다. 푸른 바다의 한쪽이 온통 백색의 아버지의 얼굴이었다. 바다에 창백한 달이 뜬 듯했다.

나는 갑판의 줄에 기대면서 구역질을 하였다. 그러나 입에서 나오는 것은 없었다. 배가 갑자기 쪼그라들면서 사정없이 위장에 통증이 가해졌다. 또 토했다. 여객선이 파도에 의해 흔들거렸다. 바다를 다시 눈보라가 강풍과 함께 몰아치고 있었다. 나는 주저앉았다. 눈을 가늘게 뜨고 백색의 수평선 쪽을 바라보았다. 희미한 것이 보였다.

"아! 불빛이 보인다!"

나는 소리 없이 외쳤다. 소리 없는 아우성이었다. 멀리서 울릉도의 도동항이 다가오기 시작했다. 검은 바탕에 희미한 불빛이 가까워지고 있었다. 울릉도 섬이 보였다. 성인봉 주변에 펼쳐진 원시림이 검게 보였다. 내 마음을 축하해 주듯 갈매기들이 섞여 원을 그리며 날았다. 갈매기들의 날갯짓이 힘차 보였다. 도동항 연안에는 많은 물고기가 모여 있는지 갈매기가 떼 지어 날고 있었다. 바로 생명이 있는 곳이었다. 도동항은 배 멀미로 몸서리쳤던 나를 구원(救援)해주는 곳이었다. 내 바지와 위 옷은 물보라에 시달려 하얗게 되었다. 추운 날씨에도 나는 땀으로 온 몸이 젖어 있었다. 피로와 허기진 몸으로 인해 난파선에 밀려 온 조난자라고 생각했다. 몸의 더운 열 때문에 순간적으로 지금이 여름이라고 생각했다. 나는 착각했다. 비틀거리는 몸으로 도동항에 내렸다. 도동항에 내려 땅을 밟는 순간 허무하게 비틀거렸다. 진한 어둠이 밀려왔다.

도동항, 땅 멀미, 어선 냉동고

지진이 난 듯 땅의 한쪽이 꺼졌다. 내 몸이 그쪽으로 쏠리면서 머리가 어지럽게 흔들렸다. 심한 멀미로 중심을 한쪽으로 잃었다. 배위에 있을 때보다 육지는 더 심한 멀미를 느끼게 했다. 예전에 누군가에게 들었는데 '육지 멀미' 라는 것이 있다고 했다. 지금 도동항에서 육지 멀미를 하고 있었다. 온 몸은 열병처럼 뜨거움에 시달렸다. 사막에서 느끼는 찌르는 뜨거움이었다. 내 몸에 열이 난 모양이었다. 날이 쉽게 어두워졌다. 겨울의 도동항에 밤이 찾아왔다. 나는 육지 멀미를 하며 혼자 비틀거리며 도동항으로 내려갔다. 누구의 부축 없이 도동항에 내리는 순간 배 멀미로 발생한 열 때문에 정신이 없었다. 정신이 없는 상태에서 눈에 보이는 것에 들어갔다. 더운 날 알콜로 몸을 소독하듯 시원하게 느껴졌다. 오징어잡이 어선 배에 오른 것이다. 내 몸이 아니었다. 내 마음대로 되지 않았다. 도동항의 오징어잡이 배들은 집어등(集魚燈)을 태양처럼 밝혔다.

집어등 빨간색의 빛에 눈이 어지러웠다. 그 어선들은 오징어를 잡으러 바다로 나갈 채비를 서두르고 있었다. 한 마리의 불나비가 되었다. 불을 발견하고 본능적으로 달려드는 불나비. 빛나는 오징어잡이 집어등에 홀려 불속으로 빨려 들어갔다. 나는 순간 시원함을 느꼈다. 집어등에 빠져들은 오징어처럼 항구에 정박 중인 어선의 배로 들어갔던 것이다. 그곳은 오징어를 넣기 위한 대형 냉동고였다. 원양 오징어잡이 배들은 출발 전 항상 냉동고를 열어놓았다. 냉동고가 잘 작동되는지 점검하고 부유물을 씻어냈다. 벽과 바닥에 말라붙은 새끼 오징어들을 손톱으로 떼어냈다. 어부들이 출발 전에 하는 청소였다. 나는 냉동고로 들어갔던 것이다. 나는 무서운 냉동고에서 세상이 잠든 것처럼 잠이 들었다.

얼마나 지났을까. 온몸이 추워지는 것을 느꼈다. 살갗이 딱딱하게 변하고 굳어가고 있었다. 굉음의 엔진 소리가 고막을 찢어지게 할 정도였다. 배경 음악처럼 어렴풋이 들리는 파도 소리, 내 몸이 둥둥 배에 실려 어디론가 가는 느낌이 들었다. 강력한 감기 주사를 맞은 기분이었다. 머리를 들고 주위를 살펴보았으나 보이는 것은 아무 것도 없었다. 죽음에 대한 두려움이 맹수처럼 다가왔다. 고개를 들어 주위를 둘러보았다. 온통 칠흑 같은 어둠이었다. 어둠이 손에 잡히지 않았다. 어둠의 혼(魂)이 짐승처럼 웅크리고 나를 노려보고 있었다. 손으로 벽을 탁탁 쳐보았다. 냉동고의 사방은 철벽으로 돼 있었다. 소리를 쳐 보았다. 목이 닳아서 나오지 않는 비명이었다. 아무리 목소리를 크게 하여 소리를 쳐도, 벽을 주먹으로 꽝꽝 쳐도 사람의 소리가 들리지 않았다.

오징어잡이의 엔진소리가 내 몸을 엄습했다. 하이에나가 사자를 우습게 물리치고 시체를 빼앗아 오는 소리였다. 하이에나 소리가 확대되어 귀를 울리고 있었다. 때론 늑대 소리로 들려 머리가 흔들릴 정도였다. 나는 두려움에 떨어야 했다. 죽음의 공포를 느꼈다. 아아, 이대로 죽는 것이구나. 배의 모터 돌아가는 강력한 엔진 소리가 파도소리와 함께 내 귀청을 때렸다. 머리의 골이 한쪽으로 흐르고 있었다. 정신 차려야 한다고 생각했다. 살기 위해서는 존재를 인식해야 했다. 죽음을 앞둔 본능의 몸부림이었다. 사냥꾼의 총에 맞은 채 빈사(瀕死) 상태로 두려움에 떠는 한 마리의 들짐승이었다. 어선에 의해 어느 곳으로 실려 가고 있음을 직감했다. 순간적으로 정신을 차려야겠다고 생각했다. 사방에 갇힌 좁은 공간에서 해야 할 일을 생각했다. 그러나 허기가 높아지고 피로감이 몰려왔다.

배 멀미가 끝나지 않은 듯 위장에 통증을 느꼈다. 수십 개의 바늘이 독침이 되어 전신을 골고루 찌르고 있었다. 독침은 우선 한 개씩 머리의 끝을 찌르고, 눈을 찌르고, 입을 질서 있게 분배하여 찔렀다. 때론 갑자기 독침 수십 개가 한 패가 되어 위장으로 모여들었다. 독침들은 수군거렸다. 독침들의 위장 공격, 위장은 마치 걸레처럼 흐늘거렸다. 말로 형용할 수 없을 정도였다. 내가 살기 위해서는 관심을 돌려 보기로 했다. 콧구멍을 의식적으로 벌름거려 보았다. 바닷고기의 비릿한 냄새가 코를 찔러 쳐들어왔다. 물고기가 썩은 듯한 냄새인 것도 같고 냉장고를 열면 풍기는 냄새인 것도 같았다. 묘한 냄새와 어둡고 좁은 공간에서의 한 무리가 되어 어디론가 실려 가고 있었다. 공포에 쌓인 채 어선이 가는 곳으로 짐짝처럼 놓인 채 실려 있었다. 추위와 배고픔과 공포가 동시에 밀려왔다. 공포는 끔찍한 것이었다. 나는 죽음을 받아들이기로 했다. 조금 있으면 냉동고에 오징어들이 줄줄이 떨어지겠지. 그리고 친구처럼 나와 같이 꽁꽁 얼어가겠지. 오징어와 같이 나도 오징어가 되어 궤짝에 담기겠지. 마른 눈에 눈물이 흐르려 하고 있었다.

그때 정신을 나약하게 먹으면 안 된다는 불빛이 머리를 관통했다. 머리를 흔들었다. 죽음에 대한 본능을 내가 거부해야 했다. 순간 정신이 번쩍 들었다. 내가 살아있다는 것이 아닌가! 아직까지는 산 채로 오징어잡이 어선의 냉동고에 실려 떠다니는 것이 아닌가? 아직까지 희망이 있지 않은가? 의식이 어둠과 불빛 속에서 가물가물했다. 죽으려는 듯 잠에 들었다. 아버지가 암에 걸린 수척한 모습으로 나타났다. 창백한 햇빛에 야윈 얼굴이 암환자임을 확인해 주었다. 그런데 어디선가 은은한 소리가 들려오는 듯했다. 원시림이 보이고 안개가 보이고 엄청난 눈이 보였다. 어렴풋이 은은한 소리가 들려왔다. 원시림을 중심으로 안개와 눈이 휘감고 있었다. 그 소리는 "얼쑤! 소리"였다. 꿈속에서 "덩더덩더덩더쿵!"을 힘차게 외쳐보았다. 아련하게 "얼쑤! 소리"가 들렸다. 심장에서 뿜은 피가 혈관을 타고 뭉쳐 흐르면서 때론 솟아올랐다. 내 몸은 신명이 났다. 잠에서 깨니 다시 냉동고였다.

어선의 엔진 소리에 귀가 멍멍해졌다. 사건이 벌어지게 된 상황을 곰곰이 생각해봤다. 앞뒤의 일을 되집으니 논리적인 설명이 되지 않았다. 배고픔과 추위에 압도되어 손만 쇠 벽을 허무하게 긁었을 뿐이었다. 생명체의 본능적 행위였다. 현실에서는 죽음을 두려워하고 있었다. 꿈속에서는 "얼쑤! 소리"에 신명이 났으나 현실은 절망과 고통뿐이었다. 현실에서 "얼쑤! 소리"를 찾아야 한다. 냉동고의 벽에는 딱딱하면서 꼬리 끝부분엔 말랑한 무언가가 만져졌다. 오징어잡이 대형 냉장고에 얼어붙은 오징어의 꼬리 부분인 것 같았다. 어부가 오징어 꼬리까지 청소를 하지 못한 모양이었다. 나는 이것을 힘껏 잡아떼었다. 어찌나 냉동고의 벽에 찰싹 얼어붙었는지 손톱이 얼얼할 정도였다. 오징어 꼬리를 입에 넣고 우물거리기 시작했다. 오징어 꼬리는 딱딱했다. 턱도 얼어서 움직여지지 않았다. 나는 의식적으로 소리쳤다. 더 크게 소리 쳤다. 입을 가능한 크게 벌리고 소리쳤다.

"살아야 한다. 살아야 한다!"

입이 벌어지면서 턱이 움직였다. 오징어의 다리가 이빨에 물려졌다. 이빨이 고드름처럼 길어져 시려왔다. 마치 큰 쇠못이 이빨에 물린 듯 비리고 딱딱했다. 오징어에 금속성의 허무한 냄새가 풍겼다. 칼을 갈 때 풍기는 냄새였다. 비릿하면서도 썩은 기분 나쁜 냄새, 나는 고통스러운 얼굴로 일그러져 소리쳤다. 그러나 침묵의 목소리도 없었다. 냉동고의 허공에 침묵은 의미 없이 맴돌고 있었다. 큰 소리를 욕망하여 외쳐보고 싶었다. 소리는 의식 속에서 하늘의 소리개가 돼 맴돌고 있었다. 칼날에 찔러오는 추위 속에 의식도 겨울밤의 전등처럼 꺼져가고 있었다.

나는 완벽하게 의식을 잃었다. 그런데 천우신조(天佑神助)라고 할까? 어선배가 높은 파도를 만나 회항했다는 것은, 내가 구출이 된 후에 알았다. 바다의 날씨는 변덕이 심해서 아침에 날씨가 좋았다가 저녁에 갑자기 나빠지는 수가 허다하다. 동해는 섬이 별로 없는 관계로 강풍이 불면 금방 파도가 솟아올랐다. 강풍에 모든 어선들을 되돌리는 일이 비일비재(非一非再)한 것은 아니다. 오늘은 예상치 못한 강풍이 불었기에 해경에 의해 일부 어선만이 회항을 했던 것이다. 내 목숨은 한 가닥의 실을 잡고 흔들리면서 살아나고 있었다. 내가 갇혔던 오징어잡이 어선은 해경의 통제로 도동항으로 되돌아왔다. 나를 발견한 선장은 귀신이 나왔다고 경찰에 신고했다는 것이다. 나는 경찰의 가벼운 조사를 받고 나왔다. 신분증이 물에 젖은 채 내가 평찬그룹의 신입사원임을 증명하고 있었다. 경찰의 평찬그룹과 연락으로 신입사원 연수 일정으로 울릉도에 왔다는 사실을 인사관리부로부터 확인했다는 것이다.

원양어선은 대부분 한 달의 기간을 정해서 조업을 나갔다. 오징어잡이 대형 냉동고는 나에게 또 다른 환경을 제공해주었다. 원양어선의 배는 항구에서 청소를 하느라고 냉동고의 문을 열어놓았다가 출발하면서 밖에서 문을 닫는 것이었다. 냉동고의 안은 어두워서 출발할 때 내가 보이지 않았던 것이다. 꿈속에서 들었던 "얼쑤! 소리"가 생각났다. 죽음의 공포에 놓였던 나는 의식적으로 "얼쑤! 소리"를 불러보았다. 그러나 그 소리는 없었다.

"냉동고의 얼어붙은 냉동 인간 오징어가 될 뻔했군."

사건의 자초지종(自初至終)을 안 후 보인 나의 첫 마디였다. 정신이 희미하게 돌아왔다. 의식적으로 마음의 여유를 가지려고 노력했다. 밤이 속으로 늘어져 깊었다. 밤 12시경으로 접어들었다. 다행인 것은 몇 권의 책이 든 가방이 내 옆에 있었다는 점이다. 불가사의(不可思議)한 일이었다. 배 멀미와 냉동고의 절망을 생각할 때 이해가 되지 않았다. 정신이 없었던 순간에도 가방만큼은 손으로 움켜쥐고 있었다. 무서운 본능의 힘이었다. 가방은 분신이 되었다. 10여 권의 책과 원시인이 되기 위한 최소한의 식량이 들어 있었다. 가방을 열어보니 물에 젖은 된장 냄새가 코에 풍겼다. 생명의 감각이었다.

한편 무서웠다. 내 손에 가방이 강력 접착제로 붙인 것처럼 들려 있다는 현실이 두려웠다. 살아있는 것도 기적이었지만 가방을 잃어버리지 않은 것은 더 기적이라고 볼 수 있다. 믿기 어려운 현실에 더 두려움에 떨어야 했다. "그러기에 이 책이 더 소중하다. 내 생명과 같은 책이다. 대조를 융합한 논술적 창의력 연구에 원동력으로 작용할 책이다"고 생각했다. 평찬그룹에서 이 책은 운명을 같이 할 분신(分身)으로 생각되었다. 그런데 갑자기 아버지가 떠올랐다. 여객선 꿈에서 아버지가 보였는데, 말기 암수술을 받으신 모습이었다. 내가 평찬그룹의 사원이 된 후 아버지께서 아프실 것 같은 예감이 들었다. 평소에는 굉장히 건강하셨는데, 이런 분이 한번 병이 나면 큰 병이 난다는 말이 있다. 왜 내가 배 멀미와 냉동고에서 고통을 겪을 때 아버지가 꿈에 나타나는가?

얼마 전에 영등포 원룸에 아버지께서 오셨었다. 그 날 저녁은 햇살이 휘어져 가련하게 비추고 있었다. 멀리 영등포 전철역을 걸어 나오시는 힘없고 수척해진 아버지의 모습이 보였다. 먼 거리에도 아버지의 얼굴이 명확하게 보였다. 저녁 햇살의 엷은 빛은 아버지의 아픈 모습을 정확하게 진단하여 보여주고 있었다. 강한 햇빛 속에서는 알 수 없는 아버지의 건강상태를 저녁 해의 엷은 광선은 관찰의 힘이 있었다. 저녁 해의 엷은 광선은 엑스레이의 방사선 기능을 한 셈이다. 아버지를 쪼인 광선들이 심각한 병임을 음영(陰影)으로 말해주고 있다. 내 눈에 아버지의 검고 수척하신 얼굴 모습이 뚜렷하게 보였다. 저녁의 햇살은 대학병원의 방사선 기능을 충실하게 하고 있었다. 오늘 따라 아버지의 얼굴은 작았다. 평소에는 건강하게 보였는데, 오늘 따라 얼굴 모습이 검으면서 수척하게 보일까? 이상하다.

해가 지는 저녁의 상황에서 아버지께서 왜 마른 모습으로 보였을까? 순간 병원에 모시고 가봐야지 하는 생각이 들었었다. 아버지를 멀리서 뵙고 만날 때까지 이런 생각에 매몰되었었다. 그런데 이상하게도 아버지를 뵙는 순간 반가움에 이런 생각이 사라졌다. 지금 울릉도의 성인봉 원시림의 여행이 끝나면 병원에 꼭 모시고 가리라고 생각했다. 머리는 아버지의 파리한 모습으로 가득 찼다. 아버지의 작은 얼굴이 허무하게 떠올랐다. 미래의 평찬그룹의 생활을 예상해 봤다. 나는 원하는 부서로 창의력 계발팀을 적어 넣었다. 그러나 배정되지 못할 것으로 생각됐다. 그 팀은 당연히 김순도 회장의 총애를 받는 사원들이 포진하고 있으며 특별 재능을 인정받는 사원들만이 입성하는 싱크탱크의 아지트였다. 아무런 배경이 없는, 내가 원치 않는 다른 부서로 배정이 될 것으로 생각했다.

그러나 긍정적으로 생각하기로 했다. 오늘날은 연줄이 작용하지 않을 것이다. 평찬그룹이 한국의 대표적인 그룹으로 성장한 것은 능력 위주의 인사정책의 결과일 것이라고 좋게 생각했다. 능력에 대한 믿음을 소중히 가지고 싶었다. 배경이나 지연, 학연은 과거의 일이라고 생각했다. 내가 창의력 계발팀에 배정이 됐다고 가정을 해봤다. 내가 팀장의 일에 적극적으로 순응하고 그의 명령을 잘 따랐다고 한다면? 그의 말에 죽는 시늉까지 했다면 어떨까? 나란 존재는 무엇인가라는 정체성 혼란에 빠질 것이다. 팀장의 부속품으로 존재하고 마는 현실은 괴롭다고 생각했다. 나란 존재는 찾을 수 없는 것이다. 허무한 후회에 빠질 것이다. 처음의 행동이 평생의 행동을 결정한다고 섣불리 판단할 것이다. 사람들은 극복의 방법으로 중용(中庸)을 주입하고 강조한다. 승진을 꿈꾸는 대기업 평찬그룹의 사원으로서 중용은 내 컬러를 드러내는 데 한계가 있다고 생각했다.

반대로 내가 창의력으로 무장하고 튄다고 가정해 봤다. 부서의 팀장은 나를 무섭게 경계할 것이다. 무섭다 중얼거리며 유무형(有無型)의 압박을 가해 올 것이다. 미친 사람처럼 중얼거렸다. "팀장의 시기와 질투 속에서 내가 질식사하겠군." 생각지도 않았던 복병이 더 무서운 법이다. 예상되는 강적은 미리 알고 적절한 대비를 할 수 있다. 부하인 사원과 팀장이 경쟁을 할 경우가 있다. 그럴 때는 대부분 부하사원이 반사이익을 얻는다. 부하사원은 팀장과 경쟁을 했다는 그 사실만으로도 주가(株價)는 크게 오를 것이다. 팀장은 이겨봐야 본전인 셈이다. 정치에서도 이 게임의 논리는 그대로 적용된다. 정당에서 대통령 후보자를 결정할 때 처음에는 당(黨)의 여러 명이 출마를 선언한다.

개울에서 여러 마리의 용들이 나선 잠룡(潛龍)들이다. 출마자의 면면을 살펴보면, 당대표를 역임한 정도의 중진의 경력자가 대부분 대통령 후보 당선자가 될 것으로 예상한다. 그러나 신진 중에서 갑자기 튀어나와 유력한 대통령 후보 출마자에게 사퇴를 요구하며 나서는 자가 반드시 생긴다. 유력 대통령 후보자에 대한 비판의 강도는 점점 높아진다. 유력한 후보 출마자에게 소외되었던 중진이나 신진 정치인들이 뭉쳐서 신진 정치인들에게 직, 간접으로 지원 사격을 해준다. 신진 대통령 출마 후보자가 무서운 법이다. 사퇴를 요구하고 비난하는 정도가 높아질수록 반사이익을 받으며 신진 정치인은 유력 정치인으로 해처럼 떠오른다. 헛웃음을 웃었다.

"하하하."

나는 생각에 잠겼다. 결론을 내려야 했다. 힘들게 하는 것은 팀장 등의 외적 환경이 아니다. 바로 내 자신이라는 것을 염두에 둘 필요가 있다고 생각했다. 나도 승진에 대한 열망을 가지고 있는 한 가만히 앉아서 고사(枯死)를 당하지는 않을 것이다. 젊음이라는 패기로 이글거리며 승부를 선언하며 저녁의 지는 해의 아름다움을 감상할 것이다. 스스로 다짐했다.

"나는 끈질긴 생명력을 가진 잡초다."

내가 가정한 경쟁의 상황은 반대로 기회가 된다. 창의적인 능력을 극대화 하는 신입사원의 독특한 전략이 필요하다. 고통의 상황이 나를 전문가답게 만드는, 정체성을 확립하는 좋은 기회로 작용할 것이라고 생각했다. 사회적으로 성공하는 사람은 기회가 주어지면 잘 잡는다. 아니 기회를 만들어내어 기회를 잡는다는 표현이 적절하다. 사람들은 누구에게나 기회는 온다고 말한다. 그러나 기회를 잡는 사람은 그에 대한 준비가 돼있는 사람이다. 내가 지금부터 철저하게 준비를 해야 하는 이유다. 핵심은 대조를 융합한 논술적 창의성의 발현이다. "얼쑤! 소리"를 통하여 창의력의 본질을 획득하고 싶었다. 우선 독서에 관심을 두기로 했다.

"독서를 하되 대상이나 상황에 대한 다양한 관점을 보인 내용을 찾는다. 한 줄이건, 한 문단이건, 한 페이지이건 좋다. 구체적으로 말하면 필자의 상황에 대한 독특한 인식과 대응이 나온 부분이다."

나는 독특한 인식과 대응에 주목할 것이다. 대상에 대한 다양한 관점이다. 오늘날 기업에서 대상에 대한 일반적인 관점은 히트 상품이 될 수 없다. 물론 보편성을 띠는 관점이나 가치는 인간의 삶을 위해 반드시 필요하다. 그러나 그것은 인간들의 생존에 필요한 제품일 뿐 정신적 가치를 높여주는 데는 기여하지 못한다. 이런 생각으로 나는 독서의 바다에 빠지겠다고 생각했다. 원하는 창의력의 원천은 거기에 있다고 생각했다. 그렇다면 그것은 무엇인가? 일반적 가치를 뛰어넘는 인간들의 삶의 가치를 창조하는 방향으로 제품을 만들어야 한다. 과거에는 소비자들에 의해 기업의 제품이 선택을 당했다. 이제는 기업의 제품에 의해 소비자들이 정해지고 삶의 질이 바뀌는 시대다. 기업의 제품에 신개념을 불어 넣은 창의적인 발상이다.

그러기 위해서는 나는 한그루의 갈매나무가 되어야 한다고 생각했다. 눈보라가 속에 줄기를 당당히 세우고 살아가는 갈매나무, 나는 갈매나무처럼 창의력 창출을 위해 고통과 시련을 즐겨야 한다고 생각했다. 백석(白石)의 '남신의주유동박시봉방(南新義州柳洞朴時逢方)'이란 시를 떠올렸다.

어느 사이에 나는 아내도 없고, 또, 아내와 같이 살던 집도 없어지고

그리고 살뜰한 부모며 동생들과도 멀리 떨어져서, 그 어느 바람세인 쓸쓸한 거리 끝에 헤메이었다. 바로 날도 저물어서

바람은 더욱 세게 불고, 추위는 점점 더해오는데, 나는 어느 목수(木手)네 집 헌 샅을 깐, 한방에 들어서 쥔을 붙이었다

이리하여 나는 이 습내 나는 춥고, 누긋한 방에서,

낮이나 밤이나 나는 나 혼자도 너무 많은 것 같이 생각하며, 딜옹배기에 북덕불이라도 담겨오면,

이것을 안고 손을 쬐며 재위에 뜻 없이 글자를 쓰기도 하며, 또 문밖에 나가지두 않고 자리에 누워서, 머리에 손깍지베개를 하고 굴기도 하면서,

〈중략〉

외로운 생각만이 드는 때쯤 해서는,

더러 나줏손에 쌀랑쌀랑 싸락눈이 와서 문창을 치기도 하는 때도 있는데,

나는 이런 저녁에는 화로를 더욱 다가끼며, 무릎을 꿇어보며, 어니 먼 산 뒷옆에 바우섶에 따로 외로이 서서

어두워 오는데 하이야니 눈을 맞을, 그 마른 잎새에는 쌀랑쌀랑 소리도 나며 눈을 맞을,

그 드물다는 굳고 정한 갈매나무라는 나무를 생각하는 것이었다.

난 백석의 시를 좋아하였다. 시에는 갈매나무가 등장한다. 갈매

나무는 화자와 동일시한 대상으로 현실극복의 의지를 표상하고 있다. 화자인 내가 갈매나무가 되는 것이다. 싸락눈은 내 삶의 시련과 고통을 말한다. 함박눈보다 싸락눈이 더 춥게 느껴지므로 나에게는 싸락눈이 내리는 상황이 큰 시련과 고통이 된다. 나는 생각했다. 바로 내가 평창그룹의 신입사원으로서 지향해야 할 모습이 "싸락눈을 맞으며 견디는 굳세고 맑고 깨끗한 갈매나무처럼 돼야 한다"는 것이다. 그러면서 울릉도 성인봉의 원시림에서 갈매나무와 같은 나무를 찾아보리라 생각했다. 분신인 나무를 찾아 동병상련(同病相憐)으로 껴안아 보리라 생각했다.

숙박을 창신여관(創新旅館)으로 정했다. 주인은 바닷물에 젖은 내 옷을 보더니, 무슨 말인가 하려다 그만두고 방 키를 주고는 밖으로 사라졌다. 방은 따뜻했다. 심한 허기를 느꼈다. 이 순간에 무엇을 먹으면 큰일이 난다. 정상적으로 속이 빈 상태라면 밥을 먹어야 한다. 그러나 배 멀미로 인한 허기에 음식물이 들어가면 큰 고통을 느낄 것이라고 생각했다. 굶는 것처럼 좋은 경우도 없다. 체력만 떨어지지 않으면 된다. 방에서 버너에 된장을 물에 풀어서 마셨다. 생콩을 씹었다. 비릿한 냄새가 위장을 타고 목으로 넘어왔다. 순간 구역질이 났지만 꾹 참았다. 냄새도 잠시뿐이었다. 비릿함은 폐건전지에 충전이 되듯 복부는 든든함으로 힘껏 차올랐다. 만족감이었다.

나는 된장과 생콩의 맛을 느꼈다. 힘이 절로 났다. 한 잔의 된장물과 생콩은 여행 중에는 주식이나 마찬가지였다. 그런 식사 방법은 내 몸도 가볍게 해 주었다. 마음이 둥실둥실 구름에 뜨듯 가벼웠다. 잠시 후 정신이 돌아왔다. 단잠이 머릿속에 쏟아졌다. 나는

1시간만 자리라. 잠귀가 밝아 잠을 자면서도 늘 귀는 열려 있었다. 원룸에서도 잠을 자면서 바깥에서 말하는 큰소리는 다 듣고 있을 정도였다. 그 때문인지 일어나야 할 시간에 정확히 일어났다. 오늘도 1시간 후에 일어난다고 생각하니, 그 시간에 반드시 일어날 수 있다는 자신감이 들었다.

내가 밝은 잠귀를 통해 잠에서 미리 깨어 있다가 5분전에 벌떡 일어났다. 이것은 알람시계가 나를 깨우는 것이 아니라 내가 알람시계를 깨우는 것이라 생각했다. 내 신경이 예민하여 그럴 수도 있지만, 아무튼 그 시간이라도 자고 나면 피로가 풀렸다. 오늘 1시간도 편히 잤다고 생각했다. 피로가 급격히 풀렸다. 옛날의 장군들은 전쟁을 할 때 원정을 떠나기에 대부분 잠을 자지 못했다. 그러나 그 와중에서도 나폴레옹, 칭기즈칸은 토막잠을 즐겼다고 했다. 30분, 1시간 등을 아주 달게 잠을 잤다는 것이다. 이런 내용을 상상하면서 휴식을 이루는 잠은 단지 시간에 비례한다고 생각하지 않았다. 30분의 짧은 시간일지라도 몰입하여 잠을 자면 충분히 피로를 풀 수 있다고 생각했다. 나는 다행스럽게도 잠에 깊이 들지 않으면서도 토막잠에 능했다. 오늘도 마찬가지였다.

시간이 밤 1시가 되었다. 밖에는 눈이 내리고 있었다. 나는 배낭을 풀고 책을 꺼냈다. 날씨로 인해 책들이 눅눅한 모습이었다. 책한 장을 넘기면 연달아 붙은 두 장이 넘겨졌다. 눅눅한 겨울엔 책도 고생을 하였다. 책 읽기에 몰입하였다. 좀 전에도 생각했듯이 독서를 통해 특정의 한 부분을 택해(감동을 받는 내용으로 한 줄도 좋고, 한 문단, 한 장도 좋은) 집중적으로 미친 듯이 탐독하였다. 내 책들은 특정

페이지에 볼펜으로 박스가 쳐져있다. 필자가 대상이나 상황에 대해 독특한 관점을 보인 부분이다. 이러한 독서의 방법을 통하여 많은 분신(分身)들을 만들 것이다. 책 속의 여러 대상과 동화를 이루어 나를 여럿으로 만들 것이다. 평찬그룹의 신입사원 시절에 예상되는 많은 시련과 고통은 많은 나를 만들어 조금씩 분산시켜 최소화해야 한다. 별의 별 생각을 다해 보았다. 사고의 확장을 위해서 일부러 그렇게 예상되는 상황에 대한 대응 전략을 설정해 보았다.

한 몸으로 고통을 모두 받아들이면 나는 미치고 말 것이다. 바보나 하는 일이다. 그럴 때 가만히 생각에 잠겨서 책으로 달랠 것이다. 나는 『유배지(流配地)』(문순태 지음 / 어문각) 책을 들었다. 정약용(丁若鏞)에 대한 글부터 읽어나갔다. 삶과 죽음의 뜨거운 현장인 유배지! 우리는 유배지를 조선조 500년 동안 수많은 지식인을 감금시킨 땅으로 기억한다. 그러나 유배지에서도 지식인들은 굴하지 않고 시(是)와 비(非)를 논고한다. 이 책은 유배지에서의 정약용(丁若鏞), 허균(許筠), 조광조(趙光祖), 윤선도(尹善道), 김정희(金正喜)의 창조적 삶을 다룬다. 여기서 우리는 창조적 집념에 생명을 거는 치열한 정신을 만난다. 유배지가 갖는 이면이다. 나는 이 내용을 선택했다.

"[1] 다산(茶山)은 이 무렵의 심정을 '내가 일찍이 학문에 뜻을 두었으나 세상 일이 바빠 학문에 전념치 못하다가, 바닷가로 유배되어 이제야 공부할 시간을 얻었다. 나는 한 나라 이래 명, 청까지의 학설 중 경전을 연구하여 그른 것을 바르게 고쳐 새로운 학설로 만들기 시작했다'고 기록하고 있다. 그는 너무 오래 앉아

서 글을 썼기 때문에 종당에는 엉덩이가 곪아터져 앉을 수가 없
게 되자 벽에 선반을 만들고 서서 저술을 하였다."
다른 부분의 내용이다.

"[2] 이 무렵 추사(秋史)는 그의 절품인 세한도(歲寒圖)를 그렸다.
세한도에 그려진 초가는 마치 그의 쓸쓸한 적소를 연상케도 하려
니와 추사 자신의 모습일지도 모른다. 그 무렵 추사는 서법을 체
득하는 데 더욱 정진하였다. 그가 서법에 성도한 것은 금석학에
대한 연구가 크게 뒷받침을 해주었다. 금석학의 연구와 함께 서도
에 대한 인식을 새롭게 한 것이다."

다산과 추사는 유배지에서 창조적 정열로 고통을 승화시켰다.
[1]의 내용은 다산이 천주교를 믿었다는 이유로 벽파의 공격을 받
아 강진에 유배된 고통을 저술 작업을 통해 극복하는 내용을 다룬
다. 다산은 유배지에서 학문에 대한 집념으로 오히려 희망을 만들
어 낸다. [2]의 내용은 추사의 제주도 유배 중에 완성된 걸작인 '세
한도(歲寒圖)'의 의미를 다룬다. 추사의 세한도는 잘못된 역사를 단
죄하는 그의 지조를 드러낸다. 우리는 다산과 추사의 이런 모습들
을 통해 역사에 대한 정신적 고뇌를 느낀다. 결국 [1], [2]의 내용은
조선조 지식인들이 유배지에서 오히려 창조적 정신의 세계를 이뤄
낸 사실을 제시한다. 다산과 추사는 절망을 절망으로 끝내지 않고
세속적인 욕망을 초월한 인간적 승리를 보여준다. 다산과 추사가
유배 생활을 하지 않았더라면 그들의 이름은 오늘날 빛나지 않았

을 것이다. 억압의 공간일지라도 세속적 욕심을 버리고 자기만의 학문과 예술에 생명을 거는 것이 진정한 삶의 가치라는 사실을 우리는 깨닫는다.

나는 생각을 상상을 통해 증폭시켰다. 다산과 추사는 유배지라는 고통의 공간을 열정과 지조를 통해 창조적 공간으로 탈바꿈시켰다. 오늘날 유배의 공간은 어디든 존재한다. 몸은 비록 사회의 한가운데에 있을지라도 역사와 사회로부터 고립된 지식인이라면 그가 몸담고 있는 삶의 공간은 정신적 유배지가 된다. 또한 과거 민주화 운동에 몸을 던졌던 사람들이 겪었던 감옥 생활도 이와 같은 맥락에서 이해될 수 있다. 난 역사 속의 지식인을 생각해 보았다. 역사 속에서 지식인은 언제나 나약한 존재였다. 그러나 유배의 절망을 이겨내고 유배지를 창조적 사고를 할 수 있는 나만의 공간으로 바꿈으로써 후대에 길이 남을 걸작을 남긴 다산과 추사는 결코 나약한 존재가 아니다.

책의 저자는 오히려 이들이 부럽다고 말한다. 어쩌면 오늘날 모든 사람은 정신적인 유배자일 수 있다. 현대인들은 그 절망의 순간을 자기완성이라는 창조적인 순간으로 만들어야 한다. 이것이 바로 자신만의 삶을 완성하는 기회다. 이 책에서 만족감을 얻었다. 그 치열한 삶의 정신을 정약용 선생으로부터 배웠기 때문이다. 이 책은 나에게 고난과 시련의 삶을 어떻게 극복해야 하는가를 알려 주었다. 진실한 내용이었다. 정약용의 내용이 체험적인 것이기에 설득력이 가슴에 와 닿았다. 나는 나를 한정된 마음의 공간에 가두고 창의력을 연구해야 한다.

시련과 고통의 공간에서 창의력은 창출된다. 바로 유배지에서의 정약용의 모습이다. 정약용은 전남 강진에서 18년간의 유배생활을 통하여 500여권의 책을 저술하였다. 창의적 정신의 전형이었다. 나는 평찬그룹에서 창의력을 브랜드로 신입사원 생활을 해나갈 것이다. 그래야 내가 나의 정체성을 확인하며 창의성을 계발하며 지낼 수 있다. 창신여관은 섬에 있는 여관답게 큰 돌 위에다 집을 지었다. 울릉도의 앞 바다가 한 눈에 보였다. 밤의 검은 바다가 마음에 들었다. 검은 바닷물이 나를 창신여관에 가두어 놓고 창의력을 창출하기 위한 유배를 강요하는 기분이 들었다. 새벽에 창신여관의 방문을 열고 밖을 보았다. 그런데 앞방의 젊은 연인들의 구두와 하이힐은 내버려지듯 흩어져 서로 섞여 있었다.

왜 신발들이 밖에 던져지듯 놓여있는가? 나의 첫눈에는 그 모습이 너무 낯설었다. 여관에서 연인들의 신발은 비밀스럽게 안으로 놓여 보이지 않는 것이 당연했기 때문이다. 그런데 밖으로 내팽개치듯 앞방의 문 앞에 검은 구두와 하이힐이 흐트러져 있었다. 묘한 궁금증을 가지게 되었다. 연인들이 안에서 싸우고 신발을 홧김에 밖으로 던졌는가? 연인들의 절교 선언의 상징적인 모습인가? 아니면 젊은 남녀들의 신발이 뒤섞여 남에게 보이고 있다면 둘의 성관계를 다른 사람들에게 공개하는 상징성인가? 무한한 상상력이었다. 나의 상상은 착각 속에서 왕성하였다. 그런 생각으로 연인들의 신발을 바라보니 묘한 느낌이 들었다. 내가 결혼을 안 한 입장에서 느끼는 당연한 감정이라고 생각했다. 연인들도 외국으로 떠들썩하게 여행을 가지 않고, 우리나라의 울릉도 섬을 사랑해서 이곳으로 여행을 온 토종 연인들이구나 하는 생각을 했다.

　어떤 점에서는 동질감을 느꼈다. 그 생각 때문인지 연인들이 나와 친구처럼 정답게 느껴졌다. 만약 연인들이 성인봉을 산행한다면 동행하고 싶은 엉뚱한 생각까지 들곤 했다. 내 의식의 잔상(殘像)에 찍혀 있는 가지런한 '연인들의 구두'가 내 머리에 평생 저장될 것이라고 생각했다. 남자의 구두는 큰 편인데 비해 여자 구두는 굽이 높았다. 남자는 키가 크고 여자는 키가 좀 작으리라는 상상까지 하고 있었다. 풍부한 상상력이었다. 내 귀에 묘한 소리가 들렸다. 어젯밤 잠결에 들었던 그 소리의 주인공이 이 연인들이 아닌가? 즉시 나는 연인들이 다투었다는 사실 쪽으로 생각을 굳혔다. 상황을 정리해 볼 때 그 생각은 믿음으로 바뀌어갔다. 지난밤에 바로 앞방에서 들려오는 연인들의 다투는 소리를 들었다. 나는 잠귀가 밝은 사람이다. 그때의 상황을 재생하고 있었다.

　"내가 회장 딸이니까 네가 날 좋아하는 거 아냐?"

　"그럴 수도 있지. 그러나 나도 너에게 맞을 수 있는 조건을 가지고 있잖아. 명문대학 출신에다가 내 아버지는 변호사고, 어머니는…."

　여자의 소리에 남자가 대답한 내용이었다. 내가 밤에 잠을 자면서 잠귀로 들은 것을 기억하자 일부의 내용이 술술 떠올랐다. 아마도 "어머니는 대학교수나 의사"라고 말해야 어울릴 것 같았다. 잠귀가 밝은 나이기에 모두를 기억해 낼 수 있었다. 남자가 날카롭게 말을 받았다.

　"무엇보다도 회장님께서 우리의 결혼을 원하고 있잖아요!"

"내 아버지의 의견도 소중하지만 내 생각은 달라요. 제가 휴가를 맞이하여 이곳 이곳 고향에 왔는데, 이곳까지 쫓아와서 이렇게 하는 경우가 어딨어요? 너무 무례하지 않은가요. 불쾌합니다."

"그렇다면 미안해. 정말 이서연 씨를 사랑합니다. 그 말만은 믿어주십시오. 진실입니다."

남자는 반말과 존댓말을 교묘히 번갈아 쓰고 있었다.

"서울로 돌아가 주세요. 어릴 적에 이곳을 떠나왔지만 내가 눈을 좋아해서 이렇게 고향 울릉도에 온 것이에요. 혼자 있게 내버려 두세요. 미안합니다."

"호호호"

여자는 냉정하게 말을 하였고, 남자는 능글맞게 웃었다. 나는 지금 새벽에 전날 밤 남녀의 이야기를 모두 기억해 내고 있었다. 나는 소리를 좇는 스토커와 같다는 생각을 하였다. 사실 내가 평창그룹의 면접을 보기 전날에 꾸었던 실체 없는 "얼쑤! 소리"를 찾아이곳 성인봉 원시림에 온 것이 아닌가? 맞는 말이라고 생각했다. 별명을 짓는다면 소리를 찾는 스토커라고 해야 할 것 같았다. 나는 남자의 흉내를 내어 능글맞게 웃어보았다.

"호호호!"

속물적인 인간이 웃는 모습이었다. 앞방에 내 소리가 들리지 않도록 조심하였다. 방문이 가깝기 때문에 괜한 오해를 불러일으킬 수도 있었다. 흐트러진 연인 구두에서 내 시야를 슬며시 거두면서 다시 방으로 들어갔다. 바다 멀리서 붉은 색깔이 보였다. 바다를 일출로 물들이고 있었다. 기나긴 시간이 흘러 새벽이 되었다. 그러나 웅장한 일출의 광경을 보기 보다는 책을 읽어야겠다는 생각이 불쑥 앞섰다. 붉은 바다는 방안에서도 유리창을 통해 보였다. 어두운 여관 방안에 있었다. 어둠이 내 멱살을 움켜잡고 놓아주지 않았다. 어선 배의 냉동고에 들어간 느낌이었다. 정약용 선생의 유배지 현장에 갇힌 느낌도 들었다. 불쑥 소외감이 터져들었다. 나는 아직도 유배의 잔상(殘像)에서 소리 없이 허우적대었다. 소외감으로 가득 찼다. 정신적인 감옥에 갇힌 것이었다.

재빨리 다른 책을 꺼내들었다. 울릉도에 여행을 오면서 온갖 우여곡절에도 항상 함께 해준 책들, 가만히 손으로 누런 책의 겉표지를 쓰다듬어 보았다. 깔깔한 책의 얼굴이 만져졌다. "빨리 저를 읽어주세요." 무언의 책이 조용히 빈약한 정신을 압박했다. 나는 하루에 한 가지씩 창의적 사고에 미치리라 생각했다. 바로 책을 통해서였다. 창의적 사고는 개인의 사고를 통해 형성된 것도 있지만 대부분은 다른 사람들의 깊숙한 사유를 융합하여 새로운 결과를 얻는 것이 많다. 책은 그런 점에서 많은 사람들의 사유를 집적해 놓은 보물의 창고였다. 나만의 창의력 향상 방법에 주목했다. 그러나 지금은 시간이 별로 없기에 책보다는 즐겨 읽는 신문의 칼럼을 꺼내들었다. 시간이 30분이면 충분했기 때문이었다. 김민웅 교수의 '콜럼버스여 달걀 값 물어내라'였다.

"여기서 주목하고자 하는 점은, 콜럼버스의 달걀이 이제는 상식을 넘는 발상이라기보다는 도리어 그것이 상식이 되어버린 역사적 과정과 현실이다. 달걀의 겉모양은 어떻게 생겼는가? 그것은 타원형이다. 애초에 세울 이유가 없도록 설계되어 있는 것이다. 둥지에서 구르더라도 그 둥지의 반경을 벗어나지 않도록 고안된 생명의 섭리가 담겨 있다. 만일 원형이었다면 굴렀을 경우 자칫 둥지에서 멀리 이탈돼버리기 십상이다. 각이 졌다면 어미 새가 품기 곤란했을 것이다. 타원형은 그래서 생명을 지키는 원초적 방어선이다. 따라서 달걀을 세워보겠다는 것은 그런 생명의 원칙에 맞서는 길밖에 없다. 둥지에서 벗어나지 않도록 만들어진 생명체를 자신이 원하는 자리에 고정시켜 장악해야겠다는 생각이 콜럼버스의 달걀을 가능하게 만든 뿌리다. 그래서 그것은 상식을 깬 발상 전환의 모델이 아니라, 생명을 깨서라도 자신의 구상을 달성하겠다는 탐욕적, 반생명적 발상으로 확대된다."

김 교수의 독특한 발상에 감동을 받았다. 우리는 지금까지 '콜럼버스의 달걀'하면 창의적 사고의 전형으로 생각해왔기 때문이다. 오늘 아침 동해의 빛나는 배경을 바탕으로 이런 생각에 몰입한다는 것도 참으로 즐거운 일이었다. 상쾌한 일이었다. 창의적 사고에 굶주린 사자와 같은 기분이었다. 김 교수는 이 칼럼에서 달걀이 타원형으로 생긴 것을 생명의 신비로, 달걀을 깨뜨려 세우는 것을 반(反)생명적 발상의 제국주의적 행위로 읽은 것이다. 관점이 독특한 칼럼이었다. 글을 읽으며 생각에 잠겼다. 달걀이 타원형이라 여기에 자연의 이치가 들어 있다고 김 교수는 말했다. 이에 대한 구체적인 생각을 덧붙여 보자. 김 교수의 관점은 참신하고 통쾌하다. 설득력이 매우 높다. 관점을 달리해서 대상을 바라보면 상식이 여지없이 무너진다는 사실을 우리는 김 교수의 글을 통해 확인할 수있다. 자신감을 갖고 '그렇다'고 외쳤다. 생각은 이어졌다. 이 내용을 축구 경기와 관련시켜 사고를 무한대로 확장시켜 보자. 콜럼버스의 달걀과 월드컵 축구 경기를 연결하여 축구를 새롭게 바라보자.

우리는 지난 월드컵 경기 때 축구 경기에 열광했었다. 이후 독일 월드컵에서 우리 팀의 16강 진출이 좌절되기 전까지는 북한의 미사일 시험발사라는 엄청난 일조차도 그 그늘에 묻혀 있었을 정도였다. 월드컵은 끝난 후에도 많은 이야기를 남겼다. 우리나라의 축구에 대한 관심을 말해주는 부분이다. 나는 힘차게 소리쳤다.

"좋다. 우리는 월드컵 축구에 열광하면서도 우리는 맹목적으로 그 축구의 규칙을 받아들였다. 반성할 부분이다. 축구 경기에 대한 새로운 관점을 얻는 것이 중요하다. 이 글을 통하여 축구에 대한 새로운 가치를 이끌어 내보자. 축구에 대한 나의 생각을 창의력이라는 프리즘(prism)에 통과시켜 다양한 사고의 스펙트럼(spectrum)을 이끌어내 보리라."

김민웅 교수의 칼럼과 관련시켜 이제 월드컵 대회가 가져온 명암을 살펴보고 싶었다. 또한 축구라는 스포츠 자체의 의미를 정리해볼 필요성도 느꼈다. 푸른 색깔의 지독한 집착이었다. 복부에 허기를 느꼈으나 철저히 외면하였다. 이 여관으로부터 조금만 나가면 슈퍼가 있고 식당이 있었지만 배 멀미 후에는 아무 것도 먹지 않는 것이 위장의 부담을 줄이는 것 같아 음식을 먹지 않았다.

물에 된장을 풀어 밋밋한 맛을 보았을 뿐이다. 나는 여행할 때에는 항상 허기진 배를 만들었다. 밥을 많이 먹고 등산을 하여도 허기가 졌다. 그러나 밥은 먹지 않고 된장을 풀은 물과 비릿한 생콩을 먹으면 왠지 기운이 났었다. 심리적인 힘일 것이다. 이번 울릉도 성인봉 여행도 마찬가지다. 창의적인 생각을 이어 나갔다. 또한 과정과 결과 중 어느 것이 더 중요한지를 물을 때가 있다. 사람들은 "과정이 정당성을 가질 때 그 결과도 객관적으로 인정된다"는 식의 답변을 한다. 누가 보더라도 이런 사고의 논리는 변할 수 없는 정당성을 가진다. 그런데 축구에서는 이런 논리가 철저히 무시된다. 90분 동안의 승부는 오로지 결과인 골로 결정되는 것이 축구경기다. 경기 내내 상대팀을 압도하고도 단 한 번의 실수로 골을 허용해 패배하는 경우가 비일비재(非一非再)하지 않은가.

나는 상상력을 급격히 끌어올렸다. "그렇다. 바로 그것이다!" 이제는 생각이 강한 줄기를 잡아 방향을 결정하니 꼬리에 꼬리를 물고 무한의 연상이 이어졌다. 생각은 허기진, 피로한 몸과는 전혀 상관없이 자유로운 상상의 날개를 낙하산처럼 펼쳤다. 그런 관점에서 축구경기의 승부차기는 결과중심주의의 극치라는 결과를 이끌어냈다. 이것을 현대인들의 삶으로 연결 지어 새로운 가치를 추출해 낼 수 있을까? 끈질긴 의문을 던졌다. 사고과정의 궁극은 인간의 가치 창조로 이어지게 하였다. 쉬운 내용이지만 결과중심주의가 현대인의 삶의 가치로 고착화 시킨다는 전제를 깔고 무한의 사고를 심화시켰다. 이것은 누구나가 할 수 있는 생각이기 때문이었다. 또한 축구 월드컵 경기를 보면서 이 같은 결과중심주의가 현대인의 의식에 스며들어 삶의 가치로 굳어지는 측면은 없을까도 생각해보았다. 강박적인 사고였다.

그렇다. 기업의 새로운 제품의 개발도 이런 식으로 토론하는 과정에서 참신한 영감을 얻어 재탄생되는구나. "재탄생에 중요한 의미가 있구나." 나는 힘차게 중얼거렸다. 3시간의 여객선의 멀미와 오징어잡이배의 냉동고에 갇혀 비몽사몽(非夢似夢)을 헤맸던 흔적이 얼굴에 쭈글쭈글 나타났지만 내 입만은 분명하게 말하고 있었다. 헝그리 정신을 이해할 수 있었다.

"나는 충분히 해낼 수 있다. 능력은 바로 창의력 계발이다. 더 생각을 심화시키면, 결과중심주의는 제국주의의 냄새마저 풍긴다. 제국주의는 본질적으로 자연스러운 이치를 거부하고 인위적인 요소를 강하게 내세운다. 제국주의는 정복의 개념이 내재돼 있는 것이다. 축구에서 자연스러운 현상이란 선수들이 규칙을 어기지 않고 경기에 임하는 것이다. 그러나 월드컵에서 우리는 선수들이 오로지 골을 넣기 위해 반칙을 서슴지 않는 모습을 숱하게 봤다."

이렇게 혼자 중얼거려 봤다.

"축구공이 둥근 것은 자연적인 원리다. 콜럼버스가 달걀을 깨뜨려 세우는 것이나 둥근 공을 인위적인 반칙으로 조작해서 골을 넣는 것이 무엇이 다른가? 어떻게든 달걀을 세우기만 하면 된다, 골을 넣기만 하면 된다는 두 가지 생각은 제국주의적 발상과 강력하게 연결된다. 골인의 환호 속에 결과가 과정을 합리화해버리는 무서움이 들어 있다."

내 사고는 망망대해(茫茫大海)로 확장되어 거침이 없었다. 벽에 걸리면 슬쩍 타고 넘어가고 기존의 생각이 막아서면 순서를 뒤집고 강하게 엎어버렸다. 내 생각은 축구경기의 판정승에 모아졌다. 난 생각을 자연스레 이었다.

"축구 경기에 판정승 제도를 만들자고 제안한다면 어떨까? 골도 점수로 환산해 경기 후 합산을 해 승부를 정하자는 것이다. 그러나 혹자는 그게 축구냐며 비웃을 것이다. 그러나 비웃는 것 자체가 고정관념에 얽매여 있다는 방증은 아닐까? 물론 연장전과 승부차기가 없어져 축구의 묘미가 줄어들 수 있다. 하지만 더 큰 것을 얻을 수도 있다."

피곤한 상태에서도 생각은 끊이지 않았다. 아침 6시가 넘어가고 있었다. 의식과 몸이 허기져서 쓰러지려 했다. 생각을 한 곳에 모으고 강하게 의식을 일으켜 세웠다. 나를 울릉도 유배지로부터 정약용 선생처럼 일으켜 곧추 세워야 했다.
"판정승 제도는 무엇보다 과정을 중시하게 만든다. 반칙을 밥 먹듯 하던 선수들은 골을 만들어가는 과정에 많은 의미를 두게 될 것이다. 과정을 중시하는 사고가 월드컵 대회를 통해 확산되고 사회·문화적 현상으로 자리 잡는다면 효과는 엄청날 것이다. 현대인을 지배해온 결과중심적 사고방식이 과정중심의 사고로 바뀌는 계기가 될 수 있지 않을까?"
다시 상상에 잠겼다.

"물론 축구 규칙을 바꾸자고 주장하는 것이 아니다. 우리들이 창의 적 사고를 일으키기 위해서는 월드컵 대회를 바라보는 자신만의 관점을 갖는 것이 중요하다는 점을 말하고 싶었다. 이제는 이것을 사회 분야로 확대시켜 보자. 월드컵이든 다른 어떤 사회·문화 현상이든, 어떤 관점으로 바라보느냐에 따라 평범한 생각이냐, 자신만의 독창적인 생각이냐가 결정되기 때문이다."

그때 맞은 편 방문이 열리는 소리가 났다. 연인들이 밖으로 나가는 발소리가 들렸다. 도동항의 아침 바닷가로 데이트를 나가는 모양이다. 산뜻한 새벽의 동해 바다를 바라보며 둘만이 즐기는 데이트, 달콤할 것이다. 이상하게도 내가 그 여자와 나가는 듯한 착각에 사로잡혔다. 사랑을 하기 위한 열정의 충전인가? 뜨거운 밤의 격정 끝에 오는 풀어진 마음을 새벽 바람을 쐬면서 재충전 시키려는 것이 아닌가? 또다시 두 사람이 다시 격정의 순간으로 끌어올리려는 술책이리라. 밤의 격정과 새벽의 격정은 본질은 같지만 현상은 다르리라. 고차원적인 생각이었다. 그러나 내 이 생각을 즉시 수정했다.

"아니다. 아니지."

환경을 바꿔 화해를 하러 나가는 모습이리라. 밤새 싸우고 흐트러진 마음을 상쾌한 바닷가 공기를 마시며 갈등을 풀러 나가는 것이겠지. 내 생각은 무한의 광야(廣野)를 마구 달렸다. 나도 덩달아서 공연한 생각에 포로가 돼 사로잡혔다. 연인들이 언제 들어올까 은근히 기대가 되는 것이었다. 나는 읽었던 칼럼을 다시 읽고 마무리 지을 필요성을 느꼈다. 그리고 성인봉 원시림에 본격적으로 오르려는 생각을 하였다. 울릉도 아침의 해는 맑았다. 하늘과 바다가 파란데 중간에 빨간 해가 소의 혀처럼 늘어졌다. 색의 조화가 펼쳐지는 순간은 신비스러운 모습이었다. 하늘을 닮은 바다라는 말이 실감났다. 태양을 닮은 나라는 말을 상상해 보았다. 즉시 공통점이 만들어지지 않았다. 굳이 만든다면 태양의 열정과 나의 열정이라는 유치한 사고가 만들어졌다.

　나는 낡은 배낭을 점검하기 시작했다. 책과 된장, 생콩 한 줌이 감각적으로 만져졌다. 내 정신력을 일깨우기 위한 최소한의 식량이었다. 도동항이 아침 햇살을 받아 반짝이며 흔들거리며 넘실거렸다. 바위 위에 비바람을 맞아 작고 구부러진 많은 나무들이 눈에 보였다. 모두들 개성 있는 나무들의 모습이었다. 어떤 나무는 뿌리를 하늘로 처들고 줄기를 땅으로 덮은 모습을 하고 있었다. 끈질긴 생명력이었다. 여름의 강한 비바람에 뿌리가 뽑혔다가 다시 살아난 나무인 것 같았다. 햇빛을 앙상한 나무로 받으며 겨울의 생명력을 분출하려고 안간힘을 쓰고 있었다. 그 나무와 같은 모습이 바로 나라고 생각했다. 부드러운 손으로 딱딱한 나무들을 만져보았다. 손톱으로 강하게 눌러도 보았다. 그러나 손톱이 나무에 들어가지 않았다. 여름 피의 물기가 없었다. 가까이서 다른 나무들도 겉으로 드러난 피부를 만지고 싶었으나 나무들은 바위 위에 높이 피난하여 올라갈 수가 없었다. 바위 위에는 줄기가 검은 나무들이 많았다. 겉으로는 강한 비바람에 생기를 잃은 모습이었다. 그러나 겨울에도 나무는 자란다는 자연 이치를 보이지 않게 증명하고 있었다. 연인들의 구두와 하이힐이 머리가 떠올랐다.

여대생, 쓰레기통, 연애편지

햇살을 맞으며 외줄기 길로 나섰다. 햇살은 날카로웠고 외줄기 길은 차가웠다. 울릉도 도동항은 온통 내린 눈으로 한적했다. 가벼움과 무거움이 뭉친 한적함이었다. 멀리 절벽의 해안가에서 낚시꾼들의 말소리가 흐물흐물 들려왔다. 그들은 겨울밤의 눈 낚시를 즐긴 상태였다. 눈을 맞으며 밤을 새운 낚시꾼들은 아침이 됐다는 현실이 몹시도 아쉬운 듯 큰 소리로 떠들고 있었다. 낚시꾼 소리는 절벽을 타고 울렁울렁 내 빈약한 가슴을 흔들고 있었다. 낚시꾼은 낚시의 장비를 거두면서 바닷고기를 만져보았다. 차가운 손으로 뜨거운 물고기를 만졌다. 그리고 웃음을 지었다. 정확히 말하면 만족과 아쉬움이 섞인 웃음이었다. 몇몇 낚시꾼들은 바다의 떠있는 찌를 목표로 바라보았다. 나는 순간 평창그룹의 동기인 정찬시가 생각났다. 그는 개인 연수를 우리나라의 저수지로 간다고 했다. 지금 어느 이름 모를 저수지에서 낚시를 하고 있으리라. 새벽의 안개 속의 정찬시가 상상되었다.

겨울바람에 오징어들이 낙엽처럼 흔들렸다. 대나무에 꿰어 한 줄로 매달린 오징어 냄새가 가볍게 실려 비린내가 전해졌다. 바닷가의 진한 비릿한 냄새였다. 비릿한 냄새가 좋았다. 처음에는 배가 울컥했으나 조금만 참고 기다리면 비릿함이 전신의 혈관을 타고 흘렀다. 온화한 향수처럼 느껴졌다. 비릿함이 인간들의 본래의 냄새라고 생각했다. 인간의 생명은 바다로부터 왔으니까. 바다의 비릿함은 어머니의 냄새이다. 고향의 깊숙한 냄새였다. 도동항의 바닷가 주변을 산책하기로 했다. 눈이 내린 도동항은 아름다웠다. 아침의 절벽의 차가운 바람을 맞기로 했다. 나는 절벽의 사이 길로 꺾어 들어섰다. 항구, 눈, 아침, 낚시를 이미지로 그리며 내 사유를 노트에 판을 박아 정리할 생각이었다. 나에게 사유란 거창한 철학적 의미가 아니다. 창의력 계발을 위한 생각이랄까. 창의력을 인간적 삶의 본질이라고 생각했다. 학자들은 말한다. 인간이 다른 동물들과 다른 까닭을 인간은 언어를 가지고, 문화를 만들었기 때문이라고…

그러나 나는 묶어서 인간이 인간다움은 대조를 융합한 논술적 창의력의 계발 능력을 지녔기 때문이라고 생각했다. 나만의 인간에 대한 정의였다. 물론 언어로 문화를 창조한다는 것과 융합의 창의력은 별반 차이가 없다. 내가 인간의 창의적 능력을 강조하는 것은 현대의 삶의 생존경쟁에서 창의력이 승패를 결정짓는 동력으로 작용하기 때문이다. 절벽의 갯바위 주변에는 밤 낚시꾼들이 놓고 간 쓰레기들이 보였다. 추운 날씨 때문인지 휴지들이 자유롭게 쭈그러진 채 사람의 발에 눈과 함께 철저히 밟히고 있었다. 나는 그 곳을 지나 절벽으로 이어진 해안으로 발걸음을 옮기고 있었다. 그런데 절벽으로 넘어가는 좁은 길에 무언가 차가운 햇살에 빛나는 것이 있었다.

눈과 함께 빛나는 알 수 없는 것이 있었다. 내 눈의 각도에 따라 빛이 보였다 안 보였다 하였다. 내 눈은 즉시 혼란스러웠다. "무엇이 빛나고 있을까" 하고 생각하며 그곳으로 가보았다. 절벽 바닥에 놓인 돌의 모서리에 하얀 머리핀이 걸려 있었다. 하얀 점박이 은이 박힌 수제 머리핀이었다. 하얀 색깔에 하얀 점박이가 고급스러우면서도 수수한 느낌이 한껏 드는 것이었다. 한얀 색깔에 하얀 점박이는 분명 같은 색임에도 보는 위치에 따라 매우 달랐다. 점박이 은(銀)이 햇살에 직선적으로 빛나고 있었다. 또한 머리핀 가운데 한 줄의 흰 줄이 구부러지게 늘어져 있어 햇빛이 닿으면 빛이 늘어졌다. 머리핀의 빛은 휘어져 묘하게 빛났다. 내가 얼굴을 돌려 다른 각도로 바라보면 빛나지 않았다. 각도 위치에 따라 신비한 빛이 났다. 순수하고 아름다운 빛이었다. 무심코 머리핀을 주워들었다. 별 생각 없이 주머니에 넣었다. 무심한 표정으로 절벽 길을 건너 바위 쪽의 길로 나왔다. 바다를 푸르게 바라보았다. 낚시꾼들이 바다를 배경으로 낚시를 하고 있었다. 내 발목이 눈에 덮이고 있었다. 속에서 햇살은 차갑게 빛났다.

"고기가 좀 잡히나요?"

"그저 그렇습니다. 배를 타고 나가야 알이 굵은 물고기가 나오죠. 하하하."

낚시꾼은 슬며시 웃었다. 무엇인가를 숨기는 느낌이었다.

"그런데 이곳에는 사람들이 많이 오는가 봐요? 이렇게 낚시를 한 흔적이 많이 남고 심지어는 휴지나 라면 봉지가 날리고 있으니 말이에요."

　낚시꾼들의 주변은 눈 속에 파묻혀 일부만 보이는 휴지와 라면 봉지들이 눈바람에 들썩이고 있었다. 말을 증명이라도 하듯 나는 휴지와 비닐봉지들이 널려 있는 곳을 향해 시선을 주었다. 낚시꾼은 쳐다보지도 않은 채 낚시에 눈을 주며 말했다.

　"나도 이 절벽 아래가 단골로 오는 낚시 장소죠. 우리 같은 낚시꾼들은 이곳을 명당(明堂)으로 칩니다. 토요일에 오면 명당을 잡을 수가 없어요. 수요일이나 목요일 밤을 새워 이곳으로 달려와야 겨우 명당의 자리를 그런대로 차지할 수 있죠."

　고개를 들어 주위를 보니 무척 장관이었다. 높이 솟은 바위와 그 위를 성처럼 덮고 있는 높은 절벽들, 그리고 하얗게 내린 눈, 그 아래에 맑은 바닷물이 넘실거리고 있었다. 내가 봐도 낚시의 명당처럼 보였다. 낚시꾼들의 그물망을 보니 각종 돔이 들어있었다. 큰 것은 어른들의 팔뚝만 했다. 돔은 눈을 뜨고 입을 내밀어 움직이고 있었다. 정찬시가 이곳에 있었다면 이 모습을 어떻게 표현할까? 생각만 해도 즐거운 일이었다. 낚시꾼은 부지런함을 증명이라도 하듯 굽혔던 자주 어깨를 폈다. 어깨에 지금 햇볕이 강렬하게 반사되었다. 그런데 낚시꾼은 물어보지도 않은 이야기를 시작했다. 이야기는 내 호기심을 자극하고 있었다.

　"오늘 새벽 낚시를 하는데, 절벽 쪽의 좁은 길에서 여자의 비명 소리가 들리지 않겠습니까? 처음에는 파도가 바위에 부딪힌 소리로 생각하고 관심을 두지 않았죠. 몇 번이고 계속 들리기에 가만히 들어보니, 이제는 여자가 우는 소리가 들리는 겁니다. 낚시꾼들이 그렇듯 낚시 찌에 관심을 두면 주변 일은 금방 잊어버리거든요. 그러기를 몇 번 하다가 어느 순간 무엇인가를 찾는 소리가 들렸습니다."

　나는 즉시 물었다. 순간적으로 창신여관의 내 앞방의 연인들이 떠올랐다. 벗어던진 구두들이 눈에 나타나 아른거렸다. 검은 구두와 하이힐이 마음에서 요동치며 흔들거렸다.

　"무엇을 찾는 소리요? 혹시 이것을 찾는 소리가 아니던가요?"

　나는 주머니에서 머리핀을 손으로 쥐었다. 절벽의 돌 위에서 주은 하얀 머리핀을 보여주려 했다. 곧바로 성급한 행동을 후회했다. 다시 하얀 머리핀을 주머니에 넣고 손으로 쥐어 만지작거렸다. 마음으로 대하는 감촉이 부드러웠다. 하얀 점박이 은(銀)의 촉감은 부드러우면서도 까칠까칠했다. 나는 무엇이 주머니에 들어있으면 습관적으로 만지는 버릇이 있었다. 하얀 머리핀도 예외는 아니었다. 더구나 사연 모를 야릇한 여자 머리핀을 주워 주머니에 넣었으니 모르게 손이 가는 것은 당연했다.

　"그럼 당신도 어제 그곳에 있었나요?"

　"아, 아, 아닙니다."

　낚시꾼은 갑자기 물었다. 하얀 머리핀과 아무런 관련도 없으면서 말을 더듬고 있었다. 초로의 낚시꾼은 나를 흘끔 보더니 건성으로 낚시의 찌를 쳐다보고 있었다. 하얀 눈에 쌓인 절벽은 무심하게 아름다웠다. 푸른 바다의 색깔은 하얀 눈과 묘한 대조를 이루어 도동항을 인상적으로 표현해주고 있었다. 나는 자리를 떠서 창신여관으로 돌아왔다. 무얼 좀 먹어야겠는데, 아침에 산책을 나갔으니 배가 더 고파진 것은 당연했다. 급히 창신여관의 맞은 편방을 쳐다보았다. 연인들이 어디에 갔는지 신발이 보이지 않았다. 그렇다면 연인들이 새벽에 나가서 바다를 보면서 데이트를 하다가 싸운 것일까? 그렇다면 하얀 머리핀도 그 여자의 것일까? 둘은 어떤 사이일까? 이런 저런 생각이 꼬리를 물고 늘어졌다. 상상은 나를 강박적으로 만들고 있었다. 고개를 돌려 마당을 보니 오징어 몇 마리가 꼬챙이에 꿰어진 채 바람에 흔들거리고 있었다. 오징어는 눈을 맞은 채 철저하게 얼어있었다. 비릿한 바닷바람이 훅 불어왔다. 방안에 있으면서 앞방의 연인들이 들어오기를 기다렸으나 돌아간 것인지 아무 소리도 없었다.

아침에도 된장을 푼 것에 생콩을 먹으니 역시 비릿했다. 빈 배의 속이 느끼한 것이 흐르면서 감각적으로 아파왔다. 한국 사람은 아침에 김치찌개와 밥을 먹어야 하는데 생콩이라니, 내가 생각해도 맞지 않는 식단이었다. 더구나 배 멀미를 한 후 그것을 말해서 무엇하겠는가? 아침의 진수성찬(珍羞盛饌)은 인간의 야성을 죽이는 식단이라고 생각했다. 차라리 배고픈 것이 인간 본연의 모습이라고 생각했다. 오늘 오전에 성인봉에 올라가야 한다. 울릉도 성인봉 원시림은 1년 중 안개가 300일이나 끼어 있고, 원시림의 겨울철의 눈이 5월까지 이어진다고 한다. 마찬가지로 오늘도 눈이 오려고 하늘이 낮게 내려오고 있었다. 성인봉 등정을 생각하니 이런 저런 생각들이 하나 둘 사라져 버렸다.

장군이 작전을 수행하듯 검은 하늘을 쳐다보았다. 내가 울릉도에 온 이유가 솟아 분명해졌다. 평창그룹의 신입사원 연수 프로그램의 일종이라는 것, 울릉도 성인봉 원시림에서 나를 찾고 창의력의 실체를 찾는 산행이라는 것, 그 결과를 융합하여 밤에 창신여관에서 논술로 작성해 볼 작정이었다. 그렇게 나흘을 보냈다. 나머지 사흘은 그것을 정리하여 완성된 보고서 형식의 소논문을 써야 한다. 독특함이 내재된 창의적인 보고서를 쓸 작정이었다. 평범한 울릉도 여행에서 발굴한 귀중한 가치를 일구어 내야 한다. 여행의 목적지와 관련된 창의적인 생각이 아니어도 좋다, 내가 가져간 책을 통해 사유를 진전시키고 심화시켜도 된다. 그런 나에 대한 일정이 확인되었다.

나는 바빠졌다. 잠을 더 잘까 하다가 손에 잡히는 배낭을 지고 성인봉에 올라가기 시작했다. 2월의 추운 겨울의 성인봉은 많은 것을 보여주고 있었다. 이곳은 우림(雨林)의 지역이라 겨울철에 눈이 많이 온다. 2월이니 눈이 많이 쌓여 하얀 설산을 연상케 하였다. 설인이 되어 성인봉을 걸어 올라갈 것이다. 언덕 너머 푸른 바다가 눈이 시리게 다가왔다. 성인봉 산행의 목적은 눈이 내린 성인봉 원시림을 보기 위해서다. 성인봉은 984m로 중간부터 울창한 원시림을 가지고 있다. 눈 덮인 이 원시림이 보고 싶었다. 이곳에서 원시의 자태를 휘날리며 혼자 서 있고 싶었다. "얼쑤! 소리"를 듣고 싶었다. 태초의 신비를 하얗게 느끼며 어떠한 언어도 불필요함을 느끼고 싶었다.

그런데 누군가가 글을 쓰고 있었다. 팔각정 부근의 의자에서 무언가를 열심히 쓰는 여자를 보았던 것이다. 무엇보다 궁금한 것은 추운 날씨에 시멘트 나무 의자에 앉아 글을 쓰고 있었다. 쉽게 이해가 되지 않았다. 순간 호기심이 발동했다. 이때는 학교가 방학이어서 방학숙제를 수행할 수도 있으나 2월의 눈 내리는 성인봉 등산로 옆 한복판에서 글을 쓰는 것은 의외였다. 그녀의 여러 모습이 호기심을 일으키기에 충분했다. 첫눈에는 여대생으로 짐작되었다. 내 얼굴 앞으로 조금씩 눈발이 날렸으나 나무에서 떨어진 것인지 구분이 되지 않았다. 그녀는 하얀 모자에 청바지, 하얀 털 코트로 수수한 차림이었다. 하얀 모자 사이로 나온 긴 머리가 세찬 바람에 들썩이고 있었다.

머리칼이 그녀의 얼굴을 가리기도 했다. 그럴 때면 잠시 손으로 쓸어 가다듬고 있었다. 여학생의 얼굴은 홍조를 띠고 있었고 몸은 동그랗게 웅크리고 있었다. 그런 모습으로 글을 쓰고 있는 것이라면 추위를 많이 타지 않는 여학생이라 생각했다. 동행이 없이 혼자 앉아 있는 것으로 보아 이곳 울릉도에 사는 학생일 것이라고 짐작하였다.

"무엇을 쓰고 있을까? 추운 날씨에…"

이 생각이 내 머리를 가득 채웠다. 요즘 학생들은 그런가. 학교에서 학생들에게 쓰기 숙제를 내면 체험의 과정이 없이 인터넷에서 관련 자료를 다운 받아 그것을 재가공하여 제출하는 경우가 많다. 이런 저런 생각이 넘쳐흘렀다. 호기심은 극에 달했다. 내가 옆에 다가가도 그 여학생은 알아채지 못했다. 그녀와 이야기하고 싶은 충동이 일었다. 용기를 내었다.

"무언가 열심히 쓰고 있는 모습이 참 보기 좋습니다."

조용한 목소리로 호기심을 던져 보았다. 여자는 나를 보고는 금방 쓰는 글에 관심을 두고 잘 써지지 않는지 연신 고개를 흔들고 있었다. 무언가 글을 쓰는 과정에, 아니면 쓴 글이 불만이 있는 듯 보였다. 내가 옆에 서 있는 것을 인식했는지 고개를 들었다. 여학생은 의외로 활달한 면을 보여주었다. 그녀는 물었다.

"무언가 물어봐도 될까요? 포항에 사는 친구에게 편지를 쓰는데요. 제 생각이 글로 표현이 잘 안 돼요."

혼자 중얼거리는 것 같았다. 아니, 나에게 하는 소리 같았다. 후자(後者)로 생각하기로 했다. 그러면서 몹시 놀랐다. 초면의 첫 대화로는 생각보다는 많은 내용이었고 진도도 많이 나갔다. 그녀는 살짝 웃으면서 말했다. 하늘에서 눈이 여학생의 하얀 모자로 간간이 떨어지고 있었다. 나는 하늘을 보았다. 조금씩 눈이 내리고 있음을 인식할 수 있었다.

"글이라는 것이 생각보다 쓰는 것이 어렵지요."

나는 성급하게 말했다. 그러면서 상투적인 말을 던진 것을 후회했다. 고개를 돌려 주위를 살펴보았다. 그런데 옆의 쓰레기통에 수북하게 쌓인 구겨진 흰 종이를 보았다. 상식이라면 등산로 옆 팔각정에 그렇게 많은 흰 종이가 휴지로 버려져 있을 수가 없었다. 사람의 왕래가 많지 않은 2월이야 더 말할 이유가 없었다. 자세히 보니 여학생이 글을 쓰다가 뭔가 잘 안 되면 즉시 구겨서 이 쓰레기통에 버린 것임을 금방 알 수 있었다. 나는 여학생이 쓰고 있는 종이와 버려진 종이가 같은 것임을 집요하게 추적하고 있었다.

내가 놀란 것이 있었다. 내가 평창그룹의 신입사원 모집 면접시험을 마치고 집에 돌아와 고민했던 것과 같았다. 바로 내 분신이 담긴 '쓰레기통'이었다. 옆에 놓인 쓰레기통을 바라보며 다양한 관점으로 그 스펙트럼의 의미를 수사관처럼 추적하고 있었다. 난 쓰레기통에 대한 글도 썼었다. 창의적인 사고를 키우기 위한 훈련이었다.

"쓰레기통에 들어있는 내용물이 내 몸의 일부라고 생각하면 어떨까? 나의 분신(分身)이 되는 것이다. 현재 내 책상 옆에 있는 쓰레기통엔 무엇이 들어 있는가. 내게 비염이 있으니 아마도 콧물과 가래 묻은 휴지가 들어 있을 것이다. 내 건강 상태를 쓰레기통이 진단해주고 있는 셈이다. 또한 쓰레기통에 신경질적으로 구겨진 내 원고 뭉치가 들어 있다면 어떨까? 이때 쓰레기통 안의 원고 뭉치는 내가 '고통스럽게 노력한 작업'의 흔적이다. 치열한 내 삶의 편린(片鱗)인 것이다."

울릉도 팔각정에서 그 쓰레기통의 의미를 다시 되새겨 보았다. 순간 여학생의 말이 울렸다.

"포항에 사는 남자 친구에게 편지를 쓰려고 하는데요, 멋있게 쓰고 싶거든요. 그런데 그것이 잘 안 돼요."

"아니, 요즘에도 편지를 씁니까? 휴대폰의 문자와 카톡이 있고 인터넷의 메일이 있는데요. 물론 편지를 쓰는 것이 더 정답고 인간적이기는 하지만요."

"문명의 이기를 떨쳐버리기는 힘들텐데요. 그 내용을 볼 수 있을까요?"

나는 말을 하려다 참았다. 서로 잘 모르는 사이에서 그 말은 너무 앞서가는 말이라고 생각했다. 하나의 말을 주고받은 것을 기회로 삼아 처음부터 이런 저런 많은 말을 늘어놓는 것은 속돼 보였다. 한편으로 그녀가 고등학생이든 대학생인지 알 수는 없으나 나와는 10살 정도는 차이가 날 것이라고 생각했다. 그러면서 오버하는 것은 아닌가 생각이 들었다.

"아, 문자나 메일은 제가 싫어해요. 물론 급할 때는 쓰지만 진정한 내 마음을 전달할 때는 저는 편지를 쓰지요."

편지를 배달하는 우체부 직원이 놀랠 것이다. 우체부는 컴퓨터로 찍힌 세 금 통지서나 보험사에서 보내는 금액 통지서를 주로 배달한다. 그러나 이런 연애편지를 배달한다면 낯설음에 우체부 직원은 편지의 주소를 볼 것이다. 호기심이 일렁일 것이다. 나는 무슨 내용이냐고 물어볼까 생각했다. 그러나 초면에 개인적인 일에 너무 간섭하는 것 같아 그만두었다. 그때 섬광 같은 생각이 스쳐 지나갔다.

"그렇게 힘들게 편지를 쓰실 필요가 없습니다."

"그렇다면요?"

여학생이 번쩍 고개를 들었다. 추운 듯 볼펜을 두 손으로 마주 감싸 안고 있었다. 그 모습이 흔들리는 갈대에 앉은 잠자리처럼 예쁘면서 귀여웠다. 나는 말을 이었다. 여학생은 손을 머리 뒤로 가져가 바람에 휘날리는 머리칼을 조용히 정리하고 있었다. 그런 자신의 행동을 약간 귀찮게 여기는 것 같았다. 나는 의미 있게 말했다.

"지금까지 쓰다가 버린 내용이 있잖아요. 저 쓰레기통에 수북이 버려져 쌓여있는 저 종이 말입니다. 그것을 모두 모아 남자 친구에게 소포로 보내는 것이 어떨까요? 그 양이 한 박스는 될 것입니다. 그것만큼 댁의 진실한 마음을 표현할 것은 없다고 봅니다."

듣기에 따라서는 장난 같은 이야기였다. 그러나 관점을 바꾸면 신선한 생각임에는 틀림이 없었다. 어이없으면서도 웃음이 나오는 그런 류의 말이었다. 내 제안을 재미있게 생각하는 듯했다. 그녀는 지적으로 웃으면서 말했다. 긴 머리가 눈바람에 날렸다.

"호호호, 재미있겠네요. 아마도 큰 꽃다발 편지를 받는 기분이랄까요."

집에서 생각했던 쓰레기통의 귀중한 가치가 재생되어 생각났다. 그것이 지금 여학생과 관련되어 이렇게 진실한 대화를 나눈다는 사실이 무척 기뻤다. 여학생은 거짓말처럼 쓰레기통 속을 뒤져서 주섬주섬 구겨진 편지지를 배낭에 담기 시작했다. 모습이 약간 작은 키에 귀여운 모습이었다. 나는 여학생의 남자 친구가 부러워졌다. 여학생만의 독특한 선물을 받고 얼마나 기뻐할까? 둘이 결혼한다면 버려진 편지 뭉치는 가보(家寶)로 후대에 전해져도 좋을 것이라고 생각했다.

고갱의 버려진 미완성작과 같다고 느꼈다. 돌발적인, 창의적인 사고를 이해하고 수용해준 여학생이 대단하게 보였다. 대단함은 귀여움으로 연결됐다. 그녀의 순수함이 풀썩거리면서 분수처럼 퍼졌다. 순수함에 포장된, 속에 터질 듯 눌려 압력을 받고 있는 쓰레기통 속의 편지는 바로 창의적인 스토리를 담은 편지다. 편지의 내용보다 스토리가 사람의 감정을 효과적으로 전달할 것이다. 창의성이란 새롭게 생각하여 표현하는 것도 있지만 다른 사람의 특이한 관점을 적극적으로 수용하는 것도 창의적인 능력이라고 생각했다.

어쩌면 차원이 높은 창의성의 발현일 것이다. 우리나라 사람은 다른 사람 앞에서 주로 말하기를 좋아한다. 그러나 인내를 가지고 남의 말을 이해하려는 마음은 떨어진다. 열린 마음으로 상대방의 뜻을 새기며 수용할 마음이 돼 있지 않은 경우가 많다. 특히 이슈에 대하여 논쟁 중일 때 상대방의 말이 옳다고 생각돼도 겉으로는 거부하는 행태를 주로 보인다. 비단 정치인들만이 아니라 각계각층의 국민들도 마찬가지다. 겉은 상대방의 이해를 강조하면서 속은 잠재된 이기적인 심리를 지녔다고 볼 수 있다. 사람들은 대부분 이중성(二重性)을 지니고 있다.

그녀는 나와 최고의 창의적 대화를 한 셈이다. 그녀는 상대방인 내 말을 수용하여 그것을 행동으로 즉시 옮기는 모습은 감동적이었다. 이젠 그는 나에게 여학생이 아니라 여자로 생각되었다. 이때부터 그녀는 키가 작으면서도 크게 보였다. 키가 약간 작으면서 컸고 크면서도 약간 작았다. 고개를 들며 웃는 모습이 귀여웠다. "그런데 그녀가 눈이 오는 추운 날 이곳에 혼자 왔을까?" 자꾸만 그 생각이 떠올랐다. 아니면 누구와 같이 왔다가 그 사람만 성인봉에 올라가고 여기서 기다리고 있는 것일까?

아니, 그렇지 않을 것이다. 그녀의 입으로 분명히 포항에 있는 남자 친구에게 편지를 쓰고 있다고 말했었다. 그 말을 믿고 싶었다. 어느덧 나는 그녀를 사랑하고 있었다. 그녀는 쓰레기통을 뒤지고 있었다. 그 모습이 쓰레기통에 손을 넣고 귀중한 물건을 애써 찾는 모습처럼 보였다. 아니면 내용물을 깨끗이 수거해 가는 환경미화원처럼 보였다. 그녀는 아름다웠다. 배낭에 불룩하게 자신이 쓰다 버린 편지지를 넣었다. 소중한 것이라도 되는 양 자꾸만 배낭을 만져보았다. 손가락이 가늘고 길었다.

"그런데 아저씨는 혼자 성인봉에 올라가세요? 저랑 같이 올라가실래요?"

나는 뜻밖의 제안을 받고 망설였다. 나는 철저하게 혼자 가기로 계획을 세웠었다. 같이 낚시를 가자는 평찬그룹의 연수 때 만난 정찬시의 요구도 완곡히 거절했었다. 성인봉의 원시림 속에 혼자서 창의성을 키우는 의지를 다지고, 그것의 확인으로써 "덩더덩더덩더쿵!"을 내가 외치면 우주의 삼라만상이 "얼쑤!"하는 소리를 듣고 싶었다. 난 자신의 모습을 찾아보려는 생각에 성인봉에 왔다. 여름의 성찬(盛饌)이 내려진 원시림의 앙상함에 내 정체성을 뿌리처럼 박고 있을 것이다. 프리즘(prism)의 사고로 겨울의 성인봉의 원시림을 바라보고 나만의 스펙트럼(spectrum)을 즐기려는 것이 목표다. 빛나는 창의력의 본질을 캘 것이다. 이 계획을 세웠을 때처럼 흥분된 마음을 일렁이고 있었다. 나는 이런 생각을 하면서도 승낙을 하고야 말았다.

"좋습니다. 저도 혼자 왔거든요. 사실은 평찬그룹의 신입사원 연수의 마지막 프로그램은 여행하고 독창적인 보고서를 쓰는 것이죠. 그 계획으로 성인봉을 찾아 왔습니다. 동행이 있으니 좋네요."

난 "사실은"이란 말을 일부러 썼다. 무슨 비밀이라도 그녀에게 알려주듯 친근함의 표시라고 생각했다. 그녀는 깜짝 놀라 말했다. 그러면서 침착함을 잃지 않았다.

"평, 평, 평찬그룹의 신입사원 연수로 이곳에 여행을요?"

"그렇습니다."

더듬으며 큰 목소리로 말했다. 그녀는 큰 목소리에 놀라는 모습이었다. 묘한 긴장감이 돌았다. 곧 말이 일으킨 긴장감을 수습하였다. 그녀의 목소리는 낮아졌다. 무언가 감추려는 모습이었다. 신중한 모습으로 즉시 복귀했다.

"아니, 혼자 여행하는 연수 프로그램이었군요. 그러면 저는 댁의 성인봉 여행에 방해가 되지 않을까요? 어떻게 하죠. 아까 참신한 내용으로 저를 무한 감동시켰는데…."

"배려심이 많군요. 아닙니다. 동행을 하면 또 다른 나를 만날 수도 있으니까요?"

"그렇다면 제가 댁의 분신이 될 수 있다는 얘긴가요?"

"얘기가 그렇게 해석되나요?"

그녀는 '댁'이란 표현을 쓰고 있었다. 친밀감이 드는 말이었다. 그녀의 얼굴이 빨개졌다. 부담을 안 준다는 말이 결과적으로 엉뚱한 말이 되었다. 나는 여자에 호감을 가졌던 것이다. 그러나 남자 친구가 있다는 말이 부담이 되는 것은 사실이었다. 눈은 점점 큰 송이가 되어 내리기 시작했다. 오전이었지만 분위기는 눈구름으로 어두워져서 저녁과 같은 느낌이었다. 하늘은 구름으로 어두워 보였다. 눈으로 하늘이 잘 보이지 않았다.

"지금 여대생이군요."

"그, 그, 그래요. 방학이 되어 혼자 이곳에 여…여…행을 왔어요."

그녀는 말을 조금 더듬었다. 무언가 비밀을 간직하고 있는 듯한 느낌이었다. 아까부터 그녀가 성인봉 등산길 초입에서 혼자 편지를 쓰는 행동이나 선뜻 동행을 요구하는 모습이 궁금했다. 지금은 구체적으로 물어볼 상황은 아니라고 생각했다. 현재의 등산 일정에 충실하기로 했다. 둘이 걸어 올라가고 있었다. 큰 나무 밑에 눈이 낙엽과 함께 섞여 쌓여있었다. 울릉도만의 원시림의 낭만적인 눈길이 연출되고 있었다. 앞에 〈울릉도 성인봉 630m 남았습니다.〉라고 쓰인 안

내 표지판을 보았다. 눈에 덮여 잘 안 보였지만, 한쪽이 희미하게나마 글씨가 보였다. 성인봉은 아직 먼 목표에 해당되었다. 성인봉 근처에 원시림이 있다. 그 너머로 나리분지(羅里盆地)가 있었다. 네이버 사전에는 '나리분지는 경상북도 울릉군 북면 나리 일대에 있는 분지로 울릉도에서는 유일하게 넓은 평지를 이루고 있으며, 우리나라에서 눈이 가장 많이 내리는 지역이다. 면적은 1.5㎢이다'라고 돼 있었다.

나는 철저히 고민했다. 원시림에서는 나만의 시간을 가져야 한다. 눈에 보이는 많은 앙상한 나무는 피로한 나를 반영하는 모습과 같았다. 그녀의 얼굴은 눈에 젖어 아름다웠다. 머리카락은 눈에 젖어 붙은 듯 분리된 듯 묘한 모습이었다. 이 순간은 그녀의 모든 것이 아름다웠다. 그러나 나는 여행의 목적에 충실하고자 했다. 그녀에게 말했다.

"우리 성인봉에서 만나기로 하죠. 아까 말씀드린 대로 직장 연수 프로그램이 혼자만의 여행이거든요. 오해는 하지 않으셨으면 합니다. 그런데 성인봉까지는 먼 거리인데 따라 올라올 수 있을까요?"

나는 어느덧 '우리'라는 표현을 쓰고 있었다. 앞선 발자국들이 많지 않았다. 여자 혼자 여행하기가 무리가 있다고 생각했다. 방학을 맞아 날씨가 좋은 날에 가족 단위로, 또는 동호회 등의 여행객이 많이 오는 편이라 한 사람이 올라가는 것은 힘들게 느껴졌다. 성인봉은 평소 4, 5명의 인원이 단체를 이루어 붉은 깃발을 달고 올라갔다가 헐떡이며 내려오는 곳이라 생각했다.

"가능하면 성인봉에 올라가 보도록 하겠어요."

그녀는 웃으면서 말했다.

"역시 배려심이 많군요."

웃으면서 대답했다. 나는 철저히 혼자가 되기 위해 걸음을 빨리
했다. 난 얼굴을 들어 웃었다. 올라가는 도중에 투막집을 만났다.
산의 억새를 엮어 지붕을 만들고 위에 새끼줄을 대신하여 긴 나무
기둥으로 눌러 놓았다. 나무들은 마치 그물망처럼 서로를 못으로
고정한 채 지붕을 강하게 누르고 있었다. 자세히 보니 통나무를
엇대고 사이에 황토 흙을 발랐다. 투막집의 처마를 길게 만든 모
습이 자연을 닮아 있었다. 눈 쌓인 투막집은 에스키모의 얼음집이
연상될 정도로 자연을 닮아 자연스러웠다. 투막집은 둥근 나무를
우물틀(井) 모양으로 쌓아올려서 벽을 이루고 있었다.

내가 항상 꿈꾸어왔던 산 속에서의 투막의 생활, 그 속에 누가
사는지 궁금했다. 투막집 문은 늘어진 가마니를 말아 위에서 끈으
로 묶어 올렸다. 자연적인 소재로 지은 안락한 곳이었다. 그 문에
들어가니 처음에는 사방이 잘 보이지 않을 정도로 어두웠다. 거기
에는 노인 두 분이 계셨는데 할머니는 건강하셨고, 할아버지는 허
리가 낫처럼 꼬부라졌다. 할아버지는 허리를 펴지 못하고 방안에
앉아있었다. 허연 수염만이 어둠 속에 빛을 발하고 있었다.

눈을 들어 주위를 바라보았다. 모두 자연식으로 식사를 해결하
는 듯했다. 울릉도가 육지와 떨어진 섬인데다가 투막집이 성인봉
가는 길의 중간쯤에 있으니 노부부의 모습은 속세를 떠난 모습이
라고 해도 될 듯 싶었다. 어두운 벽의 중간에 못을 박고 옥수수를
매달았다. 어두운 흙방이지만 어둠과 반대가 되는 색상을 지닌 것
은 관심만 가지면 눈에 보였다. 선반 위에 분위기와 어울리지 않는

것이 눈에 보였다. 유통기한이 몇 년은 넘어 보이는 퐁퐁이란 세탁제였다. 퐁퐁 하얀 색의 표면이 변색되어 누렇게 보였다. 선반 위에 다른 물건은 아무 것도 없고 유일하게 세탁제만이 놓여 있었다. 절묘한 조화였다.

"이곳에 오래 사셨습니까? 자제분들은 도시로 나갔겠네요?"

그냥 마루에 앉아 쉬기가 미안해서 인사말을 던졌다.

"모두 육지에 있는 대학에 들어갔지요."

할머니의 말씀은 자상했다. 목소리가 자연을 닮아 있었다. 빨리 성인봉으로 가야 한다. 성인봉 너머 주변에 원시림이 있다. 내가 가고자하는 곳이다. 그곳에는 내 분신이 나를 기다리고 있다. 창의력이라는 깃발을 쳐들고 나를 기다리고 있다. 순간 강박적인 생각이 나를 압박했다. 서둘러 일어났다. 한 시간을 더 걸었다. 눈발이 더 심해지고 바람도 세게 불었다. 이제부터는 비와 바람과 눈을 많이 먹고 마음대로 자란 나무들이 보였다.

잎새를 떨어뜨린 거대한 단풍나무가 돋보였다. 어떤 검은 나무는 한 가지를 땅에 꺾어 놓고 다른 가지들이 어렵게 그것의 생명을 이어주고 있었다. 겨울인데도 눈 위의 파란 이끼가 나무 밑둥치에는 반드시 붙어 있었다. 강인한 생명력, 모두 죽어가는 원시림의 숲에서 오로지 푸른색을 하고 생명을 증거하고 있는 초록의 이끼들, 나무들이 우거지고 그늘이 진 상태의 습한 곳이기에 이끼들의 세상이었다. 낮게 자라면서 큰 나무를 이기는 이끼들의 생존법에 혀를 내둘렀다. 겨울을 이기는 이끼들의 전략은 독창적이다. 남들이 추위에 숨어 있을 때 이끼 자신은 피어오른다.

이끼 생존 전략이 강력하게 먹혀 든 셈이다. 이끼들은 겨우내 영양분을 비축할 것이다. 물을 많이 머금고 나무의 밑둥치에 바싹 달라붙어서 이끼의 낙원을 향유하고 있었다. 원래 이끼는 늦가을에 성황을 이룬다. 생명을 겨울까지 연장시키는 것은 강한 생명력의 탓도 있으나 이곳의 성인봉의 날씨도 아열대가 되면서 가을의 습한 것이 겨울까지 남아있기 때문이다. 눈 속을 파보았다. 눈 속에 이끼들이 수북하였다.

"그녀는 잘 오르고 있을까?"

순간 생각이 들었으나 잊기로 했다. 나하고 별 사이도 아닌데다가, 남자 친구까지 있다고 하지 않았는가? 일부러 그녀를 내 의식 속에서 몰아내려 하고 있었다. 그럴수록 그녀의 모습은 내 의식에 달라붙어서 그녀를 잊지 못하게 만들고 있었다. 나무들이 겨울철인데 울창한 모습을 보이기 시작했다. 앙상한 나무 가지만 달렸어도 하늘이 잘 안 보였다. 여름이라도 되어서 잎사귀마저 달렸다면 그야말로 원시림, 밀림이었을 것이다. 겨울철에 여름의 산행을 생각했다. "나무에 잎사귀가 달렸다면" 하고 강박적으로 생각했다. 원시림의 거목들은 500년 정도를 산다고 한다.

나는 강력하게 믿는다. 인간도 500년을 살 수 있다. 물리적으로는 이 말이 설명되지 않는다. 그러나 정신적인 나이, 소설을 많이 읽어 다른 사람의 삶의 체험과 가치를 내 것으로 만들었을 때 내 나이에 주인공의 나이가 합산된다는 것이다. 이런 경우가 많은 경우라면 인간은 1,000년은 살 수가 있을 것이다. 성인봉 근처의 거목을 보며 느낀 생각이었다.

7

성인봉, 정상, 겨울 원시림 1

시계를 보니 오후 3시가 되었다. 심한 피로와 허기가 졌다. 배고 픔에 흐느적거리기 시작했다. 드디어 폭설로 덮인 플라스틱 계단 이 산길처럼 나타났다. 발이 닿은 감촉만이 플라스틱 계단이 본래 황색임을 말해주고 있었다. 찍힌 발자국은 설산(雪山)의 설인(雪人)의 모습을 담고 있었다. 최정상 성인봉으로 올라가는 팍팍한 계단이 었다. 나는 상상의 방황에서 벗어나 폭설의 현실과 마주했다. 정 상 등산로에 접어드니 내려가는 한두 명의 등산객들이 멀리서 희 미하게 보였다.

그때 비로소 생각이 났다. 그녀가 성인봉 근처까지 왔을까? 눈 을 헤치고 여기까지 올라왔을까? 불가능하다는 것을 알면서도 성 인봉 위에 서 있는 그녀의 모습이 상상 속에서 기다려졌다. 나는 겨울이 눈을 사랑하듯 그녀를 사랑하고 있었던 것이다. 팍팍한 내 허벅다리를 느끼며 손으로 눌러 짚어보았다. 딱딱한 허벅다리의 근육을 촉각적으로 느끼며 다리에 힘을 주었다. 산행을 전혀 하지 않은 나는 오늘 성인봉에 오르는 뜻 깊은 경험을 하는 것이다.

　말 그대로 성인봉이 아닌가. 나는 창의력으로 성인(聖人)의 반열에 오르겠다고 다짐했다. 헉헉 숨소리가 가빠졌다. 나는 성인봉에 올랐다. 바위들이 눈 속에서 정상 바닥을 울퉁불퉁하게 만들었다. 옆에 전망대라고 쓰인 팻말로 가니 두 사람이 바위에 가려 윗부분만 보였다. 솟은 바위 사이로 성인봉(聖人峰)이라고 쓰인 바위가 비석처럼 세워져 있었다. 쌓인 눈에 가려 봉(峰)자만 희미하게 보이고 있었다. 성인(聖人)이란 글자는 달아나고 눈에는 보이지 않았다.

　성인봉 주위를 들러보았다. 그녀가 예상대로 보이지 않았다. 눈보라치는 험한 날씨에 성인봉 정상까지 오리라고는 기대는 안 했지만 아쉬운 마음이 무겁게 들었다. 연락처라도 미리 받아둘 것이라는 생각도 했으나 이미 지나간 버린 일이었다. 성인봉의 정상에는 눈보라가 사나운 바람같이 윙윙거렸다. 멀리 파여진 하얀 계곡들이 한 눈에 잡혀 들어왔다. 나는 정상에서 성인의 경지를 느껴보고 싶었다. 바로 세속의 욕망을 떨쳐버린 빈 마음의 확인이리라. 욕망을 버리기 위해서는 도시를 버려야 했다. 아무도 없는 산의 정상을 혼자 찾아와야 했다. 내 빈 마음은 자연을 닮아 있었지만 미진한 생각이 들었다.

　주위를 둘러보니 조금 전에 보였던 두 사람은 하산하고 없었다. 나 혼자 만이 남은 것이다. 성인봉(聖人峰)이라고 쓰인 돌의 눈을 걷어내고 어루만졌다. 추운 날씨임에도 세워져 있는 돌이 뜻밖에도 따뜻하게 느껴졌다. 지그시 두 팔을 벌려 끌어 안아봤다. 느낌은 딱딱하지만 부드러웠다.

"이 돌이 그녀라면!"

하는 생각이 찬바람 속에 스쳤다. 그러나 눈 아래에 펼쳐진 원시림에 날아가는 새처럼 잊어버리고 말았다. 그녀의 아름다움도 성인봉의 원시림에는 미치지 못하는 것 같았다. 나는 쓸쓸한 미소를 지었다. 그때 성인봉 주변에 안개가 끼어있지 않다는 사실이 눈에 들어왔다. 충격이었다. 1년 중 300일이나 구름과 안개가 끼어 있다는 성인봉 근처 원시림은 오늘 분명 안개와 구름이 없었다. 원시림의 나무들이 흑백사진처럼 눈에 쌓여 눈에 들어왔다. 원시림과 눈을 바라보면 살며시 "덩더덩더덩더쿵!" 하고 외쳐보았다. 그러나 삼라만상(森羅萬象)은 아무 대답도 없었다. "얼쑤! 소리"가 없었다. 나는 머리가 흔들리고 당황했다.

나는 무심코 주머니를 만졌다. 그동안 주머니에 손을 넣을 때마다 만져 졌던 하얀 머리핀이 잡혀졌다. 촉촉한 촉감으로 다가왔다. 한 손에 넉넉히 쥐어진 머리핀을 쥐어 올렸다. 울릉도 도동항의 옆쪽으로 산책을 나갔을 때 주웠던 머리핀을 지금도 가지고 있었던 것이다. 그때 마침 머리핀의 주인공이 그녀인지도 모른다는 생각을 했다. 확신으로 굳어지며 다가왔다. 성인봉으로 오르는 팔각정 벤치에서 눈을 맞으며 글을 쓰던 여자, 다른 머리핀을 준비를 못했던 듯 눈바람에 자꾸만 얼굴을 휘감는 머리칼을 귀찮아하면서 옆으로 쓸어내리던 모습이 떠올랐다. 난 머리핀과 그녀를 연관시키고 싶었다. 철저한 강박적(强迫的) 생각이었다. 그러나 한편으로 이것을 부정했다. 그녀는 분명히 포항에 있는 남자 친구에게 편지를 썼다고 말했고, 혼자 왔노라고 미소 지며 말했다. 그녀의 말을 믿고 싶었다.

그러면서도 이것을 또 부정했다. 그녀의 미소 속에는 상황을 벗어나고자 한 순수함이 들어있는 듯 했다. 미소는 강력한 힘을 지니고 있다. 미소는 사라지고, 도동항의 절벽으로 이어진 좁은 길에서 낚시꾼은 1시간 정도 남녀가 싸우는 소리를 들었다고 말했었다. 그렇다면 "그녀가 남자 친구와 같이 울릉도에 여행을 왔다가 그와 싸운 후 혼자가 되었다. 그 후 여러 가지 복잡한 심경을 눈을 맞으며 팔각정 벤치에서 그 남자에게 편지를 썼고…. 나와 우연히 만나서 성인봉 등반을 제의했다. 평창그룹의 연수계획을 내세워 각기 떨어져 등반하여 성인봉에서 만나자고 했고, 나는 앞서서 성인봉에 올랐는데 그녀가 없었다." 이런 사실과 허구를 상상하여 스토리를 만들어 보았다. 사실이라면 그녀는 분명히 한두 가지의 거짓말을 나에게 하는 셈이었다. 이런 생각을 할수록 그녀의 얼굴이 철저하게 떠오르고 있었다.

그녀의 키는 작으면서도 크게 느껴졌다. 그녀의 키는 묘한 매력을 지니고 있었다. 성인봉에 함박눈이 내리고 있었다. 나도 눈사람이 돼 가고 있었다. 산 정상에서 보는 주변은 까맣게 눈으로 덮여 있었다. 깊은 계곡인지 얕은 계곡인지 분간이 되지 않았다. 지금 그녀는 어디서 무엇을 하고 있을까? 나는 자꾸만 추위에 언 손으로 머리핀을 만지작거렸다. 그녀의 피부를 애무하듯 머리핀은 부드러웠다. 머리핀의 하얀 색깔이 감각으로 느껴졌다. 나는 휴대폰을 울릉도 여행에 가져오지 않았다. 휴대폰의 문자 전송도 그리 좋아하지 않았다. 무슨 일이 있으면 대상과 만나서 이야기를 하는 것을 좋아했다. 공간과 시간적 제약을 초월하는 것보다 그곳에 안착하고 싶었다. 그것이 사람 사는 맛이라고 생각했다. 내가 휴대폰에 종속되지 않으니 참된 나를 찾을 수 있었고….

무엇보다도 나만의 기다림이 있어서 좋았다. 기다림은 행복감을 줄 것이다. 나이 30대 초반에 떠올린 인생의 맛이라고 여겼다. 기다림은 첫사랑을 경험한 이 지구상의 모든 사람에게는 없어서는 안 될 심리적인 언어로 존재한다. 성인봉의 정상에서 김영랑의 '모란이 피기까지는' 시의 마지막 내용을 떠올렸다.

  모란이 피기까지는
  나는 아직 기다리고 있을 테요,
  찬란한 슬픔의 봄을.

김영랑 시의 이 구절은 그녀를 떠올리게 해주었다. 그녀를 성인봉 정상에서 만나지 않은 것이 다행이라고 생각했다. 그녀의 순수한 이미지가 기다림으로 인해 내 행복감이 심리적으로 유예(猶豫)되고 연장되었다. 그녀의 순수함은 하얀 눈과 같았다. 유예된 만큼, 연장된 만큼 기다림의 기간은 늘어난다. 기다림은 야릇한 소망을 심리적으로 잉태한다. 그것은 시련, 역경, 고난, 고통의 경계를 은근히 허물어뜨린다. 어떠한 한계 상황이 와도 기다림을 믿는 한은 평상심(平常心)을 유지할 수 있다. 시의 마지막 구절인 "찬란한 슬픔의 봄을"은 삶을 살아가는 우리들에게 차원 높은 인생의 깨달음을 심어준다. 눈 내리는 성인봉의 정상에서 하염없이 상념에 잠겨 있었다. 상념은 너울너울 날개가 긴 붕새가 되어 이 골짜기 저 골짜기를 구름처럼 떠돌고 있었다. 내가 평찬그룹의 신입사원이 되기까지의 어려운 과정이 자연스레 회상됐다.

열 번의 입사시험에 탈락했다. 숫자로는 열 번이지만 정신적인 탈락은 휘날리는 눈송이만큼이나 많았다. 그때는 탈락의 고통을 온몸으로 수용하다보니 고통은 바늘이 되어 무참히 찔렀었다. 그 결과로 때로는 자신을 저주했고 무능력을 무한히도 자책했었다. 그때는 조선시대 지식인의 유배소설을 닥치는 대로 읽었고 그것에 동화되려 했다. 삶의 시련 극복을 위한 초보적인 프로그램도 없었다. 그저 감정에 의지해 하루살이처럼 지내고 있었다. 만약 성인봉 정상에서 느꼈던 깨달음이 그때에 있었다면 "나는 아직 기다리고 있을 테요. 찬란한 슬픔의 봄을"을 통해 처절한 시련을 "기다림"으로 녹여서 극복했을 것이다. 기다림이라는 정신적인 명약(名藥)을 통해서 말이다. 지금 독백으로 시련과 고통이 풀어져 내렸다.

"입사시험 볼 때마다 탈락한 지금의 현실은 괴롭다. 이것은 슬픔의 봄이다. 그러나 다음 해에 도래할 입사시험 합격이라는 기다림이 있기에 찬란한 봄을 맞이하고 있다. 하하하."

나는 얼어붙었던 어깨를 풀고 크게 웃었다. 멀리 보이는 험산 준령을 바라보며 맑은 공기를 깊숙이 끌어마셨다. 호연지기(浩然之氣)를 느끼고 싶었다. 성인봉 정상의 날씨는 저녁이 되면서 더욱 추워졌다. 눈보라도 거세게 몰아쳤다. 나는 꿈쩍도 하지 않았다. 순간 하산이 걱정이 되었으나 이제는 될 대로 되라는 생각도 들었다. 기다림이라는 심리적인 명약은 나를 배짱 있는 사람으로 만들었다. 눈이 몰아쳤다. 급기야 눈사람이 돼 가고 있었다. 나는 상상을 심화시키기 위해 또 하나의 시를 떠올렸다. 성인봉의 정상에서 정신적인 이별을 맛보고 싶었다. 가슴이 마구 떨렸다. 겨울의 추위 때문에 떨린 것이 아니었다. 이별이란 삶의 영원한 문제를 성인봉에서 상상으로 대하니 떨렸던 것이다. 나는 그녀와의 만남을 위한 기다림을 통해서 사고의 영역을 자유롭게 확대시켰었다. 그러나 이제는 그녀와의 이별의 상황을 상상으로 만들어 진척시킬 예정이었다.

성인봉의 정상에서 미리 해보는 이별 연습이 되는 셈이었다. 인간의 짧은 삶 속에서 이별을 예비하는 것도 좋으리라 생각했다. 이별을 연구하는 것도 괜찮으리라. 눈이 내리는 속도만큼 내 생각도 속도를 내었다. 사람은 누구나 인간관계를 맺는 모든 대상과 언젠가는 이별을 경험한다. 단, 이별의 시간의 차이가 우리들을 이별이 없을 것이란 착각에 빠지게 할 뿐이다. 나는 한용운의 '님의 침묵'이란 시의 내용을 떠올렸다.

우리는 만날 때 떠날 것을 염려하는 것과 같이, 떠날 때 다시 만날 것을 믿습니다. / 아아, 임은 갔지마는 나는 임을 보내지 아니하였습니다. / 제 곡조를 못 이기는 사랑의 노래는 님의 침묵을 휩싸고 돕니다.

울릉도 성인봉의 정상에서, 그것도 혼자 있으면서 하필이면 이 시를 떠올렸을까? 그녀와의 이별 연습을 미리 하고 있는 것일까? 아니, 만나지도 않았는데, 사랑도 안 했는데 이별이라니? 생각해도 우스웠다. 나는 믿고 있었다. 주머니 속에서 은밀하게 사랑이 숨을 쉬고 있다는 것을, 그 사랑의 핵심, 씨앗은 그녀의 하얀 머리핀이었다. 그것은 그녀가 도동항 근처 절벽의 좁은 길에서 남자 친구와 싸우고 떨어뜨린 것이라는 것을, 그리고 내가 묵고 있는 창신여관의 맞은 편 방 앞에 가지런히 놓여 있는 하이힐도 그녀의 것이라는 것을 말이다. 그녀가 드디어 별처럼 다가왔다.

그녀는 운동화를 신고 있었다. 성인봉 등산로의 초입에서 볼 때 그랬다. 머리에는 흰 모자를 쓰고 있었다. 그러나 내 예감은 그렇다. 그녀의 이름도 알지 못한 상태에서도 그 예감은 정확성을 띠고 있었다. 내가 그녀에 대해 이만큼을 알고 있다면, 그것은 재회할 수밖에 없는 운명이라고 생각했다. 그렇다면 이별 연습 또한 운명적으로 필요한 것이 된다. 그녀와의 사랑과 이별의 상황을 상상했다.

"한 5년 동안 그녀와 사귄 것으로 하자. 육체적 관계도 맺은 것으로 하면 더 좋겠지. 이쯤 되면 당연히 결혼 이야기가 나왔을 것이고, 그녀는 부자고 난 가난했기에 그녀의 부모가 결혼을 반대했을 것이다. 그렇다면 결과는?"

좀 통속적인 내용이 불만이었지만 누구도 통속적인 사랑을 안 하는 사람이 있는가? 사랑은 인간 본능의 한 표현이다. 본능은 동물적 속성을 내재한다. 만약 고상한 사랑을 했다면 행위는 어떠해야 하는가? 나는 이 세상에서 고상한 사랑은 존재하지 않는다고 생각했다. 만약 존재한다면 가식적인 사랑일 것이라고 생각했다. 다시 속으로 상상했다. 그녀가 내 곁을 떠나갔다. 그녀의 부모는 나에게 통장의 계좌번호를 알려달라고 했다. 평생 먹고 살만한 돈을 넣어준다고 하면서 자신의 말을 들어주어서 고맙다고 했다. 나는 냉정한 웃음을 지으며 거절했다. 그녀의 부모님을 쳐다보았다.

"저는 그녀와 헤어진 것이 아닙니다. 그녀가 내 곁을 떠났지만 난 보내지 않은 걸요. 내 마음속에서 이렇게 남아서 나와 함께 있는데요. 난 슬프지가 않아요. 오히려 그녀를 위한 사랑의 노래를 이렇게 즐겁게 부르고 있잖아요."

이별의 상황을 상상으로 설정한 나는 "아아, 임은 갔지마는 나는 임을 보내지 아니하였습니다."는 "객관적인 상황에 대한 주관적 의지"라고 정의했다. 원시림들이 들으라고 크게 웃었다. 웃음소리에 입 앞으로 연이어 떨어지던 눈들이 앞으로 불려 나갔다. 앙상한 나뭇가지의 눈의 무게를 감당하는 신음 소리가 들려왔다. 그렇게 눈은 철저히 내리고 있었다. 앞으로의 일이 걱정이었다. 성인봉에서 아래를 보니 원시림(原始林)이 보였다. 성인봉에서 내려와 원시림으로 향했다. 원시림은 눈 속의 정적만이 나를 반겼다. 팔각정에서 등산을 시작할 때 눈 덮인 안내문을 보았다. 원시림은 천연기념물 189호로 지정되어 있었다. 해발 600미터의 정상부근의 원시림은 섬피나무, 너도밤나무, 섬고로쇠나무 등 희귀수목이 군락을 이루고 있다고 쓰여 있었다. 지금 겨울은 모든 나무들이 잎사귀를 떨쳐버리고 외로운 나무들로 빽빽이 들어차 있었다. 그렇게 겨울은 무서웠다. 이곳 성인봉의 원시림에 대해 안내문은 연평균 300일 이상 안개에 쌓여있어 태고의 신비를 그대로 간직하고 있다고 했다.

"안개! 안개!"

그런데 오늘은 보이지 않았다. 안개가 보이지 않았다. 나는 눈을 감았다. 나는 다급하게 "안개! 안개!" 하고 외쳤다. 기대감의 상실에 심장이 멎은 줄 알았다. 그러나 원시림은 조용하게 아름다웠다. 사람들은 말한다.

"화산섬 울릉도는 우리나라 땅 중에서 가장 신기한 모습을 하고 있습니다. 현기증이 날 정도로 아찔한 해안절벽과 안개 낀 원시림이 영화 쥐라기 공원의 촬영 현장을 연상시킵니다. 험한 산세 탓에 섬 전체가 비탈길로 사람이 살 수 있는 그야말로 손바닥만 한 곳입니다."

신비의 원시림에 대한 경탄이었다. 현기증이 날정도 라는 말은 적절한 표현이라고 생각했다. 울릉도의 원시림을 소개한 글은 다음과 같았다.

"울릉도 원시림은 오랜 기간 동안 중대한 피해를 입은 적이 없었다. 또한 인간의 간섭을 받은 적이 없는 자연 그대로의 모습을 간직한 숲을 말한다. 성인봉의 원시림은 울릉도 성인봉 정상 부근을 중심으로 형성된 숲으로 너도밤나무 숲이 있고 섬조릿대가 나며 그 사이에 솔송나무, 섬단풍나무 등 울릉도에서만 자라는 나무들로 숲이 이루어져 있다. 그 밖에 섬노루귀, 섬말나리, 섬바디 등 이곳에서만 자생하는 희귀식물들도 자라고 있다. 성인봉의 원시림이 보존될 수 있었던 것은 이곳 주민의 수가 적고 사람들의 접근이 거의 없었기 때문이다."

나는 원시림에서 눈사람이 되었다. 수많은 나무들이 나와 같이 온통 눈(雪) 나무들이었다. 지금 하산을 한다 해도 도동항 부근의 창신여관까지 도착하기는 힘들었다. 손목시계를 보니 오후 5시가 넘고 있었다. 오늘 밥을 철저히 먹지 못했다. 몸이 감전된 듯 흐느적거렸다. 일단은 성인봉에서 내려오는 것이 중요하다고 생각했다. 원시림에서 낡은 텐트를 쳐야 한다. 내가 말한 텐트는 논의 못자리용의 비닐을 둘둘 감아 넣은 것과 같은 낡은 것이었다. 난 항상 생각했었다. 에베레스트, 히말라야, K2봉의 정상에서 울려 퍼지는 정상 정복의 소리를 크게 감격해 하지 않았었다. 온갖 과학을 동원한 장비를 짊어지고 정상을 공격하는 등산가의 모습이란 순수한 인간의 모습이 아니라고 생각했다. 과학의 발전의 힘을 동원해 산의 정상을 오른다는 것은 인간의 승리가 아니다.

과학 장비의 승리라고 생각했다. 그런 생각과 함께 눈과 바람으로 하산을 못할 것 같으면 비닐 몇 조각으로 노숙을 하리라고 생각했는데, 지금 그것이 현실이 되고 있었다. 어렵게 한발 두발 내려서자 나무들의 줄기에 발이 걸려 앞으로 갈 수가 없었다. 눈은 내리고 있었다. 앙상한 나뭇가지가 모여 있는 원시림을 노숙의 장소로 택했다. 원시림의 밤을 통해 소리를 듣고 싶었다. 내가 "덩더덩더덩더쿵!" 하면 삼라만상(森羅萬象)이 온갖 조화를 이루어 "얼쑤!" 하는 소리를 듣고 싶었다. 내가 찾고자하던 소리였다. 평찬그룹에서 승진을 하기 위해서는 창의력을 키워야 한다. 그러기 위해서는 창의력의 실체를 이해하여야 한다. 나는 마음이 조급해졌다. 그러나 원시림은 눈바람만 불 뿐 아무 소리도 전해주지 않았다. 무엇보다 안개가 끼지 않았다.

금방 밤이 되었다. 원시림의 숨소리가 옆에서 들리는 듯했다. 나는 잠을 잘 위치를 선정했다. 원시림 나뭇가지에는 눈이 쌓여있으나 그 속에는 눈의 자취만 있을 뿐 눈이 쌓이지 않은 곳이 있었다. 속으로 "그렇지!"라고 외치며 배낭에서 구겨진 비닐을 꺼냈다. 낡은 침낭도 꺼냈다. 침낭의 지퍼를 잡고 힘 있게 열었다. 위에 다 떨어진 중고 텐트를 늘어뜨려 쳤다. 그 속에 들어가면 어느 정도 추위는 극복할 수 있었다. 닭털 침낭은 둥근 관(棺)처럼 돼 있었다. 비닐 끈을 위로 뻗은 나뭇가지에 맨 후 땅바닥 깊숙이 담요를 깔았다. 그 안에 들어가자 내 입김이 하얀색의 비닐을 회색으로 만들어 밖이 보이지 않았다. 그러나 이것을 각오한 상태였다.

그릇에 된장과 생콩을 재빨리 담았다. 가스레인지에 불을 지핀 후 눈을 담은 그릇을 올려놓았다. 성인봉 원시림의 눈을 뭉쳐 된장과 비볐다. 시간이 조금 지나자 비릿한 된장물이 되었다. 나도 모르게 싱긋 웃었다. 내가 웃은 이유를 생각해봤다. 아마도 세상에서 눈과 된장을 비벼서 생콩을 먹는 사람은 그리 많지 않을 것이다. 난 평소에도 라면을 먹을 때 라면봉지 속에 들은 스프를 넣지 않았다. 완전히 끓이지 않고 적당한 시점에 불을 끈 후 최대한 면을 오래 놔둔다. 그러면 라면발이 손가락 크기로 굵어져 시각적인 포만감은 오래간다. 이것은 내가 대학 시절에 개발한 하루를 라면 한 개로 버티기 프로그램의 한 방법이다. 묘한 반항의 심리였다. 나만의 라면을 맛보고 싶었던 것이다. 느끼하면서도 비릿한 그 맛을 말이다. 한마디로 오기(傲氣)에 해당됐다. 눈이 뜨거운 온도에 녹자 물이 생겼다. 그 물이 한참 지나 끓어오르자 된장의 콩의 덩어리가 풀어지기 시작했다. 극한 상황을 즐겼다. 즐기기 위해서는, 이런 상황을 일부러 내가 만들어야 한다.

다분히 의도적이어야 한다. 생각지도 않던 극한 상황을 만나면 그것은 위기로 이어진다. "나를 창의적인 인간으로 만들자!"라는 생각을 상큼한 맛처럼 음미했다. 창의적인 인간만이 평찬그룹의 리더가 될 수 있다. 특히 사원부터 시작한 내가 이 길을 갈 때 수많은 위험 요소가 함정을 파고 기다리고 있다. 능력이 뛰어나면 당연히 회장이나 간부의 시선을 받는다. 그 결과로 내 언행을 회장이나 간부는 훈시 때 인용하게 되고 그 횟수가 늘어나게 된다. 그렇다면 반드시 올 것이 온다. 그것은 동료 사원이나 선후배 사원들의 시기와 질투다. 이것을 극복해야 한다. 그래서 창의력을 중시하는 김순도 평찬그룹 회장의 인재 찾기 방법을 연구하려고 생각했었다. 그러면서도 조선 후기의 정약용(丁若鏞) 선생의 책을 열심히 읽으리라고 생각했다. 울릉도 성인봉에 오기 전에 창신여관에서 정약용의 책을 읽었었다. 다산 정약용은 뛰어난 능력의 소유자였다. 정조의 총애를 받다 보니 동료들의 시기 질투를 받아 오히려 모함으로 이어졌다. 뛰어난 창의적 능력 때문에 강진에서 유배를 18년이나 당한다는 내용이었다.

"바로 그거다!"

순간 아이디어가 번득였다.

"이것도 미리 당하자. 내가 평찬그룹에서 시기 질투도 미리 당했다고 가정하고, 이런 선, 후배, 동료들의 모함에 의해 이곳 성인봉 원시림에 현대판 유배를 왔다고 생각하자. 그렇다. 이런 기회가 다시 언제 오겠는가? 이것까지 내 나름대로 만족감을 보인다면 이번 성인봉의 여행 프로그램은 최고의 연수가 된다."

다산 정약용의 책을 꺼내들었다. 손전등으로 비추어 책을 보았다. 손전등을 치우고 바깥의 눈을 바탕으로 책을 읽어보니 희미하게 내용들이 보였다. 형설지공(螢雪之功)이라는 말이 생각났다. 눈을 배경으로 글씨를 읽어보니 눈이 아팠다. 할 수 없이 손전등을 찾아 책을 비추었다. 정약용이란 이름에 몰입했다. 정약용과 동질화를 이루기 위한 행동이다. 나는 책을 읽을 때 책의 주인공이 옆에 있다고 생각했다. 그러니까 다산 정약용의 책을 읽으면 정약용이 내 옆에 있었다. 추사 김정희(金正喜) 책을 읽으면 김정희 선생이 내 옆에 있었다. 그러면 나는 선인들과 친구가 되어 많은 상상의 대화를 나눌 수 있었다. 때로는 조선시대의 이슈에 대해 격하게 갈등을 빚기도 했다. 때로는 눈물로 공감을 하기도 한다.

현대의 이슈에 내가 질문하고 선인들의 답변을 기다렸다. 때로는 격론이 벌어져 진짜 싸움을 벌이는 상황도 가정했다. 다산(茶山), 추사(秋史) 선생에게 내 다리를 얻어맞는 장면을 떠올렸다. 그럴 때마다 군대에서 다친 왼쪽 정강이의 큰 흉터를 쳐다보곤 했다. 그리고는 웃었다. 가상의 갈등을 화해하는 웃음이었다. 지금 상황은 주위에 아무도 없다. 추위에 떠는 산짐승도 없다. 고요한 세계만이 홀로 존재했다. 오로지 내가 설정한 상황에 내가 원시적으로 던져져 있고 내가 초대한 상상의 인물들이 시공간을 초월하여 내 앞에 앉아있다. 그것이 내가 생각하는 책인 것이다.

그러나 내가 듣고자 했던 "얼쑤! 소리"는 들리지 않았다. 성인봉의 원시림은 안개가 끼어있지 않았다. 팔각정의 성인봉 원시림 안

내문에는 분명히 적혀있었다. 원시림은 1년 중에 300일이 신비한 안개에 덮여 있다는 것이다. 그러나 오늘은 안개는 없었다. 당연히 간절한 그 소리도 들리지 않았다. 내가 평창그룹의 면접시험 전날에 꿈에서 들렸던 은은한 지령음(地靈音)과 같은 소리, 그 소리는 없었다. 내 심장을 적시는 촉촉한 소리는 없었다. 두려움이 사라지는 소리는 없었다. 성인봉 원시림의 소리는 나는데 내가 듣지 못할 수도 있었다. 지금의 원시림은 꿈속의 상황과 다른 점이 있었다. 안개가 없었다. 안개 속 에서 은은히 들려왔던 내가 찾고자 했던 소리는 없었다. 아무리 "덩더덩더덩더쿵!" 하고 외쳐도 "얼쑤! 소리"가 없었다. 내 정체성(正體性)을 드러내는, 창의성의 실체를 나타내는 그 소리가 들려오지 않았다. 나는 이곳 원시림에서 밤새 귀를 기울였다. 끝내 "얼쑤! 소리"는 소리는 들리지 않았다. 안개가 없으니 그 소리는 생명력을 잃어버렸을 것이라고 생각했다. 아쉬움에 마음이 젖었다.

성인봉 원시림에서 방황을 했다. 내가 샛길을 빠져나와 등산로를 벗어났기에 주위에는 아무도 없었다. 오로지 철저한 혼자였다. 흔한 새도 보이지 않았다. 배낭을 뒤지기 시작했다. 외로움을 극복하기 위한 다른 책을 찾기 위해서다. 나는 소리를 찾지 못한 아쉬움을 달래기 위해 책을 꺼내들었다. 텐트 밖은 눈송이가 묵직하게 날렸다. 나는 『돌아올 수 없는 사막 타클라마칸』(브루노 바우만 지음, 이수영 옮김 / 다른 우리) 이란 책을 펼쳤다. 시간도 멈춰 서버린 사막, 그곳의 주인공인 여행자는 광활한 사막에서 문득 깨닫는다. 인간은 한 알의 모래일 뿐이라고 말이다. 인간은 자연 앞에 초라한 존재라고 살며시 이 책은 암시한다. 나는 책의 내용 중에 줄을 쳐두고 전에 포스트잇을 붙인 곳을 단박에 펼쳐들었다. 추위 때문에 떨리는 손으로 하나하나 문장을 짚어가면서 읽었다.

"사방 어디를 둘러보아도 보이는 것은 온통 모래 언덕뿐이었다. 그것은 마치 드넓은 바다에서 물결이 멈춰 있는 것만 같았다. 무한한 세계를 바라보는 느낌이었다. 그 무한함이 나를 사로잡았다. 나는 하루 종일 혼자 앞서 나갔다. (…) 발을 모래 속에 파묻고 주위를 둘러보았다. 내 뒤로 나의 외로운 흔적은 끝없는 모래 속 어딘가로 사라지고 있었다. 눈에 보이는 모든 것은 온통 노란색으로 층을 이루는 모래 산뿐이었다. 비현실적인 적막감이 나를 에워쌌다. 그것의 종착역은 고요함이었다."

나는 사막의 거대한 모래 언덕과 마주했다. 나는 갑자기 왜소한 인간이 되었다. 자연의 위대한 힘 앞에서 인간은 자연의 일부임을 정확하게 확인할 뿐이다. 지금 내가 마주 선 성인봉의 원시림에서도 마찬가지다. 눈발이 휘날리는 속에서 위대한 자연과 홀로 마주 서고 있다. 인간은 이런 자연의 위대함 앞에서 무력한 존재일뿐이다. 사막과 원시림의 극한 상태는 인간을 자신의 본연적인 모습과 대면하게 만듦으로써 인간을 본래의 자리로 되돌려놓는다. 이런 극한상황은 아무도 없기에 나 자신만을 만날 수 있었다.

아무런 외부의 압력을 받지 않았다. 오로지 순수한 이성만으로, 정체성만으로 본질을 만나는 시간이다. 거짓이 없는 진실한 시간이다. 정신의 알몸을 드러내는 수줍은 순간이다. 나는 이 순간을 놓치지 않고 즐기고 싶었다. 비록 사막과 원시림은 현상적으로는 다르지만 본질로는 같은 것이다. 성인봉의 원시림은 순수덩어리다. 내가 읽은 책의 무한 배경은 원시의 사막의 모래였다. 마찬가지로 지금의 무한 배경은 성인봉의 원시림이었다. 사막의 모래와 원시림은 순수 덩어리였다. 그렇다. 이곳에서 육체적인 극한 상황은 정신적인 의지로 극복이 가능하다는 것을, 정신의 위대성을 깨닫는 순간이었다. 나는 생각했다. "현상적인 위기는 본질을 살찌우는 절호의 기회다"라는 사실을, 기업이 경제적인 위기에 몰릴수록 공격적인 마케팅으로 나가야 한다는 것과 같다.

원시림에 펼쳐진 책을 응시했다. 눈보라의 산 속에서 책을 읽는 모습이란 전혀 상황과 맞지 않았다. 그러면서 가만히 생각해봤다. 나의 지금의 행동은 그녀와 닮은꼴이었다. 그녀는 추운 겨울에 벤치에서 편지 글을 썼고, 지금 나는 눈 속에서 책을 읽었다. 두 사람 모두 상황과 맞지 않는 행동을 보였다. 관점을 달리하면 광기(狂氣)라고 할 수 있을 것이다. 상황에 논리적으로 맞는 행동은 호기심의 대상이 되지 않는다. 그러나 상황에 맞지 않는 행동은 호기심을 일으켜 두고두고 이야기 거리가 된다. 상황에 맞는 행동이 사회적인 관습으로 굳어질 때 광기를 지닌 걸출한 인재가 탄생할 수 없다. 바로 우리나라가 그렇다. 공인된 형식과 규칙을 너무 찾는다. 광기의 행동은 비정상적인 것이 되고 개성으로 올바른 평가를 받지 못한다. 의과대학을 나오면 의사가 돼야 하고 약대를 나오면 반드시 약사가 돼야 한다. 법대를 나오면 판사나 검사, 변호사가 돼야 한다. 이런 생각이 사회적 관념으로 굳어질 때 개인과 집단의 창의력은 죽고 만다. 의대, 약대, 법대를 나온 엘리트가 대중식당을 운영해서는 안 되는가? 개인과 사회의 광기가 개성이 되고 다양성을 이루는 원동력으로 왜 보지 못할까?

많은 나무들이 앙상한 뼈가 되어 늘어진 원시림과 마주 선 나는 많은 생각이 머리에 떠올랐다. 창의성을 연구하는 사람이라면 고정관념을 부수려는 노력을 많이 한다. 항상 고정관념을 깨려는 노력을 해야 한다. 과감히 고정관념의 울타리를 부수고 무한한 정신의 지평을 누려야 한다. 그 결과 그동안 부정적이었던 대상에 관점을 바꾸면 긍정적인 가치가 되어 문화 창조의 원동력이 될 수도 있다. 출발점은 사물의 의미가 갖는 경계를 허물어 자유로운 상상력을 확대하는 것이다. 노트에 생각을 메모하기 시작했다. 난 머릿속에 남은 것은 글로 써서 남기는 버릇이 있다. 피곤한 일이었다. 원시림에서 글을 쓰자니 추위로 손놀림이 우둔했다. 초등학생의 글씨 같이 느껴졌다.

"추운 극한의 상황에서 나를 창의적으로 경영하라!"

"자연적인 속성을 의인화하여 인간의 가치로 변형시켜라!"

"생각을 바꾸면 새로운 관점이 보이고 그것으로 다가올 결과를 예측하라!"

추위로 세 문장을 어렵게 썼다. 두꺼운 가죽 장갑을 끼고 쓴 것처럼 글씨가 자유롭게 춤을 추고 있었다. 원시림의 아침은 밝아오고 있었다. 일부러 아침을 굶었다. 원시림에서 그 소리를 찾지 못한 대가로 생각했다. 나는 나를 가혹하게 다뤘다. 원시림의 음식을 먹고 싶었다. 바로 그것은 흰 눈이었다. 눈을 한 손으로 쓸어 담아 뭉쳐 들었다. 딱딱하게 야구공처럼 꾹꾹 뭉쳤다. 내 손 모양이 그대로 눈에 새겨졌다. 눈의 표면에 손가락의 모습이 각인되어 나타났다. 난 갑자기 마구 뜯어먹기 시작했다. 고깃덩이를 발견한 늑대가 입에 피를 묻히고 이빨을 드러내고 있는 자연의 모습 그대로였다. 천천히 주위를 둘러보았다. 아무도 없었다. 무거운 검은 구름만 산 아래 계곡으로 내려 앉아 있었다. 아침은 밤과 크게 다르지 않았다. 하늘을 한번 보고 노트에 쓰여진 글씨를 보았다. 나의 분신(分身)이 될 때까지 매섭게 눈을 가늘게 뜨고 글씨를 노려보았다. 글씨를 내가 심리적으로 제압하고 난 보상으로 주먹 눈을 먹었다.

언젠가 TV에서 늑대와 같이 사는 사람을 보았다. 산 속을 터전 삼아 주위에 울타리를 두르고 그 속에 늑대를 풀어 놓고 자신도 속에서 함께 생활한다. 내가 보다 관심을 가진 것은 그 사람은 늑대의 주인이면서 주인이 아니었다. 그 속에, 늑대의 영역에 들어가면 바로 사람이 늑대가 된다. 단순히 주인으로서 고기를 던져 주는 것이 아니라 늑대처럼 컹컹거리고 늑대와 고기를 차지하기 위한 서열 싸움까지 벌인다. 그 사람의 입은 고기를 차지하기 위한 처절한 피가 묻어 있다. 자신이 던진 고기를 자신의 이빨로 물어뜯으며 늑대들과 생존을 거는 싸움을 한다. 여기서 주인은 우두머리 늑대로부터 서열을 받게 된다. 주인은 주인도 늑대도 아닌 늑대가 된다. 바로 늑대 마을의 평화가 유지된다. 이것은 무엇을 말하고 있는가?

인간도 동물인 이상 동물의 영역에서 벗어나지 않는다. 동물과 주인이 비로소 하나가 된다. 자연 본성으로 사물을 대할 때 비로소 자연의 진실을 찾을 수 있다. 이렇게 키워진 것이 진정한 사랑이고 평화이다. 우리는 사랑과 평화를 거대한 도시문명 속에서 호흡을 헐떡이며 말로써 찾으려 한다. 행동과 실천이 아닌 말로만 외친다. 사랑과 평화가 중요하다고, 나는 한참이나 글씨를 노려보았다. 글씨로부터 원시림의 서열(序列)을 받고 싶었다. 아니, 원시림으로부터 자연의 서열을 받고 싶었다. 그 서열의 소리가 "얼쑤! 소리"로 펼쳐지길 기대했다. 그러나 원시림의 소리를 끝내 듣지 못했다. 나는 한 마리의 어설픈 늑대가 되어 원시림을 흐릿하게 서성이고 있을 뿐이었다.

첫 출발, 홍보팀, 나의 전략

날씨가 풀렸다. 내가 생각하기에 3월의 첫 주는 겨울도 봄도 아닌 중간의 계절이다. 가만히 생각해보니 중간이라는 의미는 하나의 과정으로 중요한 의미를 지녔다. 진정한 봄을 예비하는 희망의 계절이다. 결코 과도기가 아닌 것이다. 3월 초의 계절에 나는 창의력 계발팀 사원을 꿈꾸었다. 여름과 가을을 톡톡 튀는 독창적인 아이디어 계발의 시즌으로 잡았다. 그런 과정을 통하여 내 정체성을 확립하고 싶었다. 그것을 브랜드로 연결하며 내 존재의 기초를 다지는 계절로 잡은 것이다. 어떤 일이든 그 분야에서 첫 출발이 중요한 것이다. 시작이 반이라고 하지 않던가? 출발을 어떻게 할 것인가가 미래의 운명이 결정된다고 해도 과언이 아니다.

첫 출발의 의미를 철저히 새겼다. 나를 발견하기 위한 울릉도 성인봉의 여행도 그 과정의 일부에 해당한다. 울릉도 성인봉의 원시림의 체험은 육체적, 정신적인 고통의 연속이었다. 성인봉 정상과 원시림에서 내가 상상하여 만든 상황에 대한 치열한 사유는 죽어도 잊지 못할 추억으로 남을 것이라 생각했다. 그 결과 나의 미래에 반드시 다가올 경쟁을 예비하고 마음의 준비를 강하게 했다. 또한 삶의 운명을 예비하고 존재에 대한 깨달음을 느끼게 했다. 지금 내 모습이 중간의 모습이다. 평찬그룹의 신입사원 모집에 합격한 상태이지만 아직까지는 출근 일자가 다가오지 않았다. 이런 중간 상태를 나를 계발시킬 중요한 시간으로 잡았다.

"나는 창의력을 평생의 화두로 삼아 평찬그룹에서 성장해 가리라." 다짐은 소나무처럼 확고했다. 순간 위에서 빨갛게 솟은 꽃망울이 보였다. 때가 이른 꽃망울이었다. 꽃망울에 꽃샘추위가 불어 닥칠 경우 감당이 걱정되었다. 그러나 나무 가지에서 피어난 꽃망울도 한 번쯤은 모험을 해보는 것도 좋으리라. 자연의 햇빛을 받아 자연스럽게 튀어 오른 꽃망울을 바라보며 생각했다.

"핵심은 꽃망울과 꽃샘추위의 관계다. 이 둘의 긍정적인 의미를 살펴보고, 그 내용을 창의성의 측면과 관련시키자."

나는 눈을 떠도, 눈을 감아도 창의력에 대한 생각뿐이다. 기본 마인드는 부정적인 대상에서 긍정적인 대상으로 전환시키는 것이다. 다음으로 속에 함축된 가치를 갈고리처럼 손으로 움켜쥐어 이끌어내는 것이다. 그 출발이 우리들이 갖고 있던 고정 관념을 파괴하는 것이다. 세상의 모든 히트의 상품들이 그동안 가졌던 고정관념을 깼다는 공통적인 철칙을 가지고 있었다. 역발상에 해당한다. 나는 어깨를 쭉 폈다. 내 어깨는 추운 듯 따뜻한 듯 분간이 안 되는 봄 햇살을 받고 있었다. 감각으로는 추위를 느끼는데 가만히 손을 대보면 따스한 기운이 느껴졌다. 3월 초의 바람은 거세고 추운데 햇살은 따뜻하다고 해야 하나? 묘한 3월이었다. 자문자답(自問自答)을 해보았다. 창의력이란 치열하고 고통스러운 나만의 사유 과정에서 어렵게 탄생하는 것이라고 생각한다. 이런 치열한 사고 과정에 몸을 던져야 한다고 생각했다. 험한 세상을 살아가는 나만의 강력한 무기는 창의력이었다.

"아하! 꽃망울도 꽃을 완성하기 위한 예비 단계다. 그 꽃나무의 영광스러운 꽃을 피우겠다는 자신과의 예비된 약속에서 첫 출발을 꽃망울로 삼은 것이구나. 그런 점에서 나무의 꽃망울은 나무의 신념, 의지의 첫 출발이요, 신뢰감을 주는 태도와 행동이다. 우리는 완성된 꽃의 의미도 좋다고 생각한다. 하지만 연약한 꽃망울이 갖는 희망이라는 의미도 가치가 높다. 가슴 속으로 전해옴을 느낄 것이다. 그러기에 가치는 심오하다. 꽃샘추위를 각오하고 세상에 도전장을 내민 연약한 꽃망울이 위대하다. 꽃은 연약하지만 강한 존재다. 꽃망울의 창의적인 정신을 배워야 한다."

그런 점에서 지금 꽃망울을 바라보는 내 시선에 감동이 어렸다. 나의 평찬그룹의 출발의 의지와 유사했다. 꽃망울이란 자연물에 대해 깊숙한 사유를 개구리 해부하듯 펼쳐보았다. 평소에 지나칠 수 있는 자연물에 참신한 관점으로 접근해보는 것이다. 일종의 대상을 의인화 해보는 일에 해당한다. 수많은 자연물에서 위대한 인생을 배우는 것이다. 새로운 삶의 가치를 이끌어내는 창의적 과정을 자연물을 통해 영감(靈感)을 받는 셈이다. 꽃샘추위를 깊이 생각해

보기로 했다. 꽃샘추위는 시련을 주는 존재다. 봄인 줄 알고 착각하여 성격 급하게 얼굴을 내민 자연물에게는 시련과 역경을 주는 존재다. 꽃샘추위가 한번 불고 지나가면 어린 꽃망울들이 얼어붙어 딱딱해졌다가 날씨가 따뜻해지면 죽은 뱀처럼 축 늘어진다. 그러나 꽃샘추위는 해충들을 매서운 추위로 소탕하여 박멸시키는 긍정적 효과도 가진다. 봄은 희망의 계절이다. 봄에는 여린 새싹들이 얼어붙은 땅을 뚫고 어떻게 나오는가. 그런 새싹들은 무서운 병충해에 완전 무방비로 노출돼 있다. 새싹들은 해충을 막아낼 면역도 가지고 있지 못하다. 그런데 해충들도 봄인 줄 알고 나왔다가 무자비한 꽃샘추위에 죽음을 당하고 마는 것이다. 나 이민준은 꽃망울을 바라보며 생각에 깊이 빠져 있었다. 깊은 상상에 빠진 것이다.

"그렇다면 꽃망울과 꽃샘추위의 관계는 무엇인가?"

나는 의문을 던졌다. 의문의 제기는 문제점을 도출하여 해결 방안을 제시하는 첫 출발이 된다. 내가 사유했던 전 과정을 음미하며 결론을 내는 데, 머리가 아팠다. 30여 분의 시간이 흘렀다. 나는 커피를 먹지 않기에 중간에 마음의 여유를 가질 기회가 없었다. 물 한잔을 닭처럼 목을 쳐들고 마셨다. 결론을 낸다는 것은 추상적인, 일반적인 가치로 전환한다는 것이다. 그러면서 둘의 관계만 의미가 적용된다면 50점에 불과할 것이다. 칼국수 가닥처럼 뽑아낸 이론이 인간의 삶과 자연 환경, 우주에 모두 적용되어 존재 체계를 이해하는 데 활용된다. 창의력의 위대성은 여기에 있다. 나는 긴장하며 생각에 잠겼다. 순간 무릎을 쳤다.

"그렇다. 상호협력과 경쟁의 관계다. 꽃망울에게 시련을 주는 꽃샘추위는 그것에 경쟁력을 키워주는 예방 주사와 같다. 꽃샘추위는 꽃망울이 큰 꽃망울이 되고 결국엔 아름다운 꽃이라는 자기의 정체성을 보여주도록 온갖 해충들을 박멸해 준다. 시련이 아름다운 꽃을 만드는 것이다. 이것은 상호협력과 경쟁이다. 바로 인간의 삶도 마찬가지다."

그렇다면 우리가 부정적으로 인식했던 대상이나 자연물은 우리에게 100% 부정적인 면만 있다고 볼 수 없다. 그렇다. 대상에서 가치를 파악하는 출발점을 50 : 50으로 하면 어떨까? 고개를 들고 소리쳤다.

"그렇다. 이것이 바로 창의적 사고의 출발이다!"

머릿속에 차 있던 어둠이 몰려갔다. 시원한 바람이 불면서 시야가 환해지는 것을 느꼈다. 그동안 고민했던 것의 해결의 실마리가 잡히는 듯했다. 창의력 출발의 사유의 기본을 익히고 평찬그룹에 출근한다는 사실이 기뻤다. 나를 위한 무대가 넓게 세상에 열릴 것이다. 단순히 평찬그룹에 월급쟁이로 머물지는 않을 것이다. 뒤집어도 생각해봤다. 평찬그룹을 위한 내가 되지 않을 것이다. 나를 위한 평찬그룹이 되도록 만들겠다고 생각했다. 주먹을 불끈 쥐었다. 이것은 서적을 찾아보면 나올 수 있는 내용이다. 그러나 내 스스로 특정한 자연물인 꽃망울과 꽃샘추위를 보고 순간 떠오른 생각을 논리적으로 정리해냈다는 사실에 자부심을 느꼈다. 옛날의 성인들은 예측을 많이 했다고 한다. 자연물의 변화를 보고 자신의 운명도 예측했다고 한다. 나도 자연에 소속된 자연물의 하나인 이상 그러한 변화와 직, 간접으로 관련돼 있다고 생각했다. 이런 것으로 말미암아 현재의 나로부터 많은 가치를 창출해낼 수 있다. 나는 아직 계발되지 않은 원석

(原石)에 가깝다. 원석을 어떤 연장을 통해 어떤 목적으로 어떻게 다듬느냐에 가치가 달라진다. 단순한 돌이 되고 빛나는 보석이 될 수 있다. 나도 밝게 빛나는 미래가 펼쳐질 것이다.

창의성 계발에 중요한 것은 치열한 고민의 과정이다. 고민의 과정은 다른 말로 사유의 과정이다. 그것은 무엇보다 소중했다. 생각을 집중하고 끈질기게 사유의 대상을 하이에나처럼 물고 늘어지면 반드시 맺혀지는 것이 있었다. 대상은 원석이요, 이론이요, 원리였다. 그러나 다양한 제품의 콘셉트로 연결한다면 분야에서 빛을 내는 동력으로 활짝 변화된다. 이제는 사유를 확장, 심화시켜보기로 했다. 어느덧 손에는 볼펜이 들려 있었다. 생각나는 것을 재빨리 적어야 했다. 성격상 노트는 항상 준비돼 있었다.

"황토색의 먼지를 일으키는 아프리카의 사파리(safari)가 있다. 그곳엔 사자가 임팔라(impala)라는 초식동물을 잡아먹는다. 임팔라는 아프리카 중남부에 분포하는, 몸이 날씬하고 다리가 길며 수컷은 나선형의 긴 뿔을 가지고 있다. 상식적인 고정관념을 가진 사람이라면 불쌍해 보이는 임팔라를 살리기 위해서는 사자를 죽여야 한다고 생각한다. 좋게 말하면 약자에 대한 배려에 해당한다. 그러나 관점을 바꾸면 사자가 임팔라를 잡아먹어야 임팔라가 살아갈 수 있다는 삶의 진리를 깨닫는다."

일종의 역설(逆說)이라고 생각했다. 독백으로 말했다. 상호협력과 경쟁의 새로운 관점으로 접근하면 신선한 생각을 얻을 수 있다. 그 관점은 자연의 생태계의 본질을 이해하는 삶의 지혜를 준다. 임팔라들이 그들의 삶을 후대까지 영속시키는 것은 매우 중요하다. 그렇게 하려면 사자가 일정 수의 임팔라를 항상 잡아먹어야 한다. 자연의 법칙은 냉정하게 적용된다. 사자에게 희생되는 임팔라는 우선 병든 것이거나 늙은 것이 대상이 된다. 병든 임팔라는 임팔라 집단에게 전염병을 보균시키고 그것을 전파하는 개체이기에 사자의 희생이 되는 것은 오히려 고마워해야 하는 것인지도 모른다. 또한 임팔라의 일부가 사자에게 잡아먹힘으로써 임팔라 개체수가 자연적으로 조절돼 임팔라의 전체를 살리는 것으로 작용한다. 또 물 한잔을 마셨다. 사파리라는 한정된 삶의 공간을 놓고 사자와 임팔라가 자신의 삶을 살기 위한 경쟁을 한다. 물론 외적으로는 사자가 강자이기에 임팔라라는 초식동물이 금방 멸종될 것으로 보인다. 그러나 자연의 원리는 상호협력과 경쟁이라는 법칙을 냉혹하게 지킨다. 기본적인 상황을 임팔라의 숫자를 사자보다 훨씬 많게 하는 것이다. 초식동물들이 대부분 숫자가 많다. 새끼를 자주, 많이 낳는 이유가 된다. 그런 까닭에 사자가 임팔라를 잡아먹는 것은 역설적이게도 협력의 한 방법이 될 수 있다.

"잡아먹는 것과 잡아먹히는 것이 협력이라니?"

나는 의문을 표시해 보았다. 상식적인 질문을 던지는 자문자답이다. 상식적인, 고정적인 관념이라면 협력이라 볼 수 없다. 고정관념을 철저히 파괴해야 한다고 생각했다.

"그렇지. 사자는 임팔라의 일정 수를 잡아먹어 생태계에 적합한 임팔라의 숫자를 유지시켜 주지. 그러니까 사자 때문에 임팔라가 건강하게 초원에서 살아간다고 볼 수 있잖아. 임팔라가 건강하게 잘 살아가도록 도와주니 그것이 협력이 아니고 무엇이겠어? 그렇지."

머릿속은 명확해지고 있었다. 또한 사자와 임팔라의 경쟁이란 측면을 생각해보았다. 경쟁이란 생물 사이에서의 상호작용의 하나인데, 이것은 동종(同種) 또는 이종(異種) 개체 간 생활에 필요한 환경 자원에 양적인 제한이 있는 경우 이것들을 서로 탈취하려는 작용이다. 메커니즘에 차이는 있지만 동식물 모두에서 일어난다는 사전적인 의미를 가진다. 동식물은 경쟁을 통한 상호작용이 중요하다. 자연의 삶은 한정될 때가 많고 당연히 모든 동식물은 살아가기 위한 보이는, 보이지 않은 경쟁을 한다. 오늘 하루도 다양한 생각을 해보았다. 그리고 삶의 상호작용인 경쟁과 협력을 생각해 보았다. 평찬그룹에서 기다리고 있는 것은 무엇인가? 명문대를 나온 강자들과 협력과 경쟁의 상호작용을 통해 살아가야 한다는 것이다. 이것은 엄연한 현실이다. 명문대를 나오지 않은 입장에서 생존전략은 무엇인가? 그래서 약육강식의 생존원리를 미리 터득하는 것이 좋다고 생각했다. 평찬그룹의 당돌한 신입사원, 나아가 계열사의 준비된 CEO가 되고 싶었다.

나는 '자신과의 대화법'의 효용을 생각해 보았다. 끊임없는 자신과의 대화는 나를 두 사람으로 만들어 준다. 대부분 사람들은 분야의 전문가에게 배워야 최고의 창의력을 습득할 수 있다고 생각한다. 그러나 나는 창의력은 자신의 치열한 고민의 과정과 대화로 기본의 토대를 이룰 수 있다고 생각한다. 분야의 전문가에게서 지식이나 방법론은 효과적으로 익힐 수는 있지만 창의력까지 배우기는 쉽지 않다. 오늘날은 자신의 생각을 최고의 가치로 평가한다. 자신의 생각이 없는 아이디어는 기업의 경쟁력을 확보하는 데 생명력이 없다. 때로는 전문 경영인들도 다양한 CEO 과정을 통해 강사로 나선 전문가 의견을 그대로 수용하는 경우가 많다. 그러나 창의성을 키우기 위한 기본적 마인드(mind)는 자신과의 치열한 사유와 대화의 토론 과정을 거쳐야 다른 사람과 차별화된 창의성을 발현시킬 수 있다. 나는 이러한 생각이 들자 자신과의 대화법을 고민해보고 싶었다. 우선 내 습관인 문학 관련 책에서 자신과의 대화법을 다룬 내용을 찾아보기로 했다. 이러한 과정은 자신감을 주는 든든한 후원자를 만나는 것과 같다. 이렇게 책에는 정신적인 후원자들이 무한으로 있다고 생각해야 한다. 나는 수많은 시 중에서 정용철의 '행복한 동행'을 골라냈다.

나는 자주 나 자신과 대화합니다.
나무라기도 하고 격려하기도 하며
안타까워하기도 합니다.
그러다 보면 갑자기 용기백배해지고
어느 땐 낙심하기도 하고
어느 땐 힘이 빠지기도 합니다.
남의 소리 때문이 아니라 나를 향한 나의 음성에
더 많은 영향을 받습니다.
나와의 대화에 서 가장 소중한 것은 진실성입니다.
솔직하게 말하고 정직하게 받아들이면

언제나 결과가 좋고 마음이 가벼워집니다.
하지만 과장되거나 무시 하거나 거짓되면
그때부터 힘들어집니다. 무거워집니다.
진실은 언제 어디서나 누구에게나
진정한 가치가 있습니다.

"그렇다. 이 시는 나를 귀중하게 느끼게 했다. 내 사고의 방법론의 길이 올바른 것임을 증명한다. 이 시는 나를 위해서도 위대하다."

이 시는 진실성을 가지고 자기 자신과 대화하라, 그러면 진정한 가치를 얻는다는 내용이다. 진실성을 바탕으로 자신과 대화를 나눈다면 그동안 찾지 못했던 자신만의 가치를 창출할 수 있다. 이러한 자기 대화에 익숙해지면 어떤 이슈에 대해 수많은 길이 열려져 있음을 알게 된다. 자신과의 대화는 창의성을 키우기 위한 방법으로 최적이다. 자신과의 대화는 내가 둘로 나뉜 상태에서만 효과적인 대화가 가능하다. 그렇다면 나는 또 다른 나를 만들어야 한다. 이른바 현실의 나 외에 가공(假工)의 나를 만드는 것이다. 또는 현실의 육체적인 나와 비현실의 정신적인 나를 나의 정신 영역에 설정하는 것이다.

"그 결과 코드에 맞춘 나와 나 사이에는 자유로운 관계 설정이 가능하다. 나와 나는 친구 사이도 되고, 특정 분야의 전문가와 비전문가의 사이도 된다. 머릿속에 인터넷의 가상공간이 만들어지는 것이다. 나만의 대화가 가능한 가상공간은 얼마나 멋진 일인가? 머리에 깔린 대화의 가상공간은 수많은 창의성 향상의 공간으로 작용할 것이다."

머리에 떠오른 생각을 줄줄이 중얼거려 보았다. 이제는 나를 가르치는 존재로 나를 설정해 보았다. 조용히 생각에 잠겼다.

"현실의 나가 가상 속의 나에게 내용을 가르쳐주어야 한다고 생각해보자. 이때 나는 가르치고 또 다른 나는 배우는 존재가 된다. 나의 자유로운 변형은 입체성을 지니는 토론의 분위기를 만들게 된다. 입체적 구성은 내용을 단순하게 받아들이지 않고 스펙트럼의 사고인 복합적 사고를 하도록 작용한다. 그 결과 창의성을 이루는 고차원적인 사고의 토대가 된다."

이제야 자신감이 생겼다. 어떤 대상을 설정하고 그것에 대한 고민 과정을 거쳐, 나만의 기준을 들이대면 전혀 다른 결과를 얻는 것을 알았기 때문이다. 물론 지금은 초보의 수준으로 세상에 내세울 것이 없지만, 이제 평찬그룹의 신입사원으로 출근하는 날이면 그 위력은 빛을 발할 것이라는 용기가 생겼다. 하늘은 스스로 돕는 자를 돕는다고 하지 않았던가? 엉뚱하게 시작하여 생각을 흩뜨려 놓은 뒤 이것을 자신의 생각으로 뽑아낸 다음에 치열한 논리로 다듬을 것이다. 내가 추구해야 할 영원한 길이었다. 그 방법의 일환으로 이제부터는 나 자신과의 대화를 즐기자. 나 자신과의 대화는 비용을 지불하지 않고도 무한한 창의성을 이끌어낼 수 있다. 이렇게 생산적인 사고과정이 어디에 있는가? 이런 치열한 나 자신과의 대화를 거쳐 만들어진 아이디어는 소비자들의 눈길을 사로잡는다. 경쟁 제품과의 차별성이 있기 때문이다.

오늘 하루도 고려의 자기(磁器)인 청자처럼 맑았다. 내일은 평찬그룹에 처음으로 출근하는 날이다. 2월의 신입사원 연수의 프로그램이었던 울릉도 성인봉의 여행 보고서를 한번 꺼내보았다. 단순한 여행 보고서가 아니었다. 거기에는 나 혼자만의 고통 속에서 생성된 치열한 인생 보고서가 담겨있었다. 내가 의도한 콘셉트는 예감으로부터 잡아낸 예비(豫備)이다. 나의 인생에서 다가올 여러 사건 및 대응을 나름대로 상상하여 보고서를 만든 것이었다. 단순한 기행문이 아니었다. 보고서의 겉표지는 파란색로 꾸몄다. 그리고 파란 겉표지의 보고서에는 "신입사원 이민준이 평찬그룹에서의 인생을 예비한 상상물이 담겨 있습니다"라는 글귀를 넣었다. 이민준이란 이름을 앞표지에 넣은 것은 초두효과(初頭效果)를 노린 것이었다. 또한 그 내용은 이 보고서가 기행문이 아님을 알려주고 있었다. 심지어 보고서의 겉표지도 파란색으로 치장한 것은 나만의 상상력의 느낌을 주도록 기획한 의도에서였다. 파랑색으로 겉표지를 설정하기 위해서 나는 도서관에서 『색의 유혹』(에바 헬러 지음, 이영희 옮김 / 예담)이란 책을 찾아 참고했다.

그 책에는 "상상력: 파랑 22%, 보라 19%, 주황 16%, 녹색 10%(특정 단어를 떠올렸을 때 연상되는 색에 대한 통계 수치)"라는 내용이 나와 있었다. 나는 이 내용을 보고 지체 없이 파랑색을 보고서의 겉표지의 색깔로 삼은 것이다. 흰색으로 겉표지를 처리해도 무방했지만 창의력을 평생의 화두로 삼아 살아갈 나로서는 아무 색으로 한다는 것은 상상할 수도 없는 것이었다. 겉표지는 경쟁의 치열함이 처음 돋보이는 부분이라 생각했다. 그러면서 파랑이 주는 깊은 의미도 참고했다. 그 책의 일부 내용을 떠올려 보았다.

"파랑의 근원은 하늘이다. 영원성, 신성성, 비현실성에 파랑을 결부시키는 것도 이 때문이다. 파랑이 무한한 색, 영원한 가치의 색, 위대한 색이 될 수 있는 이유이기도 하다."

내가 추구하는 창의력의 속성과 맞아 떨어졌다. 무한한 색, 영원한 색 등의 표현이 바로 그것이다. 창의력과 관련되는 색은 파란색이라고 생각했다. 그 여행 보고서를 다시 가방에 넣었다. 천년의 보물을 넣은 듯 가방을 소중하게 들고 문을 나섰다. 오늘은 평창그룹 인사부에서 내가 소속될 부서를 배정해 줄 것이다. 내가 연수 마지막 날에 희망하여 적어냈던 대로 창의력 계발팀에 배정이 되기를 내심 바랐다. 그러나 결과는 의외로 평창그룹의 홍보팀이었다. 내가 원하는 부서가 아니었다. 홍보팀은 총 6명이 있었다. 그 중의 한명은 팀장이었다. 평창그룹의 신선한 이미지를 위한 연구가 항상 이곳에서 이루어지고 있었다. 기업과 관련된 신문 기사를 예민하게 검토하여 수정 보완했다. 또한 기업광고에 대한 영향과 결과를 수집하여 문제점과 해결방안을 제시하고 있었다.

홍보팀은 창의력과 관련이 있었다. 낚시를 좋아하는 정찬시에게 휴대폰을 걸었다. 찬시는 자신이 원하던 창의력 계발팀으로 배정이 됐다는 것이다. 그는 명문대학교 출신으로 낚시를 즐기는 성격으로 나와 입사 동기의 신입사원이었다. 180cm가 넘는 키에 그에 맞는 적당한 체격의 후리후리한 몸매를 유지하고 있었다. 한 마디로 호감이 가는 모습이었다. 창의력 계발팀은 평창그룹의 인기 1위의 부서였다. 고급의 두뇌가 모인데다가 김순도 평창그룹 회장의 싱크탱크 역할을 하는 곳이었다. 이곳에서 근무한 사원들은 과실이 없는 한 임원으로 승진하고 있었다. 대부분의 사원들은 창의력 계발팀이 평찬그룹의 출세 코스니, 엘리트 코스 등의 말을 하였다. 그 만큼 주목받는 부서였다. 지금도 세계적으로 인정받는 〈평찬 2020 Vision〉도 극비 속에 평찬그룹의 창의력 계발팀이 만들어냈다는 것이다. 평찬그룹이 경쟁사를 누르고 승승장구한 이유가 된다고 했다.

"처음 뵙겠습니다. 이민준이라고 합니다. 신입사원입니다. 열심히 하겠습니다. 잘 부탁합니다."

홍보팀 선배 팀원들 앞에서 간략한 말로 소개했다. 적당한 크기의 박수가 나왔다. 그야말로 신입사원인 내가 미안하지도 크게 감동받지도 않을 적정 수준의 박수 소리였다. 팀장은 박시준(朴是俊)이라는 이름의 경력 15년차의 중견이었다. 검은 안경을 쓰고 내 옆에 서서 불만스럽게 팀원들을 바라보고 있었다. 내가 불만스런 얼굴을 즉시 알아본 것은 관상으로 볼 때 박시준 팀장은 조금만 웃으면 아주 멋진 얼굴이었기 때문이다. 그러니까 팀장의 흰 이만 드러내도 자동적으로 웃는 얼굴이 되어 상대방의 호감을 사는 좋은 인상이었다. 그런데 그러한 장점을 살리지 못하고 있었다. 박 팀장이 무표정한 얼굴을 보인다는 것은 불만의 표시와 같다고 생각했다. 그도 이런 대기업의 중역이 될 정도면 나름의 얼굴 이미지 관리를 했을 것이라 생각했다. 특히 홍보팀은 평찬그룹의 광고와 관련하여 좋은 이미지를 지닌 팀장을 선임했을 것이란 것은 상식적인 일에 속했다. 박 팀장이 나를 팀장실로 불렀다. 팀장실은 간이

칸막이가 된 곳으로 아담하게 꾸며져 있었다. 벽의 한쪽에는 모두 평찬그룹이 광고로 나갔던 일간지의 광고 사진과 내용들이 크게 확대되어 붙어 있었다. 대부분 박 팀장의 주도로 대박을 터뜨린 작품인 듯 그것을 바라보는 박 팀장은 내심 뿌듯함을 느끼는 듯했다. 나에게 말하기 전에 박 팀장은 항상 그 광고 사진을 먼저 보고 나에게 말을 걸었다. 박시준 팀장의 습관이었다.

"앞으로 이 홍보팀에서 5년 동안은 같이 있을 거니까 솔직히 말하겠습니다. 나는 당신을 원하지 않았습니다. 나에게 보내 온 당신의 이력서를 보니 경력이 일천하더군요. 졸업한 대학도 명문대학이 아니고, 뭘 보고 이민준이라는 사원을 평찬그룹에서 뽑았는지 모르겠습니다. 전혀 이해가 안 갔어요. 섭섭하게 듣지 말아요. 나는 원래 느낀 그대로 말하는 사람이니까."

박 팀장의 말을 듣고 난 직감했다. 웬만한 중역이라도 이렇게는 말하지는 못할 것이다. 그러나 이런 말을 한 맥락을 놓고 볼 때 속된 말로 "상당한 백이 있구나"라는 생각이 들었다. 그는 오늘 처음 나를 보고 당신이라는 무시하는 호칭을 두 번이나 썼다. 또한 간접적이나마 나를 선발한 평찬그룹의 면접관도 과감하게 비판했다. 한편으로는 나를 길들이기 위한 고도의 전략일 수도 있다고 판단했다. 내가 명문대학 출신이 아닌 입장에서 인기가 높은 평찬그룹에 무난히 합격한 것은 필시 차별화된 능력이 있기 때문이라고 박 팀장은 생각했을 수도 있다. 사실 평찬그룹에는 비명문대 출신들이 두각을 나타내는 경우가 많았다. 박시준 팀장이 평찬그룹에서 팀장을 유지한다는 것은 나름의 처세술이 있을 것이라 생각했다.

나는 전자와 후자를 모두 염두에 두고 있었다.

"다시 말씀드리지만, 우리 팀은 치열한 경쟁의 연속입니다. 저는 공과(功過)를 분명히 산출합니다. 물론 책임질 것은 제가 지지만, 팀원의 과실은 철저한 책임을 묻습니다."

"알겠습니다."

나는 꼭 필요한 대답만 하였다. 박 팀장은 이 말을 하는 동안에도 벽에 붙은 일간지의 신문광고를 두 번이나 쳐다보았다. 이 광고는 많은 세상의 관심을 불러일으킨 성공작이었다. 나도 그동안 신문에 나왔던 이 광고를 통하여 평찬그룹의 이미지를 떠올리고 좋게 보았던 것이다. 내가 홍보팀 자리로 돌아왔을 때 5명의 팀원들이 나를 쳐다보았다. 나를 포함한 6명의 팀원 중에서 여자가 2명이었다. 김미나(金美羅)인 여직원은 키가 크고 날씬했으나 얼굴은 도도하게 보였다. 전체적으로 얼굴은 명랑한 모습으로 보였으나 속에는 우울한 모습도 조금 비쳤다. 그것을 웃음으로 감추려는 듯 연신 얼굴에 어색한 웃음을 띠고 있었다. 다른 여자 팀원은 이름이 조수경(曺秀景)이었다. 작은 키에 빨간 코트가 잘 어울리는 아담한 모습이었다. 조그만 몸집이기에 어떠한 옷을 입어도 잘 어울릴 것 같은 느낌을 주었다. 자신의 책상 위에 명패가 놓여 있기에 이름을 알기는 쉬웠다.

남자 팀원들은 모두 와이셔츠에 넥타이를 매고 있었다. 모두 얼굴은 대기업의 이미지에 맞게 자신감에 차 있었다. 박 팀장을 포함한 6명의 홍보팀 팀원들 모두 대기업인 평찬그룹의 이미지를 어깨로 받들고 있는 듯 빛나는 자부심이 겉으로 분출하고 있었다. 홍보팀에서 막내인 난 할 일이 많았다. 정해진 업무보다는 잡무에 가까웠다. 그런데 무엇보다도 이해가 안 된 점은 내가 홍보의 아이디어 회의에 참석을 할 수가 없다는 것이다. 아이디어 회의의 과정이나 결과를 종합 보고하는 복사물이나 기획물을 정리하는 것이 대부분이었다. 나는 생각했다. 이런 일도 홍보의 일을 습득하기 위한 출발 과정으로 볼 수 있다. 필요한 일이라고도 생각했다. 그리고 10여 일이 지나서 안 일이지만 박 팀장을 포함한 나머지 팀원들도 결혼을 하지 않고 있었다. 위에서 중요한 프로젝트가 내려올 때마다 야근은 필수였기 때문에 가정사에 얽매이지 않도록 하기 위해서 주로 미혼의 사원을 이 팀에 배치하는 것이라고 나름대로 생각했다.

"이번에 우리 평찬그룹이 대기업으로 국내의 중고생들의 학습시장과 국외의 전자시장에 뛰어들게 됐습니다. 사업을 확대하면서 이미지도 변신 중에 있다는 것도 알고 계시죠. 홍보팀의 막내인 이민준 씨만 제외하고 나머지 분들은 모두 저녁 식사 자리에 참석해 주세요. 장소는 그때 거기로요."

나는 놀랐다. 대기업이라는 평찬그룹이 전자시장인 해외로의 확대 진출은 그런대로 이해할 수 있었으나 국내의 학습지 시장으로의 진출은 이해할 수 없었기 때문이다. 김순도 회장은 국내의 사회적인 비난에도 불구하고 이 사업을 강행하는 것은 외환위기 등의 국제 경기가 안 좋아 평찬그룹이 자금의 압박을 당하자 그 자구책으로 국내 참고서 시장에 눈을 돌린 것이다. 나는 실망하였다. 평찬그룹이라는 대기업이 국내의 학습시장에 뛰어드는 것은 소위 콩나물 장사까지 독점하겠다는 발상으로 보였다. 신입사원 연수의 첫날에 김순도 회장의 연설에 깊이 감동을 받았던 그 감동이 사라지려고 했다. 또한 박 팀장의 '거기'는 말은 홍보팀의 모임의 장소가 비밀 아지트의 느낌을 주었다. 그는 식당의 구체적인 이름을 말한 것이 아니라 '거기'라고 지칭함으로써 자신의 조직들만의 모임이라는 비밀의 느낌을 강조했다. 그러나 이해 못하는 것은 아니었다. 광고의 속성은 비밀리에 완성되어 시사회에 나갈 때까지는 특급 보안이 유지되어야 한다. 그러나 박 팀장은 나를 홍보팀의 막내라는 이유로 첫날 모임부터 배제하면서 '거기'라고 한 것은 불쾌함을 느끼게 해주었다.

내가 사원이 된 지 일주일이 지나 박 팀장의 메신저가 날아 내려왔다. 또 거기서 나만 제외하고 만나자는 것이다. 평찬그룹은 온라인망으로 전산 처리가 돼 있어서 메신저로 전체 사원들이 필요에 따라 연락하고 있었다. 나는 궁금했다. 나를 제외하고 기존의 멤버들이 따로 모이다니… 나는 좀 이해가 안 됐지만 이곳의 분위기를 파악하기 전까지는 추이를 관망하기로 했다. 나는 오후 8시까지 혼자 홍보팀 사무실에 남았다가 도서관으로 이동했다. 나는 이곳에서 인생의 승부를 걸기로 하였다. 하루 생활을 압축하여 최소로 일정을 단순화하기로 했다. 한 곳에 정신을 집중하여 그 전문성을 키워서 발휘하기에 좋다고 생각했다. 나는 서울의 원룸에서 지내고 있었다. 시간만 되면 영등포 주변 대학의 도서관에서 창의성과 관련된 자료를 열람했다. 나만의 독특한 관점을 이끌어내는 것에 관심을 가지고 대학 도서관에서 연구를 하고 있었다.

"우선 내부에서 나를 인정해주지 않으면 외부에 먼저 이름을 알리자! 그렇다. 일반적으로 사원들은 주어진 한길로만 매진했던 것이다. 기업에서 인정을 받아 승진을 하고자 한다면 그 기업에서 우선 인정을 받으려 한다. 주어진 코스에서 벗어나지 않으려 한다. 상식적으로 생각할 때 잘못된 것은 아니다. 문제는 하나의 길을 가려다 막힐 경우 이미 때가 늦어 다른 길을 개척할 여유가 없다는 것이다. 주어진 길에는 많은 사원들이 모두 깃발을 들고 뛰어가는 이기적인 경쟁을 하고 있다. 이 길을 뛰고 있는 많은 경쟁자들을 이긴다고 쳐도 상처뿐인 승리자가 될 가능성이 많다. 많은 적을 만들고 말 것이다."

이런 생각이 들자 나는 물을 마셨다. 답답한 가슴을 물이 적셔주었다. 이곳 대학교 도서관은 대학생들이 많이 이용하고 있었다. 싱그러움을 드러내는 담녹색의 잎사귀가 저녁의 도서관의 창문에 어릴 때는 계절이 무르익은 봄임을 느낄 수 있었다. 학생들이 밤 1시경에 도서관을 삼삼오오 빠져나갔다. 나는 가방을 챙기면서 중얼거렸다.

"목적은 하나다!"

"나는 두 개의 길로 내 길을 간다. 하나는 평찬그룹의 승진의 길이고, 다른 하나는 외부의 길로써 언론사에 길을 터서 글을 기고하는 형식의 길이다. 내게 주어진 길과 내가 개척한 길을 동시에 간다."

나는 글을 언론사에 기고하는 데서 오는 막강한 영향력을 알고 있었다. 기고하는 대가로 언론사가 주는 원고료라는 것도 있지만 내 글이 신문에 실리면서 사회 속에 내 인지도를 높이는 것이 중요하였다. 내 글을 읽은 사람들은 정신적인 내 후원자가 된다. 이런 특권을 누리기 위해서는 우선 신문사를 알아보아야 한다. 그리고 언론사에 원고를 기고하겠다는 글을 써서 편집장에게 보내야 한다. 가능하다면 언론사의 관계자를 직접 만나는 것이 더 좋을 것 같았다. 신입사원인 나는 홍보팀의 잡일을 하면서도 나름대로 바쁜 사람이 되었다. 어느 날 박 팀장이 나를 불렀다. 처음으로 얘기를 나눌 기회가 생겼다. 긴장감 보다는 자신감이 앞섰다. 박 팀장은 나에게 반말과 존칭을 써가며 호의적으로 대해주었다. 의외였다.

"막내 민준이! 나하고 이야기 좀 할까? 지금 우리 평찬그룹이 세계적인 그룹으로 나가기 위한 글로벌 이미지를 만들고 있는데 새로운 광고의 신선한 콘셉트가 필요합니다. 좋은 이미지를 위한 콘셉트가 없을까요? 민준이는 평소에 광고에 관심이 많았나? 내 경험으로는 신입사원 중에서 색다른 아이디어로 우리는 놀라게 하는 경우가 간혹 있더라고요. 이곳에 몇 년 있다 보면 고정관념에 쌓이게 되는데, 난 그것을 두려워합니다. 광고가 기업의 이미지 생산의 출발을 의미하니 어떤 방향으로 잡을까 생각이 나면 알려주세요. 알겠지 민준이."

기분이 나쁘지 않게 반말과 존칭을 교대하고 있었다. 그러면서 박 팀장은 나를 부하라는 위계를 반말로 분명히 제시하고 있었다. 국내 학습지 시장과 해외 전자시장 진입을 두고 박 팀장이 글로벌 이미지 운운하는 것은 마음에 들지 않았다. 그러나 박 팀장의 말투가 가끔 바뀌어 예의가 갖추어져 있는 것은 예외였다. 아마도 박 팀장은 무엇을 부탁할 때는 예의를 갖추다가 다른 상황이 되면 돌변하는 성격인 듯했다. 홍보팀의 성격상 사원들은 특이한 감각을 요구한다. 그것을 뒷받침하기 위해 성격이 민감해야 하는 경우가 많다. 광고가 완성 단계에 이르렀다가 보잘 것 없는 흠이라도 보이면 시사회를 하루를 앞두고 처음부터 다시 시작하는 경우가 비일비재(非一非再)하다. 이때는 총 비상근무가 시작 되는 것이다. 그런 경우는 홍보팀 모두 올빼미가 되어 밤샘을 할 수밖에 없다. 먼저 번에 저녁 식사 겸 박 팀장과 팀원들이 만난 자리에서 팀원들에게 각기 숙제를 내준 모양이었다. 일주일의 시간을 줄 테니 일단 개인적으로 그룹 이미지 제고를 위한 방안을 생각해 오라고 한 것이다.

큰 프로젝트에 해당하는 회의는 비밀을 요한다. 그러면서 시간을 주고 개인적인 의견을 연구하고 확보할 충분한 시간을 준다. 그 다음에 팀원들이 모여서 토론으로 결정하는 것이 상례였다. 어쩌면 그것이 지금까지 내려왔던 전통적인 방식이다. 만약 기업의 위상을 제고하는 중요한 프로젝트에서 자기 팀 특정 사원의 의견이 채택되면 더 할 수 없는 영광에 해당한다. 더불어 동료들의 시기와 질투를 극복해야 하는 심리적인 부담감도 존재한다. 느닷없이 좋은 방안이 없느냐고 팀장은 물었다. 나는 생각했다. 구체적인 이미지 향상 방안이 아니라 콘셉트를 물어보고 있다고 추측했다. 먼저 콘셉트를 결정하고 거기에 따라 그룹 광고 이미지를 구체적으로 생각해보는 것이다. 나는 대답했다.

"들어온 지 얼마 안 되는 제가 무엇을 알겠습니까만 최선을 다해 생각해 보겠습니다."

박 팀장은 내 말을 끝까지 들으려 했다. 심리적으로 나를 의식하고 있는 듯 했고 오히려 무시하는 태도인 것도 같았다. 묘한 분위기를 박 팀장은 연출하고 있었다. 저녁에는 미나 선배의 부름을 받았다. 역시 좋은 아이디어가 없느냐는 것이었다. 그 바람에 평찬그룹 1층인 휴게실에서 커피 한잔을 얻어먹었다. 그녀의 생글생글한 이미지는 사무실에서 휴게실로 장소가 바뀌어도 변하지 않았다. 그녀만의 매력이었다. 그녀의 질문에 내 대답은 구체적이지 못했다. 아직 홍보팀의 상황을 잘 모르는 입장에서 생각나는 대로 대안을 제시할 수 없었다. 그녀는 말을 이었다.

"오늘 저녁에 술 한 잔 어때요?"

저녁 무렵 나는 미나 선배의 단골이라는 카페에 자리를 잡았다.

"이곳에 자주 오십니까?"

"혼자이다 보니 자주 오는 편입니다."

"가끔 누구하고도 올 때가 있지요."

"누구가 누구인가요?"

"뭘 그리 알려고 하세요."

미나 선배는 경기 하락과 관련하여 평찬그룹에 대한 얘기를 시작했다.

"제 생각은 평찬그룹이 이번에 해외에서 대규모 사업을 하는 데 그것을 이미지화 하여 광고하는 거예요. 광고 없는 기업 활동은 상상하기도 힘들죠. 이번 세계 경기하락에 평찬그룹의 구조조정 이야기도 나오는 어수선한 분위기인데다가 이런 일을 앞두면 모두 신경이 예민해지죠. 마치 이번 일로 홍보팀의 각각의 능력을 평가하는 것 같습니다."

"경제가 힘들어 우리 평찬그룹도 인원의 구조조정에 들어간다면 왜 신입사원을 많이 뽑았죠. 상식적으로 이해가 되지 않습니다. 궁금합니다."

"내가 말할 이야기는 아니지만 젊은 사람들의 감각을 사겠다는 것이겠죠. 임원들이나 경력자들은 위기에 대처할 참신한 아이디어가 많이 나올 수 없습니다. 같은 물속에서 수년을 지냈으니 그 물의 흐름에 정착하고 안착했으니까요. 고여 있는 썩은 물에 자신을 맡긴다고나 할까. 그러나 새로운 감각으로 무장한 신입사원은 물의 흐름을 거부하고 새 시대의 젊음의 감각으로 역류하기도 하니까요. 그렇지 않을까요? 또한 경제 위기에도 대기업은 무조건 100명 이상은 뽑아야 한다는 사회적 분위기의 압력도 받았을 것입니다."

미나 선배는 최선을 다하여 설명하려 했다.

"미나 선배는 친절하시군요. 대부분 다른 팀원들은 업무상 필요한 이야기만 하고 그러던데요. 원래 이곳 홍보팀의 분위기가 그런가요?"

"아이디어를 놓고 회의를 할 때는 대립이 심하여 갈등도 생기죠. 그러나 업무상의 갈등으로 보일 땐 큰 문제가 없으나 승진과 관련될 수 있는 아이디어 회의에서는 때론 심각할 때도 있습니다."

"아, 그렇군요."

"내가 알기로 박 팀장님은 이제야 민준 씨의 능력을 알아본 것 같아요. 처음에 민준 씨가 우리 홍보팀에 배정됐다는 이야기를 듣고는 박 팀장은 불만을 표시했습니다. 화를 내며 펄펄 뛰었었지요. 우리 팀장님은 신입사원인 민준 씨의 능력에 대한 객관적인 신뢰와 믿음이 없었기 때문이죠."

"그 객관적이라는 것이 학벌도 되는 것인가요?"

"박 팀장은 그것을 매우 중요시합니다. 자신이 명문대를 졸업했으니까요."

김미나 선배의 화법은 독특했다. 내 이름 뒤에 '씨'자를 붙여 대화의 예의를 지켰다. 나는 비로소 이해가 되었다. 박 팀장이 나를 보고 솔직히 얘기한다고 하면서 "나는 당신을 원하지 않았습니다"라는 뜻을 이제 이해를 했다. 나중에 안 일이지만, 평찬그룹의 인사발령은 각 팀을 책임지고 있는 팀장들이 회의를 거쳐 자신이 원하는 능력을 지닌 신입사원을 선발하는 방식을 취하고 있었다. 당연히 우수한 인재를 자신의 팀으로 영입하기 위해 인맥의 줄도 동원했을 것이다. 그러나 모든 팀장들의 입맛에 맞는 신입사원을 뽑을 수는 없는 일이어서 불만을 가진 팀장들도 생겨나게 마련이다. 우수한 신입사원을 선발하는 것도 팀장들에게는 자신의 능력과 관련되고 있었다. 평찬그룹의 김순도 회장의 신임도와 연결될 수 있는 중요한 사건이 될 수도 있었다. 그 결과로 3월 초의 인사 발령철이 되면 각 팀장들은 그런 이유로 신경이 예민해졌다. 그런데 웬일인지 박 팀장은 정찬시를 선발하려 했으나 뜻을 이루지 못하고 어떤 팀도 선발하지 않는 나를 선발했던 것이다. 정확히 말하면 나를 선발이 아닌 어쩔 수 없이 데려왔다는 표현이 맞을 것이다.

나중에 들은 얘기지만 이번 신입사원 선발의 콘셉트는 창의력이었다고 한다. 평찬그룹은 경제의 위기가 닥치고 그것이 평찬그룹의 위기로 이어진다고 생각하고 신입사원을 50여명 선발하려 했다고 한다. 그러나 국내의 대기업으로서 신입사원을 선발해야 하는 사회적 책임을 고려하여 100여명의 신입사원을 선발했던 것이다.

그렇다면 평찬그룹은 신입사원들의 창의력을 통해 경제 불황의 위기를 기회로 삼고자 한 것 이었다. 이럴 때 박 팀장은 홍보팀에 우수한 신입사원 유치를 못하는 실패를 했던 것이다.

"이제야 알 것 같습니다. 김 선배님, 잘못하면 제가 개밥에 도토리가 되었다는 얘기군요. 여러 팀에서 관심을 받지 못하고 이리저리 남아 휘둘리다 결국 소외되는 그런 신세 말이죠."

"민준 씨. 저를 김 선배라고 하지 말고 미나 선배라고 불러주면 좋겠습니다."

"알겠습니다."

나는 가볍게 미소를 지었다. 커피 대신 물을 마셨다. 미나 선배가 이어서 말을 계속했다.

"그러나 그런 환경이 더 좋은 기회가 되지 않겠어요. 자신에게 주어진 환경이 시련과 역경으로 다가올 때 그것을 극복하려는 의지가 생기잖아요. 그런 의지는 소중한 것입니다. 특히 생존의 차원과 관련지어 자연 발생적으로 생기는 사람의 의지는 큰 목표를 이루기 위한 원동력으로 작용하죠. 호호호."

미나 선배는 내가 처한 환경을 기회로 활용하라는 배려를 하고 있었다. 더구나 미나 선배는 대화 말미에 호호호 하고 웃음까지 지었다. 웃는 얼굴이 아름답고 귀엽게 느껴져서 호감을 갖게 되었다. 오후 8시의 서울의 도시는 형형색색의 현란한 간판의 조명이 눈에 먼저 들어왔다. 도시의 감각적인 욕망들이 이글거렸다. 그 욕망이 잿더미처럼 소멸될 때 인생의 허무를 예감한 듯 하루를 즐기자는 분위기가 팽배해졌다. 한 술집에서 사람들이 방향을 잃고 나왔다. 마치 밝은 불빛에 현혹된 하루살이의 나방들이 미친 듯이 날아드는 모습이었다.

나는 도서관으로 향하고 있었다. 이제는 도서실의 북쪽 서가 바로 앞의 자리가 자연스레 내 자리로 정해지기 시작하였다. 비록 구석의 자리지만 마치 요새와 같아 주변의 방해를 받지 않는 자리였다. 모두 4명이 앉아 공부할 수 있는 책상과 자리인데 가끔 내 자리는 비어 있었다. 이곳에서 창의력에 대한 생각을 정리했다. 이제 나는 원고를 게재할 언론사를 알아보리라 생각했다. 물론 쉽게 된다는 보장은 없지만 막무가내로 문을 두드려야 할 판이었다. 무엇보다 문을 두드려야 문이 열리든 안 열리든 할 것이다. 병아리가 알을 깨고 나올 때 우선 밖에서 어미가 알을 살짝 쪼아주면 속에서 이를 알고 병아리가 그곳을 집중적으로 쪼아대서 미세한 구멍을 만든다. 어미 닭과 병아리가 합작하여 만든 작은 구멍이 자신이 나올 수 있는 생존의 구멍이 되는 것이다.

나도 마찬가지다. 지금 상황은 내가 평찬그룹의 알 속에 들어있는 병아리와 같다. 이곳의 환경은 나에게 그리 호의적이지 않다. 특히 내가 발령받은 홍보팀의 박 팀장은 내 능력을 몹시도 신뢰하고 있지 않다. 나 같은 사람은 자신의 부하로 생각하지 않고 있다. 이런 상황에서 나의 삶의 전략은 무엇인가? 우선 평찬그룹의 밖에서 내 알을 간접적으로 쪼게 하는 것이다. 그것이 유명 언론사에 창의력에 대한 글을 연재하는 것이고 외부에 나의 인지도를 높이는 방법이 될 수 있다. 가능하다면 내가 젊은 나이에 창의력에 관한 전문서적을 집필하는 것이다. 책을 3권 이상을 쓰면 저자를 그

분야의 전문가로 만들어 준다. 세상의 이치가 그렇다. 그만큼 부수적인 부가 가치도 많아진다.

오늘 저녁도 이런 생각에 골몰했다. 내가 평찬그룹의 홍보에 팀 발령을 받은 지 한 달이 되어가는 데도 나에게 본격적인 일을 주지 않았다. 이것을 좋게 생각하면 아직 전문적인 일을 모르니 일을 배우라는 배려로 볼 수 있다. 그러나 나의 능력을 믿지 못하기에 일을 맡겼다가 실수를 할 수 있는 초보로 인식했을 수도 있다. 나는 김미나 선배에게 문자를 보냈다.

"이번 프로젝트의 콘셉트를 '이미지의 중첩(重疊)'으로 해보시지요?"

그리고는 5분이 지난 후 미나 선배는 전화를 걸어왔다.

"아, 문자를 봤어요. 이미지의 중첩이라 신선한 기획이기도 하네요. 한 이미지 광고로 다중적(多重的)인 의미를 드러나게 하니까 괜찮을 것 같아요."

미나 선배는 상당한 지적 능력의 소유자였다. 이미지의 중첩이란 말을 구체적인 설명 없이도 쉽게 이해하고 있었다. 한편으로 이미지의 중첩이 생각에 따라서는 평범할 수도 있었지만 미나 선배는 나를 배려하는 입장에서 신선하다는 말을 하고 있는지도 몰랐다.

"저에 대한 배려 고맙게 생각합니다. 왜 있잖아요. 르네마그리트의 〈붉은 모델〉이요, 서로 다른 두 사물을 하나의 이미지로 압축해 놓은 표현 말입니다."

"아! 저도 그 그림을 본 적이 있어요. 발, 신발, 형체로 전이되면서 두 사물의 이미지가 절묘하게 중첩되는 것 말이에요. 이것은 독창적인 발상과 상상력을 바탕으로 창의적인 의외성을 스스로 느끼게 하죠."

미나 선배는 비상한 기억력을 지니고 있었다. 명료하게 말하는 것이 그녀를 더욱 이지적으로 보이게 했다. 신뢰감을 높이는 데 일조하고 있었다. 그녀의 풋풋한 미소가 떠올랐다. 나는 미나 선배의 말을 받아서 이었다.

"광고도 예술창작입니다. 이미지의 중첩은 참신한 매력으로 다가올 수 있습니다. 오늘날의 트렌드가 바로 그것이고요."

"고마워요. 민준 씨. 지금 도서관에 계신 모양이죠. 호호호."

미나 선배의 대화는 항상 미소로 마무리되었다. 다른 사람과의 대화는 모르겠으나 나와의 대화에서 느낀 것은 미소였다. 그녀는 노래의 후렴구처럼 항상 말끝에 매달린 상큼한 미소가 압권이었다.

다음날 홍보팀에서 마라톤 회의를 했다. 성과는 신통치 않았다. 회의의 분위기는 박 팀장이 주로 말하는 편이었다. 팀원들이 아무 말 없이 듣는 형국이었다. 이곳의 남자 팀원들은 와이셔츠에 각기 다른 넥타이를 매고 있었다. 여자 팀원들은 밝은 톤의 정장이 일반적인 복장이었다. 평창그룹의 홍보팀은 획일적인 복장과 권위적인 팀장의 모습에서 무거운 회의 분위기로 인식되었다.

이런 분위기 속에서 팀장이 말을 계속했다.

"이젠 각기 생각할 수 있는 시간을 우리는 다 소비했습니다. 일주일 동안 고민했으면 충분한 시간이죠. 광고라는 것이 여러 형태로 나타낼 수 있어 시간이 더 필요할 수 있지만 우리는 급합니다."

박 팀장은 어느새 다그치고 있었다.

"유치함을 광고의 콘셉트로 정하면 어떨까요? 흑백 화면으로 그룹 이미지를 구성하는 겁니다. 60, 70년대의 향수도 불러일으키고요. 차별화로 이어지지 않을까요?"

얼굴이 둥글고 비만형을 가진 팀원의 말이었다. 그리고 다른 팀원들도 자신도 발표 몫이 있다는 듯이 한 가지씩을 말했다. 박 팀장은 손에 볼펜만 든 채 고개를 들었다. 노트가 펼쳐져 있으나 지금까지 적은 내용은 없었다.

"김미나 씨 말해보세요?"

박 팀장은 동시에 노트에 적을 준비를 하였다. 그리고는 연신 김미나 선배를 바라보았다.

"저는요, 이미지의 중첩을 써서 하나의 이미지로 여러 가지 의미를 진솔하게 드러나게 했으면 합니다. 어떻게 보면 비현실적이고 어떻게 보면 현실적인 그런 이미지를 보는 듯이 말이죠. 환상과 현실 사이에서 그네를 탄다고 할까요? 그런 것은 신비감을 주면서 아하 그렇구나! 하는 감동을 줄 수 있습니다. 이미지가 메시지만의 전달이 아닌 예술 작품으로의 품격도 갖추었으면 하는 바람이죠."

"구체적 사례를 들면 무엇이 있을까요?"

"우리 평창그룹은 주력사업 이외에 새로운 사업으로 학습서와 전자 시장에 획기적인 도전장을 냈습니다. 세계 경제가 불황인데도 기업을 세계적으로 확장하고 있습니다. 그것을 바탕에 깔고 한국의 지도와 우리 평창그룹의 상징적인 이미지를 반씩 융합하는 것이 어떨까요?"

나는 융합이란 말에 눈이 번쩍 뜨였다. 내가 말했던 내용보다는 융합이란 용어로 전문성을 표현했기 때문이다. 김미나 선배와 전화로 이야기했던 그 아이템에 그녀만의 창의성이 가미된 것이다.

미나 선배의 침착한 목소리는 울림이 있었다. 그녀의 다음 이야기가 기다려졌다. 박 팀장은 노트에 적기 시작했다.

"구체적으로 설명해 보세요?"

"그러니까 한국의 지도를 보다보면 우리 평찬그룹의 이미지로 연결되고, 평찬그룹의 이미지를 보며 따라가다 보면 한국의 지도로 연결되게 말이죠. 그런데 한국의 지도를 정확히 드러내면 사실성이 강조가 되니까 감동이 그만큼 약화됩니다. 그런 관계로 지도를 반쯤은 생략하여 빈 공간으로 놔두면 좋습니다. 그 빈 공간은 소비자들이 상상하여 창의적으로 이미지를 채우도록 하는 것이죠. 여기서 중요한 것은 지도와 우리 평찬그룹의 상징을 처리하는 선은 꼭 필요한 것만 쓰고 나머지는 과감하게 그림자처럼 생략하는 것입니다. 처음에는 무슨 그림인지 모르게 말이죠."

박시준 팀장은 노트에 적다 말고 고개를 번쩍 들었다. 그는 다시 두꺼운 노트에 적기 시작했다. 실마리를 잡은 느낌이었다. 나는 용기를 내어 말했다.

"밑그림으로 세계지도를 넣는 것이 어떨까요? 그림자로 말입니다. 우리 평찬그룹의 글로벌 이미지는 매우 중요하니 세계지도 가운데 김미나 선배가 제안한 이미지를 덮어 얹으면? 바로 3중의 이미지 중첩이 됩니다. 학습지의 광고는 한국지도에 넣고 큰 그림으로 그림자처럼 돼 있는 세계지도에는 전자제품의 상징을 넣는 것입니다. 우리는 소비자들에게 이미지의 출발만, 시작만 알려주는 것이죠. 소비자들이나 독자들이 그것을 따라가다 보면 결과는 어느덧 우리가 의도하는 이미지로 따라와 완성되는 구조입니다. 물고기가 물길을 따라 가다보면 어느새 고기통에 들어가는 구조 말입니다. 매출을 많이 올리는 가게는 목이 좋은데요 그 이유는 손님들이 가다보면 자기의 앞에 그 가게가 자연스럽게 놓여있게 되는 것과 같습니다. 그래야 소비자와 우리 평찬그룹의 공감이 융합으로 이루어져 우리가 의도하는 고급의 이미지를 높일 수 있습니다. 소비자들에게도 자신의 몫을 찾도록 하자는 이야기입니다."

나는 짧게 이야기를 못하고 길게 말했다. 초보자가 보이는 우(愚)를 범하고 말았다.

"이민준 씨도 융합을 말하고 있는데, 그 이론적 근거를 말씀해 보시겠어요?"

"탈춤에서 이론적 근거를 찾을 수 있습니다. 탈춤은 앞놀이, 본놀이, 뒷놀이의 구조로 돼 있습니다. 다른 말로 앞풀이, 본풀이, 뒷풀이라도도 하는데요. 여기서 앞놀이와 뒷놀이가 중요합니다. 앞놀이와 뒷놀이는 광대가 청중들과 주객일체(主客一體)가 돼 같이 놀기 때문이죠. "같이 논다"는 것은 우리를 공동체로 확산시키는 것이기에 열린 공감이 됩니다. 또한 본놀이에는 중간 중간 흥을 돋우는 "얼쑤!"라는 청중들의 추임새가 있습니다. "덩더덩더덩더쿵!" "얼쑤!"하고 외치게 됩니다. 이에 더욱 흥이 난 광대는 더욱 자신의 탈춤 예술에 몰입하게 됩니다. 그러니까 탈춤이 위대한 것은 "얼쑤!"라는 추임새는 관중의 몫으로 남겨놓는다는 것이죠. 이것을 염두에 두고 광대들은 대사를 터뜨리고 다양한 연극적 행동을 하게 됩니다. 그것이 탈춤에서 광대와 청중을 이어주는 충첩된 이미지를 형성하게 됩니다. 나중에는 광대가 관객이 되고 관객도 광대가 되는 감동의 주객일체, 물아일체(物我一體)가 됩니다."

박 팀장은 내가 한 이야기는 노트에 적지 않았다. 내 눈이 김미나 선배의 눈과 마주쳤다. 김 선배의 눈이 반짝이고 있었다. 그러나 박 팀장의 얼굴이 벌게지고 있었다. 나는 그것을 놓치지 않았다. 내용의 참신함을 떠나서 이런 구체적인 이야기는 자신과 같은 팀장급이 제시해야 권위가 서는 것으로 생각했다. 금방 이곳에 들어 온 새파란 내가 탈춤을 들먹이며 의견을 제시하자 무안을 느꼈던 듯하였다.

"김미나 씨의 의견, 이것으로 추진하도록 합시다."

박 팀장의 짧은 말이었다. 이 안을 기획하여 정민수(鄭民洙) 씨에게 결재를 올리도록 지시했다. 나는 적을 만들고 말았다. 발표를 해서 채택이 되지 않은 선배 남자 팀원 3명은 그렇다고 치더라도 바로 박시준 팀장이 문제였다. 그는 자존심이 강하면서 내세우는 우월의식이 대단했다. 항상 평찬그룹의 홍보팀은 자신을 위해 있는 것처럼 말했다. 줄이 있는 사람처럼 그룹의 임원들의 인신공격도 과감하게 했다. "누구는 물러나야 한다든지", "누구는 능력이 없다든지" 등의 이야기는 그의 단골 메뉴에 해당됐다.

나는 잠시 생각했다. 정치판에서 선배 정치인이나 유력 정치인들을 대상으로 강력하게 비판하고 "당장 정계를 떠나라!"라는 말을 하는 정치인들을 유심히 봤다. 그들은 자신이 대권 유력주자로 나설 사람이라는 것도 언론 인터뷰를 통해 제시한다. 그래서 대선이나 총선을 앞두고 당내의 유력한 주자가 되기 위해서, 유리한 주자의 위치를 차지하기 위해서 평소 잘 지내던 선배 정치인들을 가혹하게 공격하고 비판한다. 이런 사슬에 걸려 정치판을 떠나는 유력 정치인들이 있다. 그렇게 하면 주위의 시선이 비판을 하는 자신으로 몰리게 되어 그만큼 스포트라이트를 많이 받는다. 기자들도 자신에게 특종의 기사를 주는 정치인을 좋아하듯이 그런 내용을 미리 기자에게 암시하고 터뜨리면 그 정치인은 항상 기자를 끌고 다니는 미래의 권력자가 된다.

이곳 평찬그룹도 상당 부분 이런 면에서 정치판과 닮았다. 이곳도 사람들이 상호협력과 경쟁을 하는 정글과 같은 곳이다. 그만큼 능력과 정치적인 원리가 많이 작용한다. 이런 부분에 안테나를 세우고 신경을 쓰는 사람이 바로 박시준 팀장이었다. 그는 항상 신분 상승의 욕구가 강한 사람이었다. 그러면서 그것을 대담하게 드러내 보이는 사람이었다. 배경에는 박 팀장의 명문대 졸업 학력이 많이 작용했다. 또한 미국의 유명한 대학의 광고학 박사가 되기 위해 유학까지 갔다 온 사실이 한몫하고 있었다. 그는 특히 부동산 이재에 밝았다. 박 팀장은 부동산의 흐름에 밝아 때로는 광고가 전공인지, 부동산이 전공인지 헷갈리게 하는 사람이었다.

나는 도서관에서 책을 보는데 박 팀장으로부터 전화가 왔다. 밤 12시였다. 단 둘이 술을 한 잔 하자는 것이다. 나는 양해를 구하고 정중하게 거절하였다. 술을 잘 먹지도 못하고 무엇보다 지금은 늦은 시간이라는 것이 부담되었다. 직장 생활에서 사적인 술자리가 중요하다는 것을 알고 있었다. 하지만 내키지 않는 일을 억지로 할 수도 없었다. 또한 한 번 부탁을 들어주면 계속 술상대가 돼 주어야 하는 분위기가 그리 유쾌하지 않았다. 박 팀장이 늦은 시간에 만나자는 것도 특별한 이야기가 없음을 말해주고 있었다.

"어이, 이민준! 내 말을 안 들어준다는 것이지."

박 팀장의 반말이었다. 약간 분노하는 목소리가 휴대폰을 타고 전해 왔다. 박 팀장은 37세로 아직도 총각이었다. 소문에 의하면 그는 술만 취하면 일이 너무 좋아 결혼을 하지 않았다고 했다. 그러면서 그는 여자에는 관심이 없다고 수차례 말했다고 한다. 언뜻 보면 그렇게도 느껴졌다. 특히 그는 홍보 팀원들이 있는 회사에서는 자신의 본심을 숨기고 있었다. 그러나 그는 여자를 밝히고 있었으며 남 몰래 결혼할 기회만 찾고 있었다. 큰 키에 호감을 주는 준수한 얼굴이어서 여자들에게 인기가 많았으나 그는 결혼과 연애는 대상이 달라야 한다는 왜곡된 가치관을 가지고 있었다.

박 팀장은 불쾌한 듯 휴대폰을 껐다. 나는 생각해 보았다. 사람의 본심은 무의식적으로 표출되게 돼 있다. 박 팀장도 예외는 아니었다. 회의를 할 때의 그의 궤적을 천천히 추적해 보았다. 얼마 전에 홍보팀이 회의를 할 때 다른 사원들의 의견은 가만히 귀로만 들었던 박 팀장이었다. 그러나 침묵을 깨고 "김미나 씨"라고 지명하여 의견을 개진하도록 한 것은 다분히 계획적이고 의도적이었다. 그때는 박 팀장이 의식적으로 김미나 씨를 위한 한 남자의 배려였으며 예의였다는 생각이 들었었다. 나는 확신이 들었다. 박 팀장은 김미나 씨가 발표 할 때 연신 고개를 끄덕였으며, 무엇보다도 김미나 선배의 발언 내용을 노트에 열심히 적었다. 상대방의 말을 노트에 적어 기억한다는 것은 그 상대방에 대한 최대의 예의라는 것을 알고 있었다. 박 팀장은 공적인 자리에서도 미나 선배를 연애의 대상으로 본 것이다.

나는 도서관에서 글쓰기를 연습했다. 일간지에 원고를 연재하기 위한 나만의 프로젝트였다. 첫날부터 뼈를 깎는 치열한 노력이 필요했다. 우선 신문의 칼럼을 하루에 4편씩 선정하고 그것을 모방하여 써보면서 문장력이나 글의 구조와 흐름을 익히려고 했다. 우선 내가 신문의 칼럼에 주목한 것은 글쓰기의 전범(典範)이 칼럼 속에 모두 들었기 때문이다. 서론에서는 독자들의 흥미를 불러일으키는 다양한 방법들이 칼럼리스트들마다 달랐다. 그것을 좀 더 파고 들어가면 "이런 내용에서는 이런 흥미유발 방법"이, "저런 내용에서는 저런 흥미유발 방법"이 눈에 쏙 들어왔다.

본론에서는 분격적인 논의를 위한 방법들을 연구했다. 자신의 주장을 대조와 비교 또는 구체적인 사례를 통하여 증명하고 있었다. 또한 내 주장에 대한 다른 반대되는 의견을 끌어들이는 고차원적인 방법을 주의 깊게 보고 내 자신이 스스로 직접 써봤다. 결론은 수미상관(首尾相關) 기법과 여운 있게 마무리 짓는 방법을 칼럼에서 찾아보았다. 그러면서 나는 누구나 가능한 상투적인 글쓰기 방법은 피할 수 있도록 노력했다. 무엇보다 자신의 개성이 보이지 않는 글쓰기라는 점이 거부의 이유가 되었다.

나는 중요한 것을 잊지 않았다. 바로 기자들이 즐겨 쓰고 좋아하는 문체를 눈여겨보았던 것이다. 프로 글쓰기의 출발은 모방이다. 모방을 하다보면 차차 자신의 개성을 담은 글쓰기에 발동이 걸린다. 한 달 정도만 그대로 칼럼을 베끼다 보면 사람은 모방한다는 사실에 점차 지루함을 느끼게 돼 있다. 그때 내 자신이 글쓰기에 열정과 의지를 가지고 있다면 내 자신의 문체를 드러내는 글쓰기를 하게 된다. 나는 우선 글쓰기에서 두 가지의 철칙을 두었다.

"중요한 내용의 문장은 짧게 쓴다, 그것을 뒷받침하는 구체적인 내용의 문장들은 길게 쓴다. 그러나 이어오는 뒷받침 문장들이 많을 경우는 단문과 장문을 리듬에 맞춰 효과적으로 조절한다. 서론과 결론이 맞물고 들어가는 수미상관 기법을 활용한다."

시사주간지에 연재하는 글쓰기는 독자라는 상대가 있다. 오늘날 독자를 의식하는 글쓰기는 쉬운 일이 아니다. 독자들은 자신의 입장에서 내용과 형식을 냉혹하게 평가한다. 내용과 형식은 바늘과 실처럼 불가분의 관계를 가진다. 내용은 그에 알맞은 형식에 담기고 형식은 내용의 의미를 독자들에게 잘 표현하도록 상호보완적이다. 문장의 장문, 단문의 조절은 독자들이 읽을 때 리듬감을 느끼도록 하는 배려에 해당한다. 글은 무엇보다도 읽을 때 부담 없이 자연스럽게 읽혀져야 한다는 것이 중요하다. 신문의 칼럼은 이런 독자들을 염두에 두고 써진 명문에 속한다.

나는 영등포의 대학 도서관에서 글쓰기 연습에 몰두했다. 밤 2시까지 시간 가는 줄도 모르고 논술쓰기에 동화되어 몰입했다. 도서관에서 해당되는 도서를 찾아 노트에 참고 내용을 정리했다. 나는 자료의 확보와 그것을 글로 연결하는 기술에도 목숨을 걸고 대든 것이다. "목숨을 거는 글쓰기"라고 해도 과언은 아니다. 이제는 특정한 주제가 주어진다고 해도 10회 정도는 시사주간지에 연재할 수 있다는 자신감이 들었다.

봄, '호호호' '하하하'

3월 말이 되었다. 봄비가 하루 종일 내렸다. 내 마음도 이제 봄비에 무르익었다고 생각했다. 겨우내 움츠렸던 새싹이 봄을 맞아 머리만 내밀고 있었다. 나무들도 봄비를 맞은 후 부쩍 생기를 가진 느낌이었다. 나는 시사주간지를 뒤적였다. 대개 신춘 3월이면 연재하던 필자들이 교체가 된다. 이 시점과 기회를 유심히 살펴 노리기로 했다. 하늘은 스스로 돕는 자를 도와준다는 심정으로 연재할 언론을 살폈다. 그러나 나는 그동안 연재한 경력이 없었다. 원고 청탁을 받아 연재해 줄 경력이 없는 것이다. 연재 경력은 편집장에게 필자에 대한 믿음과 신뢰에 큰 영향을 미친다. 이 순간만큼은 믿음과 신뢰가 필자의 능력이 되는 것이다.

나는 용기를 내었다. 한곳의 국내 유력 시사주간지의 편집장에게 메일을 보냈던 것이다. 창의력에 관련된 글을 쓰고 싶다는 내용이었다. 그런데 당장 시사주간지 편집장에게서 답장의 메일이 왔다. "창의력 키우기"에 대한 글을 한 편 써서 보내보라는 것이었다. 나는 그

날 밤을 새우면서 5편의 글을 써서 보냈다. 한편을 써서 수정에 수정을 한 것이 아니라 5편을 쓰고 한 번씩만 수정한 것이었다. 밤새 미친 듯이 쓰고 여러 관점에서 수정하였다. 글쓰기에 대한 열정이었다.

기자들은 마감 시간에 원고가 쫓기는 상황을 두려워한다. 특히 기자 자신이 추천해서 아니면 필자를 발굴해서 원고를 받고 있는 경우는 더할 나위가 없다. 그런 걱정을 단번에 날려 주는 것이 1편 요구할 때 5편을 써서 보내는 것이었다. 그런데 이것은 필자에게 뼈를 깎는 고통을 요구한다. 창의력에 관한 글쓰기도 어렵지만, 3,000자 정도의 분량은 특히 어려운 글쓰기에 속한다. 창의력 관련 글은 대상에 대한 새로운 관점을 요구하기에 두둑한 배짱이 아니고서는 아무나 그런 글을 쓰려고 대들 수는 없다.

편집장은 메일 내용은 기분 좋게 출발하고 있었다.

"좋습니다. 우리 시사주간지에 한 꼭지로 연재하기로 결정하죠. 그런데 이민준 선생의 글쓰기 능력은 충분히 검증되지 않았기에 격주로 연재하는 것으로 합시다. 제목은 〈네 안의 창의력을 잡아라〉로 정했습니다. 더 좋은 제목이 떠오르면 그때 고치기로 하고요."

"감사합니다. 은혜를 잊지 않겠습니다."

나는 연재를 결정해준 사실만으로도 편집장에게 감사하고 황송할 따름이었다. 그런 입장에서 은혜란 말은 쉽게 나왔다. 그날 밤으로 나는 그 편집장이 일간지에 썼던 칼럼을 인터넷을 통하여 모두 찾아서 읽어보았다. 그리고 편집장의 문장의 개성적인 작법을 연구했다. 주로 국방 외교통의 전문가로서 칼럼을 쓴 편집장은 관록과 함께 많은 독자층을 확보하고 있었다. 내가 운영하는 인터넷 카페인 〈얼쑤논술연구소>의 메인 화면에 그 편집장의 글을 모아 링크시켰다. 논술 회원들이 그 분의 글을 쉽게 찾아 읽을 수 있도록 하기 위함이었다. 칼럼은 논술과 가장 닮았다는 점에서 밀접한 관계를 지닌다. 나는 도움을 받으면 어떤 식으로든 반드시 갚는다는 것이 신조다.

나의 첫 원고가 시사주간지에 인쇄되어 사진과 함께 나왔다. 몹시도 기대하던 일이었다. 지면은 뒤에서 4번째 장부분인데 볼수록 참으로 신기했다. 일부러 근처 서점을 찾았다. 서점에서 시사주간지를 펼치고 내 글을 내가 읽어본다는 것이 아찔할 정도로 황홀했다. 젊은 나이에 글쟁이로 데뷔하는 순간이었다. "이민준. 인터넷 카페 논술 연구소운영"이란 내 칼럼의 마지막 글자를 몇 번이고 읽어보았다. 내 일천한 경력을 믿어 준 시사주간지 편집장님께 진심으로 감사를 드렸다.

그러나 "평찬그룹 신입사원"이라는 경력은 빼기로 했다. 신입을 빼고 사원이란 말만 넣을까도 생각해 봤지만 그것 자체가 어색하게 느껴졌다. 내가 강력히 원해서 그렇게 한 것이었다. 직장인이 신문 등에 글을 쓸 때는 신중을 기해야 한다는 것은 내 생각이다. 아무래도 어떤 사회 현상에 대하여 비판적인 글이 독자에게 설득력 있게 읽히므로 그런 류의 글을 기자들은 요구한다. 나는 <네 안의 창의력을 잡아라>의 글에서 대기업의 사회적 책임에 대해 미흡한 것을 비판하고, 창의적 사고의 중요성을 주장하였다.

특히 경영에서 CEO의 참신한 창의적 감각을 주문했다. 나는 때로는 송곳처럼 때로는 이쑤시개처럼 비판의 날을 교체하며 문장을 써 나갔다. 이제는 본격적인 글쓰기의 시작이다. 그런데 글을 쓰다 보니 묘하게도 "글쓰기의 방법이 말하기의 방법과 같다"는 사실을 알았다.

상식적인 말이지만 그 깨달음은 매우 컸다. 그러니까 글쓰기의 문장은 구어체가 아닌 문장체이다. "~이다, ~이었다" 식이고, 말하기는 "~했습니다, ~있습니다, ~했죠" 등이다. 문장의 서술어만 바꾸면 구어체와 문장체 된다는 사실을 새삼 느꼈다. 그것이 상식에 속하는 내용이지만 스스로 내가 깨우쳤다는 측면에서는 감동이 어렸다.

나는 이제 스피치의 책을 읽기 시작했다. 스피치의 책은 많은 사람이 지었으나 그 내용은 대동소이(大同小異)했다. "유머 있게 말하라!" "감성을 넣어서 서술어 중심으로 말하라!" "시사 이슈로 스피치 시작 1분에 청중들의 관심을 잡아라!" 등이 눈에 들어와 박혔다. 남들이 술을 먹고 잠을 잘 때 나는 미치도록 공부하자. 동굴 어둠 속에서의 다짐이었다.

나는 외부 칼럼 연재에서 두 가지 목표를 세웠다. 언론에 글을 발표하여 내 인지도를 높이는 것이 첫째다. 대중 앞에서 연설을 잘하기 위해서 스피치 방법을 연구하는 것이 둘째다. 이 순간만큼은 나에게 누가 휴대전화를 해도 받지 않았다. 평창그룹의 김미나 선배만큼은 예외로 두기로 했다.

시사주간지에 실린 내 첫 글의 주제는 '기업의 이름을 바꿔라!'였다. 기업의 이름은 소비자들에게 상징과 브랜드가 된다. 나는 칼럼에서 영어를 통한 외국어의 사용과 순수한 우리 국어를 통한 기업의 명칭을 지으라고 말했다. 융합을 통한 기업의 이름 짓기에 해당했다. 글로벌 시대에는 한자로 지은 기업의 이름을 영어로 바꾸는 것이 대세로 돼 있다. 그러나 그것은 변화하는 시대에 맞춘 유행 따라가기가 된다는 점에서 브랜드에 따른 가치창출은 부분적 한계로 작용할 수밖에 없다. 그래서 지명도가 높은 일류 기업도 이미지 쇄신 차원에서 과감하게 이름을 바꾸어야 한다고 주장하였다. 그러면서 선거철만 되면 왜 정당들이 기존의 이름을 버리고 새 이름을 지으려고 하는 지를 설명했다.

첫 글이 나간 후 놀랄 만한 일이 일어났다. 내 글이 발표되고 나서 각계각층에서 전화가 자주 오는 것이었다. 물론 어려움을 호소하고 물질적인 도움을 달라는 전화도 있었지만 진지하게 창의성을 통한 경쟁력 키우기에 관심을 보이는 기업인들, 직장인들의 전화가 오고 있었던 것이다. 모두 어떻게 직장에서 창의력을 키울 수 있느냐가 전화의 내용이었다. 나는 마음속으로 울부짖으며 환호했다. 바로 이것이구나.

다음 날 평찬그룹의 홍보팀에 아침 일찍 출근했다. 이런 글을 연재한다는 것을 동료에게 말하지 않았다. 어차피 알 것이므로 그냥 말할까도 고민했지만 지금 말하는 것은 득(得)보다는 실(失)이 많을 것 같았다. 그런데 놀라운 일이 생겼다. 한 통의 메시지가 모든 사원에게 전달된 것이다.

"김순도 회장님의 말씀입니다. 우리 평찬그룹이 글로벌로 더욱 성장하기 위해서 이름을 바꾸려는 계획을 가지고 있습니다. 회장님께서 5년 전부터 생각했던 일입니다. 자세한 내용은 첨부한 파일을 읽어 주세요."

아무리 생각해도 절묘한 타임이었다. 우연의 일치이겠지만 내 원고가 어제 시사주간지에 나갔는데 오늘 김 회장은 평창그룹의 이름을 바꾸자고 결정한 것이다. 비서실이 김 회장의 결심을 전 사원에게 전한 문자 메시지였다. 나도 사실은 평찬그룹이라는 사명(社名)이 그다지 맘에 들지 않았었다. "단순하면서도 활동적이고 미래

지향적인 행복한 이미지의 사명이 필요한데"라는 생각을 지니고 있었다. 아파트 이름을 영어로 짓는 것도 나름대로 장점이 있지만 <경희궁의 아침>이라고 이름 지은 아파트를 보았을 때 받은 신선함은 지금도 잊을 수가 없었다. 이렇게 참신한 이름 하나가 주는 감동은 깊이가 있다. 그런데 이상한 일이었다. 내 눈이 문자 메신저의 상단의 사진에 멎은 것이었다. 문자 메시지의 사진에는 김서연(金西蓮)이라는 이름도 적혀 있었다. 그 여자의 얼굴은 어디서 본 듯한 매우 낯익은 모습이었다. 평찬그룹의 비서실에서 보낸 문자 메시지이기에 사진에 대한 설명은 없었지만 분명히 기억에 남는 얼굴이었다. 그러나 생각이 나지 않았다. 평찬그룹의 창문을 통해 저 멀리 팔각정이 눈에 보이자 내 머리에 섬광이 번쩍하고 들어왔다.

"그렇다! 울릉도 성인봉의 여행에서, 그렇지. 성인봉 중간쯤의 팔각정에서 눈을 맞으며 편지를 썼던, 그녀가 아닐까?"

내 가슴이 파도처럼 울렁거렸다. 그러나 한편으로는 얼굴이 비슷한 사람이 얼마나 많은데 그럴 리가 없다는 생각도 해봤다. 그러나 반대의 생각을 확실하게 끌어들여 '그럴 리가 없다'는 생각을 무너뜨리고 있었다. 요즘 여성들은 성형을 많이 하여 얼굴이 비슷할 것이라고도 억지로도 생각해봤다. 그것은 아닐 것이라고 생각했다. 울릉도의 그 여자는 그만큼 내 무의식적인 심리를 지배하고 있었다. 실제로는 생각이 나지 않아도 어떠한 계기만 되면 그녀가 선명한 영상으로 떠올랐다. 내 예민한 심리는 그동안 무의식적으로 그녀를 찾아 나섰으나 그 계기를 찾지 못하고 있었을 뿐이었다. 그러나 지금은 그녀의 얼굴과 유사한 사진을 보고 내적으로 왕성하게 커졌던 무의식적 심리에 찬란한 불을 붙였다. 그 사진은 하루 종일 그녀를 생각하여 나를 지배하게 만들었다. 나는 울릉도 여행 이후에 무의식적으로 그녀를 찾아 헤매고 있었던 것이다. 그때 울릉도 도동항 절벽 길에서 주운 하얀 머리핀이 생각났다. 그녀의 하얀 피부와 하얀 눈이 연상되어 하얀 머리핀으로 연결되었다. 나는 가방을 뒤져 지퍼를 열고 머리핀을 꺼내보았다. 은은한 향기가 머리핀에서 발동해 홍보팀 사무실을 가득 채웠다. 그러나 나는 호기심을 이기지 못했다. 문자 메시지의 회신 아이콘을 눌렀다. 그리고 물을 것이면 당당하게 물어보자고 생각했다. 사실이 아니면 그냥 그것뿐이라고 마음먹기로 했다. 나는 컴퓨터의 한글 자판을 떨리는 손가락으로 두드렸다.

"저를 기억하십니까? 울릉도 성인봉 올라가는 팔각정에서의 그 남자… 성인봉에서 만나기로 했는데… 눈이 많이 와서 만나지를 못했죠…"

나는 일부러 … 표시를 3번이나 넣었다. 짧은 글에 하고 싶은 얘기를 다 넣었던 것이다. 그녀를 향한 내 첫 문자 메시지는 이랬다. 떨리는 마음으로 회신 문자를 기다렸다.

"민준 씨, 오늘 어때요. 내가 기획한 의미의 중첩이란 광고의 콘셉트가 채택되어 우리 홍보팀의 힘든 일이 거의 마무리가 됐지요. 이미 회장님의 결재는 떨어졌어요. 내가 오늘은 한 잔 살게요."

김미나 씨가 슬며시 와서 하는 얘기였다. 나는 비서실의 그녀의 문자를 의식적으로 기다리고 있었다. 김미나 선배가 내 옆으로 다가오자 나는 노트북의 화면을 내렸다. 그러나 김 선배는 과감하게도 팔짱을 끼는 흉내를 했다.

"아니, 오늘은 미나 씨의 대화에 '호호호'가 빠졌네요?"

"아니 빠졌나요. 웃음은 나의 의식적인 대화의 장치예요. 난 민준 씨와 대화를 할 때만 사용하기로 했는걸요. 호호호."

"나도 미나 선배와 대화 때에는 호호호를 넣을까요?"

"그거 좋지요."

"알았습니다. 미나 씨!"

나와의 대화에서 미나 씨는 "호호호"를 사용했다. 연인 사이라면 그 사이를 입증하는 공식의 상징이라고 할 수 있다. 평찬그룹 홍보팀의 사무실은 개방적이며 열린 공간이었다. 심하면 말하면 놀면서 근무하고 근무하면서 놀았다. 그러나 회의 때만은 경직된 분위기였다. 나도 자신감을 얻었다. 나도 이제 미나 씨와 대화를 할 때는 "하하하"를 넣기로 했다. 그 말에 미나 씨는 고개를 빤히 들고 쳐다보았다. 그녀의 동그란 눈은 공감의 표시로 밝게 빛나고 있었다. 웃음을 그녀와의 대화에 항상 넣는다면 긍정적인 대화만 이루어질 것 같았다. 설령 오해가 있는 대화라 하더라도 대화의 마무리는 항상 "호호호" "하하하"로 이루어지니 오해는 즉시 풀린 것이나 마찬가지였다. 나는 어느새 미나 씨, 미나 선배 등으로 호칭이 바뀌고 있었다. 두 웃음 속에는 상황에 따른 특별한 의미가 내재돼 있었다. 사랑이 꿈틀거리며 솟아나고 있는 것이다. 고승들의 선문답(禪問答)에 해당하는 웃음이었다. 겉으로 볼 때는 대화의 내용과 관련이 없지만 속으로 중요한 두 사람만의 의미가 내재되어 있다. 또한 우리만의 이런 대화법은 서로에 대한 추임새, 격려에 해당한다. "슬픈 일이 있어도 내가 웃으니 너도 웃어야 돼"라는 의미가 되기도 한다. 이런 웃음 기법은 창의적인 발상에 속하는 대화법이다. 우리의 고전 문학의 시가나 민요에도 그 사례가 보인다. 후렴구, 조흥구가 그것이다.

"어긔야 어강됴리 아으 다롱디리." (정읍사)

"아으 動動 다리." (동동)

"위 증즐가 대평성대(太平聖代)." (가시리)

"얄리얄리 얄라셩 얄라리 얄라." (청산별곡)

"위 두어렁셩 두어렁셩 다링디리." (서경별곡)

"위 덩더둥셩." (사모곡)

"더러둥셩 다리러디러 다리러디러 더로거디러 다로러." (쌍화점)

"잘하고 저로 하네 에히요 산이가 자로 하네." (논매기 노래)

위 내용은 후렴구로 흥을 돋우기 위한 문학적 장치이다. 시가(詩歌)나 민요의 본문 내용과 긴밀한 관련은 없다. 후렴구(後斂句), 조흥구(助興句), 여음(餘音)의 구실을 한다. 미나 씨가 이런 문학적인 근거를 가지고 "호호호"라는 것을 생각했다면 대단하다고 생각했다. 나는 홍보팀의 사원이 있을 때는 주변의 눈을 의식하여 "김 선배" 또는 "미나 선배"라고 호칭했었다. 그러나 이제는 과감하게 "미나 씨"라고도 호칭했다. 사무실에서 과감한 변화가 나에게 필요한 시점이었다. 그렇다고 "미나 씨"라고 부른다고 하여 사귀는 것을 의미하지는 않았다. 그녀에 호감을 가지고 있는 정도였다. 이제는 미나 씨와의 사적인 대화에 쓰는 "씨" 자와 "하하하"를 사용하기로 했다. 그녀에 대한 순수한 애정의 표현이었다.

"미나 씨, 메신저로 문자를 보낸 비서실의 여직원은 누구인가요? 하하하."

내가 웃음으로 끝내는 대화법을 써보았다. 익숙하지 않아 좀 어색했으나 곧 자연스러울 것이라 생각했다.

"아니 그것은 왜 묻죠? 내가 여기 들어온 지 2년이 됐지만 잘은 몰라요. 김서연 씨는 회장님의 딸이라는 소문도 있고, 호호호."

"회장님의 딸!" 나는 순간 그녀의 웃음을 느끼지 못했다. 그럴 리가 없다고 생각했다. 그녀는 분명히 울릉도에서 포항에 있는 남자친구에게 편지를 보낸다고 했었다. 그 이야기는 울릉도에 산다는 이야기나 마찬가지가 아닌가? 아니면 울릉도가 고향이 아닌가? 나는 속으로 그때 여행의 생각의 끝을 잡고 있었다.

"그럴 리가 없겠지."

나는 혼자 중얼거렸다. 미나 씨와 함께 식당으로 갔다. 배식판을 들고 줄을 서서 기다리며 그녀에게 나직이 말했다.

"오늘 저녁 미나 씨가 술을 산다고 했으니 점심을 많이 먹으면 안 되지요."

"기대하셔도 좋아요. 저기 보이는 것이 있죠. 모두 우리 홍보팀에서 계획하여 발행한 것이죠. 저는 국문과를 나왔는데 편집하면서 글을 쓰는 것이 좋아요."

미나 씨는 저 쪽에 있는 신문 거치대를 얼굴로 가리켰다. 그곳에는 평찬그룹에서 발간하는 홍보용 책자들이 여러 권 꽂혀 있었다. 나는 밥을 먹을 때 신문과 책을 보는 습관이 있었다. 무심코 한권을 뽑아 음식이 담긴 배식판을 들고 미나 씨 옆자리로 갔다. 첫 장을 넘기자 김순도 회장의 인사말이 나왔다. 인사말은 으레 다른 사람이 써주는 것이 상례였기 때문에 평소에 즐겨 읽지는 않았다. 그런데 김순도 회장의 인사말의 첫 글이 눈을 사로잡았다.

"제 고향은 울릉도입니다. 겨울이면 눈이 많이 옵니다. 저는 어릴 적에 울릉도 앞바다의 보이지 않는 수평선 너머를 보면서 꿈과 이상을 키웠습니다. 철마다 휘몰아치는 울릉도 앞바다의 파도를 보면서 저에게 운명처럼 주어질 삶의 시련을 예상했습니다. 울릉도의 바다는 고향이기 이전에 내 삶의 현장이었습니다…"

나는 들었던 숟가락을 놓았다. 숟가락이 쇠로 된 배식판에 닿는 소리에 그녀가 놀라 쳐다보았다. 분명 울릉도 팔각정에서 그녀는 울릉도가 자신의 고향이라고 말했다. 이제 충격이 기쁨으로 바뀌고 있었다. 나는 점점 실체가 다가오고 있었다. 그녀를 머릿속의 영상으로 재생하여 떠올렸다. 눈을 맞으며 하얀 모자를 귀엽게 쓰고 추운 날씨에 편지를 쓰던 그녀! 김서연 씨! 그때는 이름을 몰랐었다. 그러나 평창그룹의 메신저에 찍힌 김서연이라는 이름은 성인봉을 기억하게 만들었다. 그날 저녁 나는 미나 씨와 카페로 향했다. 미나 씨는 맥주 두 잔은 한다고 말했다. 카페의 분위기가 미나씨의 붉은 볼과 잘 어울렸다.

"민준 씨에게 말하는 것인데요. 박 팀장이 나를 좋아하고 있어요. 집요하리만치 내 환심을 사기 위한 다양한 방법을 쓰기도 하고요. 이제는 제가 막다른 골목에 몰린 상태예요. 때로는 무섭기도 하고요. 호호호."

미나 씨는 자연스럽게 말했다. 그녀의 얼굴은 카페의 쏟아지는 빨간색과 하얀 전구에서 내뿜는 불빛을 받아 더욱 이목구비가 뚜렷하게 보였다. 한 마디로 미인이었다. 눈을 들자 그녀의 검은 빛의 눈동자가 남태평양의 아가씨처럼 정열적으로 보였다. 그녀는 맥주잔을 잡으며 말했다. 난 열심히 들어주었다.

"박 팀장의 집안은 우리 평찬그룹의 김 회장님과 먼 일가간이죠. 김순도 회장님이 박 팀장에게는 정신적 지주가 된다고 했어요. 박 팀장은 명문대 출신인데다가 집안도 부자고요…. 항상 저의 생활을 감시하는 듯해요. 남들은 뭐 나보고 고민할 필요가 있냐고 하지만 나는 부담이 되거든요. 호호호."

나는 대답 대신 병맥주를 따랐다. 이런 얘기에 호호호가 들어가도 될까 하고 생각했다. 박 팀장의 우월한 신분을 내세운 행동이 연상되었다. 박 팀장의 권력적인 이미지에 거부감이 들었다. 서로 이질적인 술과 잔이 살며시 부딪혔는데도 맥주는 거품을 만들어 고장난 분수처럼 품어 올렸다. 거품은 그녀가 잡은 맥주 컵의 한쪽 벽을 따라 지렁이처럼 흘러내렸다. 그것을 즐기듯 미나 씨는 거품을 쳐다보고 있었다.

나는 말할 필요성을 느꼈다.

"박 팀장은 집요하군요. 집요한 사람은 정신적으로 예민하거나 문제가 있는 사람인데 말이죠. 그래서 박 팀장이 하는 말은 거침이 없었군요. 하하하."

나는 어색하게 하하하를 덧붙였다. 냉정하게 말하면 미나 씨도 박 팀장이 크게 싫은 것은 아니었다. 내가 생각하기에 박 팀장이 자신을 좋아한다는 것을 미나 씨는 즐긴다는 느낌도 들었다. 그렇지 않고서는 나와 두 번째의 만남에서 박 팀장과의 비밀스런 얘기를 구체적으로 할 수는 없는 것이었다. 또 한편으로는 자신이 박 팀장과 같은 레벨이 높은 남자에게 인기가 있다는 것을 은연 중 드러내는 것이기도 했다. 나는 복잡하게 생각할 입장이 아니었다.

아직 김미나 씨와 무슨 연인 관계도 아니었다. 단순히 직장 선후배 사이인 것이다. 이런 생각이 왜 들었을까? 나는 웃음이 나왔다. 자꾸만 내 머릿속에 비서실의 김서연이라는 사람이 떠올랐다. 아직까지는 단정할 수는 없지만 그녀의 하얀 머리핀을 내가 가지고 있고, 성인봉의 하루 추억을 공유했기 때문에 미나 씨보다는 김서연가 떠올랐던 것이다. 하얀 눈과 그녀의 하얀 모자를 지금도 잊을 수 없다. 나의 상상의 공간에 찬란한 영상으로 김서연 씨가 편집되어 저장되었다. 나의 감각으로 내가 편집하여 내 상상 속에 저장한 라이브 동영상이다. 그것은 나에게 중요한 상상의 동영상 파일로 나의 최대의 자산이 될 것으로 확신하였다. 그러다 보니 주기적으로 내 머릿속에서 그 동영상을 플레이시켜 이미지로 영상화하였다. 김서연 씨의 중요성을 각인시켜야 하는 내 수고로움이 필요했다. 한편으로 수고로움에 상응하는 빛나는 희망을 얻게 되리라 생각했다. 나중에 그것은 사랑의 보증수표로 작용할 것이다. 믿음과 신뢰의 동력으로 표출되리라 확신했다.

나에게 회장의 딸이라는 입장은 차원이 다른 문제였다. 왜 내가 너무 앞서가는가? 자문해 보았다. 난 이미 그녀를 사랑하고 있는 것이다. 그런데 문제는 평찬그룹 회장의 딸이라는 것이 자꾸 마음에 걸렸다. 아무리 사랑이 중요하다고 해도, 신분의 차이는 삶의 시련과 고통을 예고하는 벽이었다. 물론 지금은 김서연 씨가 울릉도의 그녀라고 정확하게 밝혀지지는 않았다. 그녀가 김서연 씨일 가능성이 높기에 나는 여러 생각을 상상으로 해본 것이다. 이루어질 수 없는 신분의 벽이 존재하도 창의력을 지닌 사람이라면 극복이 가능하리라 생각했다. 나는 창의력을 연구하고 시사주간지에 그것을 연재까지 하고 있지 않은가.

"무얼 그리 생각하세요. 민준 씨는 혼자 중얼중얼 거리기도 하고, 상상하는 것을 좋아하는가 봐요? 난 그런 사람하고 대화하면 좋던데요. 시원한 맥주 한 잔을 받아요. 호호호."

그녀의 미소와 웃음이 새싹처럼 상큼했다. 그녀의 긴 머리는 검었고 머리를 들 때는 소리 없이 찰랑거렸다. 맥주잔이 하얀 색깔의 가늘고 긴 그녀의 손가락에 간신히 매달렸다. 입에 댈 때마다 맥주잔은 조금씩 흔들거리고 있었다. 카페 천장의 빨간 조명이 일방적으로 빛을 발산하고 여기에 흰색의 조명이 적절하게 융합하여 부드러움을 만들고 있었다. 색은 안정감과 은은함을 주었다.

"저에게 이미지 중첩이라는 소스를 준 것을 잊지 않을게요. 고마워요. 호호호."

나는 그녀와 유쾌하게 헤어졌다. "하하하!" "호호호!" 웃음소리가 귓가에 맴돌았다. 술도 즐길 줄 알고 지적으로 말하는 미나 씨는 평찬그룹의 홍보팀의 매력 덩어리였다. 홍보팀의 절반 이상의 일을 도맡는 것이나 마찬가지였다. 김 회장이 찬탄하는 히트작이 홍보팀에서 나올 때마다 박 팀장은 이것을 구실로 미나 씨에게 식사와 술을 샀었다. 박 팀장은 술을 먹으면 "미나 씨는 나의 존재 이유입니다. 이 말의 의미를 깊이 새겨주시면 좋겠습니다" 란 말을 흘리곤 했었다.

나는 아차 싶었다. 그동안 한 달은 내가 중심을 잃고 직장의 분위기에 따라 생활했었다. 물론 신입사원이라면 이런 저런 일에 얼굴을 내밀어 분위기를 익혀야 했었다. 하지만 나에게는 목표가 있었다. 무엇보다도 창의성 계발이라는 전문성을 키워야 했다. 마음을 독하게 먹었다. 어떤 CEO는 직장의 성공 사례로 인간관계의 중요성을 강조한다. 서로 끌어주고 도움을 주고받는 사이가 되어야 승진을 할 수 있다는 논리였다. 또는 사석에서 내가 최선을 다하여 "상대를 아주 미안하게 만들어라"라고 말하기도 한다는 것이다. 너무 노골적이었다. 아부의 극치로 무엇을 어떻게 가져다 받쳤기에 상대방이 미안하게 느낄 정도인가?

나는 생각해 보았다. 한국의 사회에서는 그런 식으로 처세하여 승진할 수는 있을 것이다. 그러나 삶의 질을 떨어뜨리고 직장의 수명이 짧을 것이다. 오늘날 창의력이 경쟁력인 시대에는 자신의 전문성이 승진의 핵심으로 떠오른다. 전문성을 바탕으로 승진한 사원이 사람의 질을 높이고 직장의 수명을 길다는 것은 자명하다. 전문성을 가진 사원은 외부의 압력에도 능동적으로 대처할 수 있다. 특히 경제 상황의 악화로 자신이 구조조정의 대상이 될 때도 그 전문성이 자신의 직책을 유지하는 최신의 무기가 된다. 바로 자신만의 전문성이 생명력이 길고 보람을 느끼는 동력이 되는 것이다.

나는 한 달의 모든 저녁 시간은 도서관에서 지내기로 했다. 창의력 연구에 몰입하기로 한 것이다. 그 결과물을 시사주간지에 연재하는 것이다. 격주로 연재하는 입장에서 나는 보낼 때마다 한 번에 4편을 보냈다. 두 달의 분량의 원고가 된다. 그것도 2일 동안의 밤을 몰아쳐서 쓴 결과물이었다. 그 방법으로는 책을 통해 또는 신문의 칼럼을 통해 이슈의 핵심 소스를 찾아냈다. 그것은 내 글 속에 인용되어 제시됐다. 그것을 오늘날 현실과 창의적으로 관련 지어 적용을 하고 활용도를 찾아냈다. 세상에 완전 100% 새로운 글은 없다고 생각했다. 특히 다양한 책을 읽으면서 서로 다른 내용을 통합하고 융합하는 데서 창의성을 찾아낼 수 있었다. 창의력은 프리즘(prism)을 통한 스펙트럼(spectrum)의 결과이다.

오늘 저녁도 신문 칼럼의 일부 내용을 인용하여 한 편을 글을 완성했다. 신문 칼럼은 다양한 내용과 다양한 형식, 독특한 발상을 엿볼 수 있는 글쓰기의 보고(寶庫)이다. 나는 좋은 글을 찾아 읽어봤다. 초등학교 시절 소풍에서 나무가 무성한 산 속의 보물찾기에 성공한 기분이었다. 그 칼럼 내용을 일부로 하여 제목을 붙였다. <비빔밥과 창의성은 섞여야 제 맛!>이라고 붙이니 제목이 근사했다. 내가 쓴 내용을 읽어보았다. 입가에 미소를 머금었다.

"대부분의 사람들은 자신의 적성을 바탕으로 진로를 선택하기를 원한다. 국어를 좋아하기에 시인이 되고 출판사에 취직해야 한다는 식이다. 틀린 말은 아니다. 상식적으로 당연하다. 주변에서는 "법관은 냉철하고 논리적인 사람이 해야 적성에 맞아 보람을 느낀다"라는 말을 많이 한다. 역시 틀린 말이 아니다. 그런데 우리가 이런 말에 식상함을 느끼는 것은 왜 일까? 너무 당연한 상식이기 때문에 그럴까? 우리는 이런 상식을 과감히 떨치고 나와야 자신만의 창의적 사고에 도달할 수 있다."

다음은 일간지에 나온 최재천 교수의 칼럼 내용이다.

"얼마 전 세계적으로 유명한 전자회사의 부장님이 내 연구실을 찾아왔다. 초콜릿폰이며 슬림슬라이드폰 등을 만들어내고 있지만 휴대폰은 이미 약간의 디자인 경쟁을 제외하곤 한계점에 도달했다는 것이다. 그래서 까치, 말벌, 귀뚜라미, 소금쟁이 등 동물의 의사소통 메커니즘을 연구하고 있는 우리 연구진과 브레인스토밍 회의를 제안했다. 그러다 보면 전혀 새로운 개념의 휴대폰을 개발할 수 있을지 모른다는 생각에 돈 버는 일과는 거리가 멀어 보이는 생물학자를 찾아온 것이다. 그는 신입사원 면접에서 내 연구실 출신의 학생을 만나면서 이런 생각을 하게 되었다고 했다. 동물의 행동과 생태나 연구하던 사람이 전자회사에 와서 뭘 할 수 있겠느냐는 그의 의도적으로 삐딱한 질문에 내 학생은 다음과 같이 답했다고 한다. "전자공학만 공부한 사람을 수백 명 모아놓아 본들 그 머리들에서 나오는 아이디어란 다 고만고만할 것입니다. 강화도 갯벌에서 흰발농게 수컷이 집게발을 흔들며 암컷을 유혹하는 행동을 연구한 저 같은 사람의 머리에서 잘못하면 대박 칠 아이디어가 나올지도 모르죠" 그럼에도 불구하고 그 학생을 경쟁회사에 빼앗긴 그는 아예 그를 길러낸 연구실을 찾기로 한 것이다."

이 글은 창의적 사고에 대한 시사점을 준다. 갯벌의 게(蟹) 연구를 한 사람이 전자회사에 지원했다는 건 일견 엉뚱한 행동으로 보일 수 있다. 그러나 우리는 생물학과 전자회사 사이의 예전엔 생각지 못했던 관련성에 수긍이 간다. 즉, 강화도 갯벌에서 '흰발농게 수컷이 집게발을 흔들며 암컷을 유혹하는 행동', '휴대전화를 들고 남자가 여자를 유혹하는 행위' 등과 관련지어 흰발농게 수컷에서 휴대전화의 참신한 아이디어를 이끌어낼 수 있다는 주장이다. 실로 창의적인 생각이다. 전자회사에 생물학도가 들어가 전혀 다른 방향에서 평소 생각지 않았던 아이디어를 탄생시킬 수 있겠다는 생각이 든다. 공학도와 생물학도가 섞여 만들어낸 창의력이다. 인간은 기계를 만들 때 인간의 신체와 자연을 많이 모방했다.

사람의 구부러진 손가락이 갈고리가 되고 손바닥의 움푹 파인 곳은 그릇이 됐다. 또한 가시덤불에서 철조망을, 동물의 털에 들러붙어 먼 곳으로 이동하도록 진화한 식물의 씨를 흉내 내 찍찍이라는 상품을 탄생시켰다. 모두 인간과 자연의 비슷한 특성이 섞여 탄생한 창의력의 산물들이다. 하지만 이제는 전혀 상관없어 보이는 곳에서 창의성을 이끌어내 대박 상품을 터뜨리기도 한다. 에스키모인들에게 냉장고를 파는 방법을 생각해보자. 상식적으로 생각하면 에스키모인들이 사는 곳은 너무 춥기 때문에 냉장고를 팔 수 없다. 그러나 냉장고가 갖는 특성과 에스키모인의 특성을 융합하면 냉장고를 거뜬히 팔 수 있는 실마리가 보인다. 에스키모인들에게 "냉장고에 음식을 넣어두면 딱딱하게 얼지 않습니다"라는 내용으로 설득해보면 어떨까? 오히려 반대의 경우에서 이끌어낸 창의성이다. 에스키모라는 자연인에 냉장고라는 공학이 융합해 탄생한 것이 에스키모 냉장고이다. 이제는 하나가 아니라 여럿을 섞어야 창의적 발상을 발휘할 수 있는 시대다. 불가능한 상황을 뒤집어 가능케 하는 마력도 창의성에 달려 있다.

최재천 교수는 말한다. "섞여야 아름답고, 섞여야 강해지고, 섞여야 살아남는다. 학계와 기업 그리고 사회가 함께 섞여야 한다. 이런 거대한 변화의 선봉에 일찍이 비빔밥을 개발한 우리 민족의 모습이 보인다."라고. 비빔밥은 여러 재료가 들어가기에 여러 맛을 낼 수 있다. 한 가지 재료를 중심으로 만들면 그 재료를 좋아하는 사람만 먹을 수 있다. 이제는 환원주의가 끝나고 통섭의 시대가 오고 있다. 이제 각 분야의 사람들도 창의성을 키우기 위해 통섭(convergence)의 관점이 필요하다.

나는 울릉도 여행의 창신여관을 회상했다. 거기서 구상한 창의성을 떠올렸다. 그 내용을 다양한 관점에서 정리하기 시작했다. 창의성을 키우는 글로 좋다고 생각했기 때문이었다. 그때의 여행 가방을 뒤적여 그때의 노트를 찾아냈다. 아직도 여행 가방에서 꺼내지 않고 그대로 두었다는 사실에 공기가 빠지는 풍선처럼 헛웃음이 나왔다. 나는 사물을 완벽하게 정리하는 성격이 아니다. 생각나는 대로 이곳저곳에 던져두듯이 밀쳐두었다. 정확히 말하면 그때 그때 아무 곳에 놓아두었다가 필요할 때 다시 그때를 생각하여 찾는 식이었다. 어떨 때는 그 자료의 위치가 어렴풋이 생각은 나는데 어디에 있는지 생각이 안 나 몇 시간을 소비한 적이 있었다. 몇 시간을 강박적으로 찾았던 일을 떠올렸다. 중요하지 않은 자료인데도 쉽게 휴지통에 버리지 못하기도 한다. 그러면서도 자주 확인해야 하는 강박이었다. 이것은 나를 피곤하게 만들었다. 강박이란 스스로 문제가 있다는 것을 자신이 알고 있다던가. 그러나 오늘은 울릉도에서 구상한 내용이 적힌 노트를 가볍게 찾자 헛웃음으로 나온 것이다. 뭔가 인연인가 싶었다. 그 노트를 읽어보니 이런 저런 내용이 깨알같이 적혀 있었다. 치열한 논리로 쓴 내용이나 사례를 들어가면서 한 문장, 한 문장으로 이어진 것이었다. 물론 완성된 글은 아니었다. 대상에 대한 사유의 언저리를 적은 대강의 글이었다. 여러 생각을 아우트라인으로 정리한 형식의 글이 된 상태였다.

혼자 읽을 수는 있는 글이었다. 신문사에 보낼 정도의 완성된 글은 아니었다. 그것을 이슈와 관련지어 논리적으로 정리하기로 했다. 나는 한 문장, 한 어휘를 뽑아놓고 철저히 고민했다. 특히 울릉도 성인봉의 겨울의 느낌을 살리기 위해 눈 속에 가려진 성인봉 원시림의 고독을 한가득 떠올렸다. 울릉도의 성인봉의 겨울은 글의 내용과는 관련이 없는 것이지만 글을 다듬기 위한 심리적인 토양이 돼 주었다. 길고 가는 내 손이 재빨리 움직였다. 시사주간지에 기고할 울릉도 창신여관에서 구상한 내용이 한 문장 한 문장 완성되어 갔다. 한편의 글을 완성한 후 서론 부분을 읽어보았다.

"현대인들에게 월드컵 축구가 갖는 문제점에 대해 질문을 던져보면 어떠한 대답이 나올까? 이어서 개선점도 물어본다면? 하지만 사람들의 답변은 매스컴을 통해 익히 알려진 내용의 수준을 넘어서지 못할 것이다. 지난 6월 한 달간 우리 사회를 잠 못 들게 했던 독일월드컵 열풍도 이제 잠잠해졌다. 월드컵 열풍은, 우리 팀의 16강 진출이 좌절되기 전까지는 북한의 미사일 시험발사라는 엄청난 일조차도 그 그늘에 묻혀 있었을 정도로 대단했다. 창의력을 키우려는 취업 준비생들도 이제 월드컵 대회가 가져온 명암(明暗)과, 축구라는 스포츠 자체의 의미를 정리해볼 필요가 있을 것이다."

글은 울릉도의 추억을 담고 있었다. 나는 이 글 말고도 3편을 더 완성하여 총 4편이 된 것이다. 나는 신문사에 연재로 기고할 때는 총 4편씩을 한 번에 모두 보내기로 결정했었다. 나의 글쓰기의 전문성을 인정받는 계기는 이런 방식이라고 생각했다. 글의 주제에 따른 내용의 창의성이 중요하지만 그보다는 글쓰기에 대한 열정을 먼저 보여주고 싶었다. 아직까지는 우리나라에서 내가 유명한 필자가 아닌 이상 다른 필자와의 차별성을 분명히 보여주어야 했다. 그 과정은 동굴 속의 부엉이처럼 무척 외롭고 고독했다. 삭막한 글 속에 독특한 나무를 심는 것, 비바람에 시달리는 나무에 물과 거름을 주어 잘 가꾸는 것, 그것이 하늘을 찌르는 거목으로 커가는 과정이 글 속에 내재돼 있다. 그 출발점에 어린 나무를 심는 열정을 보여주고 싶었다. 내가 개발한 물과 거름을 듬뿍 주는 것이었다. 열정은 글쓰기의 화학비료가 아니라 영양분이 넘치는 유기농의 거름이었다.

4편의 글을 편집장에게 메일로 보냈다. 시사주간지 편집장은 약간 당황했을 것이라 생각했다. 연재를 해본 적이 없는 나에게 원고의 지속성에 의문도 가졌을 것이다. 그러나 처음 만났을 때 편집장은 깊은 동굴에서 울리는 목소리를 지니고 있었다. 나를 신뢰와 믿음으로 대하는 느낌이었다. 그때의 대화가 떠올랐다.

"매주 연재한다는 것이 굉장히 힘든 일이지요. 나중에는 편집기자의 독촉에 도망가 버리는 필자도 생깁니다."

"아니, 필자가 도망을 간다니요?"

"아예 전화를 받지 않으려고 휴대폰을 꺼버리는 거죠. 소위 전문 필자라 하면 10편의 글을 연재할 능력이 있어야 합니다."

나는 눈을 감고 그때를 회상하였다.

"아! 인지도가 없는 나에게 천금의 연재의 기회를 주시다니! 정말 편집장은 창의력이 있는 분이다. 다른 평범한 편집장 같으면 연재 안전 제일주의로 가서 유명 필자를 섭외했을 것이다. 인지도가 낮은 필자를 쓸 경우는 모든 것이 걱정이 되기 때문이다."

그러나 내 원고를 받는 시사주간지 편집장도 아무런 안전장치 없이 나를 필자로 선정한 것은 아니었다. 우선 그는 나의 다음 카페의 인터넷 논술 사이트를 주목했다. 이곳에서 내 열정을 발견한 것이다. 논술이란 말 그대로 신문사에 기고하는 내용의 형식과 흡사한 글쓰기 방식이다. 많은 메뉴판과 그 속에서 살아 움직이며 숨 쉬는 글들이 내 열정을 대변했으리라.

"어떻게 그 많은 자료를 축적했습니까? 놀랍습니다"라고 했던 편집장의 말이 그것을 증명했을 것이다. 또한 처음 만났을 때 30분에 걸친 나와의 대화가 식사를 하면서 이루어졌었다. 그때 내 글쓰기에 대한 열정은 내가 목소리를 높인 높이에서 증명했다. 부정적으로 말하면 무엇에 미친 사람처럼 보였을 것이고 긍정적으로 말하면 열정으로 보일 높은 목소리의 톤이었다. 돌아올 때 전철의 규칙적인 소리가 내 불안한 마음을 후려쳤다. 편집장의 호감 있는 모습은 아직까지 지워지지 않고 머릿속에 떠올랐다. 그는 내 출신 대학도 묻지 않았다. 그 날에 보인 아마추어적인 나의 모든 것을 그 시사주간지의 편집장은 열정 하나로 수용해주었다. 금방 편집장의 메일 답장이 왔다. 이렇게 빨리 4편을 만들어 보낼 줄 몰랐다는 것이다. 나는 깊숙이 생각했다. 자신만이 즐기는 대상을 만들어 그것에 열정을 퍼부어야 한다. 열정을 가지고 즐기는 자는 당할 수 없다고 수없이 생각했다.

평찬그룹의 홍보팀은 김 회장의 지시를 받아 바쁘게 돌아갔다. 그룹의 이름을 바꾸기로 한 일이 우리를 바쁘게 만들었다. 다른 부서도 마찬가지지만 홍보팀의 특성상 좋은 아이디어가 많으리라 생각하기기에 그만큼 부담감도 느꼈다. 홍보팀은 자사내의 창의력 계발팀과도 항상 경쟁관계에 있었다. 창의력 계발팀이 항상 선두의 길을 치고 나왔었다. 그 결과 김순도 회장은 홍보팀보다는 창의력 계발팀을 평찬그룹의 싱크 탱크(think tank)로 생각하고 있었다. 나는 홍보팀의 일원으로 이런 경쟁에 뛰어들어 적극 참여하기로 했다. 그룹의 이름은 쉽고 단순하며 친근하고 흥겨운 이미지를 주면서도 우리의 전통과 관련되면 좋으리라고 나는 생각했다. 우리의 전통은 선조들로부터 부여받은 우리들의 유전자 속에 들어있는 것이기에 좋은 것만 찾아내면 감동을 일으켜 히트하리라 생각했다. 그것에 몰입하여 고민을 하고 있던 중에 시골의 아버지께서 찾아왔다.

경쟁, 위암 말기, 아버지

화요일이었다. 아버지께서는 시골의 초등학교에서 30여 년 간 교사 생활을 하고 교장으로 정년 은퇴한 분이셨다. 서울역에서 마중한 나는 무척 마른 아버지의 모습에 순간 의아하게 생각했다. 나이를 드셨어도 평소 85Kg의 체중을 유지하시던 아버지께서 저녁의 어슴푸레한 햇빛 속에 얼굴이 창백한 모습으로 보였다. 나는 순간적으로 나이를 먹으면 살이 조금씩 빠져야 건강에 좋다는 어느 의사의 말을 떠올렸다. 손에는 나에게 줄 조그만 보따리가 두 개 들려 있었다.

"아니! 이것을 왜 가져오셔요. 힘이 많이 드실 텐데요."

내가 이런 말을 했지만 아버지께서는 빙그레 웃기만 하셨다.

"민준아! 요즘 내가 위장이 쓰릴 때가 있다. 어떨 때는 위장이 너무 아프기도 하지. 가능하면 내일 병원에 좀 같이 가봐야겠다. 네가 바쁘면 내가 혼자 가도 되고."

나는 의아하게 생각했다. 평소 워낙 건강하셔서 병원을 몰랐던 아버지이셨다. 그러나 난 홍보팀에서 평창그룹 이름 변경에 대한 일이 많았다. 아버지께서 거동에는 불편이 없었기에 다음 날 아버지께서 혼자 병원에 가시고 나는 평창그룹으로 출근했다. 나의 머릿속에는 평창그룹을 대체할 이름을 생각하는 데 여념이 없었다. 아버지에 대한 생각은 사라지고 여러 이름을 무작위로 떠올리고 각각의 대상에 독창적인 의미 창출에 집중했다. 그러다가 여러 개의 이름 중에서 한 이름을 선택하여 그 의미를 시대성과 관련지어 깊이 생각해보았다. 그 의미에 상징성을 덧붙이고 비전을 넣어 나름대로 구상을 했다. 그대 휴대폰이 울렸다. 홍보팀의 책상에 앉아서도 그 생각에 몰입하고 있을 때였다. 오전 10시 30분쯤이었다.

"이민준 씨 되시나요? 여기 병원인데요. 지금 빨리 와주셨으면 합니다."

여자의 사무적인 목소리였다. 그런데 지금 빨리 라는 말이 가슴에 날아와 박혔다. "무슨 일이라도 일어난 것일까?" 이런 생각을 하며 급히 전철로 병원에 갔다. 가는 내내 불길한 생각이 엄습해왔다. 병원 2층의 대기 의자에서 아버지를 뵈었다.

"민준아, 이제는 후련하다. 위궤양이라고 하더구나. 위내시경까지 해봤는데 크게 걱정할 것은 아니라고 의사 선생님이 말씀하셨지. 그동안 위내시경을 굉장히 두려워했는데 이제는 모두 마치니 후련하다."

아버지께서는 웃으며 말했다. 나는 우선 의사를 만나야겠다고 생각했다. 의사는 긴장 한 채로 나에게 말했다.

"너무 늦었습니다. 위암 4기입니다. 이곳을 보십시오."

의사는 컴퓨터의 촬영 사진을 보여주었다. 나는 머리가 혼란스러워졌다. 의사의 말이 침착하게 이어졌다.

"위벽이 이렇게 두꺼워져 있습니다. 두꺼워진 부분이 암세포가 되죠. 정상적인 위벽은 여기입니다. 이렇게 두께가 얇잖아요."

나는 순간적으로 말했다.

"위암 말기면 아버지의 남은 생존기간은 얼마나 됩니까?"

"길어야 7개월입니다. 수술도 큰 효과를 볼 수 있을지 의문입니다. 워낙 위암이 말기라서요."

나는 정신이 아득했다. 무슨 말을 어떻게 의사에게 물어보아야 할지 몰랐다. 그때 간호사들이 진찰실을 들락거리며 눈치를 주었다. 기다리는 환자들이 많으니 빨리 말을 마치고 나가달라는 것이었다. 그때 드르륵 드르륵 하고 휴대폰이 울렸다.

"빨리 홍보실로 오기바랍니다. 마지막 회의입니다."

나는 당황했다. 오늘이 평찬그룹의 이름 변경 건에 대한 홍보팀의 마지막 회의라는 것을 잊고 있었다.

"아버지, 위궤양이 좀 심해진 모양입니다. 걱정을 하지 않으셔도 된답니다. 집에 가 계시면 저녁에 제가 가겠습니다."

나는 아버지의 위암을 숨기고 위궤양으로 둘러댔다. 울릉도 성인봉 원시림에 가는 여객선에서 꿈을 꾸었던 아버지의 위암이 현실이 되는 순간이었다. 나는 정신이 혼란스러웠다. 그때의 구토가 나올 정도로 위가 메스꺼워지고 있었다.

"아! 불쌍하신 아버님, 제가 꼭 위암을 낫게 해드리겠습니다."

내 눈에는 눈물이 어렸다. 홍보실에 도착해서도 정신이 없었다.

사안이 사안인 만큼 박시준 팀장은 긴장해 있었다. 이번에 우리 홍보팀에서 제시한 그룹의 이름이 채택될 경우는 박 팀장의 앞길은 탄탄대로가 아니라 고속도로라고 해도 과언이 아니다. 여러 후보 이름들이 등장했다. 그 중에서 박 팀장은 굿마운틴(Good Mountain)을 제시했다. 그러면서 은연중에 이 그룹명이 홍보팀의 대표 그룹명이 되기를 바랐다. 우선 영어로 만들어서 국제 감각을 넣고 여기에 단순성과 친근한 이미지를 쉽게 전달하려는 것이라는 박 팀장의 설명이 구체적으로 덧붙여졌다. 그러면서 요즘 세계의 고봉들이 등산가에 의해 정복되는 상황에서 굿마운틴 그룹(Good Mountain)은 세계인들이 많이 익숙해져 있어 좋다고 말했다. 그러나 이니셜로 할 경우에는 GM이 되기 때문에 미국의 자동차 회사와 이미지가 겹쳐서 혼란이 예상되기에 굿마운틴(Good Mountain)을 모두 써야 한다고 강하게 말했다. 나는 나대로 생각하는 것이 있으나 입사한 지 1년이 안 된 상황에서 나의 의견을 강하게 낸다는 것은 이런 닫힌 회의 분위기에서는 어림도 없다고 생각했다. 무엇보다도 박 팀장의 아집과 만용이 문제였다. 그는 가장 중요한 회의에서는 자신의 아이디어가 채택되도록 교묘하게 꾸몄다.

그러나 내 생각은 달랐다. 평찬그룹을 대체할 이름이 굿마운틴 그룹이어서는 안 된다는 생각을 하고 있었다. 무엇보다도 김순도 회장이 강조한 우리의 고유 전통과 관련이 되지 않았다. 우리의 전통의 혼과 이미지가 연결이 되지 않았다. 아무리 생각해도 굿마운틴 그룹 이름이 소비자들에게 친근할지언정 참신하게는 전달되지 않을 것이라 생각했다. 그런 나의 생각을 예상이라도 한 듯 박 팀장은 말했다.

"다른 의견 없습니까?"

"……"

"그럼 우리 홍보팀은 후보 이름으로 굿마운틴 그룹을 제시하겠습니다."

박 팀장은 서둘러 굿마운틴 그룹으로 확정했다. 그리고 급하게 서둘러 회의를 끝냈다. 다른 부원들도 이미 체념한 듯 그대로 의자에 앉은 채 볼펜만 만지작거렸다. 김미나 선배는 이미 이런 일을 예상이라도 했던 듯 오후 6시가 되자 핸드백을 챙기고 있었다. 그동안 박 팀장의 독재에 말은 못했지만 은연중 불만을 드러내는 분위기였다.

"창의력 계발팀에서는 어떤 이름이 후보로 나왔을까?"

나는 속으로 생각해 보았다. 굿마운틴 그룹과 같은 이름은 아니겠지. 내가 회사를 나왔을 땐 이제는 파란 나뭇잎이 흔들거리는 초여름이 되고 있었다. 바람은 순한 양처럼 잔잔했다. 가끔 끈적거리는 바람이 피부에 와 닿을 때는 박 팀장의 회의 때가 떠올라 불쾌감마저 느꼈다.

"민준 씨, 우리 한 잔 할래요. 호호호."

미나 선배의 말이 바람결에 들렸다. 나는 뒤를 돌아보지 않고도 "호호호" 웃음을 통해 말의 주인공이 김미나 선배라는 것을 알아차렸다. 나는 뒤를 돌아보고 말했다. 미나 씨의 얼굴이 어두웠으나 이목구비만은 뚜렷하게 보였다.

"오늘 오전에 아버지께서 진찰을 받았는데요. 위암이라고 합니다. 그것도 4기인 말기요."

나는 힘없이 말했다. 미나 선배와의 대화의 말끝에 붙여 사용하던 "하하하"를 뺀 상태였다. 미나 선배는 깜짝 놀라면서 눈을 크게 뜨고 나를 바라보았다.

"어머, 큰일이네요. 지금 연세가 어떻게 되시는데요?"

"호적상으로는 73세입니다. 실제 나이로는 74세죠."

나는 아버지가 가엾어졌다. 시골의 초등학교에서 교사로 근무하시면서 집에 돌아오면 농사일만 하시던 아버지! 순수한 마음으로만 살아오신 아버지께서 왜 그런 암이라는 악질에 걸렸을까? 하늘이 원망스러웠다. 하늘을 쳐다보는 사이 눈물이 흘렀다.

"수술은 하셔야 하는 것 아녜요? 아무리 위암 말기라도 수술을 하시면 나중에 통증을 줄일 수 있다고 하던데요. 통증이 없다는 것만으로도 얼마예요. 해도 후회 안 해도 후회라면 수술을 하시는 것이 좋아요."

미나 선배의 말은 단호했다. 결단성이 있어 보였다. 자신감이 차 있었다.

"오늘은 쓸쓸한 날이군요. 회사에서도, 아버지 때문에도 우울함이 생깁니다. 미나 선배님, 오늘은 먼저 들어가 봐야겠네요. 술을 먹을 기분이 아닌 것을 이해바랍니다."

나는 전철의 입구로 천천히 들어섰다. 전철이 빨간 불을 달고 저만치서 들어서고 있었다. 내 눈물에 가려 전철 불빛이 흐려지다 타원형으로 늘어져 보이기도 했다. 마치 뜨거운 더위에 늘어진 지네처럼 보였다. 이때 휴대폰의 소리가 드르륵 하고 울렸다. 미나 선배가 보낸 문자였다.

"저도 아버지를 같이 간호해도 될까요? 지금 답장을 주면 좋겠습니다."

전혀 의외의 내용이었다. 아직 연인 사이도 아니면서 이런 얘기가 나온다는 것은 누가 보기에도 상식에서 어긋난 것이었다. 한 편으로는 부담스러운 것만은 분명했다. 내 마음속에는 비서실에 근무하는 서연 씨가 있었다. 아직 서연 씨와는 이런 저런 얘기는 못했으나 마음속의 연인으로 자리 잡고 있었다. 정확히 말해서 서연 씨가 울릉도 성인봉 입구에서 만난 그녀라고는 확인을 하지 않았다. 막연하게나마 확신을 갖는 정도였다. 다시 미나 씨로부터 문자가 왔다.

"제가 마음에 안 드나요? 혹시 서연 씨 때문에 그런 것이 아닌가요? 제가 아는 비밀을 말할게요."

미나 씨가 보낸 문자는 나를 더 궁금하게 만들었다. 나는 즉시 문자를 보냈다.

"지금 당장 그곳에서 만나자고."

생맥주 집은 사람들로 웅성거렸다. 위에 매달린 불빛이 안개처럼 테이블로 아스라이 쏟아지고 있었다.

"민준 씨, 오늘은 내가 선배도 아니고 여자로서 말하는 거예요." 나는 고개를 들었다. 맥주의 하얀 거품이 미나 씨의 입술에 약간 묻어있었다.

"서연 씨의 애인이 박 팀장입니다. 금년 2월에 울릉도에 같이 여행을 했다고 들었어요. 제가 왜 그런 비밀을 잘 아는지 궁금하죠?"

나는 그녀를 쳐다보았다. 맥주를 반 컵 마신 후였다. 그녀는 눈을 동그랗게 떴다. 나를 집중하여 쳐다보고 있었다.

"박 팀장은 나와 서연 씨 두 여자를 좋아했습니다. 사적으로 만난 박 팀장은 완전 매력 덩어리죠. 회사에서 볼 때는 다른 사원들이 독재자니 뭐니 말을 하지만 개인적으로는 최고의 매너를 갖춘 분입니다." 어느새 미나 씨는 박 팀장을 '분'으로 호칭을 하고 있었다. 미나 씨의 말은 존경의 빛을 내뿜고 있었다. 어느 샌가 그녀의 "호호호"가 나와의 대화 속에 빠져 있었다. 그녀는 자신의 집안 배경은 별로인데 서연 씨는 평창그룹 회장님의 딸이라는 것이 큰 차이라고 말했다. 그 차이는 바로 신분의 차이임을 드러내고 있었다. 조선시대나 존재하던 그것이 현대에도 다른 명칭으로 아직도 유효하고 있었다. 미나 씨는 맥주 한 잔을 힘없이 들이켰다.

"내가 그동안 겉으로는 표현을 안 했지만 분명 박 팀장은 그것을 결혼의 조건으로 보고 있어요. 연애와 결혼은 다르다는 것입니다. 박 팀장의 아버님은 판사입니다. 아주 지적이면서 논리적이죠. 그러면서 어머님은 대학교수입니다. 그것도 명문대학의 영문학과 교수이다 보니 한국의 상류층의 대표적이랄 수 있습니다. 거기다가…"

미나 씨의 말을 끝까지 들어주고 싶었다. 아버지를 병간호를 해주겠다는 미나 씨의 말은 나와 연애를 염두에 둔 말일 수도 있기에 무엇인가 중요한 말을 하리라고 생각했다. 물론 이런 내 생각이 한참 앞서간 것일 수도 있다. 그러나 오늘 이 순간만큼은 나도 착각을 하고 싶었다. 깊은 수렁에 빠져서 나오려고 필사적으로 노력하는 것이 아니라 목적이 없이 방향을 잃고 뻘 속에서 그저 허우적거리고 싶었던 것이다. 나의 의식 속에는 "아니 아버지께서 7개월밖에 못 사신다니!" 이런 생각이 머리에 꽉 차 있었다. 미나 씨는 말을 이었다.

"박 팀장의 동생은 의사죠. 요즘 가장 인기가 있는 성형외과 의사." 나는 미나 씨 말의 중간에 끼어들 필요성을 느꼈다. 그러나 참기로 했다. 미나 씨의 하소연과 넋두리는 묘하게도 동정심을 유발시키고 있었다. 구 팀장이라는 강력한 상대와의 연애 얘기는 비에 젖은 한 마리의 가냘픈 새의 모습을 보여주고 있었다. 미나 씨의 말은 나와 심리적으로 동화되는 점이 많았다. 나는 시골에 고향을 두고 있고 아버지께서 시한부 인생을 선고받은 상태에서 그녀의 말은 내 가슴을 깊숙이 파고들었다. 신분 차이에서 오는 그녀의 안타까움이 내게 몰려들었다.

"나에게도 술 한 잔 주시겠어요?"

나는 고개를 숙인 채 말했다. 맥주는 시원한 맛에 먹는다는데 오늘은 그렇지 못했다. 느끼하면서도 비릿한 그런 느낌이었다. 어촌의 장마철 빨랫줄에 매달려 말라가는 가오리의 냄새와 같았다. 그것이 초여름 바람을 타고 이곳 생맥줏집까지 찾아와 내 후각을 철저히 점령하고 있었다. 나는 머리를 흔들었다. 흐릿한 그녀의 모습이 비쳤다. 술에 약간 취했어도 그녀의 말은 명료하게 들리고 있었다. 그녀는 자신이 28세, 서연 씨가 26세라는 것도 말했다. 박 팀장을 미나 자신도 좋아했었다고 고백을 하였는데, 2월에 둘이 울릉도에 여행을 계획한 것을 알고 박 팀장을 잊어야겠다고 생각을 했다고도 말했다. 그녀는 술에 많이 취해 있었다. 그러나 그녀의 말은 명료했다.

"박 팀장은 양다리를 걸친 것이죠. 만약 회장님의 딸인 김서연 씨가 자신의 결혼 상대가 안 될 경우에 대비한 상대가 바로 나라는 것 아닙니까. 나는 꿩 대신에 닭이 되겠죠. 호호호."

미나 씨는 "호호호"라는 웃음을 대화의 마지막에 달았다. 드디어 그녀는 나와의 대화 약속에 들어서고 있었다. 이것은 그녀가 심리적인 안정 상태를 찾았다는 것을 의미했다. 그녀는 갸름한 얼굴에 눈동자가 지적이었다. 환상에서 현실로 돌아온 듯 나도 영등포의 원룸에 혼자 앉아 계실 아버지를 떠올렸다. "빨리 집으로 돌아가야 한다!", 대뇌 중추신경이 명령을 내리고 있었다. 그러나 내 몸은 움직여지지 않았다. 머릿속에는 아버지의 쓸쓸한 모습이 명료하게 각인되었다. 나는 끈적거리는 슬픈 감정의 건더기를 떼버리고 간신히 말했다.

"이젠 집으로 가야 합니다. 아버지께서 기다리고 계십니다. 제 아버지의 병간호를 같이 해주셨으면 좋겠습니다. 하하하."

난 엉뚱한 말을 하고 말았다. 일부로 "하하하"도 넣었다. 추임새와 같은 웃음에는 "아버지를 반드시 낫게 해드리겠다"는 낙관적인 의미를 담고 있었다. 또한 미나 씨와의 대화에서 약속한 웃음의 후렴구를 넣어 내가 미나 씨의 진정한 대화의 상대라는 것을 각인시켰다. 그러면서 '고려가요(高麗歌謠)'를 생각했다.

살어리 살어리랏다. 청산에 살어리랏다.
머루와 다래랑 먹고 청산에 살어리랏다.
얄리얄리얄랑셩 얄라리얄라.

"얄리얄리얄랑셩 얄라리얄라"의 후렴구를 외쳤다. 청산별곡(靑山別曲)의 내용은 슬픈데 후렴구가 경쾌한 이유는 무엇인가? 왜 상갓집의 상주는 슬픈 곡(哭)을 하고 있는데 뒷자리에서 화투를 벌이는 사람들은 무엇이 그리 즐거운지 소리를 지르고 있는가? 상갓집은 으레 슬픔과 기쁨이 융합된 분위기였다. 뒤 공간의 화투의 기쁨 소리에 유족들의 슬픔은 적절하게 희석되고 감정이 절제되고 있었다. 난 한 공간에서의 두 가지 모순된 상황을 떠올려 보았다. 인생이란 그런 것인가? 삶 속에 죽음이 있고 죽음 속에 삶이 존재한다. 그렇기에 상갓집은 으레 슬픔과 기쁨이 공존하는 것인지 모른다. 한 공간에서 모순된 두 사람이 만나 가정을 이루고 그 모순을 더욱 깨달으며 살아가야 하는 존재들! 정확히 말해 살아가는 것이 아니라 주어진 대로 살아지는 인생들이었다.

나는 맥없이 맥줏집을 나섰다. 휘황찬란한 네온사인이 흐리게 흔들거리며 내 앞에서 춤을 추었다. 그런데 이해가 안 가는 것이 있었다. 박 팀장이 김서연 씨를 좋아했다고 했는데 먼 일가간이라고 하지 않았는가? 눈앞에 네온사인이 길게 이어졌다. 눈에 잡힌 네온사인의 파란색은 명료했지만 점점 끝으로 갈수록 붉은색으로 흐릿해졌다. 피가 정신에 깊숙이 파고들면서 정신이 흔들거렸다. 순간적으로 비틀거렸다. 엉켜오던 차들이 나를 피해갔다. 나는 아버지의 위암을 수술하기로 결정했다. 대학병원에 입원을 시키기로 결정했다. 입원까지는 두 달이 걸렸지만 마음속에는 반드시 위암을 고치리라는 희망을 가지고 있었다. 아버지께서는 열 가지가 넘는 혹독한 사전 검사를 한 달 동안 모두 마치셨다. 1주일 후 위암 수술을 기다리고 계셨다. 난 아버지께 위암 초기라고 말씀을 드렸다. 오늘부터 직장과 병원을 오가는 익숙하지 않은 새로운 생활이 시작되었다.

이제는 미나 씨와 서연 씨가 분명해지고 있었다. 미나 씨로 인해 김서연 씨에 대한 내 추리는 정확해지고 있었다. 그때 성인봉의 등정을 앞두고 내가 숙박한 창신여관의 맞은 편 방의 사람이 김서연과 박시준 팀장임이 사실이 증명되었다. 남자의 구두가 박 팀장의 것이고 하이힐이 바로 김서연의 것이었다. 상식적으로 두 사람이 김서연 씨의 고향인 울릉도에서 하룻밤을 같이 지낸다는 것은 애인 사이임을 말해준다. 그런데 도동항 해변가의 암벽 길에서 주운 하얀 머리핀은 웬일인가? 서로 싸우다가 머리핀을 빠뜨린 것은 아닌가. 분명 낚시꾼들의 말은 싸우는 소리가 암벽의 사이에서 들렸다고 말했었다. 그날에 나는 김서연이라는 그녀와 성인봉 초입의 팔각정에서 만났던 것이다. 그렇다면 그때 쓴 편지가 바로 박시준 팀장에게 보내는 편지였다는 말인가? 상상은 나래를 펴고 무한의 창공을 날았다. 나는 정신이 번쩍 들었다.

김서연! 그녀는 분명 박시준 팀장을 사랑하고 있다. 내가 다시 발견한 아니 증명된 또 하나의 사실이었다. 그러나 나는 그것을 부정하였다. 머리를 세차게 흔들었다. 서로 만난 것은 사실이겠지만 "서로 사랑하는 사이는 아닐 것이다"라고 생각했다. 나는 그때의 일을 생각했다. 나와 그녀에 대한 것은 눈 내리는 등산로에서 몇 마디 이야기를 나눈 후 성인봉 근처의 원시림까지 같이 간 것밖에는 없다. 그러면서 또 하나 내가 가지고 있는 그녀의 상징이었던 하얀 머리핀이었다.

나는 그 머리핀을 내 낡은 가방의 한곳에 넣고 다녔다. 잃어버리지 않도록 지퍼가 채워져 있는 가방에 넣었다. 나의 김서연 씨에 대한 최대한의 예우였다. 아직 사랑하는 사이가 아니면서 내 마음은 사랑하는 사이가 되고 있었다. 원룸에 도착하자 아버지께서는 주무시고 계셨다. 자신의 운명을 모른 채 눈을 감고 내시경의 고통을 잠으로 잊고 계셨다. 나는 아버지의 손을 가볍게 잡았다. 찬 기운이 내 손에 감각적으로 전달되어 왔다.

나는 평찬그룹의 새로운 이름 공모에 용기를 내기로 했다. 내가 생각한 이름을 김순도 회장의 공식 이메일로 전하기로 했다. 평찬그룹은 10여 개의 부서가 하나씩의 이름을 선정하여 회장님께 보내도록 돼 있었다. 나는 그 방식을 허물기로 했다. 김순도 회장님의 메일은 딸인 김서연 씨가 관리했다. 메일 관리는 비서실의 임무 중의 하나였다. 나는 지체 없이 메일을 작성했다. "얼쑤! 그룹"이라는 새로운 명칭과 함께 "얼쑤!"는 판소리, 탈춤에서 신명과 흥을 유발하는 추임새라는 구체적인 설명도 곁들였다. "얼쑤!"는 영어로 eolsoo로 할까 아니면 hurrah로 할까 고민했다. 그러나 나는 eolsoo의 고유명사를 버리고 과감하게 hurrah로 쓰기로 했다. hurrah는 세계화 시대에 통용될 수 있는 추임새라고 적었다. 특히 "얼쑤! 그룹"이라는 이름에 "!"표를 사용하여 현장감을 살리고 문장부호를 그룹의 이름에 넣는 것은 창의적인 발상이라고 적었다. 그런 관계로 어떠한 경우라도 "!"표를 빼서는 안 된다는 내용도 분명히 명시했다.

사실상 홍보팀에서 일반적인 규정을 어기고 두 개의 사명을 낸 셈이었다. "굿마운틴(Good Mountain)그룹"과 "얼쑤!(hurrah)! 그룹"이 그것이었다. 굿마운틴은 박시준 팀장이 낸 것이었고 "얼쑤!"는 내가 낸 것이었다. 나는 처음에는 한 팀에 한 이름이라는 규칙을 깼다는 생각에 불안했으나 아버지의 위암 수술 관계로 정신없이 지내다 보니 이내 잊어버리고 말았다. 미나 씨의 병간호 제의는 미루어졌다. 아버지 병간호는 무엇보다도 미나 씨에게 확실한 명분이 없었다. 일단 아버지의 수술 후로 미루어 놓았으나 미나 씨도 짐작을 하고 있는 듯 했다. 그녀는 아쉬운 느낌을 전달했으나 이런 위중한 상태에서 사적인 일로 다른 사람을 끼어들게 할 수 없었다. 무엇보다 중요한 이유는 아직도 김미나 씨가 박시준 팀장을 사랑하고 있다는 사실이 명분 약화에 일조하고 있었다. 그들의 관계가 명쾌하게 정리된 다음에 해도 늦지 않다고 생각했다.

김순도 회장은 평찬그룹의 새 사명(社名)으로 "얼쑤! 그룹"을 확정하여 발표했다. 사명 변경을 계획한 지 한 달 후의 일이었다. 유력 일간지를 비롯한 신문에도 평찬그룹의 새 사명인 "얼쑤! 그룹"을 기사화했다. "얼쑤! 그룹"이라는 사명은 전통과 현대를 잘 조화한 최고의 작품이라는 것이다. "얼쑤!"라는 전통적인 추임새와 "그룹"이라는 현대적 인 글로벌 이미지가 "!" 표와 함께 창의적으로 융합을 이룬다는 것이다. 신문은 우리 전통인 판소리, 탈춤에서 추임새인 "얼쑤!"라는 말은 광대와 관객 사이의 의사소통의 연결고리 역할을 하여 신나는 한 마당을 만들게 된다는 것도 덧붙여 넣었다. 얼쑤! 그룹에서 광대는 그룹의 임원과 사원을 의미하고 관객은 바로 소비자를 의미한다고 소개하고 있었다.

일간지는 얼쑤! 그룹의 현대적인 의미는 "얼쑤" 뒤에 붙는 바로 "!" 표에서 찾을 수 있다고 보도했다. 감동을 드러내는 "!" 표가 고객들의 감동을 표현하는 것으로 고객우선이라는 시대정신까지 잘 포착하여 보여준다는 것이다. 또한 지금까지의 그룹이나 중견기업의 명칭에 문장 부호가 사용된 사례는 없었다면서 ""얼쑤! 그룹"의 "!" 표는 도전정신과 모험정신을 뜻하는 키워드가 된다고도 했다. 얼쑤! 그룹의 새 사명에 대한 언론은 대부분 찬사 일색이었다.

나는 신문 기사의 내용을 분석해 봤다. 대부분 내가 얼쑤! 그룹에 대한 새 사명의 구체적인 설명을 그대로 기사화한 것이었다. 분명히 얼쑤! 그룹에 대한 언론보도 자료를 비서실에서 각 신문사에 보냈을 것이고, 아마도 그 내용을 김서연 씨가 내 설명을 바탕으로 작성했으리라고 생각했다. 특히 얼쑤! 그룹의 영문도 eolsoo로 하지 않고 hurrah로 한 것은 영어의 감탄사를 끌어들인 최고의 작품이라는 것도 각 신문사는 빼놓지 않고 기사화 했는데, 나는 영어의 감탄사를 끌어들인 작품이라고 설명했지만 김서연 씨는 여기에 "최고의"라는 수식어를 넣었다는 것도 알 수 있었다. 나와 서연 씨가 합작으로 언론보도문을 쓴 것이나 마찬가지였다. 나는 서연 씨에 대한 애정을 새롭게 발명하고 있었다. 내가 여기서 발견이 아니고 왜 발명이라고 생각했을까? 발견은 객관적이고 발명은 주관적일 수 있기 때문이었다. 아직까지는 나 혼자 서연 씨를 사랑하고 있는 상태이기에 발견이 아닌 사랑의 발명이 맞는 말이었다. 나는 무덤덤하게 신문을 읽었다.

"홍보팀의 이민준 사원은 박시준 팀장과 함께 회장실로 오십시오. 지금 김순도 얼쑤! 그룹 회장님께서 부르십니다."

비서실의 김서연 씨의 전화였다. 전화 내용은 분명히 박시준 팀장 이름은 내 이름 뒤에 배치가 돼 있었다. 이민준 사원을 주연으로 박시준 팀장이 문장 속에 조연으로 배치된 것이다. 전화를 받은 박시준 팀장은 얼굴이 벌개 졌다. 매우 불쾌하게 생각하고 있었다. 그는 자신의 정보 라인을 통해 모든 것을 다 알고 있었다. 내가 예상했던 사실이었다. 첫째는 한 팀 한 이름이라는 내규를 무시하고 내가 직접 회장님께 그룹의 새 이름을 올렸기 때문이었다. 둘째는 그룹에서 촉망받는 박 팀장이 제안한 굿마운틴(Good Mountain) 그룹을 제치고 풋내기인 이민준의 제안이 받아들여졌기 때문이었다. 박 팀장이 제안한 프로젝트가 대부분 수용됐던 과거와는 달리 이번에는 신입사원인 이민준에게 패배를 당한 것이 자존심을 건드렸던 것이다.

물론 창의력 계발팀의 분위기도 말이 아니었다. 도대체 홍보팀의 이민준이란 사원이 누구인지 조사하라는 자체 명령까지 내려놓은 상태였다. 창의력 계발팀은 그동안의 노하우를 배경 삼아 새 이름을 제시했었다. 그러나 예상과는 다르게 홍보팀에 패배를 하고 보니 어이가 없었던 것이다. 그러면서 은연중에 계획을 세우고 있었다. 이민준을 창의력 계발팀에 영입하려는 의도를 가지고 있었던 것이다. 이미 물밑 작업을 시작했다는 소문도 들렸다. 나는 6층의 회장실로 가는 엘리베이터에 올랐다. 한 번도 가본 적이 없는 새로운 길이었다. 나에게는 스스로 만들어 낸 개척의 길이었다. 원래는 홍보팀의 팀장인 박시준이 같이 가게 되었으나 박 팀장은 심사가 뒤틀릴 대로 뒤틀린 입장에서 동행을 거부했다. 급한 출장이 있어 동행을 못한다는 핑계를 대었다. 김순도 회장의 말을 때론 거부할 수 있는 박 팀장을 나는 의아하게 생각했다. 박 팀장 자신이 주연이 되고 나는 조연이 돼야 박 팀장은 만족하지만 그것이 바뀌자 출장을 핑계로 동행을 거부했던 것이다.

회장실로 가는 길은 새로웠다. 소위 얼쑤! 그룹의 임원들만이 갔던 기름진 길이었다. 회장실로 통하는 비서실의 문을 두드렸다. 당당한 자세였다. 인터폰이 있음에도 일부러 문을 두드린 것이다. 문이 열리자 6명의 비서들이 나를 쳐다보았다. 그 중 한 명의 남자가 일어서서 고개를 숙였다. 자신을 비서실장이라고 소개한 중년은 심한 도수의 안경을 끼고 있었다. 그는 나를 정중하게 소파자리로 안내했다. 그는 비서실장답게 중후했으며 온화해 보이는 매력이 있는 남자였다. 50대 중반으로 서글서글한 눈매가 인상적이었다. 나는 책상에 앉아 일을 보는 비서실 사원을 순간적으로 둘러보았다. 바로 성인봉의 팔각정에서 만났던 그녀가 있었다. 김서연 씨가 자리를 잡고 업무를 보고 있었다. 나를 볼 때마다 얼굴이 빨개지고 바로 고개를 숙였다. 긴 생머리가 어깨까지 내려와 있었다. 갸름한 얼굴이 지적으로 보였다. 성인봉에서 봤던 그 얼굴이었다. 내 가슴은 쿵쾅거리기 시작했다.

"이 사원이 홍보팀의 이민준입니다. 인사를 하시죠. 우리 얼쑤! 그룹이라는 이름을 지은 분이죠."

"그렇군요. 안녕하십니까?"

비서실장은 환하게 웃는 표정으로 나를 소개했다. 그이 말은 아주 경쾌했다. 나는 김서연 씨와 눈이 정면으로 마주쳤다. 내 눈에 보인 김서연의 얼굴은 분명 붉게 물들어 있었다. "그녀도 그때의 일을 기억하고 있다"는 반증이었다. 나는 기쁨을 억누르고 있었다.

"김서연 씨, 이번 일은 김서연 씨가 맡아서 언론 인터뷰 준비를 해주세요. 언론에서 인터뷰를 하자고 하는데 스케줄을 김서연 씨가 이민준 씨와 상의해서 일정을 조절해주기 바랍니다."

비서실장은 웃음을 띠면서 말을 이었다.

"이번에 '얼쑤! 그룹'이라는 새 이름에 대한 극찬이 많았습니다. 저도 사실은 제안자가 홍보팀의 박시준 팀장인 줄 알았습니다. 그런데 알고 보니 실질적으로 얼쑤! 그룹을 제안한 사람이 이민준 신입사원이더군요. 입사한 지 석 달밖에 안 된 신입사원 … 솔직히 놀랐음을 고백합니다."

비서실장은 나에게 '고백'이란 말을 쓰고 있었다. 나는 비서실장으로부터 분에 넘치는 예우를 받고 있었다. 나중에 안 일이지만 얼쑤! 그룹의 임원들은 수직적 관계보다는 수평적 관계를 행동으로 실천하고 있었다. 항상 문제가 되는 것은 각 팀의 팀장들이었다. 위에서 간부들에게 쪼이고 아래에서 유능한 사원들이 치고 올라오는 통에 팀장들은 샌드위치가 되어 있었다. 그만큼 심리적으로 불안한 상태에 있던 것이다.

"감사합니다."

나는 짧게 대답했다.

"김순도 회장님을 1시간 후에 뵙기로 하고 우선 김서연 씨와 언론 인터뷰를 위한 스케줄을 잡도록 하세요. 김서연 씨는 준비 됐죠?"

비서실장은 나에게 커피를 권했다. 미소를 띠며 김서연 씨에게 말을 했다. 김서연 씨는 나를 비서실 옆의 내실로 안내하였다.

"오랜만입니다. 안녕하세요."

김서연이 먼저 말을 꺼냈다. 나는 즉시 답변의 필요성을 느꼈다. 이왕 말을 할 것이라면 사실과 관련된 인상적인 말이 필요하다고 생각했다.

"그 때는 2월이었는데, 그 편지는 보냈습니까?"

"편지요?"

"함박눈이 내릴 때 휴지통에 담겨 있던 김서연 씨가 쓰다가 버린 편지들 말입니다. 내가 그것을 사랑하는 사람에게 보내라고 말했 잖아요."

"아, 그거요. 보내지 못했습니다. 발상은 아주 신선하고 재미있었 는데요. 그때 도움을 많이 받았어요."

"도움이라뇨?"

"그 때는 제가 갈등을 겪던 시간이었습니다. 오늘은 이 정도로만 이야기해두죠. 다음에는 제가 연락을 할게요."

서연 씨는 나한테 할 말이 있는 듯했다. 첫 만남치고는 진도가 아주 많이 나간 셈이었다. 이야기는 짧았지만 그녀의 말 중에는 많 은 내용이 함축돼 있었다.

"감사합니다."

"D 언론사가 가장 적극적입니다. 특히 "얼쑤! 그룹"이라는 사명 을 지은 이민준 사원과 굳이 인터뷰를 해야겠다는 것입니다."

서연 씨는 귀여운 미소를 지으며 말했다. 미소는 아름다웠다. 시골의 할머니 댁에 놀러온 여자 초등생의 미소였다. 할머니가 주는 참외를 어설프게 먹으면서 웃는 그런 웃음을 서연 씨는 닮아 있었다. 인공의 때가 묻지 않은 자연의 웃음이었다. 바람에 날리는 아카시아 꽃의 향기가 지금 서연 씨에게로 날아들었다. 그때는 흰 눈이 성인봉에 내렸는데, 지금은 비서실 내실에 아카시아 꽃이 하얗게 내리고 있었다.

"저는 가능한 사절하고 싶습니다. 아직 언론과의 그런 인터뷰에 익숙하지 않습니다."

"아닙니다. 민준 씨는 언론과의 관계가 좋습니다. 저는 이미 알고 있습니다. 민준 씨가 시사주간지에 창의력 관련 글을 연재하고 있다는 것도 말입니다. 이번까지 6회 정도 연재를 하고 계시더군요. 제가 회장님께도 한 편의 글을 복사하여 보여드린 적이 있습니다."

나는 놀라움을 금치 못했다. 그녀의 치밀함에 놀랐고 어떻게 생각하면 나를 위한 그녀의 노력에 놀랐다. 이미 이민준이라는 사원의 존재를 알고 있었다는 것이 아닌가 하는 생각도 들었다.

"언젠가 그룹의 이름의 중요성을 쓴 글을 기고한 적이 있죠. 그 내용은 참 신선했습니다."

"저는 창의적인 발상에 관심이 많습니다."

"제가 이민준 사원의 애독자라는 것을 잊지 많아주세요."

"……"

나는 '애독자'라는 말에 집중되었다. 애독자에서 '애'자만 생각한다면 나를 사랑한다는 말이 아닌가? 하고 생각했다. 김서연 씨는 길게 말하지 않았다. 적당한 길이로 말하고 다음은 내 말을 기다렸다. 말을 마치고 조그만 입을 오므리며 나를 쳐다보았다.

"그 시사주간지의 편집장이 저를 잘 봐준 것입니다. 제가 그분 때문에 용기를 내어 글을 쓰게 된 것이죠."

그 날은 김순도 회장님을 뵙지 못했다. 무슨 일로 울릉도에 갔는데 예정에 없던 일이 생겨 예정된 시간에 본사로 갈 수 없다는 것이다. 김 회장은 비서실로 전화를 걸어왔다. 김서연 씨가 전화를 나에게 바꾸어 주었다.

"아! 나, 김 회장이요. 이민준 사원인가요?"

"예. 안녕하십니까. 신입사원 이민준입니다."

"미안해요. 내가 지금 울릉도의 고향에 와 있습니다. 이곳은 고향이자 별장에 해당되는 곳이죠. 언제 한번 이곳에 초대하고 싶습니다. 울릉도는 성인봉의 원시림과 바다가 아름답습니다."

"감사합니다."

김 회장님과의 짧은 대화가 끝났다. 김회장은 울릉도의 성인봉과 원시림을 말하고 있었다. 나는 성인봉의 원시림을 떠올렸다. 대화를 나누는 동안 김서연 씨는 옆에서 기다리고 있었다. 회장이 자신의 아버지임에도 불구하고 공적인 자리에서는 회장님으로 모시고 있었다.

그 날 이후 나의 존재는 많이 변해 있었다. 외부에서는 창의력에 대한 강의까지 나에게 요청하고 있었다. 나는 낮에는 가능한 강의 시간을 잡지 않고 저녁에 잡으려고 노력을 했다. 그러나 저녁은 저녁대로 아버지에 대한 병간호를 해야 했으므로 시간적인 여유는 생기지 않았다. 또한 창의력 계발팀에서도 정식으로 영입 제의가 있었다. 언제든지 부서를 바꾸고 싶으면 연락을 하라고 했다. 창의력 계발팀의 구서한(具西韓) 팀장은 이민준 휴대폰 번호를 자신의 휴대폰에 입력했다고 전해왔다. 하루에 한번 정도는 친구처럼 안부의 전화를 걸어왔다. 어떻게 알았는지 아버지의 투병 소식도 물어왔다. 전화로 생각할 때 호소력 있는 목소리를 가진 서 팀장이었다. 나는 저녁에 곧바로 아버지께서 입원하고 계신 대학병원으로 갔다.

"아버지, 내일 오전 10시에 수술을 하십니다. 걱정하실 것 없어요. 수술 담당 의사도 우리나라에서 최고의 권위자이시고 수술 후에 통증도 거의 없답니다. 요즘 무통제(無痛濟)가 아주 발달되어 있어서 말이죠."

나는 아버지를 안심시키려 웃으며 말했다. 아버지께서는 말없이 고개를 끄덕였다. 말씀이 없는 그 속에는 두려움이 잠겨 있었다. 아버지께서는 소심한 성격이어서 위암 수술을 두려워하고 계셨다.

"수술은 누구나 하는 것입니다. 좀 용기를 내세요. 오늘은 제가 이곳에서 밤을 새울 것입니다. 오늘은 아버지의 손을 잡고 잠을 자고 싶어요."

입원실 주위를 둘러보니 어떤 환자의 딸은 아버지의 손을 꼭 잡고 밤을 새고 있었다. 아버지는 침대에 누워있었고 딸은 간이 의자에 앉아 아버지의 손을 꼭 잡고 있었다. 딸은 기도하는 모습이었다. 그런데 아들로 짐작되는 남자는 무슨 일이 바쁜지 입원실을 나갔다 들어왔다 하더니 보이지 않았다. 나도 아버지의 손을 잡고 있으니 아버지께서 불편해 하시는 것 같아 그렇게 하지는 못했다. 그러면서 김서연 씨가 이곳 병실에 한번 와 줬으면 하는 생각이 들었다. 엉뚱한 생각이었다. 내가 결혼을 하지 않은 입장에서는 당연한 생각이었다. 나는 속으로 생각했다. 나는 그녀의 상징을 갖고 있다. 나는 내 입장에서 유리하게 생각해 보았다. 난 그녀의 모든 것을 대변하는, 그녀의 분신인 하얀 머리핀을 갖고 있다. 이 정도의 관심과 노력이면 나도 그녀를 사랑할 자격이 있다고 생각했다.

그런데 홍보팀의 박시준 팀장은 나를 비난하였다. 너무나 노골적이었다. 여러 상황으로 볼 때 박 팀장은 나를 좋아할 리가 없었다. 자신이 차지해야 할 회장님의 관심이 나한테 돌아가니 이기심이 폭발할 지경에 놓인 것이다. 그는 시기와 질투의 화신이 돼 가고 있었다. 특히 내가 참기가 힘든 것은 다름이 아니었다. "이민준이 신문에 글을 기고하면서 얼쑤! 그룹(구 평찬그룹)을 비판했다는 것"이다. 박 팀장의 모함이었다. 신문의 글을 전체적인 흐름 속에 일부 맥락을 이해해야 하는데 일부의 글의 내용을 전체 내용으로 확대 해석하고 있었다. 박 팀장은 내가 그렇게 한 비판의 근거를 가지고 있다고 공공연히 말하고 다녔다. 그러면서 이민준 같은 사원은 우리 그룹의 암적인 존재라고 말했다. 미리 제거해야 한다고도 말했다고 한다. 그동안 내가 시사주간지에 칼럼 형식의 글을 연재하면서 대기업의 구조적인 문제점을 지적한 것은 사실이었다. 그러나 이것은 대기업이 나아가야 할 방안을 제시하기 위한 일반적인 문제점의 도출에 지나지 않았다. 대기업을 지칭한 것이 바로 얼쑤! 그룹을 의미한다는 그의 논리는 다분히 감정이 내재돼 있었다.

나는 5개월 동안 몸담았던 홍보팀을 떠나기로 했다. 마침 창의력 계발팀에서 스카웃 제의가 있었다. 비서실에 보고하고 창의력 계발 팀으로 가기만 하면 되는 것이었다. 지금까지의 대기업의 인사 규정은 대부분 임원급에서 결정해서 통보하는 것이 일반적이다. 그것이 일반화돼 있고 상식화돼 있었다. 그러나 상하복종에서 이루어지는 인사이동은 그 사원만이 가진 재능이나 능력 파악이 안 됐을 때는 그것을 사장(死藏)시키는 문제점이 발생할 수 있다. 그런 점에서 팀장이 한 명을 뽑아갈 수 있는 얼쑤! 그룹의 인사 제도는 새 시대에 맞는 귀감이 될 만한 방식이라고 생각했다. 아마도 이런 인사 규정은 세계적으로도 드문 경우라 생각했다. 팀장은 야전사령관 격으로 자신의 부서의 문제점과 해결방안을 잘 아는 젊은 전문가들이다. 김순도 얼쑤! 그룹 회장은 이런 점을 미리 간파하고 2년 전부터 이런 인사 제도를 일정한 시기를 정하여 실시하고 있었다.

"창의력 계발팀의 제의를 받아들여 그곳으로 가겠습니다."

내가 비서실에 보낸 간략한 메시지였다. 곧바로 김서연 비서는 회장님에게 보고했고, 결재가 금방 떨어졌다. 내가 창의력 계발팀을 선호한 것은 내가 현재 시사 주간지에 연재하고 있는 내용도 창의력 계발과 관련된 것이고, 그곳에는 입사 동기인 정찬시가 있기 때문이었다. 동기들은 이해관계를 떠나 서로 잘 대해 준다는 것이 일반적이다. 아마도 군대 동기들만이 해당되는 이야기가 아닐 것이다. 나는 머리를 흔들며 그렇지 않을 것이라고 생각했다. 이곳이 출세를 위한 피 터지는 경쟁이 벌어지는 사각의 정글일지라도 한 가닥 인간적인 희망만은 남아 있으리라고 생각했다. 내가 최후에 기댈 곳이 인간의 정이 묻어나는 정찬시 동기일 것이라고 생각했다.

여름, 입사동기, 창의력 계발팀

여름의 날씨는 끈적거렸다. 이번 여름은 비가 오지 않아서 건조했다가 5일 내내 보슬비가 내리자 끈적거리는 느낌이었다 나는 이런 날씨를 제일 싫어했다. 축축한 날씨를 보이는 날은 내 왼쪽 귀에서 항상 웅웅 대는 소리가 들렸다. 귓속에서 매미가 우는 것 같았다. 추운 겨울에도 마찬가지였다. 눈이 녹고 습기가 차는 날이면 으레 이런 증상으로 고생을 많이 했다. 내가 평생 이비인후과에 다니는 원인이 되었다. 담당 의사의 말로는 삼투성(滲透性) 중이염(中耳炎)이였다. 비오는 축축한 날이면 재발된다는 것이다. 삼투성 중이염은 내가 고등학교 2학년 때 선생님한테 뺨을 맞아서 터진 고막 때문이었다. 왼쪽 귀의 안쪽 고막이었다. 나는 고등학교를 시골에서 다녔는데 학교 공부에 별반 흥미를 가지지 못했다. 소위 엉뚱한 생각을 주로 하는 문제아 비슷한 학생이었다. 수업 시간에 떠들기도 잘 했지만 나의 엉뚱한 질문은 담당 교과 선생님을 괴롭히는 수준이었다. 나는 교사들의 소위 기피의 대상이었다. 그 결과로 학교나 학급에 무슨 일이 생기면 우선 나를 불러 조사하였다. 교사들은 나를 잠재적인 문제아로 취급하고 있었던 것이다.

고막이 터진 날도 수업 중에 나는 친구와 떠들고 있었다. 그때 선생님이 나를 지목하고 앞으로 나오라고 했다. 나오자마자 출석부로 왼쪽 뺨을 강하게 때렸었다. 그 때 바람이 왼쪽 귀에서 들어가서 오른쪽 귀로 나오는 듯한 느낌을 강렬하게 받았다. 왼쪽 귀에서 출혈이 생기자 겁이 난 선생님은 양호실로 나를 데려가 소위 빨간약을 귀에 넣어주었다. 이것이 문제가 됐다. 이 약이 귀에 들어가면서 터진 고막이 재생되지 못하게 했기 때문이다. 차라리 그때 그 귀를 그냥 놔두었다면 나는 지금 1년에 꼭 두 차례 이상 이런 고생을 하지 않아도 될 판이었다. 병원에 가면 의사는 날카롭고 끝이 긴 칼을 들어 나의 고막을 쨌다. 요즘 병원에서 삼투성 중이염은 고막을 째고 나온 물을 흡착기로 빨아내야 했다. 얼마 전부터는 약을 썼지만 의사는 이제 그런 치료 방법을 썼었다. 그 순간은 내 머리의 골이 다 빠져나가는 통증을 느꼈는데, 그때마다 고등학교 그 선생님이 원망스러웠다.

오늘도 보슬비가 내리는 찝찝한 날이었다. 기분은 완전히 다운된 상태에서 아버지의 병환을 생각하면 더 슬퍼졌다. 웅웅 대는 귀를 부여잡고 한 손으로 아버지의 손을 꼭 잡았다. 아버지는 처음에는 왠지 쑥스러 하시면서 그냥 손을 잡히고 계셨다. 그러나 아버지께서는 암 수술을 두려워하고 계셨다. "약으로는 왜 안 될까?" 하고 가끔 낮은 소리로 말씀하셨다. 오늘 아버지께서 위암 수술을 받으실 때 형과 여동생 등이 모여서 지켜봤으나 수술실로 향하는 아버님은 눈을 감고 계셨다. "눈을 감고 무슨 생각을 하고 계실까?"

나중에 들은 이야기지만 "수술 중에 죽었으면 하는 생각을 하셨다"고 했다. 할머니도 위암으로 세상을 뜨신 것을 생각할 때 아버지께서도 위암 수술을 받으시는 심경이 복잡했을 것이다. 위암 수술을 결정하는 의사의 진단에서 아버지께서는 "먹는 약으로 안 될까요?"라는 말씀을 빠른 목소리로 하셨다. 의사는 말이 없었다. 아버지께서는 위암 수술과 죽음을 두려워하고 계셨던 것이다. 나는 속으로 눈물을 흘렸다. 수술실에서 나온 아버지는 극한의 고통에 시달렸다. 수술이 끝난 날 밤은 내가 밤을 새우며 아버지에게 무통제를 주사했었다. 그런데 아침에 간호사로부터 "왜 이렇게 많은 무통제를 주사했느냐"는 핀잔을 들었다. 무통제의 약물이 아버지의 팔뚝이 꽂은 주사기를 통해 들어가려면 스위치와 같은 버튼을 눌러야 했다. 아버지께서 새벽에 고통을 호소할 때마다 무의식적으로 무통제 스위치를 세게 누르다 보니 많은 양이 주사하게 된 것이다. 나는 그런 아버지의 모습을 보면서 한 토막의 잠도 잘 수가 없었다. 내가 대신 아파줄 수 없는 것이 아들로서 한탄스러울 뿐이었다.

이제 나는 얼쑤! 그룹의 창의력 계발팀으로 옮겼다. 창의력 계발팀의 영입 제의는 나에게 영광스러운 것이었으나 홍보팀의 박시준 팀장과는 확실한 적이 되고 말았다. 아마도 박 팀장은 기회가 생기는 대로 나를 시기와 질투로 몰아붙일 것으로 생각되었다. 창의력 계발팀은 정찬시라는 입사동기가 있어서 마음 편할 것으로 생각했다. 입사 후 연수에서 만난 정찬시는 머리가 명석한데다가 다정다감한 성격도 지니고 있어서 그런 기대는 무리가 아니었다. 그러나 찬시는 출근 첫날 나를 보자 경계하는 눈초리를 하고는 말을 했다.

"나는 솔직히 네가 이곳에 오는 것을 원하지 않았어. 나는 얼쑤! 그룹에 몸을 던질 각오가 돼 있지. 이런 야망을 갖고 있는 상태에서 솔직하게 말할 게. 내가 열심히 연구하여 창의력 계발팀의 구서한 팀장에게 인정을 받으려는 상태에서는 너는 일개 경쟁자가 될 뿐이야. 동기라는 인간적인 감정은 일찍 접어두기로 했지. 미안하다. 우리가 아직까지 진실한 친구라고 할 수 없는 상태에서 이런 이야기는 의미가 없는지 모르지. 그러나 구서한 팀장이 민준이 너를 영입했다는 것은 내 신경을 예민하게 만들고 있어. 나의 참담한 기분을 너도 느낄 수가 있을 거야. 너는 구서한 팀장의 호의를 기대를 안 하는 것이 좋아. 내가 처음 이곳 창의력 계발팀에 들어올 때도 그랬으니까. 정찬시라는 나를 영입한 것도 구 팀장이었으니까."

정찬시는 반말로 많은 말을 했다. 솔직히 말해서 찬시는 그동안 자신이 창의력 계발팀 구 팀장의 총애를 받아왔는데 이제는 나의 등장으로 그 기득권 유지가 위태롭다는 것이다. 특히 구 팀장이 직접 나란 사람을 영입하는 것에 대해 계발팀 사원들은 발전을 위한 젊은 피 수혈의 의미로 수용하고 있지 않았다. 냉혹한 생존경쟁의 현장으로 인식하고 있었다. 그러다보니 입사 동료인 정찬시도 덩달아 이민준을 영입하는 것에 대해 긍정적으로 생각하지 않게 된 것이다. 얼쑤! 그룹의 창의력 계발팀은 30대가 2명, 40대가 4명, 50대가 1명이었다. 구 팀장이 50대였다. 늦은 나이까지 구서한은 팀장에 머물고 있었다.

이곳은 얼쑤! 그룹의 핵심부서로서 자부심이 대단했다. 특히 이 곳에서는 새로운 아이템의 TV를 만들기 위한 프로젝트가 비밀리에 진행되고 있었다. 그동안의 TV의 개념을 바꾸는, 혁명적 수준으로 세계 시장을 향한 발돋움을 하고 있었다. 그러나 한편으로는 얼쑤! 그룹이 이번에 대입학습지 시장의 참여를 선언했을 때, 그 아이템 계발의 중심에 정찬시가 있었다. 물론 학습지 시장의 참여는 대기업다운 사업 구상이 아니지만 확실한 이익을 올릴 수 있는 루트로 외면할 수 없었던 것이다. 마치 원양어선의 큰 선박을 부리는 선장이 시골 동네를 지나가다가 조그만 연못의 많은 물고기를 보고 침을 흘리는 격이었다. 그러나 조그만 이득이라도 생기면 달려드는 것이 기업의 생리이기에 전혀 이해 못할 바는 아니었다.

이곳 창의력 계발팀에서 정찬시는 확고한 뿌리를 내린 앞날이 촉망되는 유능한 사원이었다. 나는 "찬시와 경쟁을 해야 한다"는 생각이 들었으나 이것을 동물적인 본능으로 해석하기로 했다. 우리가 항상 경쟁과 협력을 강조하지만 경쟁이 본질이고 협력은 그것을 감추기 위한 현상과 위장 전술, 제스처에 지나지 않았다. 구 팀장은 팀장실로 나를 불렀다.

"반갑습니다. 제가 민준 씨를 영입하기 위해 얼마나 노력한지 아십니까? 나는 민준 씨에 대해서 많은 것을 알고 있습니다. 외적으로 시사 주간지에 창의력에 대한 글을 연재하고 계시더군요. 독자들로부터 엄청난 호응을 받고 있지요. 또한 내적으로 우리 기업의 상징인 얼쑤! 그룹이라는 새 이름을 지어 지금 찬사 속에 사용되고 있고요. 또한 민준 씨는 깊은 성격을 가지고 있는 것으로 생각합니다. 비서실에서 일정을 마련한 일간지와의 인터뷰 제의도 거절한 것으로 알고 있습니다. 인터뷰는 그야말로 자신의 몸값을 올리는 확실한 배경인데 말입니다. 정말 현명한 판단을 하셨습니다. 너무 젊은 나이에 인터뷰는 자신을 오만하게 만들 수도 있죠. 이민준 씨, 이곳 창의력 계발팀에 생기를 불러 넣어주시죠. 저는 민준 씨에 대하여 많은 기대를 하고 있습니다."

구서한 팀장은 파격적인 문장을 동원하여 나를 예우했다. 나는 기분이 좋았다. 나를 인정해주는 사람에게는 목숨까지 바치는 것이 남자라는 말이 실감났다. 구 팀장이 이렇게 날 믿어주고 격려를 해준다면 나는 그를 위해 무엇이든 할 수 있다는 자신감이 들었다.

"저를 인정해주셔서 감사합니다."

나는 짧게 대답했다.

"저는 이곳에서 20여년이나 지내왔습니다. 창의력은 이제 저의 분신과 같죠. 내가 창의력이고 창의력이 나 구팀장이니까요. 이제는 나이가 50이 넘다 보니 자연스럽게 체력이 문제가 되는군요. 머리는 아직까지도 쓸 만한데 말이죠. 민준 씨는 나의 싱크탱크가 되어주세요."

구서한 팀장은 나의 손을 꼭 잡았다. 따뜻한 온기가 내 가슴으로 온전히 전해졌다. 솔직한 그의 멘트를 듣고 보니 감동이 되었다. 요즘은 상대방의 마음을 움직이는 몇 마디의 따뜻한 말이 필요하다. 그것이 설득의 중요한 요소로 작용하는 시대이다. 구 팀장은 인터폰으로 정찬시를 불렀다.

"찬시 씨! 이민준 사원과 팀을 이루어 우선 학습지 개발에 힘써

보시오. 우리는 최고가 아니면 안 됩니다. 그것을 이루기 위해서는 우리만의 독특한 개성이 학습지에 살아 반짝반짝 빛나야 합니다. 따끈하면서 반짝 빛나는 그런 것 아시죠. 우선 기존의 학습지를 철저히 분석하여 장단점을 찾아내 보기 바랍니다."

나는 구 팀장으로부터 개성 있는 학습지를 개발하라는 특명을 받았다. 물론 나를 경쟁자로 여기는 찬시와 함께 하는 것이니만큼 앞으로 그와의 갈등은 예정돼 있었다. 겉으로 보기에 찬시는 온후하다. 낚시를 즐기는 것을 보면 유교풍의 선비와 같다. 그런데 새벽 저수지의 물안개를 즐긴다는 찬시는 온후함 속으로 무서운 칼날을 숨기고 있었다. 창의력 계발팀에서 나를 물리치기 위한 찬시의 칼날은 예리했으며 언제나 나를 정조준하고 있었다. 둘의 합작이란 애초부터 존재하지 않을 것 같았다. 한 사람이 떨어져 나가야 다른 한 사람이 존재하는, 나는 맹수들이 우글거리는 정글에 들어왔다는 실감이 났다.

시기 질투가 난무하는 홍보팀과는 전혀 다른 분위기였다. 나는 이런 분위기를 본능적으로 즐기는 사람이었다. 나도 창의력을 평생의 화두(話頭)로 삼고 살기로 작정한 놈이 아닌가. 오늘은 아버지의 병간호를 형에게 맡기고 나는 기존의 학습지를 모두 구하여 분석을 하였다. 대부분 출판사들에 따라서 형식은 비슷했지만 내용도 비슷했다. 나는 언어영역을 집중적으로 분석해보니 분명하게 눈에 보이는 것이 있었다. 그리고는 결정했다. "전문가가 출제하고 학생들은 그저 책을 사서 수동적으로 공부하는 패턴을 과감히 부수자!"라고 생각했다. 기존의 학습지 패턴에서 아무리 좋은 내용으로 참고서나 문제집을 만들 경우 그 내용이 비슷할 수밖에 없는 현실에서 다른 출판사와 무엇이 다르겠는가?

"우리 얼쑤! 그룹이 만드는 참고서의 개성은 무엇인가?"

스스로 나에게 던진 질문이었다. 남과 같이 백번을 만들어도 기존 참고서의 시장을 잡을 수 없다는 것이 나의 확신이었다. 미래 교육은 융합교육이다. 학생들이 자기 주도적 학습으로 융합교육을 능동적으로 공부하도록 하자. 참고서의 특성상 융합교육을 전면에 내세울 수는 없지만 내재적으로 스며들게 하자. 순간적으로 내 머리에 스치는 것이 있었다. "학생들이 스스로 기본 문제 외에 융합 문제를 만들도록 해야 한다. 학생 자신이 문제와 답지를 주도적으로 만들고 자신이 문제의 해결과정을 글로써 서술(敍述), 논술(論述)하도록 해야 한다." 섬광과 같은 생각이 머리를 뚫고 지나갔다. 다른 교과목도 마찬가지다. 나는 새로운 참고서 방향의 기본을 정한 후 성공할 수 있다는 자신감에 불타고 있었다. 그렇다. 바로 그것이다.

정찬시는 명문대학 출신답게 머리가 명석했다. 그는 내적으로 합리적이고 사리가 분명했다. 꼼꼼한 성격도 지니고 있었다. 외적으로 준수한 용모에 180cm의 키가 말해주 듯 늘씬한 몸매를 유지하고 있었다. 주위에서 들려오는 이야기로는 얼쑤! 그룹과 가장 잘 어울리는 사원이 정찬시라는 것이다. 특히 여자 사원들의 인기를 한 몸에 받고 있었다. 정찬시는 항상 밝은 미소로 인기 관리를 하고 있었다. 그는 2월 중에 있었던 연수원 수료의 성적이 신입 사원 중에서 최상위 그룹에 위치해 있었다. 그런 관계로 자신이 원하는 부서인 창의력 계발팀에 쉽게 안착이 됐다는 사실도 알게 되었다.

그는 출신지도 서울로서 도시 교육의 혜택을 잘 받은 엘리트 사원이었다. 반면에 나는 어떤 사람인가? 속으로 생각해보았다. 모든 것을 정찬시와 대조의 관점에서 보면 쉽게 나의 배경을 알 수 있었다. 나는 키만 186cm로 날씬한 몸매를 유지하고 있으나 다른 모든 것은 그와 상반되는 처지에 있었다. 소위 출신 배경이 변변치 못했다.

고향도 충남 청양의 산간벽지 마을이었다. 또한 고등학교까지 그곳에서 나온 전형적인 시골 출신이 바로 나인 것이다. 나는 역발상(易發想)의 전략을 생각했다. 경쟁자가 만약 정찬시라면 이런 대립적인 구도가 승부를 펼치기에 오히려 좋은 조건이라고 생각했다. 정찬시와 내가 모든 환경에서 비슷한 처지라면 외적으로 드러나는 선명도는 떨어질 것이다. 치열한 경쟁을 통해 승부를 결정할 때는 출발에서부터 경쟁자와 대조적인 입장이 오히려 약자에게 유리하다는 판단을 하고 있었다. 승부의 짜릿한 맛을 느끼려면 상대방과의 대립각을 세우고 그에 따른 대의명분과 강력한 이슈를 만들어내야 한다. 그래야만 주변의 관심이 증폭되면서 약자에 동정표가 몰리는 것이다. 그럴수록 나의 선명도는 더욱 부각될 것이다.

내가 상대방보다 불리한 입장을 즐겨 택한다는 것은 나의 장점으로 볼 수도 있다. 그런 점에서 정찬시는 현재 나보다 모든 조건이 우세하지만 경쟁을 해볼 상대라고 생각했다. 일단 눈에 보이는 나의 경쟁자로 홍보팀의 박시준 팀장, 창의력 계발팀의 정찬시 등이 떠오르고 있었다. 나는 정찬시와 만나 대입 참고서 개발 회의를 시작했으나 처음부터 난항의 연속이었다. 찬시는 대입의 참고서는 이미 증명된 기존 참고서의 형태를 유지해야 한다는 주장을 굽히지 않았다. 좋게 말하면 신념이고 나쁘게 말하면 고집이었다. 기존의 참고서 형태는 학생들이 이미 익숙해 있으므로 이것을 급격하게 변화시킨다면 학생들에게 혼란을 가중시킨다는 논리였다. 만약 이 방법이 효과가 없었다면 "왜 많은 참고서 출판사들이 기존의 방식을 택했느냐" 하고 항변하였다.

나는 처음부터 찬시의 주장을 열심히 경청했다. 무한한 인내심을 가지고 그의 말을 경청했다. 때로는 찬시의 주장 중에 핵심이 되는 부분은 즉시 메모를 하였다. 상대방의 의견을 끝까지 들어줌으로써 찬시의 의견을 정확히 파악하고, 열심히 듣는 것으로 신뢰감을 느끼도록 하기 위한 전략이었다. 소위 경청의 대화 전략인 셈이다. 나는 토론 중에 합리적인 상대방의 다른 의견은 인정하고 수용하려는 태도가 필요하다고 생각했다. 물론 모든 것을 양보하는 것은 아니지만 상대방의 일부분은 긍정적으로 검토하려는 자세가 필요하다는 생각이다. 이것을 공감함으로써 총론(總論) 계획의 공통의 발판을 마련하고 세부적인 부분을 다루어 각론(各論)으로 완성한다는 것이다. 이런 나의 생각은 "다름을 인정해야 한다"라는 글을 통해서 느낀 바가 많았다. 프랑스에는 톨레랑스(tolerance)라는 말이 있다. 이것은 자신의 주장이 존중을 받으려면 반대되는 상대방의 주장을 먼저 존중해야 한다는 의미이다. 톨레랑스는 사회의 구조 속에 역동성과 다양성을 담는 기초로써 중요한 사고의 토대가 된다.

나는 프랑스를 가만히 생각 해봤다. 우리가 알고 있는 다양한 음식문화의 대표 국가가 프랑스이다. 많은 민족들이 모여서 프랑스라는 나라를 이루고 있는데 이 다양한 문화를 수용하고 존중하는 관용적 배경이 톨레랑스 문화이다. 결국 톨레랑스가 다양한 음식 문화를 존중하는 프랑스를 만든 것이다. 이제는 다양한 음식 문화가 프랑스의 국가 브랜드가 되었다. 문화의 힘을 느끼는 순간이다. 프랑스는 자신과 다른 의견이 탄압을 받을 때 이를 위해 함께 싸우는 적극적인 민주주의 사상을 추구하는 나라다. 정파에 따른 자신의 의견만이 최고인 양 독선을 내세우는 우리의 토론 문화는 반성할 부분이 많다고 생각했다. 이런 관점에서 대입 학습지 개발에 대하여 오늘 찬시와 토론을 하기로 결정했다. 그러나 찬시는 자신의 말만 중요한 듯 20여분을 계속 자신의 말에 사용하고 있었다.

찬시의 음성은 성량이 풍부하여 설득적이었지만 내용은 무엇에 쫓기는 듯 논리가 서지 않고 있었다. 그는 기존의 학습 참고서의 형태를 그대로 유지하면서 표지의 이미지 등에 개성을 추구하자는 의견이었다. 일정한 매출을 위한 안전제일주의를 택한 셈이었다. 나는 생각했다. "찬시는 모험을 하지 않는구나. 그는 실패를 최소한으로 줄이는 방향의 전략으로 임한다"라고 생각했다. 이것은 부유한 가정에서 자라난 모범생들이 추구하는 대부분의 전략이다. 찬시는 모든 것이 급하지가 않았다. 그는 현실에서 얻을 수 있는 것을 대부분 이루고 있었다. 부모를 잘 둔 덕분이라 할 수 있다. 소위 금수저에 해당했다. 그런 찬시에게 개혁적인 생존의 명쾌한 논리로 상대방의 설득할 수 있는 파격적인 맛을 기대하기는 힘든 것이다. 나는 찬시의 말이 끝나기를 인내심을 가지고 기다렸다가 이야기가 끝나자 물 한 잔을 권했다. 나도 찬시가 했던 것처럼 반말로 했다.

"찬시, 네 의견을 잘 들었어. 지금의 대입 참고서 성공전략은 어느 출판사나 대동소이(大同小異)하지. 그것은 그런대로 대입의 참고서가 팔린다는 것을 의미한다. 우리 얼쑤! 그룹도 참고서 시장에서 이런 전략으로 나간다면 최악의 실패는 절대로 없을 것이야. 그리고 몇 년 후에 기회를 봐서 과감한 전략으로 참고서의 형태를 바꾸면 참고서 업계의 황제의 자리를 차지할 수도 있을 것이야. 그런 점에서 너의 전략은 아주 좋지."

일단 찬시의 주장의 일부를 명쾌히 인정했다. 어쩌면 위험을 무릅쓰지 않고 안전위주로 한다는 것은 참고서 시장에 뛰어드는 후발주자인 얼쑤! 그룹으로서는 당연할 수 있었다. 곤충이 처음 보는 먹이를 먹기 전에 더듬이로써 신중하게 살펴보는 것과 같다. 또한 진돗개가 어떤 먹이를 앞에 두고 먹을 것인가 말 것인가를 코로 신중하게 탐색하고 판단해보는 것과 같다고 생각했다. 나는 찬시에게 말해 주었다. 그렇게 해야 한다고 말했다. 사실은 참고서 출판 계획은 내 의견을 주장하지 않고 모두 찬시의 주장을 들어주고 싶었다. 내가 생각하기에도 찬시의 의견은 무리 없는 참고서 시장의 전략일 수 있었다. 그러나 나는 이런 전략이라면 누구나 할 수 있는 것이란 점이 뇌리에서 떠나지 않았다. 누구나 할 수 있는 것이라면 굳이 나나 정찬시가 할 필요가 없다. 구서한 팀장이 우리에게 대입 참고서 프로젝트를 맡긴 것은 뭔가를 기대하는 것이고 그것은 창의적인 전략이라고 생각했다. 나는 찬시의 의견을 들어

줄 것인가? 아니면 반론을 들어 나의 주장을 펼 것인가를 놓고 고민을 하였다. 나의 의견이 명쾌하여 찬시에게 양보를 이끌어냈다고 하여도 그는 억지라고 생각할 것이다. 이것은 내가 생각한 승리가 아니다. 또 다른 적을 만드는 결과일 뿐이다.

나는 순간적으로 묘안(妙案)을 생각했다. 그것은 "겉표지 등의 이미지는 전적으로 찬시에게 맡기자. 나는 내용의 구성에서 혁명적인 변화를 이끌어내자"였다. 이것은 찬시의 의견과 나의 의견이 통합되는 사례가 된다. 더 나가면 융합도 될 수 있다고 생각했다. 다만 자신이 맡았던 그 분야에 대해서는 자신이 책임을 지기로 한다는 단서를 붙였다. 찬시는 고개를 갸웃하더니 생각할 수 있는 시간을 달라고 했다.

"민준아, 자신의 분야에 책임을 진다는 생각은 참으로 좋다. 어느 정도 긴장감을 갖게 만들지. 아마도 이것이 얼쑤! 그룹 창의력 계발팀의 열정으로도 이어질 것이야. 역시 이민준이군. 솔직히 나는 네가 너만의 의견을 강압적으로 주장할 줄 알았어. 그런데 의외로 타협점을 찾아 제시하는군. 같이 일해 볼 마음이 생기는데 한편으로는 네가 두렵다. 하하."

찬시의 웃음은 자연스럽지 않았다. 가식적인 냄새가 느껴졌다. 그는 속으로 불쾌하면서 일부러 나에게 그렇게 말하는 것이다. 찬시는 자기 자신의 의견이 채택됐으면 하는 마음을 먹고 있었다. 따지고 보면 찬시가 창의력 계발팀에 먼저 들어 온 선배이고 나는 몇 달 후인 후배가 된다. 그 기득권을 찬시는 은근히 기대하고 있었다. 이것을 기회로 그는 나의 기선을 제압하고 자신을 중심으로 경쟁구도를 만들려고 했던 것이다. 나도 솔직하게 이야기할 필요성을 느꼈다.

"내가 찬시를 대접 안 해준다고 원망할 필요는 없어. 솔직히 입사 동기 운운하는 말은 이곳에서는 꺼내고 싶지 않아. 그러나 너도 나에게 말했지만 언젠가 너와 나는 창의력에 관심이 있는 한 한 사람은 떨어지게 돼 있다. 우리가 그때에 생기게 되는 오해를 최대한 줄이는 방법으로 참고서 프로젝트를 같이 했으면 한다. 마지막 경쟁에서 한 사람이 웃게 될 때는 패자에게는 당연히 오해가 생긴다. 인정하고 싶지 않지만 패자의 입장에서는 떠도는 거짓의 말에 귀가 솔깃해지게 마련이지. 그것이 인지상정(人之常情)이 아니겠어?"

나도 찬시처럼 웃어 보였다. 그러면서 우리 같은 신입 사원의 풋내기인 우리가 최고인 양 너무 앞서간다는 느낌이 들었다. 그러나 열정적인 사원은 10, 20년 후를 산다는 말이 있다. 10년 후에 변한 나의 모습을 그리며 지금 마음의 자세를 잡을 수도 있지 않은가. 나는 그렇게 합리화했다. 찬시는 볼펜을 굴리며 이리저리 생각하는 모습이었다. 찬시는 10여 분간을 생각하다가 드디어 입을 열었다.

"좋다. 자신이 제안한 부분은 자신이 책임을 지도록 하자."

"그런데 크게 성공하면 나는 너에게 100% 그 공(功)을 돌리려는 마음까지 가지고 있어."

"만약 실패를 한다면?"

찬시는 실패를 걱정하고 있었다. 내가 예상한 것이었다. 나는 자신 있게 말했다.

"물론 내가 책임을 져야지."

찬시는 안도하는 얼굴빛이 보였다. 찬시로서는 이번의 대입 참고서 프로젝트는 남는 장사와 같았다. 그러나 찬시는 한 가지를 간과하고 있었다. 구서한 팀장이 우리 둘에게 그 프로젝트를 맡겼다면 기본적으로 공동의 책임을 상정했을 것이다. 그러나 우리들이 그 결과에 대해 뭐라고 말해도 구 팀장은 이것을 수용하지 않으려 할 것이다. 그러나 나는 이런 것을 떠나서 정말로 내가 책임을 진다는 자세를 가졌다. 한번쯤 큰 실패를 해보고 싶은 충동도 느꼈다. 예상되는 실패에 미리 괴로워하고 불안해한다면 그 다음에 주어질 큰 프로젝트에는 감히 나설 용기가 나지 않을 것이다. 그 용기를 획득하기 위해서 미리 실패를 맛보았으면 하는 것이 내 바람이었다. "이번의 프로젝트는 실패를 위한 것이다"라고 나는 속으로 생각했다. 그런데 갑자기 찬시가 말을 했다.

"내가 하루만 더 생각할 수 있는 시간을 주었으면 좋겠어."

찬시가 생각하기에도 자신의 주장이 미약한 것임을 깨달은 듯했다. 겉표지의 이미지만을 제시해서는 엘리트 사원이라는 자신의 역할에도 걸맞지 않고 창의력 계발팀의 몇 달 선배의 자존심에도 상처를 입을 듯했다. 다음 날 만난 찬시는 무겁게 입을 열었다.

"내용에도 변화를 주었으면 좋겠어. 단, 주관식, 서술형의 문제를 만들어 넣는 것이야. 다른 참고서들은 모든 과목에 있어서 수능시험에 대비한 객관식 문제가 대부분인데 이것을 학생들의 자기 주도적 학습능력을 키우기 위해서 주관식, 서술형의 문제를 넣는 것으로 합의를 봤으면 좋겠다."

"우리가 얼쑤! 그룹의 입사 동기로 믿음이 있으면 좋겠다. 너도 그런 것에 신경을 써주니 고맙게 생각한다."

　나는 중요한 회의일수록 늦게 발언하는 것이 유리하다는 것을 알고 있었다. 지금까지 발언 내용을 모두 듣고 순간적으로 새로운 전략을 짤 수도 있다. 또한 지금까지의 발언자의 빈틈을 발견하여 자신감을 바탕으로 한 강력한 어조로 논증을 갖춰 내 주장을 할 수 있다. 상대방이 먼저 주장한 내용의 일부는 반드시 긍정해주는 센스는 잊지 않아야 한다. 나는 말을 했다.

　"이번의 프로젝트는 너의 아이디어로 한 것으로 구 팀장님께 보고하고 싶다. 그동안 네가 친구로서 나에게 많은 배려를 해주었고 이렇게 만난 기념으로 공(功)을 너에게 돌리고 싶다. 그러나 추후 우리의 프로젝트가 실패로 귀결될 경우라도 내가 책임을 지고 싶다."

　나는 책임론에서 자유롭고 싶었다. 자유롭다는 것은 창의적 사고와 긴밀히 연결돼 있다. 그 자유를 획득하기 위해서 내가 모든 프로젝트 실패의 모든 책임을 진다고 말한 것이다. 자신감 있게 말했다. 우리는 대입 참고서의 표지와 주관식, 서술형 중심의 내용은 찬시의 의견대로 한다. 또한 학생들이 스스로 문제와 답지를 만들고 그 정답의 도출과정을 300자, 500자 등으로 논술하는 내용은 내 의견으로 하기로 했다. 저녁에 대형서점에 나가 모든 참고서의 내용을 훑어보니 그런 식의 구성은 어느 출판사도 시도하지 않고 있었다. 특히 학생들이 스스로 문제와 답지를 만들고 그 해결과정을 몇 백자로 논술하는 내용의 자기 주도적인 참고서의 구성은 세계 어디에도 존재하지 않으리라고 생각했다. 나는 자신감이 생겼다. 이번의 얼쑤! 그룹의 대입 참고서 시장 진출의 프로젝트가 성공을 거두면 모든 공은 찬시에게 돌릴 것이라고 다시 한 번 다짐했다. 드디어 얼쑤! 전 과목 참고서의 구성을 기존 표지의 이미지와 객관식을 지양한 서술 형태의 문제, 그리고 학생들이 스스로 문제와 답지를 만들고 그 해결 과정을 500자 내외로 적는 논술형과 융합형(融合型)의 새로운 문제 형태로 확정하였다.

구서한 팀장도 그 계획안에 만족하는 모습이었다. 곧바로 얼쑤! 그룹의 자회사인 출판사에 연락하여 긴급회의를 갖고 즉시 집필자의 섭외에 들어갔다. 출판팀은 검증된 기존의 집필진으로 구성하려 했다. 나는 반대했다. 검증된 집필자도 좋지만 창의성과 전문성을 지닌 수석교사를 강력히 희망하였다. 내가 수석교사를 집필진으로 제시한 근거로는 첫째, 우리나라 수석교사(首席敎師 Head Teacher or Master Teacher)는 유치원이나 초·중등학교에서 관리직이 아닌 교단 교사로서 취득할 수 있는 최고의 전문적 자격을 소유한 교수 직렬의 최고 직위에 해당하는 교육 전문가라는 점이다. 둘째, 창의성과 교과 및 수업 전문성이 탁월하고 자신의 전문성을 다른 교사와 공유할 수 있는 의지와 역량을 가진 교육 전문가를 의미한다는 점이다. 우리나라 수석교사는 2015년 6월 25일 헌법재판소의 판결에 의해 수석교사는 관리직과 유사한 계급으로 해석되었다. 수석교사는 현재 전국에 약 1,800여명의 활동하고 있었다. 얼쑤! 그룹의 대입 참고서 집필은 중등 수석교사를 중심으로 집필진을 구성하게 되었다. 특히 우리나라에서 최고의 전문성을 지닌 유만조, 김유헌, 노진욱, 손현규, 이헌로, 임종삼, 문구룡, 김장환, 이도희 수석교사를 집필진으로 영입하였다. 이 수석교사들은 교육에 대한 열정을 가지고 현재 《교육저널》에 고정 필자로 교육칼럼도 연재하고 있었다.

또한 얼쑤! 그룹에서는 미래 인재교육을 위한 특별 기획으로 『얼쑤! 창의성을 키우는 논술, 융합교육』의 단행본을 발행하게 되었는데 필자로 초등 수석교사들을 집필진으로 꾸렸다. 우리나라에서 창의성을 신장시키는 초등교육의 최고 전문가로 명성을 날리는 안효숙, 이서영, 정재원, 최운, 한경숙, 황선영 수석교사를 집필진으로 구성했던 것이다. 초·중등 수석교사 집필진은 얼쑤! 그룹 차원의 최고의 조건으로 예우하였다. 참고서 출판에 대한 열정적인 계획과 실천이 일사천리(一瀉千里)로 이루어졌다. 세 달 만에 각 교과목의 대입 참고서의 책이 서점에 나오기 시작하였다. 얼쑤! 그룹의 교재출판팀도 밤 새워 일하고 노력한 덕분이었다. 참고서 브랜드는 "얼쑤!" 로 붙였다. "얼쑤! 언어영역" "얼쑤! 수리영역"하는 식으로 전 교과목의 참고서가 찬란히 출판되었다. 오프라인 서점과 온라인 서점에 우리의 "얼쑤! 시리즈 대입 참고서"가 진열되기 시작하였다. 또한 『얼쑤! 창의성을 키우는 논술, 융합교육』의 단행본도 초판 10일 만에 2쇄에 돌입하는 등 서점가에 선풍을 일으키고 있었다. 얼쑤! 그룹의 창의력 계발팀은 감격의 마음으로 이를 바라보았다.

얼쑤! 그룹의 창의력 계발팀의 다른 부원들은 세계 전자시장에 내놓을 신개념의 혁신적인 TV 출시를 구상하고 있었다. 이 프로젝트는 1,500억이 소요되는 거대한 프로젝트로 구 팀장을 비롯한 노련한 40대의 전문가 사원들이 등불을 밝히고 연구에 연구를 거듭했다. 이것은 김순도 회장의 비상한 관심을 모으는 프로젝트로 다른 유력 경쟁사와 경쟁이 불가피한 최대의 승부처이기에 대내외의 관심이 높았다. 물론 이 거대한 프로젝트에는 우리들 같은 신참 사원들은 배제되었고 대신에 대입 참고서 시장에 새로운 진입을 꿈꾸는 프로젝트를 맡긴 것이다. 신개념의 TV 프로젝트와 관련된 모든 사항이 비밀이기에 우리 창의력 계발팀이 어떻게 돌아가는지 나는 자세히 알 수 없었다.

나는 21세기에 요구되는 신개념의 TV 프로젝트에 대하여 생각을 해보았다. 또한 시사 주간지에 글도 연재한 적이 있었기 때문에 은연중에 관심을 가지게 되었다. 그러나 이 부분은 비밀을 철저히 붙인 관계로 신참 사원인 나와는 상관이 없는 일로 되고 말았다. 아버지의 위암 수술은 잘 됐다고 담당 의사는 말했다. 그러나 의사는 재발될 확률이 높기에 반드시 아버지께서 항암 치료를 받아야 한다는 말도 빠뜨리지 않았다. 담당 의사는 날카로운 인상에 안경을 썼으며 이마에 주름이 알맞게 진 지적인 의사로 보였다. 우리가 물어보는 말에는 성의껏 대답을 해주었다. 의사는 구체적 자료를 제시하여 우리의 궁금증을 풀어주려는 노력을 하였다. 역시 한국에서 유명한 명의(名醫)라는 표현이 어울리는 분이었다.

"항암 치료를 꼭 받으셔야 합니다. 아시겠죠. 암 수술은 성공적으로 잘 끝났습니다. 나이가 드신 편이기에 재수술은 할 수 없습니다. 따라서 재발 방지를 위한 노력을 더욱 철저히 하셔야 합니다."

아버지의 얼굴은 안도감이 드는 것 같았다. 때로는 미소를 지으셨고 우리 자식들의 손을 먼저 잡아주셨다. 아버지 자신의 아픔을 자식들이 같이 심정적으로 공유해주었다는 고마움의 표시였다. 같은 피를 갖게 해준 아버지의 손은 따뜻한 온기를 지니고 있었다. 우리로 하여금 사랑하는 자식임을 무언(無言)으로 느끼게 해주셨다. 나는 "아버지, 제가 반드시 암을 낫게 해드리겠습니다!"라고 속으로 얼마나 외쳤는지 모른다. 친할머니까지 위암으로 저 세상으로 보낸 상황에서 아버지까지 그런 같은 병으로 돌아가시게 한다는 것은 자식으로서 절대로 수용할 수가 없었다. 항암 치료의 담당 의사는 아버지의 통원 치료를 권하였다. 당분간 여동생의 집에서 기거하면서 대학병원으로 통원 치료를 받을 예정이었다. 그런데 문제는 아버지께서 항암 치료를 도저히 받으실 수 없다는 것이었다. 1회분의 항암제만 드신 상태에서도 부작용으로 식사를 도저히 할 수 없으셨다. 나는 수척하신 아버지의 몸을 바라보며 많은 상념에 쌓였다. 항암 치료를 받지 못하면 암이 재발될 것이라는 의사의 말이 강박적으로 떠올랐다. 그러나 예외를 믿고 싶었다. 기적을 믿고 싶었다. 남양주에 사는 여동생이 아버지 병간호에 고생을 많이 하였다.

얼쑤! 그룹의 대입 참고서 시장 진출은 처음에는 소비층인 학생들이 관심을 보이지 않았다. 우선 유명 출판사들이 발행한 수능 참고서의 종류가 많았고 기존의 참고서 형식에 학생들이 익숙해져 길들여져 있었다. 그러나 나는 좀 더 기다려 보기로 했다. 큰 고기를 잡으려면 그물이 그에 맞게 커야 하고 뜸도 들여야 한다. 이제는 공교육 살리기의 전략과 사교육을 이기기 위한 시대적 소명을 이루기 위해 곧 학교마다 수업의 혁신적인 변화가 있으리라 생각했다. 처음에는 언론들도 얼쑤! 그룹의 새로운 개념의 참고서 출판에 관심을 보이지 않았다.

그러나 얼마 후 "학생들이 스스로 문제와 답지를 만들고 그 해결 과정을 500자 내외의 서술형·논술형으로 적는다"라는 구성 방식에 관심을 보이기 시작했다. 그 구성 방식을 자기 주도적인 능력을 키 우면서 학생들의 창의성을 신장시킬 수 있는 혁신적인 시도로 보 기 시작했다. 특히 교육의 전문가들은 얼쑤! 대입 참고서를 융합에 맞추어 출판한 최적의 참고서로 인정하기 시작했다. 융합은 인재 를 양성하는 미래 교육의 핵심이었다.

주요 일간지들은 학생들의 창의력과 융합을 바탕으로 공부를 즐 기는 방법을 키울 수 있다는 최고라는 찬사의 기사를 게재하기 시 작했다. 순식간에 일어난 일이었다. 특히 일간지들은 "학생들이 공 부를 즐긴다"는 메인 제목으로 제시하고 있었다. 전국에서 수요 요 청이 급증하고 있었다. 얼쑤! 그룹의 교재출판팀이 2쇄 발행에 바 빠졌다. 사원들이 정신을 차릴 수 없는 지경이었다. 밤새 윤전기라 도 돌려야 할 지경이라는 말이 떠돌았다. 여기에 외국식 교육을 갈 망하던 상류층들까지 얼쑤! 대입 참고서의 구입에 적극적으로 가 세하자 수요는 폭발적으로 늘어났다. 얼쑤! 대입 참고서의 책이 인 기가 있는 것은 학생들이 공부를 놀이처럼 즐기면서 할 수 있다는 전문가들이 의견이 많았기 때문이었다.

또한 초등 수석교사들이 집필한 『얼쑤! 창의성을 키우는 논술, 융합교육』도 교육계에서 선풍적인 인기를 끌고 있었다. 안효숙, 이 서영, 정재원, 최운, 한경숙, 황선영 수석교사 집필진은 교육 현장 의 풍부한 경험을 바탕으로 초등학생들의 창의성을 키우는 최적합 논술, 융합교육의 노하우를 구체적인 사례를 중심으로 녹여 넣었다. 또한 이들 수석교사들은 『Visual Thinking 논술학습법』 『인문학 논술 - 논술 실력을 부쩍 키워주는 최고의 실전 전략』도 집필했는데 큰 인기를 끌고 있었다. 온라인 서점에서는 『인문학 논술』에 대해 "인문학과 논술 그리고 책을 접목하여 융합했다. 책을 재료로 하여 학생들이 인문학적인 상상력과 창의성, 바른 인성을 갖춘 창의 융합형 인재가 될 수 있도록 직접 생각하고 느끼고 표현하고, 공유할 수 있도록 구성하였다. 『인문학 논술』은 선생님, 학생, 학부모 모두가 활용할 수 있는 책이다. 이 책의 구성을 보면 〈들어가기〉에서는 각 도서의 선정 의도와 배경을 밝혔고, 〈내용 엿보기〉를 통해 책의 줄거리를 알 수 있어 독서 전·후 활동에 활용할 수 있다. 〈제시문 읽기〉는 책 내용과 관련한 다양한 기법의 활동과 토의·토론 활동 수업 사례를 제시했다. 〈생각하기〉에서는 다양한 질문과 생각 거리를 소개하고, 〈논제 만들기〉에서는 토의·토론과 연계한 글쓰기 논제를 제공한다. 〈답안 쓰기〉에는 실제 학생들의 논술 예시 자료가 있고, 토론 학습지 양식도 있어 논술 수업에 적극 활용할 수 있다"고 소개되어 있다. 이 책이 인기 있는 데는 이런 이유가 있었던 것이다.

하루는 구서한 팀장이 우리를 불렀다. 그는 활짝 웃고 있었다.

"우리 부서의 두 보배님들께서 정말 수고 많이 했습니다. 저는 새로운 개념의 얼쑤! TV 개발에 여념이 없다보니, 제가 미쳐 대입 참고서 부분에 관심을 갖지 못했습니다. 그러나 짧은 기간에 이러한 큰 성과가 나오리라고는 생각하지도 못했습니다. 대단합니다. 특히 저자들인 수석교사들의 역량이 대단했다고 들었습니다. 성공을 우선 저는 찬시, 민준 두 사원의 공(功)으로 돌립니다."

"아닙니다. 저는 정찬시 동료의 구상을 그대로 따랐던 것밖에는 없습니다. 그 공(功)은 모두 정찬시에게 돌아가야 합니다."

나는 창의력 계발팀의 출발을 양보로 시작하자고 생각했다. 정찬시는 내 말을 듣고 얼굴이 붉어진 채 가만히 있었다. 구 팀장은 얼른 말을 받았다.

"오! 정찬시 사원의 계획이었군요. 내가 선견지명(先見之明)이 있나 봅니다. 솔직히 말해 우리 얼쑤! 그룹이라는 대기업이 참고서 시장에 뛰어든다는 것은 창피한 일이지요. 얼쑤! 그룹이 참고서 시장의 진입에 대한 사회적 여론은 부정적인 분위기 일색이었지요. 간접적인 여론 조사의 결과를 보면 그것이 수치로 증명됩니다. 우리 얼쑤! 그룹이 '콩나물 장사까지 하려는 것이 아닌가' 하는 이야기도 돌고 있답니다."

그러나 얼쑤! 그룹에서 기대를 모았던 신개념의 TV 개발은 여의치 않은 모양이었다. 비밀리에 이루어지는 그 프로젝트의 수행에 대하여 말단 사원인 우리가 자세한 것을 알 수는 없었다. 광고에는 얼마 후 신제품에 대한 출시가 된다고 했었다. 애초의 광고와는 분명 다르게 진행되고 있었다. 나는 구서한 팀장에게 물었다.

"구 팀장님이 책임자로 있는 신개념의 TV 개발은 어떻게 돼 가나요?"

작은 소리로 물어보았다. 구 팀장은 눈을 휘둥그레 뜨면서 나를 밀실로 불렀다. 비밀이 유지되는 TV 신제품 개발에 대한 일로 나

같은 신입 사원을 밀실로 부르다니! 난 당황했다. 구 팀장이 나에게 무엇인가 비밀을 말하려는 의도를 느끼자 나는 긴장하지 않을 수 없었다.

"솔직히 이런 말씀드리는 것은 팀장으로서 창피합니다. 자존심과 관련되어 제가 요즘 잠을 자지 못하고 있습니다."

구 팀장, 신개념 TV, 서연 씨

구 팀장의 목소리는 힘이 없었다. 자신이 책임을 지고 신개념의 TV 개발을 추진했지만 결과는 신통치 않았다는 것이다. 그러면서 현재 출시되고 있는 TV의 기존 모델을 이 상태로 1년을 더 끌면서 차후 개발을 염두에 두고 있다는 것이다. 김순도 회장에게도 그렇게 보고했다고 말했다. 김순도 회장은 구 팀장의 보고를 듣기만 하면서 아무 말이 없었다고 한다. 김 회장은 감정 표현을 잘하지 않기로 유명했다. 김 회장의 얼굴에 아무런 감정의 표현이 없는 것을 신개념 TV 개발 1년 연장을 묵인한 것으로 간부들은 생각했다. 그러나 예리한 눈썰미를 지닌 구서한 팀장은 김 회장의 눈썹이 파르르 떠는 것을 잡아내었다.

나는 구서한 팀장이 "이젠 신임을 잃었구나!" 하고 생각했다. 내가 믿을 만한 소식통에 의하면 김 회장은 그동안 자신이 계획한 프로젝트만은 지정된 시일 안에 번듯한 결과를 내었고 그것을 자신의 업적으로 생각하고 있었다고 한다. 그런 이유로 김순도 회장은 이번의 야심찬 막대한 자금을 들인 이 프로젝트가 성과를 보이지도 못하고 중간에 취소되자 크게 실망을 했으리라! 그것은 자명하였다.

"구 팀장님! 그동안 술 많이 하셨겠네요? 마음이 무척 아프셨겠습니다."

구 팀장이 신개념 TV 개발 실패로 잠을 자지 못했다는 말에 우선 나도 인간적인 말을 건넸다. 그 말에 구 팀장은 얼른 말을 받았다.

"한 달 정도는 매일 술로 지냈다고 할까요. 잠이 오지 않아서요. 아까도 말했지만 그것보다는 제 자존심이 많이 상했지요. 다른 회사의 TV와는 차별화된 신개념의 TV 개발을 추진했는데 혁신적인 아이디어가 따라주지 않았어요. 디자인 측면에서 부분적인 변화는 있었지만 기술적인 측면에서 '소비자들이 이거다!' 라고 느끼는 창의적인 아이디어가 없었습니다. 지금도 패배감에 마음이 아픕니다."

구 팀장은 밀실에서 많은 말을 했다. 나는 그 말을 듣고만 있었다. 그러면서 구 팀장은 오늘 저녁 때 술 한 잔 가능하겠느냐고 물어왔다. 구 팀장도 나의 아버지의 위암 수술에 대한 말을 듣고 나를 위로한 적이 있었다. 그러면서 나의 신문 연재에 대한 열정을 높이 평가를 해준 적이 많았다. 그는 기회가 되는 대로 자신의 창의력 계발팀의 사원들에게 인간적으로 다가서려는 면모를 보이고 있었다. 이것이 구서한 팀장의 리더십의 발판을 이루는데 중요한 역할을 하였다. 나는 그에게 인간적인 매력을 느끼고 있었다.

나를 얼쑤! 그룹의 홍보팀에서 이곳으로 영입한 것이 구 팀장이고 보면 나를 많이 배려한 것은 사실이었다. 나는 구 팀장을 도와

줄 윤리적인 의무를 느꼈다. 관점을 달리하면 김 회장의 신임을 잃어 구 팀장이 위기에 빠졌다고도 볼 수도 있다. 또한 얼쑤! 그룹의 중심 동력이 전자(電子)이고 보면 김 회장이 새로운 개념의 TV 개발에 거는 기대는 그만큼 컸었다. 나는 구 팀장을 어떻게 하면 도울 수 있을까 고민하였다. 그 방법의 첫째가 오늘 구 팀장과 술을 하는 것이었다.

"오늘 저녁에 시간을 내겠습니다. 많은 것은 기대하지 마시고 신개념의 TV 개발에 대한 제 생각만을 말씀드리겠습니다."

"물론 그렇지요. 그러나 이민준 사원이 그동안 시사 주간지에 창의력에 대한 연재를 하고 독자들로부터 큰 호응을 얻었다고 들었습니다. 그러니 만큼 기대가 됩니다."

"아는 것은 많지 않지만 최선을 다해보겠습니다."

구 팀장은 논리보다는 감성을 내세우고 있었다.

"저를 도와주십시오. 보고를 드리는 날, 김 회장님에게서 다시 추진하라는 무언의 메시지를 받았습니다. 그분의 가부간의 대답이 없을 땐 재추진이라는 것이 이 회사를 다니는 중견급 간부라면 누구나 알고 있죠. 물론 김 회장의 떨리는 눈썹을 보았지만 지금은 긍정적으로 해석하고 싶습니다. 그때 김 회장님은 대답을 안 하시고 묵묵히 듣고만 계셨거든요. 그래서 저는 마음에 부담을 더 느끼고 있었습니다."

구 팀장은 나에게 존댓말을 쓰고 있었다. 그만큼 절박하다는 의미로 생각이 되었다. 오늘은 아침부터 구름이 끼더니 저녁에는 비가 내리기 시작하였다. 이런 날은 술이 잘 받는다고 말하지만 나는 가급적 술을 억제하려고 했다. 내 기분으로는 술을 많이 먹고 싶으나 구 팀장과의 중요한 의견 교환을 해야 하고, 무엇보다 아버지께서 암 투병을 하고 계시는 상황에서 술은 억제하는 것이 좋다고 생각했다.

저녁에 카페의 천장에 매달린 등불을 바라보았다. 카페의 희미한 등불이 내 머릿속에서 덩실덩실 춤을 추었다. 나는 구 팀장에게 이렇게 말했다.

"팀장님, 이렇게 해보시죠. 요즘의 신개념의 TV 개발에는 경쟁사의 전략을 무시할 수는 없습니다. 그 전략의 대부분은 기존의 기능에다 새로운 기능을 연결한 것으로 이해할 수 있습니다. 일종의 통합 기능에 가깝습니다. 우리 얼쑤! 그룹의 전략도 이런 쪽에 맞춰지게 되면 경쟁사와의 TV 개발에서 차별화가 분명하게 이루어지지 않게 됩니다."

"……"

나는 상급자에게 강경한 어조로 말하고 있었다. 나의 주장에 확신을 주기 위한 방법으로 강경한 어조를 주로 사용했다. 정책 명제인 "~해야 합니다"라는 서술어를 동원하여 단호하게 말했다. 내 말의 어투만 생각하면 불경한 태도가 될 수 있다. 그러나 위기에 빠진 구 팀장을 살리는 것이 바로 얼쑤! 그룹을 살리는 길이며 얼쑤! 그룹을 살리는 것이 구 팀장을 살리는 길이었다. 그러나 무엇보다 그것은 내가 살 길이라는 생각이 절실했다. 구 팀장은 술기운이 올라 양주 몇 잔 만에 얼굴이 벌개졌다. 구 팀장은 나지막한 소리로 나에게 말했다.

"그렇다면 그 방법이 무엇입니까?"

"시청자가 바로 TV의 출연자가 되게 하는 것입니다."

"뭐라고요?"

"물론 당장 이해는 안 될 것입니다. 다른 경쟁사의 신제품 TV는 냉정하게 말해 통합(統合)의 개념입니다. 그러나 우리 얼쑤! 그룹의 신제품인 TV는 융합(融合)의 개념이지요."

"통합과 융합의 차이가 큽니까?"

"물론입니다. 크게 보아 같다고도 말하지만 디테일하게 들어가면 엄청난 차이가 존재합니다."

"그 차이가 무엇입니까?"

"다른 경쟁사의 신제품 TV는 '기술+기술'입니다. 그러니까 통합의 개념이고 우리 얼쑤! 그룹의 신제품인 TV는 '기술+사람'입니다. 그러니까 융합의 개념이지요."

나는 우선 핵심을 말했다. 구 팀장의 다음 말을 기다렸다. 그는 곰곰이 그러면서 깊이 생각하고 있었다. 내가 핵심만 말하고 구체적으로 모든 것을 다 말하지 않은 것은 구 팀장의 자존심을 유지시켜주기 위한 배려였다. 내가 일방적으로 내 생각을 다 말해버리면 구 팀장의 입장은 무엇이 되겠는가? 구 팀장이 신입사원에 불과한 나에게 그 방법을 구걸하는 입장이 되면 안 된다는 생각이 들었다. 인간적인 대화에서는 구 팀장의 자존심의 문제도 중요한 배려의 대상이 되었다.

"기술+사람의 융합! 시청자가 바로 TV의 출연자가 되는 것이라." 그는 나직이 읊조렸다. 사랑하는 사람 앞에서 시를 낭송하는 분위기였다. 그러면서 얼굴은 상당히 긴장된 모습을 내비쳤다. 그는 말을 이었다.

"그렇다면 안방의 시청자가 바로 즉시 TV의 출연자가가 된다? 이것이 가능할까요? 이것만 된다면 가히 혁명적인 신개념의 TV가 될 텐데…."

구 팀장은 기대감에 조용히 흥분하고 있었다.

"팀장님, 시청자가 언제 가장 열광합니까? 우리는 그동안 이것의 가능성을 확인했습니다. 월드컵 축구 경기장의 대형 TV가 그것입니다. 우리는 관중으로 응원하다가 자신의 모습이 대형 TV에 비치면 손을 흔들며 열광하는 모습을 말이죠."

"……"

"관중들이 열광하는 이유를 알아야 합니다. 관중들이 경기장의 대형 TV는 시청자의 입장에서 출연자의 입장이 되는 셈이지요."

"아! 그렇군요. 그렇습니다. 누구나 자신이 시청자인 입장에서 동시에 출연자가 된다고 한다면 대단한 반응을 불러오는 TV가 되겠네요. 그것이 혁신적인 신개념 TV가 되겠네요."

"이제 본론을 말씀드리겠습니다. 안방 TV의 시청자가 바로 출연자가 되게 하려면 이렇게 하면 됩니다. 드라마를 사례로 들면 안방의 시청자들을 드라마의 출연자 또는 배경 화면으로 기술적으로 비치게 하면 됩니다."

"모든 시청자들을 다 화면에 담으려면 고도의 기술이 필요하겠는데요?"

"그렇지 않습니다. 자신의 집의 TV는 시청자들인 자신들만 TV

의 모든 프로그램의 출연자 또는 배경화면으로 나오게 하는 것입니다. 뉴스 시간에는 뉴스 앵커의 배경 화면으로, 오락 프로그램은 오락 프로그램의 배경 화면으로 나오게 하면 됩니다. 이것도 시청자들이 선택하게 만들면 더욱 좋습니다."

"그 기술이 구체적으로 무엇입니까?"

구 팀장은 다급해졌다.

"그 기술적 원리는 간단하죠. 신개념의 TV의 기능 중에 다중(多重)의 고성능 카메라를 얼쑤! TV에 여러 개를 설치하는 것입니다. 물론 보이지 않게 장착하면 더욱 효과적입니다. 다중의 고성능 카메라를 통하여 TV 앞의 180도 모두 것을 배경 화면으로 잡는다고 생각해 보세요. 자신의 집에서는 자신이 TV의 출연자로 배경 화면으로, 다른 집에서는 그 집의 시청자가 TV의 출연자 또는 배경화면으로 출연하게 되는 것입니다."

"그에 따른 방송국의 촬영기법과 무대장치도 기술적으로 따라줘야 하겠군요."

"꼭 그렇지 않습니다."

"어떻게요?"

"우리 얼쑤! TV에 융합 세트박스를 내장시켜 시청자가 필요시 TV의 배경화면을 효과적으로 삭제 또는 기존 배경과 융합하게 만드는 것입니다. 특히 드라마를 사례로 들면 방송국의 드라마 배경을 삭제하고 그곳에 안방의 시청자가 들어가 출연자와 융합되어 배경 역할을 하게 하는 것입니다."

"상당히 어려운 말입니다. 쉽게 설명해 주시겠습니까?"

"드라마의 주인공이 애인을 만나는 장면을 사례로 들면 기존의 애인 배역 대신에 안방의 시청자가 그 배역을 맡아 기존의 애인 출연자 대신 TV에 붙은 카메라에 의해 출연하게 되는 것입니다. 그때는 기존 배역의 애인역의 출연자는 삭제되고 그곳에 시청자가 들어가는 것입니다. 물론 대본에 따른 대화는 기존의 배역이 하는 것입니다."

"그것이 기술적으로 가능하겠습니까?"

"충분히 가능합니다. 인공지능 로봇에 비하면 이것은 기술이라고 할 수도 없습니다. 융합의 원리를 그대로 기술적으로 재생한 것에 불과합니다."

"그래서 기술+사람의 융합이라고 하는군요."

"구체적으로 말하면 드라마의 주인공과 애인의 대화를 시청자의 안방을 배경으로 하게 할 수도 있고, 심지어 베드신도 시청자의 침대에서 이루어지게 할 수도 있다는 얘기입니다."

구 팀장은 이해가 간다는 의미로 내 얘기에 덧붙였다.

"더 심하게 말하면요. 드라마의 주인공과 시청자인 자신이 자신의 안방 침대에서 베드신도 TV로 가능하다는 얘기군요."

"그렇습니다. 바로 그거지요."

"정말 놀라운 발상입니다. 좋습니다. 자신감이 생겼습니다. 우리 얼쑤! TV에 내장시킬 융합 세트박스를 하루 빨리 개발해야 하겠습니다."

나는 이 정도에서 말을 마치기로 했다. 나머지 융합 세트박스의 구체적인 기술 개발은 구 팀장의 창의적 아이디어에 맡기기로 한 것이다. 내가 가지고 있는 융합 세트박스 계획안은 말하지 않기로 했다. 모두 말하면 구 팀장의 자존심을 무너뜨린 결과가 되기도 하지만 당분간 융합 세트박스 기술은 생존전략에서 내게 신무기로 남겨둘 필요가 있었다. 그러나 이 정도의 얘기로 융합 세트박스 기술의 80%는 공개한 것이나 마찬가지이다. 구 팀장과 핵심 연구원의 능력이면 나머지 20%는 가능할 것이다.

비는 세차게 내렸다. 여름비는 무더위를 없앨 만큼 상쾌해야 한다. 그런데 미지근한 비가 내리는 것이었다. 상쾌한 기분을 느낄 수가 없었다. 내 가슴 한 구석에는 암 투병을 하시는 아버지께서 자리하고 있기에 모든 것이 즐거울 수가 없었다. 즐거운 일이 생겨서 그 기분이 확산되고 심화되다가 아버지의 암 투병의 모습이 떠오르면 그것을 적절하게 절제시키고 차단시켜주었다. 그것도 슬픔과 기쁨의 융합! 삶의 중요한 원리라고 할 수 있다.

나는 병원으로 달려갔다. 아버지께서는 많이 수척해지고 있었다. 암이란 것이 이렇게 사람을 잡아먹는구나. 암 덩어리가 자신보다 열배나 많은 영양분을 뺏어먹기에 아버지는 속수무책으로 당하고 계셨다. 다음 날 담당 의사를 만났다.

"여기를 보시죠. 현재 간으로 암이 전이된 상태입니다. 위는 모두 잘라 냈기 때문에 암세포가 보이지 않지만 간은 상당히 진행되어 있습니다. 이 흰 점이 모두 암세포입니다. 눈에는 작게 보이지만 실제로는 상당히 큰 편이죠. 항암 치료를 받지 않았으니 더 빨리 진행됐으리라 생각합니다."

의사는 컴퓨터의 진료 화면을 가리키며 말했다. 비교적 상세하

게 말 을 하는 것을 보니 보호자인 나에게 연민의 정을 느끼는 듯
했다. 암을 확인받고 시한부 인생을 선고받으면 당연히 보호자는
의사에게 매달린다. 환자나 보호자는 지푸라기라도 잡는 심정이
되는 것이다. 나는 고민하다가 바보 같은 질문을 해보았다.

"그러면 앞으로 얼마니 사실까요?"

"3개월 정도입니다."

나는 절망감을 느꼈다. 하늘이 내려오는 슬픔을 느꼈다. 이러한
결과를 예측은 했지만 이렇게 남은 삶이 빨리 다가오리라는 것은
실감하지 못했다. "시간이 바로 사람에게는 최대의 적이다" "시간은
사람을 기다려 주지 않는다"라는 생각이 스쳤다. 아버지께서는 죽
음을 두려워하고 있었다. 항상 진행되는 일상적인 검사에도 간절
한 희망을 걸고 계셨다. 아버지께서는 자주 행하는 검사에 초진
환자처럼 충실히 임하셨다.

한 달 정도가 흘렀다. 오늘은 우울한 마음으로 출근하였다. 구
팀장은 밝은 모습의 얼굴로 나를 맞이했다. 뭔가 좋은 일이 있는
듯 했다. 새로운 아이템으로 다시 신개념의 TV 개발에 들어간 것
임을 암시받을 수 있었다. 나를 바라보는 구 팀장의 눈길은 부드럽
고 따스했다. 신개념의 TV 개발 아이디어는 완전 성공이었다는 것
이다. 시청자가 바로 TV의 출연자, 배경 화면이 된다는 것 자체가
폭발적인 반응의 핵심이었다. 언론은 대서특필을 했고 외신들도
큰 관심을 가지고 구체적으로 보도했다. 어떤 외신은 30년은 앞선
기술이라고 극찬했다. 그 결과를 구 팀장은 김 회장에게 보고하고
그 자리에서 구 팀장은 회장님에게 이민준의 아이디어라고 보고했

다고 했다. 이때 김 회장은 고개를 끄덕이며 묵묵히 듣고만 있었다고 했다.

나는 호사다마(好事多魔)란 말을 우려했다. 성공에 비례하여 나에 대한 헛소문이 돌기 시작한 것이다. 우려가 현실로 다가온 것이다. 신입사원이 주제를 모르고 "너무 튄다!"는 소문이었다. 특히 버릇이 없다는 내용은 신문 기사 댓글에 비판의 단골 내용이 되고 있었다. 또한 얼쑤! 그룹 회사 내의 소문은 전혀 엉뚱한 방향으로 흐르고 있었다. 알바 댓글을 동원한 그 댓글 내용과 소문의 진원지는 바로 얼쑤! 그룹의 홍보팀이었다. 어제의 동료들이 비난의 칼을 들고 나온 것이었다. 그들은 시기요 질투의 화신들이었다.

그 중에서 박시준 팀장과 김미나 선배는 악성 바이러스였다. 그들은 애초부터 나를 눈엣가시로 생각하고 나를 비하하기 위해 전략적이고 때론 계획적으로 행동했다. 이제는 홍보팀이 얼쑤! 그룹을 홍보하는 것이 아니라 나를 비난하는 일에 열심히 홍보하고 있었다. 특히 김미나 선배가 이 일에 팔을 걷어 부치고 나선 데 대해서는 나는 놀랐다. 나는 심리적으로 위축이 되었다. 얼쑤! 그룹이 뒤숭숭했다.

어느 날 비서실에서 나를 불렀다. 바로 김서연 씨였다.

"지금 회장님도 고민하고 계세요. 창의력 하나만을 가지고 튀다가 이민준 씨가 이렇게 됐는데 회장님도 별 도리가 없는가 봐요. 얼쑤! 그룹 사원 전체의 사기가 저하되고 있고 이런 분위기가 대외 신용도를 떨어뜨리는 데 부담을 느끼고 계셔요."

"결국 그렇게 되는군요. 이렇게 시기하고 질투하여 그룹의 이미지를 실추시키면 그 해당자에 사규를 적용하여 처벌할 수 있잖아요?"

"물론 그 방법도 생각 안 해본 것은 아닙니다. 얼쑤! 그룹의 핵심 중견 간부인 팀장들이 관련된 사건이라 모두 처벌할 수 없는 것이 딜레마입니다."

"……"

나는 말문이 막히고 말았다. 얼쑤! 그룹의 핵심 중견 간부인 팀장들은 얼쑤! 그룹의 공신(功臣)이기에 처벌을 할 수 없다는 얘기였다. 비교적 짧은 기간에 대기업으로 성장한 얼쑤! 그룹은 창의력으로 무장한 젊은 팀장급의 인재로 인해 오늘날 명성을 누리고 있었던 것이다. 특히 홍보팀의 박시준 팀장은 세계 경제 위기에서 얼쑤! 그룹이 좌초의 위기에 빠지자 홀로 유럽에 날아가 새로운 차원에서 얼쑤! 그룹을 홍보했던 것이다. 그 결과로 전문가들의 예측을 보기 좋게 피하면서 해외 수출을 두 배로 증가시켜 얼쑤! 그룹의 신화적인 인물로 자리매김을 했던 것이다. 여러 팀장들을 처벌하는 것보다 이민준 한 사람을 처벌하는 것이 효율적이라 생각했던 것이다. 이른바 정치적인 해결인 셈이다. 무엇보다 이민준 신입 사원은 든든한 배경이 없는 것이 큰 핸디캡으로 작용했다. 이럴 때 발 벗고 나설 팀장이나 임원들이 없었던 것이다. 창의력 계발팀의 구서한 팀장을 생각했으나 그도 정치적인 해결에 의미를 부여하고 있었다. 구 팀장 자신이 살기 위한 구차한 선택을 한 셈이다.

야속한 것은 비서실의 김서연 씨도 소문의 핵심인 "너무 튄다"는 말을 쓰고 있었다. 그녀 자신도 모르게 이 말이 나왔을 리도 있으나 분명 이런 결과에 대해선 김서연 씨도 나를 부정적으로 보는 것 같아 씁쓸했다. 순간적으로 "그렇다면 김서연 씨도 소문대로 날 바라보고 있을까?"라는 의구심이 들었으나 나는 그런 생각을 하지 않기로 했다. 주머니 속의 하얀 머리핀이 만져졌기 때문이었다. 서연 씨는 조용하면서 단호하게 말했다.

"민준 씨가 미리 이미지 관리 좀 하시지 그랬어요. 차에도 브레이크가 있다는 것을 애초에 명심했어야죠. 우리 비서실도 얼마나 그 대책 마련에 힘들어 했는지 아세요?"

"……"

"특히 저는 밤잠을 못 잤다고요. 이민준 씨가 걱정이 돼서요."

서연 씨는 공(公)적인 일에 사(私)적인 감정을 개입시키고 있었다. 이 말은 나를 혼란스럽게 했다. 이것은 무엇을 말하는가? 나를 그동안 공적인 존재로도 보았지만 사적인 존재로도 보았단 말이 아닌가? 공적인 존재로는 얼쑤! 그룹의 회사 동료이고, 사적으로는 친구 관계를 넘어선 애인관계를 말하는 것이 아닌가. 순간적으로 상상력은 끝없이 펼쳐졌다. 내가 혼란을 느껴 아무 말도 못하고 있을 때 그녀는 조그만 회의실로 나를 안내했다. 그곳은 김순도 회장의 웃는 얼굴이 들어간 액자가 걸려있었다. 김서연 씨는 이곳에서 나와 이야기를 하려 했다.

"여기에 앉으세요. 그때 일을 기억하시죠. 울릉도 성인봉 등산길에서의 추억! 눈보라가 날리는 그곳은 지금도 잊을 수가 없답니다. 이런 인연으로 그동안 창의력 계발팀의 이민준 씨를 생각했죠. 또한 구 팀장이 이민준 씨를 자신의 부서로 영입하려 할 때 내가 나서서 회장님께 그것이 가능하도록 말했습니다."

"……"

그녀는 그동안 내가 몰랐던 일화(逸話)를 말했다. 그러면서 검고 초롱초롱한 눈망울을 굴리면서 조그만 소리로 말했다. 나는 듣고만 있었다.

"이민준 씨는 너무 많은 적을 만들었습니다. 사실 창의력 계발팀의 구 팀장도 사실은 나한테 민준 씨를 좋게 말하지 않았지요. 너무 튀는 사원이라 늘 피곤하다고 말이에요."

"아니! 구 팀장이 그렇게 말했다고요?"

나는 놀랐다. 그것이 언제냐고 물을까 하다가 그만두었다. 구 팀장도 나를 시기하고 질투하고 있었구나. 그렇다면 나를 좋게 말한 것은 다만 사무적인, 공식적인 차원의 대화용이었다는 것인가. 내 의식의 혼란은 극에 다다랐다.

"제가 미리 말씀드리지만, 민준 씨는 하나만 알고 둘은 모르는 사람이에요. 세상이 돌아가는 이치를 모른다는 말이죠. 여기서는 정의를 말하는 것이 아닙니다."

서연 씨는 말을 멈추고 뜸을 들였다. 그리고는 어렵게 입을 열었다.

"이것은 회장님의 뜻이기도 한데요…"

그녀는 또다시 말을 멈췄다. 그 다음 내용이 궁금했으나 인내력으로 기다리기로 했다. 그동안 나를 생각해왔다는 그녀 앞에서 나는 초조감을 보이기 싫었다.

"이 그룹을 그만두세요."

짐작은 했지만 내 자존심이 들고 일어났다.

"아니, 뭐요? 내가 잘못한 것은 하나도 없습니다. 그럴 이유가 없습니다. 인사담당이 아닌 왜 서연 씨가 해임을 통보하시나요?"

나도 모르게 소리쳤다. 그러나 속으로는 김서연 씨가 어떤 자격으로 나에게 해고를 통지하는가에 의문이 생겼다. 비서실의 사원이 해고 통지를 한다는 것은 상식적으로는 말이 되지 않는다. 나는 여기서 창의력을 바탕으로 판단하기로 했다. 서연 씨가 날 사랑하고 있는 것은 아닌가? 애인의 자격으로 이런 말을 했다면 상황은 달라지는 것이다.

"물론 그렇지요. 그러나 이것이 이민준 씨가 죽지 않고 사는 방법이에요!"

"내가 사는 방법이라고요?"

"죽는 것이 바로 사는 것이란 말이에요. 민준 씨."

서연 씨의 눈가에 이슬이 맺혔다. 그 눈물이 붉은 볼을 타고 흘러내렸다. 그녀는 나를 연인으로 생각했던 것이다. 그 어려운 해직 통보를 자신이 내리기로 한 것은 어쩌면 그녀가 용기가 있기 때문일 것이다. 이런 극적인 상태를 통해 나와 서연 씨와의 관계를 연인으로 정립하고 비록 물리적인 만남은 짧았지만 정신적인 만남은 길었다는 해석도 가능하게 했다. 이런 해석이 가능하게 한 것은 서연 씨의 지혜라고 생각했다. 난 역설적으로 행복한 사람이라고 생각했다.

나는 얼쑤! 그룹의 해직 통보를 수용하기로 했다. 여러 법적인 대책도 생각했지만 서연 씨의 사려 깊은 해직 통보에 깊은 의미를 부여하기로 했다. 나는 1년이 안 된 신입사원의 입장에서 해직 통보를 받은 것이었다. "내가 사는 방법"이라는 말 속에는 "그룹을 먼저 살리고"가 들어 있었다. 그룹을 살리기 위해서 힘없는 나를 희생시키자는 얘기였다. 나는 마무리를 짓고 싶었다. 안 되는 것을 알면서도 입을 열었다.

"회장님을 뵈올 수 있을까요?"

"지금 신개념의 얼쑤! TV 홍보 차 홍보팀의 박시준 팀장과 유럽에 가 계세요."

"얼쑤! TV 개발! 누구의 아이디어인 줄 아세요?"

"구 팀장이 아이디어를 냈습니다. 구 팀장이"

"그 팀장이 무슨 아이디어요?"

"그 때 김순도 회장님께서 저를 부르신 이유가 제가 아이디어를 냈기 때문이 아닌가요?"

"그 때는 그렇게 알았는데 나중에 구 팀장이 자신이 아이디어를 냈다고 수정을 강력히 요청했습니다."

"회장님은 그 사실을 믿었단 말입니까? 서연 씨도요?"

"알면서 모르는 척 할 수도 있잖아요."

"……"

13

가을, 권고사직, 옥분 씨

"이민준을 해직하기로요."

일종의 권고사직이었다. 나는 더 이상 놀라지 않았다. 생존경쟁이라는 것이 바로 이런 것이구나. 필요할 때는 불러다가 갖은 아양을 떨고 아이디어를 받아내고 그것이 성공하자 그 업적을 구 팀장 자신의 이름에 올리는. 또한 나에게 시기와 질투를 보내는 무리배들! 그것도 묘하게 뒤집어서 얼쑤! 그룹을 비방하는 내용을 시사주간지에 연재한다고 일러바치는 인간들. 내가 배경만 든든했다면 이런 일은 애초에 일어나지 않았을 것이다. 그들은 하이에나였다. 떠올리니 홍보팀의 박시준 팀장, 김미나 씨, 창의력 계발팀의 구서한 팀장, 정찬시 동료 사원들이 보였다. 나는 슬펐다. 결국 이렇게 되는구나. 그렇다면 바로 내 앞에 있는 김서연 씨는? 내 애인이라는 생각을 유지하기로 했다. 애인이기에 단호하게 말했고 동정심이 눈물을 흘렸다고 생각했다. 나는 김서연 씨에 대해서는 판단을 미루고 싶었다. 그러나 이 말만은 꼭 물어보고 싶었다. 나는 머리칼을 쓸어 올리며 조용하게 입을 열었다. "이번 신개념의 TV의 성공의 업적은 누구에게 돌아갑니까?"

"홍보팀의 박시준 팀장, 창의력 계발팀의 구서한 팀장이죠. 제가 내부 결재를 올린 것을 보니 승진 인사가 다음 주로 예정돼 있더군요. 우선 이들에게 보너스로 월급의 100배를 파격적으로 지급한다는 말을 회장님께서 하셨어요. 다음은 파격적인 승진이 이루어지겠죠."

그녀는 말을 조용하게 이었다.

"사실 나는 얼쑤! 그룹의 중요 프로젝트의 아이디어가 민준 씨의 머리에서 나왔다는 것을 알고 있었습니다. 주변 상황을 볼 때 감(感)으로 짐작했죠. 그러나 박시준, 구서한 두 팀장들이 민준 씨가 신입사원이라는 한계를 이용하여 자신들 업적으로 바꿔치기 한 것이죠."

그녀는 그녀답지 않은 과격한 말을 쏟아 놓았다.

"그들은 하이에나와 다를 바 없다고 생각해요. 사자가 잡아 놓은 초식동물을 몰래 훔쳐가거나 빼앗아가는 하이에나 같은…"

그녀는 말을 잇지 못했다. 그녀는 외적으로 연약하게 보였으나 내적으로 강한 성격도 느껴졌다. 외유내강(外柔內剛) 형이라고 생각되었다. 그러면서 나는 아전인수(我田引水) 격으로 그녀가 내편이 아닌가 생각을 해보았다. 얼쑤! 그룹을 떠나는 자에 대한 여자의 마지막 예우인 연민의 정으로, 아니면 울릉도 성인봉의 추억을 공유한 애인의 입장에서 생각해 보았다. 나는 아무 것이나 좋다고 생각했다. 어떻든 김서연 씨가 고마울 뿐이었다.

"자세한 말씀! 친절한 말씀 감사합니다. 김서연 씨의 나에 대한 호의를 절대로 잊지 않겠습니다. 얼쑤! 그룹을 떠나겠습니다."

내가 비서실에 붙은 회의실 문을 열고 나가려 했다. 그녀가 나를 불러 세웠다.

"아버님은 어떠세요? 저 많이 걱정했어요. 이것은 진심입니다. 사랑하는 사람으로서…"

그녀는 의자에 앉은 채로 조그마한 소리로 말했다. 고개를 돌려 바라보니 그녀의 얼굴이 붉게 물들어 있었다. 나는 그들의 배신감에 몸을 부들부들 떨었다. 홍보팀의 박시준 팀장은 어느 정도 예상을 했으나 바로 내편이라 생각했던 구서한 팀장은 전혀 예외였다. "지금은 참자" 하고 속으로 다짐했다. 화장실에 들러 세수를 한 후 창의력 계발팀에 들렀다.

"이민준 씨! 축하하네. 오늘 김 회장님으로부터 전화가 왔는데 유럽에서도 신개념의 얼쑤! TV가 아주 인기라더군. 4개월 후에 나올 TV 신제품이 모두 예약이 됐다더군. 모두가 자네의 덕분이네."

나는 구서한 팀장의 얼굴에 침을 뱉어주고 싶었다. 얼굴색을 하나 변하지 않고 그렇게 말을 할 수가 있을까? 사람이라면 그럴 수 없다고 생각했다. 혹시 나의 이런 생각을 두고 김서연 씨는 내가 세상을 모른다고 했을지도 모른다. 저녁에 구 팀장에게 얼쑤! 그룹을 그만두겠다고 말하니 예상대로 담담한 표정을 지었다. 모든 시나리오를 다 알고 있는 듯했다. 그러면서 말했다.

"이민준 씨 같은 뛰어난 창의성으로 무장한 인재를 어디서 안 불러주겠습니까? 이미 시사주간지의 연재를 통하여 세상에 이름이

나 있지 않습니까? 나는 그것이 굉장히 부러웠습니다."

 이 말은 내가 듣지 않았어야 했다. 그 문장 속의 "세상에 이름이 나 있지 않습니까?" 이 말은 전형적인 비꼬는 말로 들렸다. 자존심이 강한 나는 가슴이 불쾌감으로 울렁이기 시작했다. 저녁에 얼쑤! 그룹 현관을 나오니 그룹 옥상의 대형 전광판에 "30년을 앞선 신개념의 혁신적인 〈얼쑤! TV〉"라는 대형 광고가 번쩍이고 있었다. 지는 해를 바탕으로 휘황찬란한 대형 광고는 나를 더욱 슬프게 하고 있었다. 나는 그동안 가장 큰 일을 해왔다고 자부했었다. 평창그룹의 새 이름을 얼쑤! 그룹으로 바꾸는 데 결정적인 역할을 했고 특히 얼쑤그룹 이름에 !표 사용은 세계에서 최초라고 극찬할 정도가 아니었는가? 또한 얼쑤! 그룹의 국내의 참고서 시장의 진입 계획에 "학생 스스로 문제와 답지를 만들고 그 이유를 논리적으로 서술·논술하는 융합 개념의 최고의 참고서"라는 새로운 교육 아이템으로 성공시킨 것도 바로 나였다.

 특히 얼쑤! 그룹의 성패를 좌우하는 "시청자가 출연자가 되는 신개념의 혁신적인 TV"까지도 모두 내 아이디어가 아니었던가? 생각할수록 분통이 터졌다. 사람은 감정의 동물이 아니던가! 남자는 자신을 알아주는 상관을 위하여 목숨을 바친다고 하지 않았는가! 나는 여러 복잡한 생각에 잠겼다. 자신의 업적만을 위해 부하 직원을 희생하는 상관은 언젠가는 그 결과에 후회하리라 생각했다. 그러나 지금은 내가 힘이 없음을 실감하고 일단은 흐름에 몸을 맡길 수밖에 없다고 생각했다. 이제야 느끼는 것이 있었다.

 "그렇다! 토사구팽(兎死狗烹)이란 말을 나를 두고 하는 말이던가."

냉정하게 생각하면 그것도 아니었다. 내용적으로 비슷한 것이 있을지라도 얼쑤! 그룹에 입사한지 1년도 채 안 되는 신입사원에 불과한 나를 두고 토사구팽 운운은 격에 맞지 않는다고 생각했다. 나는 72층 얼쑤! 그룹 옥상의 대형 옥외 전광판의 "30년을 앞선 신개념의 혁신적인 TV. 얼쑤! TV" 광고를 등 뒤로 느끼며 지하철을 탔다. 아버지께서 입원하고 계시는 병원으로 가기 위해서였다. 하루가 다르게 아버지의 얼굴은 창백하게 변해갔다. 아버지께서는 힘든 목소리로 오전에 여동생이 다녀갔다고 말씀하셨다. 내일은 강릉에 사는 형이 온다고도 말씀하셨다. 그러면서 간병인이 마음에 들지 않는다는 말씀을 하셨는데 그 이유는 사무적인 태도 때문이라는 것이다.

　어머니는 시골에 계셨다. 당뇨라는 지병을 가지고 계셔서 이곳 병원에 보호자로 오실 수가 없는 상태였다. 나는 병실에서 아버지를 뵈는 순간 여러 생각이 떠올라 눈물을 주체할 수가 없었다. 시한부 삶을 선고 받은 아버지의 상황도 가장 힘들지만 거기에다가 얼쑤! 그룹에서 권고사직인 해직을 당했기 때문이다. 다른 표현으로 자의반 타의반인 해고였다. 거기에다가 아버지의 수척한 모습이 겹쳐져 눈물이 나왔다. 나는 의사를 찾아갔다.

　"그러지 않아도 보호자를 부르려고 했습니다. 무한정 입원을 하는 것은 환자를 위해서도 좋지 않습니다. 항암제를 복용하지 못하시더라도 삶에 대한 의지를 가지고 투병 생활을 하신다면 얼마든지 삶을 연장하실 수 있습니다."

　의사는 아버지의 병환을 좋은 방향으로 이야기하려고 했다. 나는 아버지를 고향과 가까운 병원으로 옮기기로 형과 상의를 하였다. 그곳은 홍성에 있는 의료기관인데 아버지께서 좋아하시는 고모님이 계시는 지방이었다. 아버지께서 좋아하는 고모님은 나에게는 대고모님이 되는 분으로 인정이 많으신 분이다. 특히 대고모님은 아버지를 자신의 아들처럼 생각하시는 분이시기에 아버지께서도 정신적으로 의지를 하고 계셨다. 대고모님께서는 아버지께 어머니나 다름 없으셨다.

계절은 가을이었다. 날씨는 낙엽과 더불어 쓸쓸했다. 여름의 잎사귀의 새파란 색은 어디론가 가버리고 누런 색깔이 도둑처럼 차지하고 있었다. 병실 침대의 쇠막대에 매달린 각종 링거병들이 형광등의 불빛을 받아 더욱 차갑게 빛나고 있었다. 나는 이때도 시사주간지의 연재를 마치고 이제 일간지에 칼럼을 연재하고 있었다. 내가 평생 화두로 삼아 살아가려는 창의력 계발을 염두에 두고 융합 및 논술과 관련된 글을 쓰고 있었다.

이때는 대학입시와 관련지어 논술 바람이 불었다. 논술에 대한 수요가 고등학교 3학년을 중심으로 급격히 증가하고 있었다. 새롭게 내 명함을 박았다. 하얀 바탕에 푸른 글씨로 〈얼쑤논술연구소〉 운영자, 논술 관련 칼럼니스트 및 강사라는 타이틀을 담았다. "전(前) 얼쑤! 그룹 창의력 계발팀 근무"라는 글을 명함에 넣을까 하다가 뺐다. 의도적으로 얼쑤! 그룹과 인연을 끊고자 하는 마음가짐의 표현이었다. 논술 관련의 신문 연재는 내 이름을 세상에 알리는 데에 효과적이었다. 나는 마음을 가다듬었다. 새로운 의지를 가질 필요성을 느꼈다. 특히 인문계 고등학교의 논술 강연 초청을 많이 받았는데 대부분 대입 논술과 관련된 내용을 원하였다. 논술의 핵심 요소로 창의력을 선정하고 그와 관련지어 유머를 동원하여 논술을 강의하려고 노력하였다. 강의는 다수의 청중을 대상으로 하기에 유머는 필수적인 요소로 작용하였다. 무엇보다도 강의가 시작되는 시점에 터뜨리는 유머는 강한 중독성을 지니고 있었다. 2시간 내내 웃음을 일으키는 동기로 작용하였다. 청중들은 심각한 이야기보다는 즐거운 이야기를 본능적으로 원한다. 내가 초청 논술 강의를 다니면서 느꼈던 핵심어는 유머의 중요성이었다.

날씨가 쾌청한 어느 날이었다. 홍성병원에 계신 아버지를 뵙고 아산 근처로 차를 몰고 오는 길이었다. 아산의 현충사에 들러 이순신 장군을 뵈면 마음이 편할 것 같아서였다. 그때 나는 자동차 추돌 사고를 냈다. 산들거리는 가을바람에 잠깐 정신을 놓았다가 앞차를 추돌한 것이었다. 차의 흔들림에 사고 낸 것을 알았다. 졸음운전이 그 원인이었다. 추돌을 당한 앞차에서 머리가 긴 여자가 내렸다. 그녀는 의외로 침착한 모습이었다. 30대 후반으로 보이는 편한 모습의 얼굴을 하고 있었다. 나는 재빨리 내려 자동차 추돌 사고에 대해 사과를 하였다. 내 명함을 건네며 먼저 병원에 가보자고 하였다. 그러나 머리가 긴 여자는 한사코 미소를 띠며 말했다.

"병원에 안 가도 됩니다. 이 정도의 사고로 병원에 가야 한다면 누구든지 불안해서 자동차를 몰 수 있겠어요? 걱정하지 마세요."

그녀가 던진 말은 상쾌했다. 웃음까지 띠면서 말을 하는 그녀의 모습은 틀림없이 나를 배려하고 있었다. 나도 그녀의 웃음에 잔뜩 긴장했던 마음이 조금은 풀어졌다. 나는 그녀의 이름을 물어보았다.

"김옥분(金玉分)입니다."

그녀는 시원스럽게 답변해 주었다.

"아! 그렇군요. 이런 상황을 이해해주셔서 감사합니다. 나중에 문제가 될 수도 있으니 지금 나하고 병원에 갑시다."

"아닙니다."

"오늘 반드시 병원에, 아니면 내일 병원에 가보시기 바랍니다. 부탁입니다. 작은 교통사고도 나중에는 큰 병의 원인이 될 수 있다고 들었습니다. 정말 죄송합니다."

나는 그녀와의 몇 마디 대화를 통해 마음의 편안함을 느꼈다. 그리고 내가 홍성병원의 아버지가 위암으로 입원해 계셔서 그곳에 갔다가 오는 길이라고도 말해주었다. 옥분 씨는 그 말을 유심히 듣고 있었다. 그녀는 정서적으로 안정이 돼 있었다. 교통사고의 일부 피해자는 이런 교통사고의 상황에서 먼저 홍분을 하고 본다. 나아가 자신의 아픈 상황을 과장하여 표현하며 피의자를 협박하기 일쑤다. 이번 교통사고의 경우도 내가 일방적으로 낸 것이었다. 옥분 씨가 이런 저런 이유로 무리한 피해액의 요구를 해도 꼼짝없이 당할 수밖에 없는 상황이었다. 나는 한숨을 쉬었다. 그때 휴대폰이 울렸다.

"안녕하세요. 김서연입니다. 오랜만에 연락을 드리게 되네요."

얼쑤! 그룹 비서실에 근무하는 김 회장의 딸이었다.

"아! 안녕하세요. 그때 본 후로 세 달이 되는데 많은 세월이 흐른 것 같이 느껴지네요."

나는 재빨리 아는 체를 했다. 한편으로 그녀가 무슨 일로 전화를 했는지 궁금해지기 시작했다. 내 자동차의 방향 지시등이 깜빡거리고 있었다. 앞부분의 범퍼가 접촉 사고로 깨져서 찌그러지게 보이고 있었다. 나는 휴대폰을 든 채 옥분 씨에게 양해를 구했다. 가을의 날씨는 청명했다. 가로수의 낙엽이 자동차 위로 휘날리고 있었다. 하늘에는 하얀 구름 한 장이 외로이 떠있었다. 김서연 씨의 말이 휴대폰을 통해 분명하게 들렸다.

"저도 얼쑤! 그룹을 나오려고 합니다."

뜻밖의 이 말을 듣고 나는 내 귀를 의심했다.

"아니! 왜요?"

나도 모르게 나온 말이었다.

"그것은 묻지 마세요. 나대로 이유가 있으니까요? 언제 한번 만나기를 바랍니다. 그동안 어떻게 지냈는지 궁금하기도 하고요. 앞으로 뵙는 것이 가능하겠죠? 민준 씨!"

나는 휴대폰을 빨리 끊어야 할 필요성을 느꼈다. 내 졸음운전으로 교통사고를 당한 김옥분 씨를 앞에 두고 있었다. 거기다가 휴대폰을 통해 다른 여자와 길게 이야기를 한다는 것은 실례라는 생각이 들었다.

"제가 연락을 드리겠습니다. 저도 할 이야기가 많고요."

그리고 나는 옥분 씨를 돌아보며 말을 했다.

"죄송하게 됐습니다. 갑자기 연락이 와서요."

"괜찮습니다. 필요하면 연락을 드리죠."

그녀는 해맑은 미소로 대답을 했다. 그녀의 손에는 내가 건네준 내 명함이 쥐어져 있었다. 명함의 하얀 색이 가을빛을 발했다. 오늘의 두 사건은 나를 혼란스럽게 하였다. 결과가 상식적에서 어긋났다. 상황은 일반적으로 예정된 결과를 보인다. 그것이 상식이고 또 그렇게 되어야 일반적인 해결이 된다. 그러나 오늘 교통사고 건은 피해자인 옥분 씨가 오히려 미안해하였다. 상식 밖의 결과였다.

또한 생각지도 않았던 김서연 씨가 전화를 해주었다. 얼쑤! 그룹 회장의 딸인 서연 씨가 백수인 나에게 전화를 걸어왔다는 사실이다. 상식에 어긋나는 일이었다. 공식적인 연인 관계도 아닌 입장에서 서연 씨가 3개월 만에 내 연인처럼 연락해 왔다. 말투도 연인처럼 했고 내용도 연인처럼 했다. 역시 상식에서 어긋난 것이었다.

나는 시간을 내어 책을 써보기로 했다. 아버지께서 위암으로 투병하고 계시는 상황에서 아버지에게 드릴 내 마지막 선물일 수 있었다. 얼쑤! 그룹에서 해직을 당한 뒤 실의감에서 벗어나기 위해서는 책 집필이 효과적이라고 생각했다. 책 집필은 고통스럽지만 무엇보다도 몰입을 할 수 있었다. 내가 나를 더욱 구속하고 시련과 고통을 느끼는 상황을 인위적으로 만드는 것이 내 집필 방법이었다. 집필은 창의적인 방법으로 시련을 극복하는 효과적인 방법이 되었다.

나는 쓴 웃음을 지었다. 논술 초청 강의는 꾸준히 들어왔다. 강의료는 적은 금액이었으나 내 자존심을 살리고 삶의 적극적인 자세를 갖게 한다는 점에서 긍정적이라 생각했다. 특히 야성을 발휘할 기회로 생각하였다. 며칠 후에 경기도 병점에 소재한 고등학교에서 논술 강의를 마쳤다. 그 때 휴대폰이 울렸다. 주최 측 선생님들과 저녁 식사를 하려는데 여동생으로부터 전화가 왔다. 남양주에 사는 여동생이다. 목소리는 약간 흥분돼 있었다.

"오빠, 지금 대학병원에 갈 수 있어? 원래는 내가 가야하는데 재우가 지금 유치원에서 올 시간이 돼서 갈 수가 없거든. 아버지의 CT 자료를 대학병원에서 두 개 복사해서 하나는 대전의 병원장에게, 하나는 큰 오빠에게 급히 보내주면 되는데…."

애원 섞인 목소리였다. 나야 주최 측 선생님들과 저녁 식사 약속을 최소하면 되는 일이었다. 쾌히 승낙했다. 그런데 시간을 보니 병원의 자료 요청 마감 시간은 오후 5시 30분이었다. 최대한 빨리 서울로 가는 것이 문제였다. 병점에서 전철을 이용하기로 했다. 병점에서 전철 1호선을 타고 서울역에서 내려 혜화동에 가는 전철로 갈아타야 했다. 이때는 지하철 4호선이었다. 그런데 나에게 행운이 작용했는지 전철의 연결이 극적이었다.

허겁지겁 병점역에 도착하자 마치 전철이 나를 기다리고나 있듯이 내가 타자마자 곧 출발했다. 서울역에서 내려 급히 4호선 통로로 뛰어가서 도착하자마자 금방 당고개행 전철이 들어왔다. 나는 매우 숨이 가빴지만 시간에 맞추어 서울역에서 회현, 명동, 충무로, 동대문운동장, 혜화역으로 순조롭게 갈 수 있었다. 하늘이 도와주었다고 생각했다. 급히 뛰어 대학병원에 도착한 후 계획된 일을 마치니 오후 6시 30분이 넘어 있었다. 문제는 건강검진 자료가 복사된 CT 자료를 우체국에서 강릉과 대전으로 보내야 하는 것이었다.

우체국의 마감 시간은 훨씬 지나있었다. 나는 혹시나 대학병원 내의 우체국으로 올라갔다. 내 예상을 깨고 친절하게도 우체국 여직원은 마감 시간을 넘기면서까지 내 민원을 살펴주었다. 우체국에 근무하는 중년 여직원은 친절한 미소로 나를 대해주었다. 내가 보내려는 건강 검진 결과가 담긴 CT자료가 깨지지 않게 포장하며 세심하게 살폈다. 하나하나 신경을 써주었다. 시간이 늦을까봐 급히 뛰어왔던 내 불안한 마음이 조금씩 진정되었다. 우체국 여직원의 친절함과 미소의 힘이었다. 친절함이 이렇게 큰 힘을 발휘하는 것에 대해 놀랐다.

나는 우체국 홈페이지에 여직원의 친절함을 글로 올리기로 결정했다. 특히 그녀는 내가 걱정했던 "아버님의 건강진단 CT자료를 잘 보냈다"는 내용을 다음 날 아침에 내 휴대폰으로 연락까지 해주었다. 감동의 연속이었다. 대학병원 우체국 여직원의 정성은 나를 감동시키고 말았다. 나는 다음과 같은 글을 우체국 홈페이지 고객게시판에 올렸다.

"아버지께서 서울대병원에서 6개월 전에 암수술을 받으셨습니다. 그 이후 난 가족의 입장에서 정신이 없었습니다. 그런데 아버지의 CT자료가 필요하다는 전화를 급히 동생으로부터 받았습니다. 저는 모든 일정을 취소한 채 대학병원으로 갔습니다. 대학병원에서 자료의 마감 시간에 쫓겨 허둥대며 일을 간신히 해결했습니다. 문제는 그 자료를 빨리 대전과 강릉으로 소포로 보내야 하는데 대학병원 우체국의 마감시간이 훨씬 지나 있었습니다. 혹시나 대학병원 본관 2층의 우체국으로 갔습니다. 우체국의 마감시간이 훨씬 지났는데도 우체국의 여직원님은 밝은 미소로 시간을 연장해가며 친절하게 대해주셨습니다.

　"다음 날 아침에 우체국에 접수해도 소포가 도착하는 날짜는 같다"는 간단한 말로 저를 되돌려 보낼 수도 있었습니다. 그러나 여직원은 손수 소포의 물건이 깨지지 않도록 특별 봉투에 잘 넣어주었고 우편번호까지 스스로 적어주셨습니다. 특히 암수술을 받은 제 아버지의 건강을 걱정하시며 완쾌되기를 바란다는 여직원의 따뜻한 말씀까지 해주었습니다. 저는 감동했습니다. 다음날 아침에는 "소포를 잘 보냈다"는 전화까지 해주셨습니다. 요즘 사회가 비인간적이라고 사람들은 말합니다. 그러나 서울대학교병원 우체국의 여직원 같은 분이 계시는 한 우리 사회는 살 만하고 따뜻한 곳이라는 확신이 섰습니다. 여직원의 따뜻한 말씀은 저의 아버지께서도 완쾌될 수 있다는 자신감까지 들게 했습니다. 우체국 직원의 따뜻한 말 한마디가 이렇게 희망을 줍니다. 비록 조그만 일이지만 개인에 따라서는 아주 크고 의미 있는 일이기 때문이죠. 사람들은 "우체국 직원의 임무가 그런 것 아니냐"고 하겠지만 "아버님의 완쾌를 바란다"라는 말씀은 진정한 마음이 없으면 불가능하다고 생각합니다. 이 자리를 빌려 그 여직원께 감사의 말씀을 전해드립니다."

　나는 내가 쓴 고객 게시판의 글을 읽어보았다. 다시 읽으니 계속 읽고 싶어졌다. 내용에 미진한 부분이 들었지만 감동이 잘 스며들었다는 생각을 했다. 내가 우체국 여직원에게 보답할 수 있는 최고의 선물이라고 생각 했다. 바람이 부는 어느 날이었다. 이제 가을도 막바지에 다다랐다. 거리의 낙엽이 숨을 멈춘 채 바람에 이리 저리 휴지처럼 쓸리고 있었다. 여름의 영화롭던 푸른색은 누런색으로 탈색이 된 채 바람에 운명을 맡긴 모습은 처량해 보았다. 어떤 낙엽은 자동차 바퀴에 바스러진 채 갈기갈기 찢기고 있었다. 뼈대로 남은 몇 개의 잎사귀 줄기만이 희미하게 낙엽임을 증명해주었다. 그 때 대학병원 우체국 여직원은 또 아버지의 건강을 염려하는 전화를 해주었다. 그 친절함이 아버지의 병환이 나을 것이라는 의지를 갖게 했다. 비록 말기 암이라는 위중한 상황이었지만 그 친절함은 희망의 끈을 놓지 않는 내 원동력으로도 작용하였다.

나는 결심했다. 그 친절함을 일간 신문에 내어 전국적으로 칭찬해줄 일이라고 생각했다. 삭막한 오늘날에 단비 같은 감동을 주는 간접적 체험을 독자들이 느낄 수 있다고 생각했다. 그 친절함은 누구나 생각할 수는 있지만 누구나 실천하기는 힘든 일이다. 생각과 실천은 다른 것이다. 사람들이 감동을 느끼는 것은 거창한 일에서도 나오지만 사람이면 누구나 할 수 있는 조그만 일에서도 나온다는 것을 알려주고 싶었다. 나는 유력 일간지의 오피니언(opinion)에 글을 써서 이 내용을 투고했다. 그 후 일간지 기자와 통화를 했고 미소 짓는 우체국 여직원의 모습을 그린 삽화와 함께 신문에 기사로 실렸다. 나는 신문 기사의 내용을 읽어보았다.

[독자 편지]
마감시간 지났는데도 접수하고 덕담까지 '친절 우체국'

6개월 전 아버지는 서울대병원에서 암 수술을 받았다. 그런데 얼마 전, 충남 고향에서 요양 중인 아버지가 갑자기 쓰러져 대전의 병원에서 진료 받기 위해 아버지의 CT 자료가 급히 필요하다는 동생의 전화를 받았다. 서둘러 서울대병원으로 달려가 병원 마감시간에 간신히 자료를 건네받았다. 문제는 우체국 마감시간이 훨씬 지난 시간이라, 그 자료를 어떻게 빨리 대전에 소포로 보내느냐 하는 일이었다. 혹시나 하는 마음에 병원 안 우체국을 찾았다. 그런데 마감시간이 지났는데도 잔무를 보고 있던 직원은 밝은 표정으로 업무를 처리해 주었다. "지금 접수하나 다음 날 아침에 접수하나 소포가 도착하는 날짜는 같다"는 말로 나를 돌려보낼 수도 있었지만 기꺼이 받아주었다. 게다가 손수 소포의 물건이 깨지지 않도록 봉투를 주의 깊게 살피고 우편번호까지 확인해 적어주었다. 그리고 "아버님이 완쾌되기를 바란다"는 말도 해주었다. 다음 날 아침에는 "소포를 잘 보냈다"는 문자 메시지까지 보내왔다. 요즘 세상이 각박하다지만, 이런 분이 계시는 한 우리 사회는 살만하고 따뜻한 곳이라는 생각이 들었다. 더욱이 "아버님의 완쾌를 바란다"는 말은 내게 큰 용기를 주었다.

적은 분량의 신문 기사였다. 손바닥만 한 신문 기사였지만 그녀의 미소 짓는 삽화는 신문 한 장의 넓이로 밝게 빛나고 있었다. 그것은 미소의 힘이었다. 미소는 감동을 몇 배의 크기로 만들어 주었다. 나는 이런 체험을 통해 느낀 점이 많았다. 사회 공동체에서

한 사람의 따뜻한 마음씨가 상대방에게 얼마나 큰 희망과 용기와 감동을 주는지를 깨달았다. 특히 상대방이 위기에 처했을 때는 그 친절함이 삶의 구원이 된다. 경쟁이 치열한 이기적인 오늘날 사회에서 이런 정신적인 혜택을 받은 나는 행복한 사람이었다.

내 머릿속은 맑아졌다. 내가 얼쑤! 그룹에서 타의적으로 해직을 당할 때 정신적인 위안을 주었던 비서실의 김서연 씨가 빛나고 있었다. 내가 자동차 추돌 사고를 일으켰는데도 따뜻한 미소를 잃지 않은 옥분 씨가 내 머릿속의 주역으로 등장했다. 마감 시간이 지났는데도 우편물을 기쁘게 처리해준 대학병원 우체국의 여직원의 미소가 아름답게 연상되었다. 아버지의 병원 치료를 위한 입원 수속을 처리하시고 만사를 제치고 차편을 수시로 제공한 이원근(李元根) 고모부님의 얼굴이 떠올랐다. 아버지의 병환을 걱정하시며, 홍성병원에서 살다시피 하신 인자하신 이병학(李秉學) 당숙 아저씨의 따뜻한 모습이 떠올랐다. 이렇게 오늘의 머릿속은 감동으로 느껴지는 분들로 꽉 들어찼다.

포근한 마음이 전해져 행복했다. 내가 사람을 그리워하는 이유다. 이것은 세상의 사람들이 사람들을 그리워하는 이유로도 작용한다. 아직도 세상은 살만하다고 생각하는 근거가 된다. 가을 저녁이 가까워졌다. 나는 소주 한 잔을 손에 들고 있었다. 오이가 들어간 골뱅이가 안주였다. 적당한 양념으로 버무린 맛이 일품이다. 껄껄한 목구멍은 달착지근한 소주 맛으로 부드러워졌다. 처음 몇 잔은 술만 먹고 안주를 먹지 않았다. 철저히 술맛을 느끼기 위해서다. 독한 소주의 맛을 느끼기 위해서인데 왠지 부드러운 맛이 자꾸만 느껴졌다.

이러면 안 되는데 하며 생각에 잠겼다. 그러나 술이 한두 잔 더해질 때마다 내 가슴은 삶에 대한 의지로 뜨거워졌다. 그러면서도 나를 철저히 소외시키고 싶었다. 내가 나를 소외시킨다는 것은 현실에서 말하는 부정적인 의미의 소외가 아니다. 소위 왕따가 아니다. 내가 나를 소외시키는 것이기 때문이다. 사람은 본질적인 '나'가 있고 현상적인 '나'가 있다. 상황에 따라 둘은 갈등을 일으키고 화해도 한다. 특히 본심은 그렇지 않은데 몸은 다르게 움직여질 때가 있다. 그런 행동을 한 후 "왜 그랬지?"라며 고민하고 후회하고 갈등하기도 한다. 오늘 나는 술을 통해 더 나를 소외시키고 싶었다.

아라비아 사막, 사북자리, 중간항

나는 나를 철저히 둘로 분리시켰다. 본질적인 '나'가 현상적인 '나'를 소외시켜야 정상이지만 나는 그 반대로 소외시켰다. 현상적인 '나'가 본질적인 '나'를 소외시켰던 것이다. 본질적인 '나'는 소외가 되면 될수록 본질적인 '나'가 구체적으로 드러낼 것이다. 실체인 본질적인 '나'를 발견한다는 것은 처절한 고통 속에서만 가능하다. 일상생활의 굴레에 적용하여 순응하면 현상적인 '나'가 구체적으로 나타난다. 이때 나는 나태와 안정의 생활모습에 만족한 돼지가 될 뿐이다. 원시적 삶이 주는 날카로운 야성의 정신이 없다. 원시적 나를 찾는 방법은 나의 현상을 발가벗겨서 외로운 사막의 한 벌판에 세워놓은 것이다. 상상 속의 황량한 사막 속에 나는 철저히 고립되고 외로움에 휩싸였다. 나는 시를 떠올렸다. 유치환 시인의 〈생명의 서(書)〉이다.

나의 지식이 독한 회의를 구하지 못하고
내 또한 삶의 애증을 다 짐지지 못하여
병든 나무처럼 생명이 부대낄 때
저 머나먼 아라비아의 사막으로 나는 가자.

거기는 한번 뜬 백일(白日)이 불사신같이 작열하고
일체가 모래 속에 사멸한 영겁의 허적(虛寂)에
오직 알라의 신만이
밤마다 고민하고 방황하는 열사(熱沙)의 끝.

그 열렬한 고독 가운데
옷자락을 나부끼고 호올로 서면
운명처럼 반드시 '나'를 대면케 될지니
하여 '나'란 나의 생명이란

그 원시의 본연한 자태를 다시 배우지 못하거든
차라리 나는 어느 사구에 회한(悔恨) 없는 백골을 쪼이리라.

나는 사막에 대한 상상에 잠겼다. 시에서 나는 "일체가 모래 속에 사멸한 영겁의 허적(虛寂)에 오직 알라의 신만이 / 밤마다 고민하고 방황하는 열사(熱沙)의 끝 / 그 열렬한 고독 가운데 / 옷자락을 나부끼고 호올로 서면 / 운명처럼 반드시 '나'를 대면케 될지니"란 내용에 주목했다. 고독 속에서만 본질적인 나를 만날 수 있다는 의미였다. 그러기 위해서는 모든 것이 죽어 있는 사막에 '나'를 던져버려야 본질의 '나'를 만날 수 있다. 나는 "나를 철저하게 고립시키자"고 다짐했다. 나는 영상을 펼치고 생각을 계속했다. 사람은 살아가면서 많은 선택의 문제에 부딪힌다. 하지만 나이가 들면서 선택의 폭이 갈수록 좁아짐을 느낀다. 그 결과 대부분의 사람들은 좌절을 체험하며, 그 중 일부는 비극으로 이어지기도 한다. "사람들은 인생의 이런 과정을 어떻게 수용해야 할까?"라는 질문을 나에게 던졌다. 나는 고민했다. 상식적으로만 보면 그런 결과가 당연하고 어쩔 수 없는 선택이라고 치부할 수도 있었다. 하지만 이는 삶의 가치를 물리적인 것으로만 규정하는 것의 방증은 아닐까? 최인훈의 소설 『광장』의 일부 내용이 떠올랐다.

구겨진 바바리코트 속에 시래기처럼 바란 심장을 안고 은혜가 기다리는 하숙으로 돌아가고 있는 9월의 어느 저녁이 있다. 도어에 뒤통수를 부딪치면서 악마도 되지 못한 자기를 언제까지나 웃고 있는 그가 있다. 그의 삶의 터는 부채꼴 위에 있다. 넓은 데서 점점 안으로 오므라들고 있었다. 마지막으로 은혜와 둘이 함께 있던 동굴이 그 부채꼴 위에 있다. 사람이 안고 뒹구는 목숨의 꿈이 다르지 않으니. 어디선가 그런 소리도 들렸다. 그는 지금. 부채의 사북자리(접었다 폈다 하는 부채의 아랫머리)에서 있다. 삶의 광장은 좁아지다 못해 끝내 그의 두 발바닥이 차지하는 넓이가 되고 말았다. (…) 바다를 본다. 큰 새와 꼬마 새는 바다를 향하여 미끄러지듯 내려오고 있다. 바다. 그녀들이 마음껏 날아다니는 광장을 명준은 처음 알아본다. 부채꼴 사북까지 뒷걸음친 그는 지금 핑그르르 뒤로 돌아선다. 제 정신이 든 눈에 비친 푸른 광장이 거기 있다.

펼쳐진 부채에 비유된 '삶의 광장'은 점점 좁아지는 양상을 보였다. '사북자리'는 두 발바닥이 차지하는 넓이로 표현될 만큼 주인공 이명준의 삶의 위기감이 고조된 공간이다. 사북자리는 더는 물러설 수 없어 선택의 여지가 없는 곳, 인식이나 사고의 전환을 의미하는 곳이다. 현재 나는 사북자리가 있다고 생각했다. 스스로 나를 괴롭힌, 그래서 얻어낸 상상의 결과다. 이명준(李明俊)이 바다를 진정한 광장(廣場)으로 인식한 것은 자신이 더 이상 물러설 수 없는 공간에 서 있다는 생각에서 나온 발상이다. 이명준은 자유롭게 날고 있는 갈매기를 보면서 바다를 어떠한 사상과 억압에도 짓눌리지 않는 정신적인 광장으로 선택한다.

창의성 있는 사람은 극복방식이 다르다. 시공간의 물리적인 한계에 다다르면 이를 정신적 가치로 극복한다. 소설의 주인공인 이명준처럼 정신적 가치를 풍부한 상상력으로 구현해낼 때 창의력으로 평가받는다. 이 글을 읽으니 물이 한 잔 마시고 싶어졌다. 나는 담배를 피우지 않는 대신에 물을 많이 마셨다. 수돗물을 끓이지 않고 그냥 마셨다. 위생 관념이란 애초에 나에게 사치품에 불과했다. 누구는 물도 씹어서 먹으라고 했지만 나는 일부러 한 컵의 물을 한꺼번에 목으로 넘겨보았다. 목에 물이 막혀 토했다. 가슴이 뻐근하고 손발이 저렸다. 눈물도 찔끔 나왔다. 이런 경우도 사회의 기존 관념에 대한 슬픈 저항인가? 약한 자의 모습을 확인한 나는 씁쓸했다. 답답한 마음으로 상상의 날개를 펼쳤다.

일제 강점기에 어떤 독립 운동가는 감옥 생활에서 얻은 정신적 가치의 중요성을 설파했다. 사람이 감옥의 좁은 공간에서 고통을 물리적으로만 받아들이면 목숨을 부지하기 어렵다고 한다. 이런 이유로 창의적인 사람 이 감옥에 들어가면 재빨리 그곳을 정신적으로 재구성한다고 한다. 이른바 감옥의 좁은 공간에서 세상의 삶의 구조를 압축하여 재구성한다는 것이다. 이럴 때 비로소 정신 속에서는 좁은 감옥이 넓은 세상이 되어 자유를 느낀다고 한다. 이것은 좁은 감옥을 지혜롭게 극복하는 방법으로, 좌절 하지 않고 자신의 목적을 계속 추구하는 원동력이 된다. 창의적 발상이 이렇게 자신의 정체성까지 유지할 수 있게 해준다.

이육사 시인의 '절정(絶頂)'이란 시를 떠올려 보았다.

[1] 매운 계절(季節)의 채쭉에 갈겨
마츰내 북방(北方)으로 휩쓸려오다.

하늘도 그만 지쳐 끝난 고원(高原)
서리발 칼날진 그 우에 서다.

어데 다 무릎을 꿇어야 하나
한 발 재겨 디딜 곳조차 없다.

[2] 이러매 눈 감아 생각해 볼밖에

겨울은 강철로 된 무지갠가 보다.

이 시는 사북자리를 접점으로 두 개의 부채를 붙인 모습으로 볼 수 있다. [1]은 물리적인 공간이 점점 좁아지는 형국으로, 마지막에는 선택의 폭이 없어진다. 하지만 시적 화자는 [2]에서 창의적 발상을 시도한다. 시적 화자는 견디기 어려운 극한 상황에서 오히려 그것을 넉넉한 관조의 정신으로 받아들이는 차원 높은 해결법을 보여준다. 나는 힘차게 무릎을 쳤다. "창의력은 정신작용으로 고통과 시련으로부터 생긴다"를 확인하는 행동이었다. 나는 질문을 던져 보았다. 만약 위의 이명준의 부채꼴을 반대로 하여 인간의 삶을 해석하면 어떨까? 즉 어린 시절, 젊은 시절을 부채의 사북자리로 생각하고 중년을 넓은 부채꼴에 배치한다. 어린 학생이 자신의 한 가지 소질을 발굴해 집중적으로 연마한다면 그 결과 중년에 선택의 폭은 더 넓어지지 않을까? 요즘 학부모들이 어린 자식들을 많게는 대여섯 개의 학원에 보내는 현실을 비판할 때 이런 부채꼴의 논리를 사용하면 어떨까? 내 생각은 학부모들의 사교육 문제까지 확산되고 있었다.

우리는 역사를 통해 선인들의 수많은 선택을 접하게 된다. 시련을 정신적 가치로 극복하는 것은 선인들의 자유의지로 목표를 이루는 원동력이 된다는 점에서 의미가 있다. 이제 현대인들도 이런 부채꼴의 원리를 활용해 창의적인 사고를 정신적으로 도출해보면 좋다고 생각했다. 시련은 소외와도 맥락이 연결된다. 소외는 관점의 방향에 따라 긍정적일 수도 있다. 나는 나를 소외의 구렁텅이로 몰아넣어 괴롭힌다면 그 속에서 나의 원시성의 순수함을 발견할 수 있으리라 생각했다. 이것이 새싹이 되어 내가 원하는 창의적인 정신이라는 풍성한 열매를 양육할 수 있으리라고 생각했다. 바로 자학의 과정을 통해 창의성을 계발하리라 다짐했다. 경쾌한 가을비가 내렸다. 비가 끈적이지 않고 신선하게 바람과 함께 다 가왔다. 여름비가 아니기 때문에 가을비는 많은 상념을 나에게 물어다 주었다. 그 상념은 내가 벗어날 수 없는 아버지의 병환이었다. 아버지의 생명은 닳아가는 촛불처럼 하루가 다르게 꺼져갔다. 나도 하루가 다르게 자학의 수렁으로 빠져들고 있었다. 구렁텅이는 매우 깊었다. 우선 책을 열 권 선별했다. 3일에 열권을 모두 읽고 창의성과 관련 지어 글을 써보자. 나의 1차적인 자학의 방법이었다. 고통 속에서 창의성은 탄생한다는 말을 믿고 싶었다.

조선시대에 최고의 예술품인 자기(瓷器)를 만드는 도공은 예술과 자신의 생명을 바꾸었다. 자신의 생명을 버리는 대가로 최고의 예술품인 자기를 얻어낸 것이다. 그럴 정도는 아니지만 나는 책을 치열하게 읽고 그것을 창의성과 관련지어 생각해 보기로 했다. 그것이 나를 해직한 얼쑤! 그룹에 대한 진정한 복수라고 생각했다. 나는 얼쑤! 그룹으로부터 권고사직을 당했었다. 그때 마침 아버지의 병환과 겹쳐 우울한 나날을 보내고 있을 때 창의성을 계발하기 위한 치열한 노력은 나를 구원해줄 수 있으리라 생각했다. 믿음은 정확했다. 빗소리에 날씨가 차가워졌음을 느꼈다. 나는 밤을 뜬 눈으로 새웠다. 밤에 한 가지 일에만 몰입하기로 했다. 미친 듯 책을 읽었다. 내가 감동받은 내용의 한 단락을 선택했다. 이어령 교수의 『중간항의 문화』의 내용이다. '중간항'이라는 어휘가 나의 가슴을 울렁거리게 했다. 단순히 생각하면 그 어휘는 이것도 저것도 아닌 그저 중간인 것이다. 그러나 중간항이 갖는 다양성을 파헤쳐보자. 지금 이 순간은 창의성 계발의 의지로 내 눈이 번뜩였다. 다시 생각해 보았다.

"주먹과 손바닥으로 상징되는 이항대립 체계는 서구문화의 뿌리를 이루고 있는 기본 체계이다. 천사와 악마, 영혼과 육신, 선과 악, 괴물을 죽여야 공주와 행복한 결혼을 한다는 이른바 세인트 조지 콤플렉스가 바로 서구 문화의 본질이었다고 할 수 있다. 그러니까 서양에는 이항대립의 중간항인 가위가 결핍되어 있었던 것이다. 주먹과 보자기만 있는 대립항에서는 어떤 새로운 변화도 일어나지 않는다. (…) 가위의 힘, 말하자면 세 손가락은 닫혀 있고 두 손가락은 펴 있는 양쪽의 성질을 모두 갖춘 중간항을 발견하였다. 열려 있으면서도 닫혀 있는 가위의 존재, 그 때문에 이항대립의 주먹과 보자기의 세계에 새로운 생기가 생겨난다. 주먹은 가위를 이기고 보자기를 이기지 못하며 보자기는 주먹을 이기는, 그 어느 것도 정상에 이를 수 없으며 그 어느 것도 밑바닥에 깔리지 않는 서열 없는 관계가 형성 되는 것이다."

이 내용을 놓고 생각했다. 밤의 어둠이 칼이 되어 얼굴을 할퀴고 지나갔다. 내 창백한 얼굴에 칼자국 같은 어둠의 흉터가 보였다. 예리한 더듬이로 만져 보았다. 내 의식 속에 또렷하게 만져지는 그 예리한 칼날의 흉터! 그럴수록 내 의식이 더욱 또렷해졌다. 나는 중간항과 관련지어 무한의 상상에 잠겼다. 현대인들에게 홍수 대책에 관해 물으면 어떤 대답이 나올까? 일부는 댐 건설을, 일부는 하천 기능을 살려야 한다는 등의 주장을 내놓을 것이다. 물론 이런 주장도 의미는 있지만 참신한 맛을 주지는 못한다고 생각했다. 바로 새로운 시각인 창의성을 얻기 위한 방법이다. 위의 인용의 내용은 현대인의 이분법적 사고에서 벗어날 수 있는 새로운 발상을 보여 준다. 나는 생각에 잠겼다. 그때 빛나는 생각이 떠올랐다.

"가위바위보의 '가위'에 해당하는 중간항을 홍수 대책의 원리로 활용해보면 어떨까? 바로 그것이다. 지금까지 홍수 대책은 인간만을 위한 것이라고 해도 과언이 아니었다. 댐 건설이 대표적인 사례다. 하지만 엄청난 홍수를 댐으로 완벽하게 막는다는 것은 댐의 기능상 한계를 지닐 수밖에 없다. 또 댐은 시멘트로 물의 흐름을 막는다는 점에서 자연과의 공존을 기반으로 한 해결책은 아니다. 이 시점에서 "자연은 인간을 위해 존재한다"는 이분법적(二分法的) 사고에서 벗어나기 위한 지혜가 요구된다. 즉 인간만을 위해서도 안 되고 자연만을 위해서도 안 된다. 인간과 자연의 서열 없는 중간항의 관계가 필요하다. 그런 점에서 "대규모 늪(습지)을 확보해야 한다"라는 주장은 어떨까? 기존의 홍수 대비책을 뛰어넘는 참신한 발상이라는 점에서 주목받을 수 있지 않을까? 예컨대 홍수대책을 가위바위보로 푼다면 늪(습지)이 '가위'에 해당한다."

나는 속으로 생각해 봤다. 글에 대해 혼자 생각하고 혼자 상상에 빠진 자신에 대한 생각이었다. 내 행동이 이기적 결과를 의식하고 이런 상상을 한 것이 아니다. 바로 창의력을 창출하기 위한 과정에 의미를 두었다. 촛불이 바람에 흔들거리듯 상상력이 내 머릿속에서 실체가 흔들거렸다. 나는 그 실체를 잡아야했다. 과정에 의미를 두고 생각에 잠겼다. 생각은 꼬리가 서로 연결된 상상력의 새처럼 푸른 하늘을 자유롭게 날았다. 다시 생각해 보았다.

"늪(습지)은 항상 물에 젖어 있는 땅이다. 즉 물도 아니고 뭍(땅)도 아닌 지역이다. 늪은 물과 땅이 공존하는 중간항에 해당한다. 늪은 스펀지와 같아서 많은 양의 물을 끌어들여 간직한다. 이런 점에서 "도시와 교외 지역의 습지를 보전하고 이 지역에서 사라진 습지를 복원하자. 습지를 활용한 도시의 물 순환체계 구축은 도시형 홍수를 방지하는 데 도움을 준다. 홍수 위험이 있는 저지대의 개발을 금지하고 습지로 보전하자"는 서울대 김귀곤 교수의 글은 상당히 설득력이 있다. 그 사례로 네덜란드의 홍수 대책을 들수 있다. 네덜란드는 전 국토의 27%가 바다보다 낮아 침수 위험에 늘 노출되어 있다. 이로 인해 네덜란드 정부는 1992년부터 2000년까지 제방에 쌓여 있는 국토 면적의 1.76%에 해당되는 연안습지를 복원 중이다. 네덜란드에도 '가위'가 적용되는 셈이다."

내 생각은 일간지 칼럼에서 본 서울대 교수의 내용까지 인용하고 있었다. 또한 네덜란드의 경우까지 사례로 적용하고 있었다. "바로 그거야!" 하고 나는 무릎을 쳤다. 생각은 이어졌다.

" '가위'의 중간항 원리를 우리 사회 문화의 여러 상황에도 활용해볼 수 있다. 우리나라의 보수와 진보의 이분법적 사고에 '가위'를 들이대보면 어떨까? 그 대답은 보수적 진보, 진보적 보수로 나올 것이다. 이런 중간항이 존재할 때 사회의 갈등은 균형과 조화 속에 해결 여지를 넓혀갈 수 있다. 빈부격차도 이분법적 사고에서 나온 비극 가운데 하나다. 여기에 '가위'를 들이대면, 상류층과 하류층의 일부가 옮겨와 중산층이 확대 될 수 있지 않겠는가. 빈부 격차가 심화되는 극단의 현실에서 중간항이 두터워질 때 그 사회는 안정되고 개혁 또한 성공할 수 있다. 혹자는 중간 항의 제시는 비빔밥 같은 입장이 되지 않을까라는 우려를 제기할지도 모른다. 물론 중간항의 제시는 어느 한쪽 입장만을 강조할 때 나타나는 통쾌한 맛은 없다. 반면에 창의성을 확보할 수는 있다. 우리나라 현실에서는 가위 문화의 확대가 필요하다. 상반된 주장이 첨예하게 대립하는 온갖 이슈에서 한쪽의 극단적인 주장은 국력의 낭비와 천박한 문화만을 양산할 뿐이다. 사람들이여! 중간항의 확대를 위해 '가위'를 들이대자."

다른 분야의 내용을 떠올려보았다. 결국 삶도 그렇다고 생각했다. 누구나 한 문단의 삶의 기록을 남기기 위해 70평생을 사는 것이 아닌가? 그것도 남이 알아주지 않는 삶의 기록은 죽는 순간에 떠오른 한 문단의 생각으로 요약된다. 어떤 심리학의 내용을 보면 사람이 죽음이라는 위험에 처해지면 "그 사람의 삶이 순간적으로 압축되어 한 컷의 영상으로 떠오른다"고 한다. 그것이 그 사람의 본질적인 삶에 해당한다고 생각했다. 이때 삶의 압축은 구체적인 성격을 띠면서도 추상성도 지닌다. 자신의 삶 속에서 가장 기억에 남는 장면은 구체적인 영상에 해당한다. 그러면서 한 평생의 삶을 한 컷으로 압축하는 추상성도 지닌다.

또한 압축의 영상은 삶의 원리와 이론으로 작용한다. 그것을 펴서 늘이면 한 평생의 삶으로 연장되며 그 사람만의 구체적인 삶이 된다. 그런 점에서 그 사람만의 독특하고 구체적인 삶은 바로 창의성에 해당한다. 사람의 창의성 계발도 마찬가지이다. 기존에 알려졌던 원리와 이론으로부터 질이 다른 다양한 분야와의 융합 과정은 창의성을 창출시킨다. 창의성은 이스트(yeast)를 섞은 빵처럼 크게 부풀어진다.

새벽 4시가 되었다. 시계 바늘도 졸린 듯 흐느적거렸다. 아파트의 불빛들이 간혹 눈에 보였다. 어둠의 거대한 아파트 숲이 두려움의 모습이었다면 한두 집의 불빛은 희망으로 다가왔다. 내가 현재 어둠의 아파트라면 희미한 몇몇의 불빛은 창의력 계발에 대한 열정이라고 생각했다. 나는 미친 듯이 책을 읽고 상상에 빠졌다. 상상으로 새벽을 보내는 것도 기쁜 일이었다. 얼굴은 세수를 안 해 더러워도 정신만은 맑게 빛났다. 내가 처음으로 경험한 새벽의 잔치였다. 풍성한 정신적 잔치에 다양한 독서의 내용이 보기 좋게 진열된 음식처럼 차려졌다. 나는 조금씩 맛을 먼저 보고 그것에 대한 다양한 상상에 빠졌다. 몸은 흐느적거렸지만 정신만은 독서의 즐거움을 탐닉하였다.

나는 때론 새가 되었다. 구름이 되고 바람이 되었다. 자유롭게 날아다니면서 경계 없는 정신적인 즐거움에 빠졌다. 새벽이 끝나려는 순간에 상상의 마지막 끈을 부여잡고 놓치지 않으려고 발버둥을 쳤다. 나의 꿈은 원래 중등학교 교사였다. 그러나 그 꿈을 이루지 못하고 얼쑤! 그룹에 입사했으나 현재는 해직된 백수의 상태다. 교사는 나에게 그리운 꿈이었다. 엉뚱하게도 새벽에 일간지 기자와 인터뷰하는 꿈을 꾸었다. 달콤한 꿈이었다.

2009년 6월에 선보이는 첫 코너~ '만나고 싶었어요'에서는 요즘 인기를 누리고 계시는 얼쑤! 국어 선생님, 이민준 선생님을 찾아뵈었습니다. "얼쑤!"라는 추임새의 별명으로도 유명하신 이민준 선생님은 신나고 즐거운 그리고 탁월한 수업을 위해 오늘도 연구를 아끼지 않으신다고 하네요. 자! 울트라 캡숑 파워 짱 "얼쑤!" 선생님을 소개해드리겠습니다.

얼쑤! 선생님은요? 얼쑤! 선생님의 본명은 이민준 선생님. 교직에 몸담으신지 14년여 동안 학생들에게 열과 성의로 국어를 가르치신 선생님이십니다. 얼쑤! 선생님의 수업 중에 보이는 다섯 가지의 특징이 있다고 합니다.

1) 국어 수업 중 중요한 문장에서 반드시 탈춤인 덩더덩더덩 더쿵! 얼쑤! 춤을 춘다.(혹시 모르시는 분들은 얼쑤샘의 특강을 들어보시길….)

2) 국어 수업 중 가끔 이야기가 잘못 튀어 하게 되는 야한 얘기는 학생들로 하여금 지금도 화제 거리가 되고 있다.

3) 얼쑤! 선생님의 구강 구조의 퇴화로 수업 중 입 주변에 침이 새
   거나 흐르고, 튀어서 학생들로 하여금 현재 구제역 이상 가는
   피해가 속출하고 있다. 그러나 이민준 선생의 가래 섞인 침을
   맞은 학생은 명문대에 간다는 살아있는 전설이 있다.

4) 얼쑤! 선생님은 학생들로부터 미남 소리를 많이 들어 제발
   그 소리를 더 이상 듣지 말았으면 하는 것이 소원이시라고
   한다. 이것은 얼쑤! 선생님의 대표적 망언으로 기록됐다.

5) 얼쑤! 선생은 수업시간 중에 갑자기 문짝을 떼어 낸다. 그 이
   유가 뭐냐고요? 이런 엽기적인 행동을 통해 분위기를 바꾸
   고, 나름대로 얼쑤! 선생님의 수업의 독특함을 보인다나!

-기자: 안녕하세요? 이렇게 인터뷰를 하게 되셨는데, 떨리진
않으세요?

-얼쑤샘: 하핫!(선생님 특유의 꽃 미소를 날리시며) 만나서
반갑습니다.

-기자: 처음 교단에 서시게 된 것이 언제부터 인가요?

-얼쑤샘: 고등학교 국어 교사는 1995년부터 시작했습니다.
그전에는 대입학원에서 강의도 했고요.

-기자: 이제 거의 14년이 다 되어 가네요. 그럼 국어 교사가
되기로 마음을 먹은 게 언제부터인지요? 또한 국어 교사가 되기
위해 샘은 어떤 노력을 하셨는지요?

-얼쑤샘: 고등학교 때였습니다. 처음으로 국어 선생님으로부터 칭찬을 받고, 국어교사가 되기로 생각했어요. 다른 과목 선생님으로부터는 칭찬을 받아 보지 못했거든요. 그리고 저의 아버지께서 초등학교 교장을 하셨기 때문에 교사직이 낯설지 않았어요. 저는 국어 교사가 되기 위해서 어떻게 해야할까가 아니라 만약 내가 교사가 된다면 "창의적으로, 재미있게 가르쳐야지" 하고 생각했었어요. 그래서 대학졸업 후 서울 대치동이나 노량진 학원가의 명강의 선생님들, 특히 서한샘 선생님의 강의 테이프를 통해 연구했습니다. 인기 있고 유명하신 선생님의 강의기법을 기본으로 삼고 그 위에 제가 연구한 창의성을 입혔죠. 실력 있는 다른 선생님들은 학교 교사를 10여년 하여 경험을 쌓고 돈을 버는 학원으로 뛰어들지만 저는 그렇게 하지 않고 반대로 학원 강의를 몇 년 해서 경험을 쌓고 학교 교사로 뛰어들었습니다. 그 후에도 계속 유명 학원에서 영입을 제의를 해와 한때는 심한 갈등을 겪었지만 지금은 현직 교사로 있는 것에 보람과 만족을 느낍니다.

-기자: 얼쑤! 선생님은 창의적인 연구를 하셨군요. 한 시간 수업을 위해서 많이 노력하셨다는 말이 이해가 됩니다. 그런 창의적인 수업방식 때문에 타 학교에도 소문이 자자한데요. 독특한 수업은 언제부터 하시게 된 건가요?

-얼쑤샘: 타 학교에 그런 소문이 났다고요? 아! 그 이야기이군요. 타 학교 학생회 간부 몇 명이 와서 전에 인터뷰를 한 적

이 있어요. 물론 그것이 중요한 것은 아니죠. 저는 학교 교사가 된 후 스스로 학생들에게 강의 평가를 받았어요. 학생들은 저의 수업에 대해 "좋다!" "나쁘다!" "엽기적이다!" "목소리가 안 좋다!" "말이 빠르다!" 등 다양한 평가를 합니다. 솔직한 평가가 좋죠. 그러나 저는 이런 수업 평가에 대해 일희일비하지 않습니다. 오늘날은 다양한 가치와 의견이 존재하니까요. 즉 학생들의 관점에 따라 저의 장점이 단점이 됩니다. 또한 상황에 따라 제 단점이 장점이 될 수 있기 때문이죠. 따라서 일단 학생들의 모든 의견을 받아들이고 어느 것이 효율적인지, 저의 주관에 따라 지킬 것은 지키고 반성할 것은 반성을 합니다. 아참! 질문에 엉뚱한 대답을 했군요. 아이고, 미안해서 어쩌나…? 제가 의욕을 가지고 교사 중심의 고정적인 수업의 틀을 깨고 독특한 수업을 한 것은 2000년인 지금부터 9년 전부터랍니다.

-기자: 9년 전이면 저희가 학교에 들어오기 훨씬 전이네요. 그럼 가끔 선생님의 독특한 수업방식 때문에 에피소드도 생길 것 같은데…. 기억에 남는 에피소드 있나요?

-얼쑤샘: 제가 구강 구조 상(덧니가 있음) 강의 중(강의에 몰입되어 수업 할 때)에 침이 많이 튀는데 침이 앞자리에 앉은 학생의 눈에 들어간 적도 여러 번 있었죠. 지금도 기억에 남는 학생이 있는데요. 그 학생은 평소 안경을 쓰고 있어서 안심을 하고 있었는데 제가 강의 내용에 흥분하여 수업 하다가 그만 제 가래침이 눈에 들어갔습니다.(안경을 쓰면 안심이 될 것 같지만

가끔 가래가 섞일 땐 그 침은 무겁기 때문에 포물선을 그리며 안경 너머로 들어가는 수도 있음.) 그런데 그 학생이 명문대에 들어갔습니다. 그래서 얼쑤! 선생님의 침을 맞은 학생은(특히 가래침) 명문대에 간다는 전설이 학생들 간에 생겼습니다.

-기자: 그럴 땐 선생님도 많이 당황하셨겠네요. 지금 모두들 선생님을 "얼쑤!"라고 부르는데. 이 "얼쑤!"란 별명은 누가 지어준건가요?

-얼쑤샘: 원래 선생님들의 별명은 학생들이 지어주어야 그 약효가 오래 갑니다. 그러나 나는 내 별명을 내가 지었어요. 한때는 지팡이(자신을 희생하여 남을 도와주는, 지팡이의 정신을 강조하기 위해 몇 년 동안 들고 다녔음) 선생으로 불리다가 이젠 "얼쑤! 선생"으로 바꾸었습니다. "얼쑤!"는 제가 좋아하는 탈춤과 판소리의 추임새에서 따왔습니다. 알다시피 "얼쑤!"의 의미는 상대방을 추켜 준다는 추임새이죠. 나는 학생들을 공부 열심히 하도록 추켜올리고 학생들은 잘 가르치도록 나를 추켜올리고…. 하하하! 이런 의미죠. 이제 "얼쑤!"는 대내외적으로 본질을 밝히는 저의 상징이 되었습니다.

-기자: 맞아요. 이제는 이민준 선생님 하면 "얼쑤! 선생님" "얼쑤! 선생님"하면 이민준 선생님이라고 각인이 된 것 같아요. 얼쑤! 라는 별명답게 흥겹다고 표현을 해야 하나요?(수업을 듣는 한사람으로서) 수업시간에 ○○마당 이라는 게 항상 있는데

요. 예를 들어 채팅세대인 저희들을 채팅마당이라는 것에 참여하게 해서 수업을 같이 이끌어 가기도 하고, 박수마당 등과 같이 탈춤의 뒤풀이를 연상케 하는 여러 마당이 있는데요. 그런 아이디어 는 어디서 찾으셨나요?

-얼쑤샘: 좋은 질문입니다. 난 우리 것을 좋아합니다. "얼쑤!"라는 추임새는 탈춤에서 따온 것이고, 마당이라는 것도 탈춤에서 얻어 온 것입니다. 그 이유는 나의 수업시간에는 "탈춤과 판소리처럼 광대(교사)와 관객(학생)이 한 덩어리가 되어 교감하며 신나게 공부하자!"라는 취지입니다. 전통적인 탈춤, 판소리에서 아이디어를 취하고 그것을 학생들 감각에 맞도록 창의적으로 구체화했다고 볼 수 있죠.

-기자: 광대와 관객으로 한 덩어리가 된다! 그래서 선생님의 수업시간에는 언제나 저희가 받는 수업이 아니라 참여하는 수업이군요. 그래도 선생님의 수업시간이 신나는 국어시간이라고 하지만, 그중에서도 집중하지 못하는 제자들이 있을 텐데요. 그들은 어떻게 하시죠?

-얼쑤샘: 100% 완전한 수업은 신(神)이라도 못합니다. 내 얼쑤! 국어수업을 분명 싫어하는 학생들이 있겠죠. 자유로운 수업시간이 되다 보니 어떤 학생들은 "분위기가 산만하다"고 말하는 경우도 있습니다. 그땐 저 얼쑤! 선생님만의 비장의 수업 카드? '트집 박수마당'을 사용하면 긴장감을 유발시켜 주어 모두들 집중합니다. 이 마당에서 걸린 학생들은 30분 정도 서서 공

부해야 하거든요.

-기자: 언제나 학생들을 사랑하시는 선생님의 좌우명도 독특할 것 같은 데요?

-얼쑤샘: 나는 "항상 얼쑤! 선생으로 살고 싶다!"가 좌우명입니다. 그래서 50분의 수업을 이벤트 성격의 공연으로 생각합니다. 저와 학생들이 광대가 되어 공연에 나서고 학생들을 또는 나를 고수, 관객, 스태프로 참여시키고 하루에 4시간을 수업한다면 저에게는 4시간 공연하는 것이나 마찬가지죠. 수업을 재미있게 하여 학생들과 웃으며 즐겁게 공부하는 것은 제가 교사로 있는 한 변할 수 없는 목적이니까요.

-기자: 아! 또한 얼쑤! 선생님 수업 시간에 우리들이 웃느라고 정신이 없을 때가 있는데요. 특별히 유머를 연구라도 하시는지요?

-얼쑤샘: 제가 어떤 책에서 "지성의 궁극적인 지향점은 유머이다. 유머의 결과인 웃음이야말로 몸과 마음의 영약이며 공동체 삶에 있어서 윤활유 같은 역할을 하기 때문이다. 삶을 위한 지성이라면 유머를 목표로 할 수밖에 없다"라는 내용을 봤습니다. 이 글에 전적으로 동감합니다. 저는 좀 과장적으로 말해서 유머 연구를 수업 내용 연구보다 많이 하는 편입니다. 유머를 카타르시스 그 자체에 두기보다는 수업 내용의 전달 방식에 적용하기 위하여 응용하기 때문이죠. 수업의 내용은 누가 보더라도 딱딱하고 지루합니다. 이것을 유머라는 웃음으로 감싸서 창의적으로 수업을 하는 것이죠. 왜 알약에도 당의정(糖衣錠)이라

는 것이 있죠. 약 자체가 너무 쓰기 때문에 달착지근한 설탕 등을 거죽에 발라서 먹기 좋게 나온 알약 말입니다. 마찬가지로 약 자체는 수업의 내용이고 설탕은 유머인 셈이죠. 전 아마 교사가 안 됐으면 개그맨이 되었을 것입니다. 제 수업 중에 사용하는 특이한 몸짓이나 언어 등의 (때론 엽기적인) 표현은 저만이 할 수 있는 것 입니다. 제가 아이디어를 동원하여 대부분 창작했기 때문이죠. 그리고 신세대들이 좋아하는 특정한 상황을 수업 중에도 적용하여 활용하고 있습니다. 그것 중의 일부를 전에 이휘재가 진행하던 라디오 〈별이 빛나는 밤에〉에서 가수 god가 따라 해본 적도 있었습니다.

-기자: 얼쑤! 선생으로 살고 싶다? 전부터 네이버 검색엔진에서 〈얼쑤논술연구소〉라는 검색어를 치면 선생님의 논술 카페 홈페이지가 나오는데요. 논술 카페를 만들게 된 계기가 있으신가요?
-얼쑤샘: 전국의 학생들에게 논술을 공부하는데 실질적 도움을 주고 싶었던 마음이 간절해서라고 할까요.

-기자: 요즘은 공부보다 다른 쪽에 관심이 있고, 그 쪽에 특기가 있는 학생들이 많은데요. 그런 학생들에게 교사로서 도움이 될 만한 말 좀 해주시겠어요?
-얼쑤샘: 특기를 가진 친구는 특기를 살릴 수 있도록 도와주어야 해요. 요즘 시대는 개성의 시대이기에 자신만의 특기를 찾아 그것을 살리도록 열심히 노력해야 한다고 말하고 싶습니다.

문제아라고 하는 학생도 다른 관점에서 말하면 그 학생의 언어나 행위의 인접 방면에 재능이 있다고 볼 수도 있어요. 예를 들어 산만하게 떠드는 학생이라면 남 앞에 나서서 말하는 뛰어난 능력이 그 뒤에 숨어있다고 봐요. 이런 학생들이 어쩌면 개그맨이나 개그우먼의 능력이 있지 않을까요? 교사는 학생들의 이런 능력을 찾도록 도와주어야 합니다. 그래서 교사는 수업 중에 가르치는 내용도 중요하지만 학생들의 행동과 언어를 유심히 보고 그것을 칭찬하고 학생의 특질로 연결시켜 주는 일도 필요합니다. 전 그렇게 생각합니다.

-기자: 얼쑤! 선생님은 학창시절에 어떤 학생이셨나요?

-얼쑤샘: 저는 시골에서 고교 시절을 보냈습니다. 당시에 선생님으로부터 인정받지 못한 문제아 비슷한 학생이었어요. 선생님한테 많이 맞았죠. 저는 엉덩이를 맞는 것을 가장 싫어했습니다. 특히 엉덩이 바로 밑인 허벅지 뒤, 이상하게 싫었죠. 그래서 두 배로 맞을 테니 종아리를 때려달라고 애원했죠. 종아리를 맞을 때는 왠지 야릇한 감정까지 생겼습니다. 제가 매를 많이 맞은 이유는 수업 시간에 특이한 질문과 튀는 행동 때문이었습니다. 지금 생각하면 그것이 나의 창의적 관점의 질문이고 개성적 행동인데요. 당시에 인정받지 못해 아쉽습니다. 시골 고등학교에서는 그것이 선생님들에게 수용되지 못했습니다. 애석한 일이죠. 단지 "수업을 방해하는 문제아"란 하나의 기준으로만 처리됐을 뿐이지요. 그런데 특이한 것이 있었습니다. 간혹 선생님이

수업 시간 중에 학과 공부와 관계없는 난센스 문제나 시사적인 문제를 내면 공부 잘하는 학생들은 못 맞춰도 제가 정답을 말한 경우가 있었습니다. 단지 교과서 이외의 내용을 물어볼 때는 제가 자신이 있었습니다. 주변 학생들이 나를 보고 "와아!"했죠. 그러면 제가 그 문제를 응용하고 재가공하여 다른 형태의 새로운 문제로 만들어 다른 학생들에게 내곤 했었죠. 특히 유머의 문제는 제가 만들었습니다. 그때 신문을 본 것이 도움이 많이 됐습니다. 저의 할아버지께서 신문을 보셨기 때문에 손자인 저도 자연스럽게 신문을 보게 된 것이죠. 이런 것들이 모여 저만의 수업을 만들다 보니 인기라는 것이 생겼죠. 교사는 학생들의 인기에 연연해서는 안 되지만 자연스럽게 주어지는 인기는 수업에 더 열중하게 하는 동력이 된다고 생각합니다.

-기자: 학창 시절에 이민준 선생님의 국어 성적을 공개하신다면요?

-얼쑤샘: 고등학교 성적을 밝히려니 민망하네요. 국어만 조금 좋았습니다. 다른 과목은 심하게 말해서 바닥이였고요. 제가 어떤 글에서 밝힌 적이 있습니다만 고등학교 당시는 제가 심한 갈등을 겪던 시기였습니다. 그리고 저의 형이 수재다보니 나는 형과 항상 비교의 대상이 되어 열등감이 심했었습니다. 집에서는 "형만도 못한 것이!" 학교에 가면 선생님들이 "형은 잘하는데 너는 왜 그 모양이야!" 제가 항상 듣는 말이었습니다. 이 말이 상처가 되어 죽고 싶을 때도 있었습니다. 거기다가 저의 부

모는 형을 도시의 명문 고등학교에 진학시키면서 저는 내가 원하는 도시로 진학시켜 주지 않았습니다. 부모님은 저를 유능한 농사꾼으로 만들기 위해 시골의 농업고등학교에 들어가게 했습니다. 저의 끝없는 방황이 시작됐습니다. 솔직히 말씀드리면, 고등학교의 중간, 기말 시험이 있잖아요. 그때 당시는 답지가 4지선다형인데 저는 시험 볼 때 답지를 제 마음대로 5지, 6지선다형으로 만들어 놓고 답을 5번 또는 6번으로도 체크했죠. 실제 정답이 선택지 1번에서 4번 중에 들어 있는데 5번이나 6번도 써놓았으니 채점하시는 선생님께서 얼마나 화가 났겠습니까? 참 많이도 매를 맞았죠. 시험을 가지고 장난친다고! 이런 엉뚱한 방식으로 저의 불만이 표출되었습니다. 그러니 내신 성적은 말이 아니겠죠. 그러다가 고등학교 3학년 2학기 때에 정신을 차렸습니다. 갑자기 밤에 "사람은 한 번 태어나서 살다가 반드시 죽는다"라는 생각이 두렵게 머리에 스치더군요. 이런 생각으로 밤 12시부터 아침까지 꼬박 새웠습니다. 제가 누었다가, 앉았다가, 섰다가, 걷다가, 서성거리면서 온갖 모습으로 치열하게 제 진로를 생각했습니다. 때로는 눈물까지 흘렸습니다. 아침에 나의 유한한 인생을 의미 있게 지내자로 결정이 났습니다. 그것이 공부였죠. 그런데 대입을 공부하기에는 시간이 없고 또 농업학교다 보니 인문계와 교과서가 다르고, 거기에다가 공부의 기초가 없고, 여러 가지 면에서 정신적인 고생 많이 했습니다.

-얼쑤샘: 답변의 내용이 긴데 계속 말해도 될까요?

-기자: 좋아요. 계속하세요.

-얼쑤샘: 제가 우여곡절 끝에 교사가 되고나니 수능 시험이 생기더군요. 바로 답지가 5지 선다형이 수능 시험 형태죠. 모든 시험이 5지 선다형의 수능의 형태로 바뀌는 것을 보고 저는 묘한 감정에 사로잡혔습니다. 저는 고등학교 때 제가 일부러 5지, 6지선다형을 만들어 시험 봤다고 말했잖아요. 어떻게 보면 5지 선다형의 시험지는 제가 원조입니다. 하하하.

-기자: 아하, 그랬군요. 그럼 이번에는 선생님처럼 교사를 지망하고 있는 학생들에게 한마디 해주세요.

-얼쑤샘: 교사도 이젠 프로의식을 가져야 합니다. 자기만의 독특한 수업을 할 수 있는 창의성과 열정이 꼭 필요하죠. 고정된 수업의 틀을 깨기 위해서는 부단한 자기 노력을 해야 합니다. 연예인만 끼가 필요한 것이 아니라 이젠 교사에게도 끼가 필요하죠. 이런 교사의 끼가 있는 학생들은 21세기가 요구하는 멋진 교사가 될 수 있습니다. 교사를 지망하는 학생 여러분! 열심히 노력하셔서 꼭 끼를 갖춘 훌륭한 교사가 되기 바랍니다.

-기자: 앞으로 학생들을 위한 열정이 영원하길 바랍니다. 장시간 감사합니다.

-얼쑤샘: 감사합니다.

아침의 햇살이 비추고 있었다. 나는 찬란한 교사가 되어 인터뷰하는 꿈에서 깨어났다. 밝은 햇살이 창끝처럼 내 눈을 아프게 찔렀다. 내 어릴 적 꿈은 교사가 되어 학생들을 가르치는 것이었다. 고교시절에 공부는 안 하면서 교사를 꿈꾸었으니 한 마디로 어불성설(語不成說)이었다. "만약 교사가 된다면 창의적으로 수업을 해야지!"라는 생각은 항상 했었다. 환상 속의 다짐이었다. 이제는 얼쑤! 그룹에서 물러나 거의 백수의 생활을 하고 있었다. 교사라는 단어는 환상에서 깨어난 빛바랜 흑백사진이 되고 말았다.

수사슴, 성공한 인물, 묘리

날이 완전히 밝았다. 나는 시간의 관념을 감각적으로 느낄 수 없었다. 그러나 상상 속에서 내 의식은 무의식적인 날개를 폈다. 시간은 분명히 흘러 다른 요일과 날짜가 되었다. 내 의식은 시간의 흐름과 반대로 거슬러 삶의 순리에 역행(逆行)하고 있었다. 나는 어제처럼 아침식사를 걸렀다. 이틀을 연속적으로 굶었다. 내 감각은 오히려 생명력을 얻고 있었다. 무척 이상했다. 밥을 굶을수록 야성은 날카롭게 살아나고 있었다. 더듬이의 예리한 촉수를 가진 동물적인 감각을 되찾고 있었다. 나의 정신을 바로 맑게 해주는 것은 야성이었다. 그 야성은 밥을 굶는데서 살아나고 있었다. 한 마리의 굶주린 늑대였다. 나는 수돗물을 많이 먹었다. 목구멍부터 위장까지의 물의 흐름이 감각을 타고 전해왔다. 물은 빈 위장에 창을 꽂는 아픔을 주었다. 아픔이 구체적인 야성의 모습이었다. 곧 잔잔한 평화로움이 밀려왔다.

신선이 된 기분이었다. 속세를 떠나 산 속에서 이슬을 먹고 사는 신선의 느낌이었다. 나는 나를 철저히 괴롭히기로 했다. 정신은 독서를 통한 창의적 생각을 위하여 육체는 배고픔을 통한 의식적으로 속세의 찌꺼기를 걸러내는 행동을 추구하였다. 정신과 육체의 고통을 통하여 삶의 본질을 발견할 것이다. 그 본질을 창의력으로 연결한다. 내 입가에 미소가 번졌다. 한 토막 우화(寓話)를 떠올렸다.

"목이 몹시 말라서 물을 찾던 수사슴이 샘물을 찾았다. 물을 실컷 마신 수사슴은 샘물에 비친 제 모습을 보게 되었다. '내 뿔이야말로 정말 일품이지. 기묘하게 갈라지고 억세게 생긴 이 뿔! 얼마나 자랑스러운가!' 샘물에 비친 뿔을 내려다보며 황홀경에 빠진 사슴 옆에 느닷없이 사자가 나타났다. 질겁한 수사슴은 숲속으로 도망쳤다. 사자의 걸음으로는 사슴을 따라잡을 수가 없었다. 그러나 사슴의 뿔이 그만 나뭇가지에 걸렸다. 마침내 사슴은 사자에게 잡히고 말았다."

나는 밝게 피식하고 웃었다. 누구나 아는 우화를 가지고 무엇을 생각한다는 말인가? 그러면서 나는 표정을 어둡게 바꾸어 보았다. 얼굴은 순간적으로 밝음에서 어둠으로 변하였다. 그랬더니 우화와 관련된 많은 내용들이 파노라마처럼 떠올랐다. "아하! 그렇다. 삶의 양면성(兩面性)!" 나는 이 말을 화두(話頭)로 오늘을 보내기로 했다. 나는 직장을 잃은 백수치고는 정신의 고급을 추구한 백수에 해당했다. 나도 모르게 상상 속으로 빠져들었다. 야성이 살아있는지 배고픔도 잊었다. 책상 위에 세수를 안 한 얼굴을 일부러 박으니 턱이 처음에는 아팠으나 곧 야릇해지기 시작했다. 의식적인 행동은 화가 나지 않는다. 미리 결과를 예상할 수 있었다. 양면성에 대한 생각을 깊게 하여 글로 써보았다.

"현대인들이 흔히 접하는 어휘가 있다. 바로 양면성이다. 일반적으로 양면성이란 한 가지 사물에 속해 있지만 서로 맞서는 두 가지 성질을 말한다. 우리는 양면성을 장점과 단점으로도 이해한다. 양면성에서 사람들이 흔히 범하는 잘못은 단점은 반드시 극복해야 할 대상으로만 단정해버린다는 점이다. 또한 사람들은 이미 규정된 양면성은 쉽게 수용해도 스스로 양면성을 창조하지는 못한다. 사람들이 창의적 발상이 습관화되지 못했기에 생긴 결과다."

1차적으로 내가 떠올려 글로 쓴 결과물이다. 바로 수사슴의 뿔에서 나는 양면성을 끌어냈다. 이것을 인간의 삶으로 적용시키면 어떨까? 수사슴의 뿔에서 사람의 경우로 활용하여 창의성을 창출해보자는 것이다. 다시 수사슴을 떠올려 보았다. 그 암사슴의 관심을 잡고 인기의 상징이었던 아름다운 자신의 뿔이 사자에게 잡히는 정반대의 결과가 될 줄을 알았을까? 사람들도 마찬가지다. 자신의 특성이 특정한 상황에서는 장점으로 작용하지만 다른 상황에서는 단점으로 작용할 경우는 허다하다. 단점이 장점이 될 수 있고 장점이 단점도 될 수 있는 결과다. 더구나 오늘날 우리는 많은 상황을 접하며 살아가고 있다. 바로 이 많은 상황은 다양한 창의성을 창출하는 절호의 기회가 된다. 나는 다시 생각에 잠겼다.

"수사슴의 아름다운 뿔은 암컷을 유혹해 종족을 번식시키는 데는 유용하지만, 그 뿔로 인해 죽음을 당해야 하는 정반대의 결과를 초래한다. 상식적인 생각에 매몰된 사람이라면 수사슴이 살기 위해서는 뿔을 잘라야 한다는 극단적인 생각도 내놓을 법하다. 그러나 뿔이 잘린 수사슴은 수사슴의 본질을 상실한다는 점에서 이는 창의적인 주장이 아니다."

오늘도 오전 동안 밥도 먹지 않았다. 이틀 연속으로 밤을 굶은 것이다. 의식적으로 육체와 정신을 철저히 비웠다. 그 결과 나름의 성과를 얻었다고 생각했다. 이제는 구체적인 사례를 들어 독특한 관점을 이끌어내고 싶었다. 바로 창의성의 출발에 해당한다.

우리는 양면성이 주는 본질을 수용할 필요가 있다. 그 사례로 노르웨이에 서식하는 레밍(lemming)쥐를 들 수 있다. 위키백과에 의하면 "레밍쥐는 집단 자살로 유명한데, 특히 디즈니의 영화 《하얀 광야》에 나오는, 수십 마리의 레밍이 고의로 바다에 뛰어드는 장면 때문에 유명해졌다. 보통은 눈이 나쁜 레밍쥐가 바다를 쉽게 건널 수 있는 작은 강으로 착각해서 자살 현상이 일어난다. 레밍의 집단 자살은 여러 가지 설이 존재한다. 자기장(磁氣場)의 이상에 의한 현상, 개체증가에 의한 먹이부족으로 인한 자살이라는 학설이 있다"고 한다.

여기서 나철현 중앙일보 논설위원은 "레밍의 비극은 생물학자들에게 생태학으로 가는 문을 열어줬다. 생물은 혼자 살지 않는다. 다른 생물과 끊임없이 상호작용하며 환경의 지배를 받는다. 상황이 나빠지면 개체 수를 줄여 생존을 도모한다. 집을 떠나 죽는 레밍이 많아지는 것도 자연의 보이지 않는 조절 장치다. 결국 생태적 공간의 크기가 종의 보존과 번영을 좌우한다"고 말했다.

바로 그렇다. 절벽에 떨어져 자살하는 레밍쥐는 현상은 분명히 부정적이지만 본질은 10년마다 급격히 증가하는 레밍쥐의 개체수를 조절하기 위한 애처로운 생존전략인 셈이다. 보이지 않는 본능 조절장치인 DNA가 작동한 것이다. 레밍쥐의 자살은 단점도 되고 장점도 되는 양면성을 지니고 있다.

생각하다 보니 본능적인 배고픔이 느껴졌다. 오래 굶은 식용견이 철사를 먹었다는 말을 떠올렸다. 빈속의 위가 위액으로 쓰려왔다. 나는 심한 위궤양을 앓고 있었다. 젊은 나이에 위장이 망가졌으니 앞으로가 걱정이었다. 그러나 내게는 사소한 문제에 해당되었다. 홍성병원에 누워 계신 아버지가 떠올랐다. 죽음을 앞둔 아버지의 모습은 겨울 추위에 시달리는 초라한 작은 새의 모습으로 다가왔다. 겨울의 찬바람에 몇 가닥의 깃털을 들썩이며 자신의 몸을 동그랗게 웅크리고 앉아있는 한 마리의 겨울새! 흐려진 눈의 초점이 느껴졌다. 잠시 눈을 감았다. 그동안 어머니도 당뇨에다가 대상포진(帶狀疱疹)이라는 무서운 병을 가지고 계셨다. 어머니께서도 아버지의 병환을 간호할 수 없었다.

그러나 아내는 아내였다. 당신이 병간호를 해야겠다는 의지가 들었는지 아픈 몸을 이끌고 홍성병원에 오셨다. 나는 아버지도 어머니도 걱정이었다. 요즘 어머니께서는 말씀하셨다. "바늘이 손끝을 마구 찌른다. 그럴 때면 손끝이 쩌릿쩌릿 전기에 감전이 된 듯 뒤틀린다." 대상포진이라는 질병의 대표적 증상이었다. 어머니는 병상에 누운 아버지 앞에서 당신의 아픔도 절규했다. 슬픔은 두 배가 되었다. 나는 창밖을 바라보았다. 겨울의 날카로운 하늘이 다가왔다. "신(神)이 있다면 묻겠습니다. 이럴 때는 어찌해야 합니까?"라고 중얼거렸다. 나는 양면성의 관점으로 죽음에 대한 가닥을 잡고 늘어졌다. 철학적인 내용이 생각 속에 잡혔다.

"대부분의 사람들은 죽음을 인생의 끝이라고 생각한다. 생명이 있는 대상에게 죽음은 극단적인 기피 대상이다. 그런 죽음을 창의적인 사고로 접근할 수는 없을까? 죽음을 소유론으로 보면 두려움의 대상이지만 존재론으로 보면 두렵지 않다. 간단히 말해 소유론은 이기적 욕망으로, 존재론은 이타적 욕망으로 규정할 수 있다. 상식적인 사고가 소유론이라면 창의적인 사고는 존재론이다. 존재론으로 접근한 죽음관이 죽음의 공포를 초월해 우리 삶을 건강하게 보살핀다."

인식의 내용을 가볍게 하기로 했다. 바로 우리들에게 일상화돼 있는 피로현상이 있다. 피로를 느끼는 부정적인 현상을 양면성의 관점에서 긍정적으로 볼 수는 없을까? 나는 숙달된 조교처럼 금방 생각 속으로 빠져들었다.

"우리는 몸의 피로현상을 부정적으로만 생각한다. 그러나 달리 보면 '몸이 스스로 건강상태를 체크해 우리에게 휴식을 권고하는 것'이 피로의 생리학적 의미다. 내 몸이 의사가 되어 건강을 위해 스스로 내린 처방과 같다는 얘기다. 만약 우리 몸에 피로현상이 없다면 어떤 일을 무리하게 하다가 아무 경고도 없이 갑자기 죽어버릴 것이다. 즉 피로현상은 몸을 혹사하지 말고 이젠 건강상태를 돌보라는 최후의 경고이다."

이제는 머리가 가볍게 느껴졌다. 이런 생각에 잠긴 순간만큼은 의식적으로 행복감을 찾으려 했다. 지난 일을 모두 잊을 수 있었다. 고통을 잊기 위해 또 다른 고통을 찾아 나선 셈이다. 병을 병으로 치료한다? 고통을 고통으로 치료한다? 는 것은 같은 맥락이다. 나는 얼쑤! 그룹의 권고사직의 고통을 밥을 굶는 방식을 통해 고통을 찾아 나섰다. 정신의 고통을 책을 바탕으로 죽음에 대한 꼬리물기식의 무의식적 고통을 통해 극복하는 것이다. 결국 처절한 고통에서 창의성을 이끌어내는 것이다. 어젯밤부터 오늘 아침과 점심으로 이어지는 시간의 흐름 속에 나를 맡겼다. 비로소 행복감을 맛보았다. 고통을 고통으로 극복하는 것은 사막을 가는 자에게 오아시스와 같다. 나는 정책 명제로 말해 보았다.

"모든 사회·문화 현상을 양면성(兩面性)으로 접근해 분석해야 한다. 창의성의 출발은 그것이다."

현대인들은 대부분 사회·문화 현상을 단편적으로 해석한다. 이런 사고방식은 창의적인 결과보다는 상식적인 결과를 얻는 데 그친다. 그러나 모든 사회·문화 현상을 양면성으로 접근해 분석할 때 뜻밖의 독창적, 창의적 사고를 얻을 수 있다. 대상에 대한 다양한 상황의 적용은 창의적 발상을 가능하게 하는 기폭제가 된다.

휴대폰의 소리가 책상 위에서 흘렀다. 휴대폰 속의 목소리가 잠시 머뭇거렸다.

"기억하세요? 그때 아산의 다리 근처에서 자동차 사고로 만났던 옥분입니다."

나는 재빨리 그때 일을 떠올렸다. 미리 내가 연락을 해보았어야 했는데 그러지 못했다는 생각을 했다. 미안한 생각이 내 말을 더듬게 하였다.

"아! 아! 기억하지요. 옥분 씨! 제가 먼저 전화를 드렸어야 하는데 죄송합니다. 그때의 사고로 건강이 안 좋으신가 보죠? 그러기에 연락을 미리 하시라고 했잖아요."

초겨울의 찬바람이 불어왔다. 그러나 옥분 씨의 의외의 말이 귀에 들렸다. 옥분 씨는 침착한 분위기를 유지하고 있었다. 내게 안정감을 주는 말이 휴대폰을 통해 전달되었다.

"저는 건강합니다. 아주 건강해요. 어떻게 지내시는지 궁금해서 연락을 드렸습니다. 그때 듣기로 아버님께서 병상에 누워 계시다는 말을 들었는데요."

그리고는 말을 멈췄다. 다음의 말은 내가 하기를 바라는 것 같았다. 자동차 추돌 사고로 처음 만나 첫 통화에서 내 아버지의 투병의 내용을 옥분 씨가 물어본다는 것은 의외였다. 일반적으로 잘 아는 사이에서 가능한 얘기였다. 추돌 사고 때 아버지의 투병이란 말은 옥분 씨에게 부담으로 작용한 것 같았다. 옥분 씨의 편안한 목소리에 신뢰감이 전해져 왔다.

"상황이 안 좋습니다. 의사의 말로는 마음의 준비를 하라고 하네요. 위암이 간암으로 전이가 된 상태에서는 갑작스럽게 사망할 수도 있다는 것입니다."

"그렇군요. 간으로 전이가 되면 얼굴에 황달 같은 것이 뜬다고 하던데요. 그런 느낌을 받으셨나요? 간으로 암이 전이되면 담낭관이 막혀 얼굴이 누런색으로 변한답니다. 꼭 그런 경우는 아니고 그러는 경우가 많다는 것이죠."

"그렇군요. 잘 살펴보겠습니다."

옥분 씨의 말을 듣고 보니 아버지의 얼굴이 누렇게 보인다는 느낌이 순간적으로 들었다. 실내의 병상에서는 누런색을 아버지의 얼굴에서는 못 느끼는, 복도에만 나오시면 금방 그것을 느낄 수 있었다. 큰 일이었다. 죽음의 문턱에 아버지께서 도달하신 것이다.

"아차! 내가 그것을 잊고 있었구나!"

나는 항상 아버지의 병원에 가기만 했지 자세하게 그런 증상까지 파악하지 못하고 있었다. 한 마디로 침착하지 못했던 것이다. 옥분 씨는 상당한 의학적 지식을 지니고 있는 것 같았다. 마치 그런 내 마음을 알고나 있었는지 다음의 말이 휴대폰을 통해 흘러 나왔다. "저의 친정어머니도 병원에 입원하고 계시거든요. 저도 그 날 예산에 계시는 어머니의 병문안을 다녀오던 길이었습니다. 그때는 교통사고로 정신이 없어서 그런 말씀을 미처 못 드렸지만요."

"아! 그렇셨군요. 옥분 씨에게도 그런 아픔이 있었군요."

옥분 씨가 전화를 하는 이유가 풀렸다. 그녀는 자동차 추돌 사고보다는 같은 처지인 나의 모습에 연민을 느꼈던 것이다. 10분 정도의 전화는 마치 한 시간 정도를 한 것 같은 느낌이 들었다. 전혀 지루하지가 않았다. 의사를 만나는 듯한 편안함을 느꼈다. 옥분 씨의 목소리가 긴 여운을 남겼다.

점심도 먹을 생각이 나지 않았다. 나는 창의적 본능을 일깨우기 위해서는 생활의 규칙을 파괴할 필요가 있다고 생각했다. 오늘 점심과 저녁은 굶어보기로 한 것이다. 위대한 예술가들은 기인(奇人)이나 광인(狂人)들이 많았다고 한다. 규칙적인 사회 제도의 틀 안에서는 정상적인 생각만 모범답안처럼 나오기 마련이다. 여기서 정상적인 생각은 누구나 그러하다고 느끼는 상식적인 생각에 불과하다. 이것이 사회의 안정을 이루는 기초가 되지만 창의적인 고귀한 가치를 이끌어내지는 못한다. 창의성은 규칙을 파괴하는 데서 출발하기도 한다. 그런 점에서 규칙은 깨지기 위해 존재한다고 볼 수 있다. 이런 생각에 미치자 나는 어지럼증을 느꼈다. 나는 다시 책을 펼쳐들었다. 박경리 선생의 『거리의 악사』라는 수필이 나의 손에 들려있었다. 책에 몰입되기 시작했다. 내 관심을 잡는 내용이 눈에 들어왔다.

"노파는 유유히 목청을 돋워 장판 사라고 외치다가, 그것도 그만두고 노래를 부르기 시작한다. 연못 속의 금붕어가 어쨌다는 그런 노래였는데 너무 구슬프게 들려 나도 모르게 귀를 기울이다가, 여기도 또한 거리의 악사가 있구나 하고, 어쩌면 이런 사람들이 진짜로 예술가인지 모르겠다는 묘한 생각을 하다가, (…) 나는 어릴 때 상두가(喪頭歌)를 구슬피 불러서 길켠에 선 사람들을 울리던 그 넉살 좋은 사나이와 농악(農樂)꾼에 유달리도 꽹과리를 잘 치고 춤 잘 추던 사람을 생각하며, 그들이야말로 예술가인지도 모른다고 생각 했다."

나는 "위대한 예술가는 누구인가?"라는 질문을 던져봤다.

"언뜻 생각하면 "많은 관객을 동원하고 성황리에 공연을 하는 가수들"이라고 대답할 것이다. 또 미술품 경매에서 "그림 한 장에 몇 억을 호가한다"는 명망 있는 화가들이라고 대답하기도 할 것이다. 이른바 직업적인 예술가들이 답변의 주된 대상이다. 물론 그렇게 생각하는 사람들의 생각은 다르지 않다. 하지만 누구나 내놓을 수 있는 답변이라는 점에서 신선함이 떨어진다."

내 생각은 줄줄이 사탕처럼 이어졌다. 생각이 서로 꼬리를 물고 이어졌다. "이 순간을 즐기리라!" 배고픔을 전혀 느끼지 못했다. 바로 상상력의 힘! 창의력의 힘이다. 그러나 이러한 생각만으로 진정한 예술가의 실체를 밝히기에는 부족하다고 생각했다. 이것은 진정 예술가에 대해 새로운 관점인 구체성에 접근하지 못했다. 내 눈은 앙상한 갈비뼈가 보이는 들개의 눈처럼 번뜩였다. 내가 들개가 되었다. 생존하기 위해 먹이를 찾는 들개는 내 분신(分身)이 되었다. 나는 들개의 눈으로 진정한 예술가를 생각했다.

"이 내용은 일상생활 속에서 발견할 수 있는 인간과 사회적 삶의 모습을 솔직하게 전하고 있다. 장판 파는 할머니, 상여꾼, 농악꾼들이 부르는 노래는 삶의 현장과 밀접하게 관련된다. 거리의 악사들이 부르는 노래는 예술로서 그대로 그들의 삶과 일치한다. 즉, 삶이 예술이다. 작가는 삶의 현장이 예술적 현장이 되고 있는

'거리의 악사'야말로 참된 예술가라고 본다."

나는 생각을 길게 이었다. 현실과 관련지어 생각해보았다.

"작가라는 직업 예술가의 삶을 반성하는 모습을 엿볼 수 있다. 또 작가는 예술작품을 만들겠다는 의도와 강박관념 때문에 인위적으로 조작된 예술품을 생산한다고 본다. 이는 삶과 예술이 일치하지 않기 때문이다. 여기서 우리는 진정한 예술이란 생활 속의 체험에서 얻어진다는 창의적인 사실을 확인할 수 있다. 생활 주변으로 눈을 돌려 진정한 예술가를 찾아보자. 대학로의 소극장, 몇십 명 관객 앞에서 열정을 다해 공연하는 무명 배우들이 먼저 떠오른다. 어떤 배우들은 "한 달 출연료가 10만 원에 불과한 때도 있었다"고 한다. 다음으로 언더그라운드 밴드를 생각해보자. 지하의 작은 카페에서 관객과 정서적 교감을 이루며 연주에 땀을 흘리는 무명 가수들이 그들이다. 우리는 무명 배우, 언더그라운드 가수 등에게서 진정한 예술가의 초상(肖像)을 발견할 수 있다. 이들에게는 예술의 현장이 곧 생활의 현장이기 때문이다. 우리는 이를 통해 진정한 예술은 생활 속의 체험에서 얻어 진다는 것을 알 수 있다. 이는 모두 창의적으로 생각한 결과다."

창의력은 다양한 관점에서 나온다. 그동안 현대인들은 고정적인 시선에 매몰돼 대상이 갖는 진정한 가치를 이끌어내지 못했다고 해도 과언이 아니다. 예술가에 대한 인식도 마찬가지다. 대부분 겉

보기에 화려하고 돈을 많이 벌며 인기를 끄는 예술가를 뛰어난 예술가로 인식해왔다. 하지만 이것은 고정관념에 불과하다. 또 다시 나는 생각에 잠겼다.

"TV나 영화계에는 위대한 예술가들이 활동하고 있다. 우리는 매스컴을 통해 위대한 예술가(스타)의 출연료에 대한 이야기도 접한다. 출연료가 낮아 출연을 거부한다는 이야기도 심심치 않게 듣는다. 문제는 우리가 출연료가 비쌀수록 더 뛰어난 예술가로 본다는 사실이다. 시청자나 관객들 대부분이 스타 예술가에 초점을 맞춰 작품을 선택하는 것도 같은 맥락이다. 하지만 이는 잘못된 생각이다. 출연료가 높을수록 그들에게선 오히려 생활과 예술의 관계가 멀어질 뿐이라는 것을 알아야 한다. 이는 뛰어난 미모의 특급 배우가 농사일을 하는 장면을 연기할 때 관객은 체험에서 우러나오는 진실성을 느끼지 못하는 것과 같다."

나는 자신감에 충만해졌다. "창의성이란 100% 새로운 내용이 아니다"가 내 머릿속에 박힌 생각이었다. 바로 다른 사람의 일부 내용을 바탕으로 내 생각을 융합시키는 것이었다. 바로 "다른 사람의 내용+자신의 내용=독창적인 내용"이 융합이다. 융합이 창의성을 발휘하는 기본원리이다. 보석 같은 생각이었다. 나는 본능적으로 다른 책을 펼쳐들었다. 그러나 이제는 다른 것에서 창의성의 새싹을 발굴하고 싶었다. 바로 신문에 나온 신지폐(新紙幣)에 도안된 얼굴이었다. 나는 여기에 또 다른 창의력을 발휘하고 있었다. 금방 생각이 떠올랐다.

"우리나라는 성공한 사람만이 추앙받는다. 많은 사람들이 성공한 결과물만 인정하는 사회 풍토에 이의를 제기하지 않는다. 오히려 성공한 결과를 가진 사람들을 모방하려 하고, 그들을 삶의 지표로 삼기까지 한다. "성공한 사람=인정받는 사람"의 공식이 상식으로 통한다. 이는 인간의 삶에서 중요시되는 창의적인 생각이 아니다. 우리 사회에서 실패한 결과를 낸 사람도 떳떳하게 인정받을 수는 없는가? 깊이 생각해볼 일이다. 흔히 성공한 인물들만 새겨지는 지폐 그림에 대해 생각해보자. 우리나라 지폐에 도안된 인물들도 역사적으로 커다란 업적을 세운 '성공한 분들'이다. 우리는 지폐의 인물을 통해 그들의 업적을 기리게 된다. 이황 선생은 천 원짜리 지폐에, 이율곡 선생은 오천 원짜리, 세종대왕은 만 원짜리에 얼굴이 새겨져 있다. 이번에 신권으로 바뀔 때도 이들의 얼굴이 바뀌지 않고 그대로 들어갔다. 그만큼 그들은 우리 국민에게 존경받는 인물들이다. 누가 봐도 신권에 새겨진 인물들은 추앙받아 마땅하다. 그들의 정치적, 학문적 업적은 후세에 귀감이 되기 때문이다."

나는 여기에 다른 생각을 하고 있었다. 이 문제를 창의적으로 접근하고 있는 것이다. 스스로 질문을 던졌다.

" '성공한 인물'이 모든 분야에 적용되어 귀감이 될 경우 예상치 못한 문제점을 드러낼 수 있다. 성공한 사람들만 내세우는 사회 분위기에서는 '성공한 사람'이 중심이라는 경직된 사회를 만들 수 있다. 사람들이 성공의 가치에만 모두 매달릴 경우 극

소수의 엘리트만 인정받는 사회가 될 것이다. 나아가 성공만이 최고의 사회적 가치가 될 경우 성공하는 과정에 부정이 개입될 수도 있다. 제대로 된 사회는 결과보다 과정에 더 큰 가치를 부여한다. 성공에 대한 강박관념을 버리기 위해서는 성공만을 바라는 사회적 요구가 줄어들어야 한다. 또 '실패한 결과물'에 대해서도 사회적으로 충분히 인정하는 분위기가 필요하다."

나는 대통령 선거에서의 승자와 패자의 모습을 떠올렸다. 머리를 좌우로 흔들었다.

"우리 사회는 승자와 패자를 정확히 갈라놓는다. 그 결과 승자는 항상 패자 위에 서고, 패자는 승자의 아래에 선다. 승자는 늘 전면에 나서고 패자는 역사의 뒤안길로 사라져야 할 존재로 인식한다. 패자에 대해서는 조금의 눈길도 주지 않는다."

나는 사례를 들어보았다.

"역사적으로 공을 세운 인물은 동상(銅像)을 세워 그 뜻을 기린다. 위압감이 들 정도로 규모가 큰 동상들이 많다. 승자에 대한 무조건적인 추앙 의식이 그처럼 동상을 키운 것이다. 더욱이 우리들 대부분도 존경받는 인물의 거대한 동상을 거부감 없이 받아들인다. 그것이 상식이기 때문이다. 그러나 우리나라 어느 곳을 찾아봐도 패자(敗者)를 기리는 동상은 보기 힘들다. 그들에 대한 역사적인 재평가도 거의 이뤄지지 않는다. 하지만 이젠 학문적 성과를 내지 못한 패자에게도 가치를 부여해야 한다. 패자에게서도 삶의 진실을 발견할 수 있기 때문이다. 삶의 진실이 자양분으로 녹아들 때 학문의 윤리성은 획득된다. 이른바 패자에 대한 가치를 부여해야 학문 윤리성이 획득된다는 것이다."

나는 지나간 시사적인 문제도 떠올렸다.

" '황우석 사태'의 본질을 질문할 때가 있다. 대부분의 사람들은 '황우석 교수의 윤리 문제'를 짚는다. 틀린 대답은 아니다. 그러나 '실패를 인정하지 않는' 사회적 분위기가 황우석 사태를 낳은 본질이라고 대답하면 어떨까? 창의적인 답변이 될 것이다. 반대로 정당한 '실패'를 '성공'과 같이 사회적으로 인정을 받았다면 어떠했을까? 실패를 두려워하지 않는 연구 분위기가 형성돼 황우석 사태는 일어나지 않았을 것이다. 이와 관련해 전봉관 한국과학기술원(KAIST) 교수는 어느 일간지 칼럼에서 "연구를 하다 보면 기간이 지연될 수도, 예상한 결과가 나오지 않을 수도 있다. 실패도 엄연한 연구의 일부다. 더욱이 학문적 의미가 큰 주제일수록 실패 확률이 높지만, 대한민국 학계는 정직한 실패자에게 너무나 가혹하다"라고 말했다."

이 말은 충분히 공감이 갔다. 나는 다시 지폐 이야기로 사고가 확장되었다. 사고에 자신감이 붙어갔다. 우리나라 지폐에도 '실패한 지식인'의 얼굴이 도안(圖案)으로 들어가야 한다고 주장해봤다. 또 실패한 연구도 학문적인 업적으로 인정하는 풍토를 만들어야 한다고 생각해봤다. 정당한 과정을 통해 최선을 다했지만 실패한 결과물이 나온 학자도 추앙해야 한다는 인식을 가져봤다. 이런 생각들이 구체화될 때 창의성은 더욱 빛날 것이다. 나는 깊숙이 생각했다. 창의적 생각은 정답이 따로 있는 것이 아니라 관점에 따라 다양하게 나타날 수 있다는 것이다. 나는 고전의 한 작품을 떠올렸다. 바로 남구만의 시문집인 〈약천집(藥泉集)〉의 내용이다.

"다음 날 친지가 한 명 찾아오기에 그 사실을 이야기하였더니, "자네, 낚시하는 것을 보니 낚싯대를 채어 올리는 방법이 틀렸네. 낚싯줄에 찌를 달아 물에 띄우는 것은 그것이 뜨고 잠기는 것을 보아 고기가 물었는지 안 물었는지를 알기 위함일세." 나는 그 사람이 가르쳐준 대로 낚시를 놓아 겨우 서너 마리의 고기를 낚아 올릴 수 있었다. 그 사람이 또 말하기를 "고기 잡는 방법은 그만하면 잘 되었네만, 고기 잡는 묘리(妙理)는 아직 깨닫지 못하였네." 하며 나의 낚싯대를 받아 가지고 물속에 드리웠다. 그는 내가 낚던 낚싯대와 내가 쓰던 미끼와 내가 앉았던 자리를 그대로 이용했으나, 물고기는 마치 기다리기라도 한 듯 낚싯대를 던져놓기가 바쁘게 빨려 올라왔다. 나는 감탄하면서 말하였다. "참으로 솜씨가 좋기도 하네. 자네, 그 묘리를 좀 가르쳐주게나."했더니 "잡는 방법이야 가르쳐줄 수 있지만 묘리를 어찌 가르쳐줄 수 있겠나? 만일 가르쳐줄 수 있다면 그것은 묘리라고 할 수 없지. 내가 자네에게 말할 수 있는 것은 내가 가르쳐준 대로 낚시를 물속에 드리워놓고, 정신을 집중해 열흘이고 한 달이고 방법을 익혀보라는 것일세. 그렇게 되면 손은 알맞게 움직이고 마음은 스스로 묘리를 터득하게 될 것이야. 그럼으로써 아무것도 모르고 오히려 의혹만 많았던 것과, 또 환하게 깨달았지만 그 까닭은 몰랐던 것들을 모두 터득할 수 있을 것일세."

친지가 제시하는 낚시 방법은 이렇다. 처음에는 말로, 나중에는 시범으로, 마지막에는 "스스로 묘리 터득"의 필요성을 제시하고 있다. 나는 바로 스스로의 묘리 터득이란 말에 주목했다. 사회적으로 성공한 CEO나 스포츠 스타, 연예인 스타 등을 분석해 보면 스스로의 묘리 터득에 주목하여 분석할 때 설득적인 설명이 가능해진다. 바로 그것이다. 자신만의 노하우! 그것은 누가 가르쳐 줄 수는 없다. 내 자신이 그것을 즐기면서 스스로 터득할 때 창의성은 발휘되어 그것이 새로운 가치로 세상에 나오게 된다.

나는 철학자 비트켄슈타인(Ludwig Wittgenstein)을 떠올렸다. 다시 배고픔이 밀려왔다. 본능적으로 일어나 밥을 찾았다. 식사가 준비돼 있을 리가 없다. 이 원룸을 감옥이라고 생각했다. 그곳에 감금돼서 머리를 쥐어짜고 본능보다는 이성을 찾고 있는 것이다. 나는 안심했다. 본능보다는 이성이 위대하다고 생각했다. 본능이 사라지고 이성이 자리를 잡으면 밥 생각이 사라지리라 생각했다. 난 비트겐슈타인에 집중하였다.

철학자 비트겐슈타인은 "높은 목표를 달성하기 위해서는 높은 곳에 오를 수 있게 해주는 사다리가 필요하다"고 했다. 사다리는 교사가 제시하는 사고의 모형으로 우리가 원하는 목표를 어느 정도 이룰 수 있게 해준다. 그러나 비트겐슈타인의 사다리는 목표에 어느 정도 다다르면 더 큰 비약을 하기 위해 사다리를 버릴 수 있어야 한다는 것도 일러주고 있다. 결국 사다리를 치움으로써 표준적인 사고 과정을 넘어서고자 하는 노력에서 창의적인 사고가 얻어지는 것이라고 말했다. 창의적 사고를 위해서는 사고의 사다리를 치워야 한다.

이 내용을 생각해내니 밥 생각이 사라졌다. 이성이 본능을 이기는 순간이다. 생각할수록 신통했다. 나는 머리를 숙였다. 힘없이 머리가 숙여졌다. 배고픔의 육체적 모습이었다. 그러나 정신만은 칼날처럼 파랗게 빛났다. 사다리를 치움으로써 얻는 나만의 묘리 터득에서 창의적인 사고가 나온다는 깨달음이다. 현대인들은 사회를 살아가면서 창의력을 발휘하기 위해서는 사다리를 치우고 자기만의 융합을 위한 묘수 찾기에 나서야 한다. 현실의 다양한 문제와 관련시켜 문제의식을 가져보는 것은 어떨까? 이런 과정을 통한 현대인들의 스스로의 노력은 묘리 터득에 다다르는 좋은 방법이 된다.

나는 나를 철저히 괴롭혀 봤다. 3일 동안 밥을 굶어가면서 나를 철저하게 괴롭혀 봤다. 나와 나의 갈등은 없었다. 단지 밥을 먹으려는 나의 본능과 이를 억제하려는 이성과의 마찰이 약간 있었을 뿐이다. 마찰을 책을 통해 이성 쪽으로 생각을 집중시켰다. 수돗물만 먹으면서 본능을 달래고 이성을 찾았을 뿐이다. 책의 감동받은 일부의 내용을 읽고 그것에 대하여 창의성과 관련시켜 상상력에 잠겨도 봤다. 몽골의 초원을 자유롭게 달리는 기분이었다. 초원에서 자유로운 말(馬)을 내 분신으로 생각했다. 오늘날 몽골의 후예들이 칭기즈칸을 그리워한다. 그들이 칭기즈칸의 사진을 소중히 여겨 게르 벽에 걸어놓듯 나는 창의력이 그리워 상상력을 소중히 마음에 걸어놓고 있다. 넓고 푸른 초원을 달리는 몽골의 후예들은 말발굽이 완전히 닳을 때까지 달리고 싶었을 것이다. 나 또한 마찬가지로 머리가 완전히 닳을 때까지 무한의 상상력을 발휘하여 창의성을 획득할 것이다. 내 생존방식이 돼 버렸다.

그러나 오늘은 창의력의 실체가 잡히지 않았다. 희미한 안개에 뒤덮여 다가오지 않았다. 자꾸만 물을 들이켰다. 울릉도 성인봉을 생각해 봤다. 창의력의 이론은 알겠는데 실체는 다가오지 않았다. 창의력은 나에게 모습을 보이지 않고 뒤에 있었다. 나는 가슴을 치며 답답해했다. 다시 절망의 구렁텅이에 빠지려 했다. 그렇게 무의미한 하루가 억지로 지나가고 있었다. 나는 밥을 나흘 동안 밤을 굶은 뒤 쓰러졌다. 가끔 실눈을 가느다랗게 뜨고 의식의 혼미함을 무감각으로 느낄 수 있었다. 호흡이 정지할 것 같은 통증이 아랫배에 마구 찔러댔다. 본능이 텅 빈 위장을 칼로 사정없이 후비고 있었다. 칼은 매우 날카로웠다. 위장을 도려내고 이제는 머리로 다가와 골을 후비고 있었다. 나는 소리 없이 무너졌다.

겨울, 함박눈, 크로아티아

나는 휴대폰 소리에 잠시 눈을 떴다. 쓰러진 내게 팔을 뻗을 수 있는 힘은 조금 있었던 모양이다. 얼쑤! 그룹을 그만 두었다는 김서연 씨의 전화였다. 나는 아무 말도 못했다. 휴대폰을 간신히 잡은 채 벙어리처럼 입만 벌렸다. 도움을 청해야 하는데 말이 나오지 않았다. 팔은 허공을 휘두르고 있었고 발은 허우적대고 있었다. 모두 허무한 몸짓이었다. 내 감각기관은 기능을 상실했다. 저 구름 속에서 들리는 소리가 있었다. 나는 그 소리를 미친 듯이 통로를 만들어가며 따라갔다.

"민준 씨! 어떻게 된 거예요. 제 얘기가 안 들려요. 거기가 어디예요? 빨리 말해보세요. 무슨 일이 있어요?"

나는 말을 할 수가 없었다. 의식은 연기처럼 가물거렸다. 들었던 휴대폰을 떨어뜨렸다. 무의식의 세계로 빠져들고 말았다.

"그것 보세요. 큰일 날 뻔했잖아요."

병원의 병실이었다. 김서연 씨는 긴 머리칼을 들어 올리고 있었다. 서연 씨는 미소 지으며 옆에 서 있었다. 하얀 가운을 입은 간호사가 링거 병의 눈금 수치를 보고 있었다. 그는 30분 있다가 진통제가 들은 주사를 맞아야 한다고 말했다. 그 간호사의 말은 매우 빨랐다. 그 말을 나는 알아듣지 못했는데 서연 씨가 귀엣말로 전해주었다. 그녀의 입김은 봄 날 방초처럼 향긋했다. 병실에 한 마리의 나비가 창틀에 앉아 있는 듯 했다. 그때 열려진 문으로 찬 바람이 들어왔다. 병실의 유리창에 군데군데 보석 같은 물방울이 맺혔다.

"오늘 눈이 온 것 아세요? 함박눈이 왔어요. 함박눈이. 민준 씨는 눈을 좋아하지요? 민준 씨는 아마 모를 거예요. 이렇게 누워있으니 함박눈이 온 지 알 수가 없겠죠. 비록 안개는 없지만 그래도 아름다운 풍경입니다. 함박눈을 생각하면 떠오르는 것이 없어요. 민준 씨?"

서연 씨는 눈과 관련하여 많은 얘기를 하였다. 눈이 오기를 기다렸다가 일부러 나를 만난 듯한 서연 씨는 눈(雪) 얘기를 주로 했다. 눈이 올 때 운동장을 뛰는 어린아이처럼 즐겁게 재잘거렸다. 어린아이가 되어 금방이라도 "펄펄 눈이 옵니다. 하늘에서 눈이 옵니다"라는 동요를 부를 듯한 모습이었다. 나는 대답 대신 웃음을 지어보였다. 병실에도 눈이 오는 듯한 환상에 빠졌다.

"웃음 짓지 말고 말로 해봐요?"

"그 해 겨울의 울릉도 성인봉!"

나는 서연 씨와 추억을 생각하여 울릉도를 말했다.

"역시 잊지 않으셨군요."

"그럼요. 눈 하면 울릉도 성인봉이죠." "하얀 ……"

나는 더 이상 말을 할 수 없었다. 입술은 나머지 말을 하려고 움직거렸으나 '머리핀' 얘기는 하지 못했다. 찬바람이 병실로 들어왔다.

"그래요. 난 그때 하얀 모자를 쓰고 있었죠. 민준 씨는 나를 떼 놓고 혼자 성인봉에 올랐죠. 우리는 함박눈이 내리는 팔각정에서 만났었죠. 그때 참 눈이 많이 왔었는데…"

서연 씨는 나의 '하얀…'을 '하얀 모자'로 생각하고 있었다. 하얀 머리핀을 내가 가지고 있는 줄을 모르고 있었다. 지금은 몇 구절을 말했지만, 서연 씨는 1년 전의 울릉도 추억을 기억하고 있었다.

"아버님은 어떠세요? 중한 병으로 투병하신다는 말은 들었거든요."

"지금 홍성병원에 계십니다. 어머니께서 간호하고 계시죠. 위중한 상태입니다."

난 모든 것을 다 말해버렸다.

"아! 난 지금 아버지께 가 봐야 합니다. 한 4일 정도 책에 미치다시피 하여 창의력만 생각하다가 이렇게 됐습니다. 아버지께서 무슨 일이 있지나 않은지 걱정됩니다."

"민준 씨! 지금은 안 돼요. 의사의 말로는 일주일 정도 이 병원에서 휴식을 취해야 한다고 말했습니다. 지금 민준 씨의 몸 상태가 어떤지 아세요. 굶어죽기 직전이었다니까요. 영양실조로 얼굴이 누렇게 뜨고 말이죠. 내가 급하게 민준 씨의 휴대폰 위치를 추적해서 찾았을 때는 원룸에서 시체를 보는 듯한 느낌이었어요. 아찔했지요. 내 말이 믿기지 않을 거예요."

서연 씨는 나를 똑바로 보고 말했다. 나도 그녀의 눈을 쳐다보았다. 눈동자가 사슴의 눈처럼 한없이 맑았다.

"키는 큰 데 비쩍 마른 민준 씨의 모습이 어땠는지 아세요? 마치 구겨진 휴지조각 같았어요. 어깨와 허리가 구부러진 원시인의 모습으로 완전히 책 속에 파묻혀 있었죠. 책이 무덤이고 민준 씨가 시체고… 코에서는 피가 흐르고 있었습니다. 입은 침으로 말라붙어서 물을 먹일 수가 없었죠. 그래서 119 구급대를 불렀어요."

"아! 그랬었구나."

입술의 통증을 강하게 느꼈다. 손으로 만져보니 윗입술이 터져 짓물러 있었다. 침으로 말라붙은 입술을 억지로 떼어 벌리고 물을 먹이려 할 때 난 상처인 듯했다. 서연 씨는 미소가 아름다웠다. 나는 아버지의 생각에 불안해지기 시작했다.

"나는 가 봐야 합니다. 암으로 고생하시는 아버지를 봐야 합니다. 지금 돌아가시려고 할지 몰라요. 위중하단 말이에요. 저를 일으켜 주세요."

그녀의 조용한 말이 들렸다. 미소를 여전히 머금고 있었다.

"3일만 이곳에서 더 있다가 저랑 같이 가요. 저를 애인으로 아버님께 소개를 시켜줘요. 일방적인 생각이지만 이렇게 말하는 저를 곧 이해해주실 것이라고 생각해요."

나는 바다가 생각났다. 큰 소리를 동반한 파도가 내 머릿속에 겹쳐 쏟아지고 있었다. 큰 파도 소리는 당황한 내 심리였다. 파도는 순간적으로 끓어오르는 사랑의 감정이었다. 곧이어 눈이 내리는 바다가 연상되었다. 병실의 창 쪽으로 시선을 돌렸다. 솜 같은 눈송이가 유리창에 부딪혔다가 떨어지고 있었다. 가녀린 새가 병실에 들어오려다가 유리창에 부딪히는 모습이었다.

"함박눈에 안개까지 끼려는가 봐요?"

서연 씨가 크게 소리쳤다. 그 소리에 다른 환자들이 우리를 쳐다봤다. 나는 서연 씨의 함박눈과 안개 소리에 속으로 "울릉도 성인봉! 울릉도 성인봉!"을 읊조렸다. 그리고 홀린 듯 조용하게 "덩더덩 더덩더쿵!"을 외쳐보았다. 그러나 "얼쑤! 소리"는 없었다. 울릉도 원시림의 함박눈을 떠올렸다. 순결한 함박눈이었다. 서연 씨와 함박눈이 겹쳐졌다. 그때 의사가 들어왔다. 나는 의사에게 부탁했다.

"저 좀 나가게 해주세요."

"3일 동안 입원하면서 지켜봅시다. 애인인가 보죠. 정성이 대단하십니다. 민준 씨의 생명은 이분이 구원한 것이나 마찬가지입니다. 고마움을 모르는 것 같아 내가 대신 이야기를 해줍니다."

의사는 사적인 말을 웃으면서 하고 있었다. 그러면서 의사는 따라온 간호사의 차트를 보면서 하단에다가 볼펜으로 적었다. 의사는 여느 의사처럼 사무적인 이야기만 하지 않았다. 친근한 말을 동원하여 의사와 환자와의 거리를 인간적으로 좁히고 있었다.

소통을 할 줄 아는 의사였다. 대부분 의사는 환자라는 호칭을 즐겨 쓴다. 무리가 없는 표현이다. 그러나 삶의 지혜를 가진 의사는 우선 환자를 인간적으로 안심시킬 줄을 안다. 심리적인 안정이 우선 이루어질 때 환자는 의사에 대해 신뢰감을 갖는다. 요즘에 이런 의사가 있는가?

나는 누군가의 흥분한 말투를 느꼈다. 고개를 들어 보니 병실에 설치된 〈TV 연예가 뉴스〉의 리포터였다. 리포터는 가수 이소라의 공연 상황을 감동으로 전하고 있었다. 이소라 가수가 몸이 불편하여 공연을 할 수 없는 상황이었다고 했다. 그러나 이 가수는 관객들과의 약속을 지키기 위해 공연 무대에 올랐다는 것이다. 그런데 터져 나오는 고통을 참아가면서 간신히 공연을 끝냈는데 그 가수가 스스로 생각해보기에 공연 내용에 만족하지 못하여 입장료 전액인 3,000만 원을 관객에게 환불한다는 소식이었다. 정말 감동적인 소식이었다. 나는 이소라 가수가 진정한 프로라고 생각했다. 공연료보다 공연의 질을 중시하는 가수야말로 진정한 프로라는 호칭이 아깝지 않았다. 더불어 이소라가 창의성이 뛰어난 가수라는 생각도 들었다. 일반적인 상식을 거부하고 그녀는 공연을 하고도 공연료를 환불했기 때문이다.

바로 옆 병상에는 몽골인 환자도 있었다. 그 환자는 한국의 공장에서 일을 하다가 머리를 다쳐 병원에 입원하고 있었다. 그는 머리에 하얀 망으로 된 모자 같은 것을 쓰고 있었다. 무거운 물건을 옮기다가 공장 계단에서 굴러서 머리를 다쳤다는 것이다. 성품이 낙천적인 듯 그 얼굴에는 그늘이 느껴지지 않았다. 미소가 흐르고 있었다. 한국에 온 지 6년이 됐다고 하는데 한국말을 잘하였다.

"몽골의 칭기즈칸을 우리는 학교에서 배웠거든요. 테무친(鐵木眞) 몽골에서도 유명하죠?"

나는 뻔한 질문을 했다. 순간 그는 눈을 반짝였다.

"아아! 테무친은 칭기즈칸의 어릴 적 이름이야. 칭기즈칸이 정확한 이름이지."

몽골인 환자는 반말로 말했다. 한국말은 존대법이 어렵다. 그래서 외국인 근로자들은 반말부터 먼저 배울 수밖에 없다. 욕설을 먼저 배우게 되는 본질적인 이유가 된다. 내가 친근한 모습을 보이자 그는 병실 침대 옆에 비치된 서랍을 열고 편지를 보여주었다. 거기에는 중국 한자로 네 자가 쓰여 있었다. 그러나 나는 한자를 어느 정도는 안다고 하는데도 네 자 중에서 '我'자 하나밖에 읽을 수가 없었다.

"이것은 내 긴 딸이 중국에서 보내온 편지야."

"긴 딸?"

"응, 긴 딸."

"큰 딸을 말하는 거죠?"

"응, 큰 딸."

그는 웃으면서 말했다. 내가 네 자의 한자를 모두 읽지 못하자 그는 말을 했다. 딸을 많이 사랑하는 모습이었다. 편지를 아주 소중히 다루고 있었다. 유리를 만지듯 조심스럽게 편지지를 꺼내고 있었다.

"우리 긴 딸이 아버지를 사랑한다는 내용이야" 하고 말해주었다. 또 '긴 딸'이라고 말했다. 나는 그가 부러웠다. 그는 휴대폰으로 전화를 할 때는 몽골어로 말하다가 내가 물으면 한국말로 유창하게 말했다. 외국인들이 영어를 쓰는 것은 많이 봐 왔다. 그러나 낯선 몽골말을 우리말과 분명하게 구분지어 하는 것을 보니 신기하기도 했다. 내가 먼저 물었다.

"어린애에게 나타나는 몽고반점이라는 것 아십니까?"

"몽고반점. 알아. 한국 어린이도 그게 있잖아."

유창하게 한국말을 사용하는 몽골 사람은 날 편안하게 해주었다. 밖에는 눈이 그쳐 있었다. 서연 씨는 조용히 지켜보고 있었다.

아버지는 뼈만 남아 살이라곤 하나도 없었다. 호흡이 매우 가빠져 있었다. 아버지께서 병상에서 말씀하셨다.

"민준아, 돼지 족탕이 먹고 싶다."

나는 순간적으로 돼지 족발을 생각했었다. 그러나 자세히 들으니 족탕을 말씀하고 계셨다. 홍성 시내를 한참 뒤져 족탕집을 찾아내었다. 유일하게 이곳만 운영하고 있었다. 겨울바람이 칼처럼 예리하게 얼굴을 긋고 지나갔다. 얼굴이 따가울 정도로 추웠다. 아버지께서는 벌려지지도 않는 입을 억지로 벌려 돼지 족탕을 드셨다. 입을 크게 벌릴 수가 없기에 한 입에 족발이 모두 들어가지 못하자 그것을 손으로 움켜쥐고 국물을 흘리면서 간신히 뜯고 계셨다. 내 눈물이 앞을 가렸다. "저렇게 살고자 하는 욕구를 가졌는데 돌아가시게 되다니"라는 생각이 머릿속에서 반복되었다.

"무슨 반찬이 이렇게 많으냐?"

어머니는 놀란 표정이었다. 병원에서 밥이 나오지만 어머니는 친척들이 해 오신 반찬을 중심으로 병실에서 식사를 하셨다.

"아, 서연 씨가 해 온 겁니다."

"누구?"

"제가 아는 여자인데요. 인사드리죠."

나는 인사를 시켰다. 아버지께서는 말없이 바라만 보셨다.

"아니! 힘들게 어떻게 오셨습니까? 여기 자리에 앉아요."

어머니는 반찬을 먹어보고는 감탄의 말이 나왔다.

"아니! 음식 모두 아가씨가 만든 것이란 말이죠. 맛이 이렇게 좋은지 처음 알았네요."

어머니도 기쁘다는 듯 말씀하셨다. 그러면서 조용히 나를 병원의 복도로 불렀다.

"저 아가씨가 누구냐? 네가 지금 30대지만 결혼은 신중해야 한다. 알겠지."

"그럼요. 걱정하지 마세요. 어머니께서도 좋아하실 거예요."

"참해 보이는구나."

그때 김옥분 씨의 휴대폰 전화를 받았다. 그녀는 아버지의 상태를 묻고는 할 얘기가 있다는 것이었다. 아버지와 관계된 일이라 나는 급히 장소를 결정하고 서연 씨와 함께 나갔다. 그녀는 결혼을 하고 남편과 두 자녀를 두고 있다고 했다. 남편은 스쿠버 다이빙을 즐기는데 한 달이면 두 번 정도 바다에 간다는 것이다. 그녀의 편안한 모습이 내 심리를 안정시켜 주었다. 그녀는 전문가다운 말을 하였다.

"요즘 병원은 대부분 환자가 죽음에 임박하면 중환자실로 옮기지요. 그것은 환자에게 더욱 고통을 느끼게 할 뿐입니다. 중환자실은 하루에 한 명 정도씩 죽어나가는데 그것을 보면 환자는 삶에 대한 절망에 쉽게 빠집니다."

그녀는 침착하게 말을 하였다. 그리고는 말을 이었다.

"우리 어머니도 예산의 어느 병원에 입원을 하셨는데 그때 그것을 느꼈어요. 죽음을 앞둔 환자는 중환자실은 가면 안 된다고요."

그녀는 내 말을 기다렸다.

"그럼 좋은 방법이 있을까요?"

"청주에 성모 꽃마을이 있습니다. 그곳은 천주교 신자가 아니라도 갈 수가 있다고 합니다. 전문가인 호스피스가 마지막 죽음을 편안하게 안내하고 있습니다."

나는 귀가 번쩍 뜨였다. 그러면서 죽음을 앞둔 아버지의 고통스런 얼굴을 쳐다보았다. 서연 씨는 호기심을 가지고 조용히 듣고 있었다. 열심히 설명하는 옥분 씨의 말에 공감이 가는 듯 말이 끝날 때마다 고개를 끄덕였다. 공감의 표시였다. 옥분 씨의 진실함에 나와 서연 씨는 감동스런 표정을 지었다. 옥분 씨는 천사와 같았다. 나는 서연 씨를 쳐다보았다. 그렇게 해보자는 내 의견을 서연 씨도 쳐다보는 것으로 대신했다. 그녀도 공감하는 듯 고개를 끄덕였다. 옥분 씨는 같이 한번 미리 성모 꽃마을을 방문해보자는 것이었다.

"미리 갈 필요가 있을까요? 좋은 곳 같은데요."

"그래도 홍성에서 1시간 정도면 가니까 날을 잡아서 한번 가봅시다. 저도 가본 적은 없거든요."

나는 좋다고 했다. 출발은 토요일로 잡았다. 미리 서연 씨가 전화를 하니 성모 꽃마을 측은 언제든지 방문해도 좋다는 것이었다. 토요일 오후 2시에 출발했다. 나와 서연 씨, 옥분 씨는 함께 차에 올랐다. 옥분 씨의 남편까지 잘 갔다 오라는 전화도 했다. 군데군데 눈이 쌓여 한겨울임을 알 수 있게 했다. 지독하게 추위가 다가왔다. 가로수는 앙상한 나뭇가지만을 늘어뜨린 채 차가운 바람을 맞아 흔들거렸다. 홍성에서 청주로 가는 길은 세 사람의 대화로부터 시작됐다. 아버지를 편안히 하늘로 보내드리기 위해 꽃마을을 찾아가는 길은 작은 희망을 안겨주는 기분이었다. 옥분 씨는 차안에서 성경을 펼치며 천주교에 대한 말을 했다. 그녀는 수녀가 되고 싶었다고 말했다. 그러면서 평생을 봉사활동을 하며 지내려 한다는 것이다. 그녀는 꾸밈이 없고 순수했다. 얼마 전에 두 딸, 남편과 함께 크로아티아로 성지순례도 다녀왔다고 말했다. 성지순례 중에 그녀의 남편은 장미꽃의 향기를 맡았다고 말했다. 크로아티아는 전원적이며 정말 살기 좋은 나라라며 비자기간이 지나면 "도망가서라도 살고 싶은 나라"라며 극찬하였다. 나는 이야기를 재미있게 듣고 있었다. 그러면서 그녀는 아침에 빵 굽는 냄새가 아직도 기억에 남는다며 웃었다.

"그렇게 좋던가요? 나도 가보고 싶습니다."

나는 부러움에 말을 꺼냈다. 운전을 하면서 고개를 돌려보니 대형포클레인이 산을 부수고 골프장을 만드는 모습이 보였다. 산은 뻘건 속살을 드러낸 채 신음을 하고 있었다. 아버지의 신음 소리와 비슷했다. 산의 나무들이 모두 뿌리가 하늘로 향하고 나뭇가지가 땅에 박힌 채 거꾸로 있었다. 우리나라는 땅이 좁아 어쩔 수 없다고 말을 하지만 산을 파괴하는 모습은 잘못됐다 싶었다. 내가 의도적으로 그런 모습을 바라보자 서연 씨는 말을 했다.

"환경에 대한 의식이 국민의 수준을 결정하죠. 한국은 그런 측면에서 선진국이 될 수 없습니다. 오로지 GNP로 선진국의 수준을 결정하는 것은 옛날 방식이죠."

서연 씨는 옥분 씨를 바라보며 말을 이었다.

"옥분 씨! 크로아티아는 환경문제가 어떻던가요?"

"좋은 인상을 받았습니다. 남부 유럽의 아드리해 해변에 가보았는데요. 내국인들이 먹을 만큼의 음식을 가져와서 간단히 먹고 가는 것을 보았습니다. 음식 찌꺼기나 비닐 포장지 등은 자신들이 가져온 봉지에 담아가는 모습이 무척 자연스러웠습니다. 그런데 그 모습도 극히 일부 사람들에게만 해당할 뿐 사람들은 쓰레기를 남기지 않습니다."

가로수들이 승용차의 뒤로 지나가고 있었다. 가로수들이 외로워 보였다. 애처로운 모습이었다. 여름의 영화를 그리워하는 듯 모든 나무들이 팔을 벌리고 칼바람을 맞고 있었다. 몇 나무들은 한두 개의 나뭇잎을 달고 있었는데 마치 모습이 병상의 아버지의 모습으로 비쳤다. 바람의 운명! 죽음이라면 운명으로 떨어지는 나뭇잎은 아버지라고 생각되었다. 마지막 남은 하나의 나뭇잎은 절망에 무섭게 떨고 있었다. 바람은 아랑곳하지 않고 사정없이 나뭇잎을 할퀴고 깊은 상처를 내고 있었다. 나는 창문을 보다가 말을 하였다.

"그러면 크로아티아는 휴지통이 없겠네요."

"맞아요. 휴지통을 찾으려 해도 찾을 수가 없었습니다."

"좋네요. 가보고 싶습니다."

나는 서연 씨에게 물었다. 휴지통 이야기가 나오니 갑자기 울릉도 성인봉의 쓰레기통이 연상되었다.

"서연 씨! 울릉도 성인봉 가는 길의 쓰레기통이 생각이 나는지요?"

"……"

서연 씨는 순간 얼굴이 붉어졌다. 말이 없었다. 그때 서연 씨는 포항에 사랑하는 남자 친구에게 편지를 쓰다가 버린 것이 쓰레기통에 가득 있었다. 내가 그때 강렬한 인상을 받은 것은 무엇인가? 서연 씨가 오늘날 잘 사용하지 않는 편지지에 글을 썼었다. 쓰레기통에는 쓰다 버린 편지지로 가득 찬 사랑이 있었다.

그녀의 모습이 순수했기에 내 호기심을 일으켰었다. 결국 대화를 나누게 되고 그 다음엔 성인봉 정상은 아니지만 부근까지 같이 데이트를 하는 계기가 되었다. "요즘에 누가 편지지에 편지를 쓰는가? 메일도 있고 문자 메시지도 있는데… 편지지에 쓰는 편지는 사라진지가 아주 오래야" 하고 속으로 생각했다. 지금 생각하니 얼쑤! 그룹 회장님의 딸인 서연 씨가 그 주인공이라니… 놀람은 배(培)가 되었다.

서연 씨의 모습은 순수하다. 청바지에 하얀 외투를 입고 있었다. 누가 보더라도 회장님 딸이라고는 연상이 되지 않았다. 승용차의 내비게이션은 청주 성모 꽃마을에 도착하려면 10여 분이 남았음을 알려주고 있었다. 들과 산에 펼쳐진 과수원 길을 돌아 자동차는 농촌 길로 들어섰다. 하얀 눈을 밟는 자동차 바퀴는 뽀드득 소리를 연달아 내었다. 겨울눈은 신음을 하였고 칼바람에 자동차가 흔들렸다. 포장이 된 길은 사람들의 왕래가 적은 듯 길이 눈으로 덮여 있었다.

"이제 거의 온 듯싶습니다."

"저 아래의 건물입니다. 이 길로 내려가서 돌아가면 됩니다."

도착하니 하얀 건물이 보였다. 성모 꽃마을 안내인은 친절하게 설명해 주었다. 우리들이 그 건물에 들어서자 깨끗하다는 인상을 받았다. "파리가 들어올 수 있으니 문을 닫아 주시기 바랍니다"라는 문구가 현관문에 붙어 있었다. 철저한 위생관념을 보이는 상징적 표현이었다. 성모 꽃마을의 첫인상이 좋았다.

"먼저 연락을 드렸는데요. 구경을 한 번 오라고 해서요. 상담을 하실 분은 어디에 계시죠?"

미소를 지으며 중년 여자가 나왔다. 자신이 호스피스(hospice)라고 했다. 호스피스는 죽음을 앞둔 환자의 마지막 가는 길을 편안하게 모시는 역할을 하는 전문가이다. 이곳은 3개월 정도의 시한부 삶을 선고받은 환자들만이 들어올 수 있다고 했다. 비용은 무료라는 말도 빼놓지 않았다.

"그런데 어쩌지요. 토요일은 상담을 하지 않는데요."

우리는 성모 꽃마을 사이트에서 전화번호를 알아 연락을 했었다. 그때는 상담까지 가능한 것으로 생각했었다. 토요일은 미처 확인을 못 한 것이다. 우리는 성모꽃마을 시설을 한번 둘러보기로 했다.

성모 꽃마을은 방마다 깨끗함이 돋보였다. 노인 요양자(환자분)들이 많았다. 모두들 죽음을 앞둔 상태인 듯 창백한 얼굴을 하고 있었다. 어떤 요양자는 앉아서 창밖을 바라보고 상념에 잠긴 듯한 표정이었다. 그러나 대부분 요양자들은 병상에 말없이 누워 있었다. 호스피스는 항상 미소를 지은 채 왔다 갔다 하였다. 우리는 구경하고 나왔다. 아버지를 이곳에 모시기에 좋다는 생각이었다.

그런데 아버지께서 승낙할 것인가가 문제였다. 홍성에서 이곳까지 오려면 그에 따르는 아버지의 체력이 받쳐 줄까가 문제였다. 나와 서연 씨는 홍성으로 가고 옥분 씨는 서울로 가기로 했다. 옥분 씨는 시간만 된다면 아버님을 뵙고 싶다고 말했으나 시간 관계로 다음 기회로 미루기로 했다. 옥분 씨는 고운 마음씨를 지닌 분이었다. 우리는 그녀를 천안 전철역까지 모셔다 주었다.

나는 홍성에 밤늦게 도착하였다. 오늘의 상황을 어머니에게 말했으나 아버지께서는 홍성병원을 떠날 수 없다는 것이었다. 아버지께서 어머니처럼 따르는 대고모님이 이곳에 계시기 때문이었다. 또한 아버지께서 청주까지 갈 수 있는 체력이 남아 있지 않았다. 일주일 만에 본 아버지의 모습은 미라 수준의 상태였다.

위암이 간으로 전이(轉移)가 되어 암세포가 간의 담낭관을 막고 있었다. 최후의 수단으로 아버지의 가슴에 호스를 박고 물을 빼고 있었다. 아버지의 복부는 물이 심하게 차올라 산처럼 보였다. 죽음을 앞둔 비참한 모습이었다. 걸려있던 링거 병에 오늘부터 알부민(albumin) 병이 추가되었다. 거기에다가 고통을 최소화 하는 마약성 진통제를 추가하여 아버지가 마지막임을 암시하고 있었다. 서연 씨는 그런 모습을 유심히 바라보았다. 아버지의 신음소리는 잦아들었다.

아버지 시신, 냉동고, 겨울비

서연 씨는 눈물을 흘렸다. 나는 그 모습을 바라보며 "이 여자는 내 여자"라고 생각했다. 뼈만 남은 아버지의 손에 그녀는 손을 얹었다. 한참 동안 손을 떼지 않았다. 그녀의 젊은 삶의 기운을 아버지께 넣어주려는 듯 손을 떼지 않았다. 아니면 아버지의 아픔을 대신 아파주려는 듯 힘을 쓰고 있었다. 그녀의 얼굴은 상기되어 있었다. 어깨가 물결처럼 흔들리고 있었다. 서연 씨는 나직이 말했다.

"아버님, 정신 차리세요."

서연 씨는 '아버님'이라고 불렀다. 나는 서연 씨에게 꼭 물어 보고 싶은 말이 있었다. 서연 씨가 "왜 얼쑤! 그룹을 나왔느냐"는 것이다. 그동안 일부러 묻지 않았다. 그녀는 얼쑤! 그룹의 김순도 회장님의 딸이라는 프리미엄을 가지고 있었다. 그런 그녀가 사표를 내는 일은 일반 사원과는 다른 이유가 있을 것이다. 서연 씨가 얼쑤! 그룹을 그만 두겠다는 말을 내 휴대폰으로 알려왔기에 사표는 나하고 관련이 있다고 생각했다. 물론 그녀가 얼쑤! 그룹에 복직하는 것도 쉬운 일에 속할 것이다. 나는 이 점이 평소 궁금했으나 일부러 물어보지 않았었다.

홍성병원 주변에 숙소를 잡아주었다. 그녀는 피곤한 듯 침대에 눕자 쓰러져 버렸다. 나는 병원으로 나오면서 생각했다. 내 보물은 그녀의 하얀 머리핀이다. 울릉도 도동항의 암벽 사이 길에서 아침에 주운 것이다. 머리핀의 주인이 그녀라는 심중이 있어 주머니에 항상 넣고 다녔었다. 그녀의 머리핀을 쥐고 있으면 내 손에 금방 땀이 찼다. 크기가 작아서 소지하기가 매우 편했지만 하얀 머리핀에 사랑의 감정을 지닐 수 있었다.

그날 밤 3시경 건장한 남자 두 명이 아버지의 병실에 들어왔다. 순간적으로 겨울바람이 싸늘하게 돌았다. 남자들은 얼굴에 긴장된 모습이었다. 무언가 목표를 달성하기 위한 눈빛으로 빛났다. 행동은 느렸지만 민첩한 모습도 지니고 있었다. 그들은 말이 없었다. 병실에서 중병을 잃고 있는 환자에 갖추는 무언의 예의로 보였다. 그 중 한 남자가 조용히 그러나 분명하게 내게 물었다.

"이민준 씨 되시죠. 김서연 씨와 함께 있는 것 맞습니까?"

"그렇습니다. 누구시죠?"

"회장님이 걱정하고 계십니다. 지금 모시고 돌아가야 합니다."

나는 서연 씨에 대한 궁금증이 해소되었다. 서연 씨는 회장님의 생각과 무관하게 얼쑤! 그룹을 사직했다는 암시를 받을 수 있었다. 김 회장은 딸과 나와의 만남을 반대하고 있었다. 그녀는 이런 상황에 반발해 얼쑤! 그룹에 사표를 던졌던 것이다.

"그렇구나!"

나는 조용히 읊조렸다. 그녀는 이런 상황을 말하지 않았다. 아버지가 위독한 상황에서 그 얘기는 나에게 또 다른 짐이 될 것을 우려한 것이었다. 서연 씨는 속이 깊은 여자였다. 항상 상대를 배려하는 듯 했다. 어둠이 새벽에 밀려 있었다. 병실에서 바라본 겨울 새벽은 황량했다. 나는 하늘을 바라보았다. 겨울의 새벽별이 하얗게 반짝거렸다. 저 멀리 크리스마스 추리가 반짝였다. 별에 대응을 이루듯 추리도 하얗게 반짝거렸다. 다른 사람들이 볼 때는 축제의 분위기였다. 내가 볼 때는 추리의 반짝거림은 오히려 낯선 분위기였다. 건장한 두 남자를 따라 나오는 서연 씨가 보였다. 희미한 그림자의 모습이었다. 그녀의 긴 머리만이 추리의 빛에 흔들렸다. 새벽의 군데군데에 어둠이 남아있었다.

나는 상상하지 않으려고 애썼다. 상상은 오히려 불필요한 오해를 낳을 수 있다. 차가운 겨울에 밝은 햇빛이 사라지고 있었다. 나는 병실의 간이침대에 누워 상상의 비약을 억제하였다. 목까지 차오르는 그녀에 대한 상상이 시멘트로 굳어지고 있었다. 시멘트는 내 가슴을 무겁게 짓눌렀다. 나는 머리를 강하게 흔들었다. "나한테 그녀는 과분해! 나한테는 어울리지 않아!" 등의 통속적인 생각이 머리를 괴롭혔다. 신분 차이는 오늘날에도 존재한다. 조선시대의 양반, 상민의 차이가 오늘날 상류층, 하류층으로 어휘만 바뀌었을 뿐이다.

난 하류층에 속할 수 있다. 1년 전에 얼쑤! 그룹에 다닐 때만 해도 '성공한 하류층'으로 자부심을 가졌었다. 성공했지만 하류층으로 지내는 역설적인 상황에 쓴웃음을 지었었다. 그러나 지금은 백수의 상태로 지내고 있기에 성공한 하류층에서 '성공한'만 삭제한 '하류층'이 나한테 맞는 것이다. 아버지는 돌아가시려고 하였다. 간호사가 의사의 지시를 받아 1인 1실로 옮기면 좋겠다고 말했다. 그 이야기는 죽음이 임박했다는 말과 같다. 다행인 것은 아버지를 중환자실로 옮기지 않는다는 것이었다. 침대에 얇은 몸을 누인 아버지는 가볍게 1인실의 병실로 옮겨졌다. 아버지의 높이 솟은 배만이 눈에 보였다. 암으로 인해 복수가 차오른 것이다. 아버지께서는 무언가 말씀을 하려고 하셨다.

병원 측이 마련한 배려로 마지막 임종을 가족들이 보게 하기 위해서다. 아버지의 호흡은 '컥컥!' 소리로 바뀌었다. 힘들게 호흡을 하는 모습은 애처로웠다. 아버지께서는 곧 혼수상태가 되었다. 가족들이 부르면 '어!' 하는 신음 비슷한 소리를 내었다. 혼수상태가 2일 동안 계속 되었다. 새벽 1시 20분에 아버지께서는 돌아가셨다. 고향인 청양 장례식장으로 옮기고 아버지의 시신은 냉동실에 보관되었다. 나는 절망감에 쌓였다. 이렇게 보내야 한단 말인가? 향년 74세였다. 나는 한용운의 〈임의 침묵〉이란 시를 중얼거렸다.

"임은 갔지만은 나는 임을 보내지 아니하였습니다."

돌아가신 아버지를 내 가슴에 흔적으로 남겨놓고 싶었다. 아버지는 돌아가셨지만 나는 보내드리지 않았다고 생각했다. 그러므로 아버지는 내 가슴 속에 영원히 남아 계신 것이다. 나는 계속 이런 생각을 강박적(强迫的)으로 하였다. 눈물을 가슴으로 흘렸다. 자꾸만 20일 전 전화에서 아버지께서는 쉰 목소리로 "민준아! 어떡하면 좋니? 나 좀 살려 줘"라는 말을 계속 하셨었다. 얼마나 고통스러웠으면 당신이 돌아가시기 직전에 아들에게 이런 말을 했을까. 가슴이 장마처럼 무너져 내렸다. 산이 무너졌다. 나무들이 쓰러졌다. 구름들이 사라졌다. 바람이 갑자기 멈췄다. 그런데 갑자기 장례식장 관리인이 소리쳤다.

"유족 중에서 아버님을 보시고 싶으면 지금 안치실로 오세요."

나는 형과 동생, 어머니를 따라서 안치실로 갔다. 무거운 차가움이 느껴졌다. 딱딱하게 냉동된 아버지가 보였다. 새파랗게 얼어붙은 아버지의 모습은 단단한 미라(mirra)였다. 나는 흐르는 눈물을 닦으며 양손에 호하고 불어 온기를 담았다. 이러기를 계속하여 손의 온도를 높인 뒤 아버지의 얼어붙은 양 볼에 대었다. 순간 내 손바닥이 닿았던 아버지의 뺨 부분이 붉게 녹는 것이 아닌가. 나는 아버지의 부활을 생각했다. 그러나 기적은 일어나지 않았다. 아버지의 눈은 푹 꺼진 상태로 눈꺼풀이 눌러 붙어 있었다. 두 팔은 가느다란 모습으로 어깨에 달라붙어 있었다. 입술은 파란색으로 되어 굳게 다물어져 있어 냉동된 하얀 얼굴과 색상의 대조를 이루고 있었다. 그런 모습은 나를 고통스럽게 했다. 주위에서 흐느껴 우는 소리가 들렸다. 나는 두 번 중얼거렸다.

"임은 갔지만은 나는 임을 보내지 아니하였습니다."

"임은 갔지만은 나는 임을 보내지 아니하였습니다."

나는 속으로 말했다.

"아버지, 죽음은 무서운 것이 아닙니다. 우리는 이미 죽음을 경험했습니다. 어떻게 경험했냐고요? 지구상에 인간이 태어난 직후 아버지께서 태어나기 전까지 아버지는 죽음의 상태였습니다. 인간들은 수억 년의 죽음을 경험한 것이죠. 다행스럽게도 70여년을 이 세상에 태어나 지금까지 살아오신 것은 순간에 불과합니다. 아버지께서는 수억 년을 지내왔던 죽음의 본래의 상태로 돌아가시는것입니다. 걱정 마세요. 아버지! 이미 죽음을 경험했기에 죽음은 두려운 것이 아닙니다."

나는 안치실을 나왔다. 빈소는 조문객들로 웅성거렸다. 나는 고개를 돌려 주위를 살펴보았다. 예상은 했지만 서연 씨는 오지 않았다. 아버지께서 돌아가셨다는 사실도 모르고 있을 것이다. 나는 조문객들을 한 사람 한 사람을 서연 씨로 의식하며 바라보았으나 보이지 않았다. 그런데 김옥분 씨가 남편하고 빈소에 들어서는 것이 아닌가. 나는 깜짝 놀랐다. 더구나 옥분 씨의 남편은 바쁜 분으로 알고 있는데, 이 곳까지 조문을 오시다니 감동이 밀려왔다. "김옥분 씨는 진정한 마음을 지닌 분이구나"라는 생각이 들었다. "자동차 추돌 사고의 인연이 여기까지 이어지는구나!" "사람이 시련 속에서도 좌절하지 않고 견디는 이유가 바로 이런 분들 때문이구나!"라는 생각이 들었다.

겨울 날씨 치고는 오늘은 폭했다. 하늘에는 비가 오려는 듯이 구름이 몰려있었다. 장례식장의 겨울비는 어떤 느낌일까? 아버지의 외롭고 차가운 눈물일까? 이런 저런 생각에 잠겼다. 아버지를 장지(葬地)에 모시니 겨울비가 내리기 시작했다. 겨울비의 이미지는 분명 아버지의 흘러내리는 눈물이었다. 겨울비는 가슴으로 깊숙이 파고들었다. 바로 사선을 그으며 하강하는 겨울비는 창날이 되어 가슴을 찔렀다. 겨울비는 진눈깨비가 되더니 이젠 제법 눈으로 내리고 있었다. 나는 아무도 모르게 두 번이나 소리쳤다.

"울릉도 성인봉을 찾아가야 한다!"

"울릉도 성인봉을 찾아가야 한다!"

함박눈이 내리는 겨울에 나는 성인봉에 가야 한다. 성인봉 원시림을 찾아 절망에서 벗어나야 한다. 창의력의 실체인 "얼쑤! 소리"를 듣는 것이 절망에서 벗어나는 길이다. 창의력의 실체인 우주의 소리인 "얼쑤! 소리"를 직접 들어야 한다. 우주는 원시림을 통해 무언(無言)으로 말한다. 나는 두 가지 문제에 직면해 있다. 해결이 안 되면 죽을 수도 있다고 생각했다.

나는 울릉도가 아닌 해외여행도 고려해 봤다. 특히 김옥분 씨가 추천했던 크로아티아도 생각해 봤다. 하지만 그곳에는 우리의 한(恨)이 담긴 함박눈과 안개의 원시성이 없기에 "얼쑤! 소리"를 들을 수 없다. 우리의 정서를 담은 원시성이 없다. 성인봉의 원시림에서 절망으로부터 내가 구원받고 "얼쑤! 소리"라는 창의력의 실체를 찾아야 했다. 이제는 그것이 나의 생존 이유가 됐다.

이번 울릉도의 성인봉 여행에는 휴대폰을 지참하기로 했다. 자꾸만 서연 씨의 소식이 궁금해졌다. 어떻게 지내며 살고 있을까? 관심은 분수처럼 증폭되고 있었다. 이런 마음으로 포항의 여객선 터미널에 도착했다. 이번에도 같은 성인봉의 길을 택해 그대로 밟아보기로 했다.

여객선, 겨울 파리, 커피 종이컵

30대 초반의 내 머리가 희끗희끗했다. 그러나 일부러 염색을 하지 않았다. 젊은 나이에 중후함을 돋보이게 하는데 효과적이다. 내 나이를 50이라고 가정해 봤다. 그리고 염색을 하지 않는 것은 삶의 정열이 남아있다는 증거이다. 나는 그런 가정에 피식 웃음이 나왔다. 이제 울릉도의 성인봉 등정은 운명으로 인식됐다. 인생이란 같은 길을 두 번 이상 걸어갈 수 없다. 그러나 등산은 같은 코스를 두 번 등정하여 인생이 갖는 이런 불합리를 극복할 수 있다고 생각했다. 이것이 창의적인 생각이 아닌가? 인생의 추상성을 여행의 구체성으로 극복하려는 의도가 성공할까? 나는 고심했다. 추운 겨울에 난 혼자의 몸이었다.

1년 전에 갔던 성인봉을 다시 밟아보고 싶었다. 나는 포항의 그때 여객선 터미널에 앉아 있었다. 작년 패기에 찼던 내 모습은 이제 절망의 의자에 앉아 있었다. 나는 커피 자판기에서 종이컵 커피를 뽑아들고 있었다. 겨울이지만 난방이 잘 된 까닭인지 겨울에도 대합실에는 몇 마리의 파리들이 날고 있었다. 자유롭게 보였지만 대부분 파리들은 행동반경이 넓지 못했다. 겨울인데도 한두 마리는 날갯짓이 힘차 보였다. 활동력이 강한 파리의 원동력은 무엇인가? 그 중에 파리 한 마리가 종이컵의 벽에 부딪혀 커피 속에 빠졌다. 내 주위를 힘차게 날다가 절망의 구렁텅이에 빠진 것이다.

커피의 종이컵에 빠진 파리는 처음에는 가만히 있었다. 얼떨결에 커피의 맛을 본 모양이었다. 곧 커피가 담긴 종이컵에서 빠져나오려고 날개를 버둥거렸다. 날개와 다리가 눈에 보이지 않을 정도로 온 힘을 다하여 힘을 쓰고 있었다. 파리의 모든 것이 빨리 움직였다. 그리고 잠시 그 동작을 멈췄다. 힘에 부쳐 호흡을 조절하는 모양이었다. 재도약을 위한 파리의 호흡 고르기인 셈이다. 또다시 내 눈에 보이지 않을 정도로 파리는 날개와 다리를 빠르게 움직였다. 파리 날개는 하늘을 나는 소형 헬리콥터의 프로펠러를 연상시켰다. 파리는 끈질기게 몇 번 같은 행동을 반복했다. 파리는 커피가 담긴 종이컵 안의 벽에 붙어 섰다. 마지막 힘을 다하고 있었다. 다리를 올려붙이는 파리의 모습이 피곤해 보였다.

파리는 순간적으로 혼수상태에 빠진 듯했다. 죽음이라는 절망에 빠진 듯했다. 파리에게는 커피의 종이컵을 기어서 위로 올라갈 힘을 상실한 듯 했다. 파리에게는 종이컵의 벽이 거대하게 보였을 것이다. 파리는 설탕으로 끈적거리는 커피 물에 다리와 날개가 엉겨 붙어있었다. 강력 접착제에 꼼짝없이 붙어있는 모습이었다. 5cm만 걸어 오르면 커피 종이컵을 벗어날 수 있지만 힘이 파리에게는 없는 것 같았다. 나는 그런 파리를 유심히 관찰했다. 순간적으로 연민의 정이 느껴졌다. 나는 혼자 중얼거렸다.

"나는 커피 잔에 빠진 한 마리의 파리다!"

"커피 잔에 빠져 날개가 젖어 늘어진 한 마리의 파리다!"라는 내 의식이 머리에서 파도가 치는 듯 요동쳤다. 내 상상력은 겨울바람을 타고 무한의 바다로 날아갔다. 포항의 여객선 터미널의 창밖으로 검은 바다 물결이 보였다. 거대한 포항 앞 바다가 커피색으로 변하여 넘실거렸다. 내가 바다에 빠진다면 어떨까? 상상력은 바다로 흘러갔다. 파리는 커피를 먹고 어떤 맛을 느꼈을까? 파리는 설탕의 단맛을 보았을 것이다. 다음에 커피의 쓴 맛을 느꼈을 것이다. 바로 단맛+쓴맛=인생의 맛이었다. 혼수상태에서 파리는 무슨 맛인지 몰랐을 것이다. 자신도 모르게 커피를 조금 먹었을 것이다. 파리는 커피 잔에 빠져 커피를 먹음으로써 파리가 겪을 일생의 모든 것을 짧은 시간에 경험했을 것이다. 파리는 삶의 맛을 모두 봤을 것이다. 죽기 전에 모든 것을 경험한 것이다.

단맛, 쓴맛, 신맛의 커피 맛은 인생의 맛이다. 나와 파리가 살면서 느껴야 할 삶의 맛인 것이다. 만약 지능 높은 파리라면 커피 잔에서 스스로 익사를 택했을 것이다. 그러나 행복할 때 저지르는 자살은 환상일지 모른다. 원시적인 본능은 감성이 이성을 항상 제압한다. 파리도 마찬가지이다. 파리는 커피에 빠지지 않기 위해 날개를 움직였다. 감성적인 본능이었다. 파리의 다리는 커피의 달콤한 물을 한없이 휘저었을 것이다. 파리가 커피의 끈적끈적한 잔 벽에 붙었을 때는 의식을 잃었을 것이다. 축 늘어진 파리의 날개가 그것을 증명했다.

사람도 삶에서 마찬가지다. 사람의 일생의 모든 것을 1년으로 압축할 수 있다. 지금의 1년의 생활을 통해 내 일생을 회고하고 앞 일을 예상할 수도 있다. 지금의 나도 1년의 현재를 통해 과거를 회고할 수 있다. 또한 지금 1년 상황을 통해 내 미래를 구체적으로 예측할 수도 있다. 그러한 상황에서 울릉도 성인봉 정상이 주는 본질은 무엇인가? 성인봉 원시림이 주는 것이 아니라 내가 찾는다는 표현이 맞을 것이다. 사람들은 말한다. 정상 등정보다 하산하는 것이 더 어렵다고! 맞는 말이다. 성인봉 원시림의 여행은 내 삶을 압축해 보여준다. 원시림에서 "얼쑤! 소리"만 들을 수 있다면 말이다.

그러나 정상을 밟는 것이 목적이 돼서는 안 된다. 정상 주변에 함박눈과 안개로 가려진 원시림을 보는 것이 목적이 돼야 한다. 거기서 우주의 본질인 "얼쑤! 소리"를 통해 창의성의 본질을 깨우쳐야 한다. 얼쑤! 그룹에 입사부터 해직까지 1년은 나에게 한 마리 파리였다. 나는 커피의 종이컵에 빠져 허우적거리는 지금의 파리다. 얼쑤! 그룹에 합격한 신입사원 때는 의지와 희망을 가졌었다. 그 때는 그런대로 달콤했다. 바로 파리가 커피의 잔에 빠진 직후 설탕의 맛을 본 모습이다. 그러나 설탕의 달콤함은 찰나적인 것에 불과하다. 얼쑤! 그룹 입사의 달콤함도 순간적인 것에 불과하다. 지금은 달콤함이 빠진 1년 후의 고통스런 모습이다. 지금의 나는 어떤가? 파리가 커피 종이컵 속에 빠져서 고통 속에 허우적대는 모습이다.

얼쑤! 그룹에서 해고를 당한 절망을 가진 나였다. 깊숙한 허무감이 밀려왔다. 나의 팔과 다리가 보이지 않게 빠르게 움직여도 절망의 구렁텅이에서 벗어나려는 몸부림의 기간이다. 이제 나는 마지막 인생 절벽의 벽에 붙었다. 지금의 파리는 커피의 종이컵 안쪽 벽에 간신히 붙어 있다. 나는 인생의 고통의 벽에 간신히 붙어있었다. 희망이 없는 것에 허무감이 들었다.

"푸하하하!"

나는 허무감을 감추기 위해 억지로 웃었다. 포항의 여객선 터미널의 사람들이 무슨 일인가 나를 쳐다보았다. 지금의 파리는 보통의 파리가 아니었다. 내 분신의 파리로 지금 이 순간 승격되고 있었다. 나는 파리가 동병상련(同病相憐)의 마음에 불쌍해졌다. 즉시 파리를 종이컵에서 건져서 손바닥에 가만히 놓았다. 파리는 몸부림치며 다리와 날개를 버둥거렸다. 파리가 마치 온 힘을 다하여 "덩더덩더덩덩더쿵!" 하고 외치는 듯 했다. 그러나 파리는 힘을 회복하지 못했다. 종이컵의 커피는 원시림과 같이 검었다. 풍성한 하얀 거품이 원시림의 함박눈과 안개처럼 서려있었다. 나는 파리를 비닐봉지에 넣어 입구를 벌려 공기가 잘 통하게 해 놓았다. 파리가 날개를 파르르 떨면서 힘을 회복하는 듯했다. 나는 갑자기 소리쳤다.

"아니다. 내가 잘못했다. 이 파리는 종이컵에서 커피를 헤치고 스스로 기어서 위로 올라와야 한다. 내가 도와준다면 이 파리에게는 아무 도움이 안 된다. 내 분신으로 승격을 시켜준 이상 내 도움은 파리에게 본질적인 도움이 되지 않는다. 내가 파리를 길들여서는 파리의 실체를 잃어버리게 할 뿐이다."

나는 무엇을 발견한 모양으로 흥분해 소리쳤다. 나는 커피 종이컵의 벽에 다시 파리를 가져다가 붙였다. 파리가 좀 전에 커피 물에 붙어있던 바로 절망의 자리였다. 나는 분명히 파리의 절망감을 보았다. 내가 얼쑤! 그룹의 사원으로 지낸 1년간은 파리가 터미널에서 지낸 것과 같다. 포항여객선 터미널은 파리에게 온실과 같은 장소이다. 지금 나는 얼쑤! 그룹에서 해직을 당한 상태이다. 너 파리도 그렇게 돼야 한다. 고통의 끝에서 "얼쑤! 소리"를 파리는 들어야 한다. 내가 파리의 생사여탈권(生死與奪權)을 쥔 모양으로 파리에게 호통을 쳤다. 겨울날씨는 눈보라와 함께 절망감만 더해 갔다.

"파리야! 이젠 밖으로 나가자."

밖은 차가운 겨울바람이 불고 있었다. 나는 커피가 담긴 종이컵을 든 채 바람에 이리저리 흔들어 보았다. 파리는 당황한 듯 몸을 움추렸다. 파리는 종이컵에서 떨어지지 않으려고 몸부림쳤다. 다리를 종이컵의 벽에 밀착하여 붙였다. 날개도 커피 물에 젖어 있었지만 정돈돼 있는 것으로 보아 생기를 회복한 듯 싶었다. 오랜만에 보는 파리의 의지적인 행동이었다. 포항여객선 터미널은 푸른 물결에 자주 흔들렸다. 바다로 나가면 검은색을 보여주었다. 해변의 파도는 풀어져 모래 속으로 금방 없어졌다.

나는 파리와 함께 여객선에 올랐다. 파리가 든 종이컵을 그대로 든 채였다. 성인봉으로 가는 도중에 파리가 죽을 수도 있다. 하지만 여객선은 난방이 잘 돼 따뜻했다. 파리에게는 다행이었다. 파리가 도동항으로 여객선이 도착할 때까지는 살 것 같았다. 그러나 나는 파리에게 인정을 베풀 생각은 추호도 없다. 나는 파리의 생명의 의지를 믿을 뿐이다. 여객선은 도동항을 향해 고동을 울리며 출발했다.

성인봉 여행 1년 전과 같이 갈매기들이 쫓아왔다. 승객들이 먹이로 던져주는 새우깡 등의 과자에 익숙해져 있었다. 연인들이 선상에 나와 바다를 보며 갈매기들에게 주로 던져주는 모양이었다. 연인들의 주변에서 갈매기들은 칼바람을 맞으며 먹이를 기다렸다. 내 주머니 속에는 서연 씨의 머리핀이 들어 있었다. 주머니에 내 손을 넣으면 쉽게 잡히도록 주머니에는 머리핀 이외에 아무 것도 넣지 않았다. 파리가 내 분신이라면 머리핀은 그녀의 분신이었다. 나는 모두를 사랑하고 있었다. 나는 그녀를 사랑했다. 파리가 죽어서는 안 된다. 그녀와 이별해서는 안 된다. 바람은 함박눈을 담고 있었다. 멀리 보이는 도동항의 희미한 모습은 한 폭의 바위섬과 같았다. 겨울은 울릉도에서 맛볼 수 있다는 말이 이제야 실감났다.

나는 이번에는 배 멀미를 하지 않았다. 이게 웬일일까? 1년 전에는 배 멀미로 죽을 고비를 넘겼는데 이번에는 그렇지 않았다. 그렇다고 내가 배 멀미 약을 먹은 것도 아니었다. 1년 전에는 커피에 처음 빠진 파리처럼 대기업에 취업 했다는 달콤함에 젖어있었다. 현실이 주는 안락함에 젖어 있었던 것이다. 이런 상태는 내 정체성을 보이지 못하고 약자의 모습만을 보일 뿐이었다. 사회가 주는, 인간이 만든 제도가 주는 안락함은 내 실체를 감추게 하였다. 안락함이 주는 나태함 속에서는 창의력의 실체를 찾을 수가 없었다.

"당당하게 배 멀미를 하리라!"

내가 이번 여객선에 오를 때 한 생각이었다. 나는 마치 커피 종이컵에 빠진 파리처럼 물러설 공간이 없었다. 모두 내가 찾고 내가 개척해야 할 공간만이 존재했다. 나에게 그 공간은 두렵게 느껴졌다. 이제는 눈보라가 되어 바다에 흩날렸다. 도동항은 눈에 가려 보이지 않았다. 나는 다시 파리를 보았다. 생기를 찾는 듯했다. 극한의 절망감이 오히려 생기를 회복한 듯이 보였다. 그러나 커피 액의 끈적끈적함에 다리가 붙어있어 행동이 구속돼 있었다. 힘차게 다리를 내저으려 몸부림쳤으나 다리가 서로 붙어 움직이지 못하고 있었다. 또한 도동항에 도착해 여객선을 나설 때가 문제였다. 몰아치는 눈보라에 파리가 존재할 수가 있을 것인가? 나는 갑자기 두려워졌다. 앞으로 한 시간이면 이 여객선이 울릉도 도동항에 도착한다는 방송이 나왔다. 한 시간이 남았다는 생각에 희망이 피곤함과 함께 몰려왔다. 나는 파리가 붙어 있는 커피 종이컵을 식탁위에 올려놓았다. 나는 엉덩이를 길게 뒤로 빼고 허리를 의자 바닥에 대었다. 나는 긴장감에 잠이 들었다. 잠에서 꿈을 꾸게 되었다.

내 꿈속은 혼란 자체였다. 돌아가신 아버지가 보였다. "민준아! 살려줘"라고 아버지는 잠긴 목소리로 말했다. 나는 어찌할 수가 없었다. 나는 아버지를 안심시킬 적당한 답변을 찾지 못했다. 한숨이 몰려 나왔다. 전화기를 통해 한숨이 아버지를 더 절망에 빠뜨렸으리라. 가슴이 미어지고 답답했다. 꿈의 화면이 바뀌면서 꽁꽁 얼은 아버지의 파란 시신이 눈에 떠올랐다. 아버지는 돌덩이처럼 얼은 동태의 모습이었다. 그런데 냉동고에서 막 꺼내진 아버지의 얼굴은 너무 작고 어리게 보였다. 나는 작아진 모습이 슬펐다. 작은 얼굴의 단단한 모습은 아버지가 냉동되어 피부가 뼈에 바싹 달라붙었기 때문이다. 살은 위암이 다 잡아먹어서 조금도 남아있지 않았다.

사막에서 500년의 미라로 남겨진 아버지! 이젠 눈물이 나오지 않았다. 형은 두 손으로 아버지의 얼굴을 감싸고 있었다. 여동생은 소리쳐 절규하고 있었다. 장의사는 침착하게 염습(殮襲)을 진행시키고 있었다. 사전적 의미의 습(襲)이란 시체를 목욕시키고 일체의 의복을 입히는 것을 의미하며, 소렴은 시체를 옷과 홑이불로 싸서 묶는 것이며, 대렴은 시체를 아주 묶어서 관에 넣는 것을 말하는 것으로, 습과 렴을 총칭하여 염습이라고 부른다. 두 명의 장의사가 아버지의 염습을 했는데 파트너로서 손발이 잘 맞았다. 아버지의 몸은 파랗게 얼은 채로 딱딱한 간이침대 위에 놓여져 있었다. 다시 죽음을 무서워하셨던 아버지가 떠올랐다.

"민준아, 나 어떻게 한다니? 나 좀 살려줘!"

환청의 아버지의 목소리가 내 귀를 사납게 때렸다. 사나운 바람이 겨울의 전깃줄을 흔드는 금속성의 소리였다. 염습은 차분한 순서에 의해 이루어졌다. 수의(壽衣)를 입힐 때마다 아버지는 쉽게 흔들거렸다. 머리가 흔들리면 다리도 흔들렸다. 마치 갈대가 바람에 흔들리는 것 같았다. 바로 죽음의 모습이었다. 그때 갑자기 "두! 뚝! 우직끈!" 하는 소리가 날카롭게 들렸다. 냉동되어 일자로 굳어진 아버지의 양팔을 배꼽 쪽으로 억지로 구부릴 때 부러지는 소리였다. 그 소리는 신음 소리였다. 냉동된 아버지의 팔이 강제로 꺾이면서 절규하는 비명의 소리였다. 아버지의 비명은 아버지를 확실한 죽음으로 만들었다. 금속성의 비명 소리가 내 폐부를 찌르고 달아났다. 날카로운 칼에 의해 아버지의 뼈가 절단되는 소리와 같았다. 나는 한용운의 〈임의 침묵〉을 중얼거렸다.

님은 갔습니다. 아아, 사랑하는 나의 님은 갔습니다. / 푸른 산빛을 깨치고 단풍나무 숲을 향하여 난 작은 길을 걸어서 차마 떨치고 갔습니다. / 황금의 꽃같이 굳고 빛나던 옛 맹세는 차디찬 티끌이 되어서 한숨의 미풍에 날아갔습니다. / 날카로운 첫 키스의 추억은 나의 운명의 지침을 돌려놓고 뒷걸음쳐서 사라졌습니다. / 나는 향기로운 님의 말소리에 귀먹고 꽃다운 님의 얼굴에 눈멀었습니다. / 사랑도 사람의 일이라 만날 때에 미리 떠날 것을 염려하고 경계하지 아니한 것은 아니지만, 이별은 뜻밖의 일이 되고 놀란 가슴은 새로운 슬픔에 터집니다. / 그러나 이별을 쓸데없는 눈물의 원천으로 만들고 마는 것은 스스로 사랑을 깨치는 것인 줄 아는 까닭에 걷잡을 수 없는 슬픔의 힘을 옮겨서 새 희망의 정수박이에 들어부었습니다. / 우리는 만날 때에 떠날 것을 염려하는 것과 같이 떠날 때에 다시 만날 것을 믿습니다. / 아아, 님은 갔지마는 나는 님을 보내지 아니하였습니다. / 제 곡조를 못 이기는 사랑의 노래는 님의 침묵을 휩싸고 돕니다.

나는 다시 이 시행을 두 번 암송했다.

"임은 갔지만은 나는 임을 보내지 아니하였습니다."
"임은 갔지만은 나는 임을 보내지 아니하였습니다."
그때 아버지는 누런 삼베에 의해 몸이 싸이고 있었다. 조그만 얼굴이 보이지 않기 시작했다. 나를 낳아준 아버지께서 저승으로 달아나는 순간이었다. 어머니의 쉰 목소리가 들렸다. 슬픔의 마지막 목소리였다. 삼베는 장의사에 의해 아버지의 몸을 철저하게 감고만 있었다. 삼베 수의는 주머니가 없었다. 청렴하게 살아오신 아버지는 모든 것을 우리에게 남겨주고 쭉정이가 되어 떠나셨다. 아버지는 아무것도 지니지 않고 빈 몸으로 원래의 곳으로 돌아가셨다. 하늘이 구름으로 쌓이고 있었다.

"시체를 싸는 여러 장의 삼베는 인간 현실의 삶을 담습니다. 저승에서도 이승의 삶과 같다고 생각하고 인간에 필요한 의식주 모두를 염습하는 삼베와 수의로 표현하고 있죠. 이렇게 첫 장에 깔린 좁은 수의는 내복이 되고, 맨 바닥에 깔린 가장 넓은 수의는 이불이 됩니다. 사람이 대개 세 겹의 옷을 입 듯 수의도 세 겹의 수의를 입힙니다."

염습이 다 끝난 후 내 질문에 염습사는 말했다. 내 꿈의 영상이 바뀌면서 내가 동네 아저씨 앞에 서 있는 모습이 보였다. 그 아저씨는 장례식의 모든 절차를 처리하는 신임이 두터운 분이셨다. 우리들이 말하는 농촌 지도자로 오늘날에도 젊은이들의 존경을 받는 분이었다. 그런데 머리가 하얀 노인분과 아저씨는 말다툼을 하고 있었다.

"건(巾)을 써야 한다!"

"건을 안 써도 됩니다. 이렇게 팔에 베 완장을 차서 표시가 돼 있으니 안 해도 됩니다."

자세히 들으니 분명히 말다툼이었다. 전통을 지키려는 70, 80대의 노인들하고 장례 절차를 간소하게 하려는 50, 60대들의 다툼이었다. 언뜻 들으면 대화로 보였지만 속에는 본심의 의도가 느껴졌다. 전통을 지키려는 노인들과 전통을 간소화 하자는 젊은이들의 대립이었다. 결국 전통을 지키려는 분들이 아무 말도 못하고 옆에서 지켜보는 것으로 끝났다. 속으로 분노를 머금고 50, 60대들의 장례식을 바라만 보았다. 노인들 눈에는 노기가 서려 있었다. "세상은 이렇게 변해 가는구나!" 하는 생각이 들었다. 또 다른 영상이 꿈속으로 떠올랐다. 마지막 꿈이기를 나는 꿈속에서 소망했다.

아버지의 무덤이 붉게 만들어지고 있었다. 나는 상주로서 얼마간의 돈을 준비하고 있었다. 무덤을 만들면서 그곳에 잔디를 입히는 분들의 노고에 대비한 돈이었다. 새마을 지도자격인 분이 돈을 준비하라고 알려줬었다. 한 장의 잔디만 놓으면 무덤이 완성되는 찰나였다. 어느 분이 잔디를 나뭇가지로 새집 지붕처럼 세워 놓으면서 말했다.

"여기 새가 집을 지었네!"

나는 금방 그 의미를 알아차렸다. 나는 새 집에 돈 봉투를 넣었다. 곧이어 그 사람이 소리쳤다.

"어! 금방 새가 알을 낳았네. 알이 세 개나 되네."

나는 세 개의 봉투를 새 집에 넣었던 것이다. 나는 그분들의 해학(諧謔)에 감탄했다. 새 집을 통한 해학성은 죽음이 주는 슬픔의 구렁텅이에 빠지지 않게 해준다. 그러면서 적절한 슬픔을 유지해주는 융합의 역할을 하였다. '웃음+슬픔=삶의 원리'로 설명할 수 있었다. 유족들의 슬픔이 확산되는 것을 웃음이 차단시켜 절제된 슬픔을 유지시켜주는 역할을 했다. 무덤에 들어가는 아버지의 죽음이 주는 슬픔이 웃음의 해학적 표현과 융합되면서 절제된 슬픔이라는 삶의 본질을 깨우쳐주기 때문이다.

그런데 영상 필름이 갑자기 되감기기 시작했다. 아버지를 염습하는 모습으로 돌아갔다. "우지끈! 우지끈!" 아버지의 팔이 부러지는 소리가 연달아 들렸다. 귀를 감싸고 고개를 숙였다. "아버지! 얼마나 아프십니까?" 아버지와 나는 비명을 지르고 있었다. 이제는 고목이 부러지는 소리로 확산되고 있었다. 아버지의 두 팔이 사정없이 꺾이고 있었다. "우지끈!" 소리에 비명을 지르며 잠을 깨었다. 나는 땀에 흥건히 젖어있었다.

울릉도행 여객선이 좌우로 흔들리고 있었다. 물보라에 여객선이 적셔지고 있었다. 그런데 나는 깜짝 놀랐다. 눈앞에 경이로운 광경이 펼쳐졌다. 바로 커피 종이컵 안쪽에 달라붙어있던 파리가 종이컵의 맨 위로 올라와 있었다. 움직이는 듯 멈춘 듯 정중동(靜中動)의 모습으로 파리는 올라온 것이었다. 뜨거운 커피를 몸에 뒤집어쓰고도 생명의 의지로 한 발짝씩 내디뎌 종이컵 위에 오른 것이다. 내 눈은 파리에 대한 경이와 존경심으로 빛났다. 파리에 대한 존경심! 아니, 파리의 생명체에 대한 경외감(敬畏感)을 느꼈다. 커피의 끈적끈적한 설탕물과 쓴 커피의 맛을 견디고 벽에 붙어 있었던 파리가 위로 올라온 것이다. 파리의 날개와 다리가 커피의 액체에 굳어 있다가 혼신의 노력으로 떨쳐버리고 기어올라 생명을 찾은 것이었다. 시멘트벽의 실금에 가는 뿌리를 두고 비바람을 맞으며 간신히 커가는 식물과 같은 형상이었다. 이 식물은 무엇을 먹고 크는가? 가느다란 실금에 쌓인 먼지에 뿌리를 두고 생명의 의지를 키우고 있었던 것이다.

성인봉, 정상, 겨울 원시림 2

여객선이 도동항에 닿았다. 나는 주머니 속에 있던 하얀 머리핀을 손으로 꽉 쥐었다. 땀이 배어 머리핀이 미끌미끌해졌다. 김서연 씨가 그리워졌다. 파리는 여객선에 남겨놓고 나왔다. "인연이 있으면 또 보겠지" 하고 생각하니 아쉬움이 컸다. 울릉도에 함박눈은 내리고 있었다. 대설주의보가 내려진 울릉도에는 엄청난 함박눈이 쌓이고 있었다. 앞을 분간할 수 없는 폭설이었다. 폭설로 성인봉(聖人峰)은 입산이 금지돼 있었다. 눈 때문에 사고의 위험이 크다는 것이 통제의 이유였다. 그러나 나는 포기할 수 없었다. "얼쑤! 소리"를 찾아 성인봉 근처 원시림을 보아야 한다. 난 생명을 담보로 "얼쑤! 소리"를 찾고 있었다.

오늘도 창신여관에 묵었다. 눈보라에 창신여관의 간판이 희미하게 보였다. 바람에 의해 한쪽의 눈이 비질처럼 쓸려갔다. 여관에 오늘은 나 혼자가 손님이었다. 이름에 비해서는 깨끗한 내부구조를 가지고 있었다. 벽에는 액자도 걸리지 않았다. 아름다운 울릉도 자연 풍경이 액자였다. 창신여관의 품격이 느껴지는 이유가 됐다. 나는 생각에 잠겼다. 내가 찾아낸 이유는 창문 밖으로 보이는 자연의 풍경은 신(神)이 베푼 선물이었다. 창신여관의 앞은 동해 바다와 뒤는 성인봉이 한 눈에 조망이 가능한 위치에 있었다. 그 이상 품격을 갖춘 방이 또 어디에 있겠는가?

자연의 힘은 위대했다. 나는 감탄했다. 밤에는 바다의 파도 소리와 바람 소리가 창신여관의 품격을 유지시켜 주었다. 이곳에서 평생 살고 싶다는 생각을 하였다. 울릉도는 김서연 씨의 고향이었다. 나는 밤을 새워 책을 읽었다. 내 습관대로 내용 중에서 감동의 한 문단을 찾았다. 한 문장이라고 해도 좋았다. 작은 파리가 나에게 감동을 주듯 한 줄의 내용은 내게 어마어마한 삶의 교훈과 가치를 줄 수 있었다. 빨리 성인봉 원시림에 가고 싶었다. 함박눈과 안개가 있어야 하는데? 함박눈은 내리고 있지만 안개가 과연 있는지 걱정이 됐다. 거기서 내 정체성을 발견하고 "얼쑤! 소리"를 통해 창의력의 본질을 찾고 싶었다. 그것이 나를 절망으로부터 구원하고 삶의 의지를 갖게 할 것이다.

밤에 성인봉을 바라보았다. 성인봉의 검은 실체가 거대한 산으로 상상되었다. 밤에도 계속 눈이 내렸다. 눈은 바다의 파도로 연상되었다. 바다와 눈을 생각하니 내 머리에 빙산이 떠올랐다. 푸른 바다에 하얗게 떠 있는 빙산! 창의력을 찾는 방법이 시작되고 있었다. 오늘밤을 꼬박 새우며 성인봉에 오르는 것을 생각해 봤다. 나는 미친 듯이 달려들었다. 그런데 밤의 소리가 환상으로 들리는 듯했다.

나는 무의식적으로 상상의 늪에 빠졌다. 아득한 소리가 들려오는 듯 했다. 그 소리는 부드럽고 고요했다. 내 건조한 심장을 조금씩 두들겼다. 심장은 천상의 소리와 융합하듯 부드럽게 박동하기 시작했다. 그 때마다 심장은 피를 혈관으로 부드럽게 내보냈다. 가느다란 혈관은 개통한 고속도로처럼 뻥 뚫려 있었다. 그럴 때마다 나는 신명이 났다. 정중동(靜中動)의 울림이 고루 퍼졌다. 바로 그 소리였다.

"덩더덩더덩더쿵!"

"얼쑤!"

소리는 바다를 타고 들려왔다. 땅을 타고 눈을 타고 바람을 타고 들려왔다. 그런데 실체를 보여주지 않고 있었다. "얼쑤! 소리"는 소리 없이 들려오고 있었다. 바닥에 엎드린 소리였다. 그럴 때마다 내 몸은 상상 속에 바다를 날아가는 새처럼 자유로워졌다. 내 마음도 내 몸에서 빠져나와 성인봉의 근처를 날고 있었다. 상상 속의 내 마음이 편해졌다. 나는 상상에서 깨어 현실로 돌아왔다. 다시 들으니 소리가 들리지 않았다. 마음속으로 외쳐보았다.

"덩더덩더덩더쿵!"

"……"

아무 소리가 들려오지 않고 있었다. 얼쑤! 추임새는 내가 소망하는 소리였다. 나는 손을 소라처럼 모아 귀에 대었다. 자연 원음의 소리, 삼라만상의 소리를 들으려 했으나 들리지 않았다. 나는 지체할 수가 없었다. 함박눈 내리는 새벽에 성인봉에 오르기로 했다. 나는 "얼쑤! 소리"를 통해 창의성의 본질을 찾기로 했다. 세상은 은

빛으로 빛나고 있었다. 은빛의 바다가 성인봉에 펼쳐 있었다. 무릎까지 빠지는 눈을 헤치고 앞으로 다가갔다. 밥을 굶은 채로 원음의 추임새 소리만을 좇아서 앞으로 갔다. 자연이 손짓하며 나를 부르는 소리였다. 그 소리는 누르면 솜털처럼 부드럽고 만지면 비단처럼 매끄러웠다. 소리의 실체를 내장한 성인봉 원시림이 경외감으로 두려워졌다.

내 의지는 칼날처럼 시퍼렇고 날카로웠다. 눈바람을 뚫고 눈을 헤치며 길을 만들며 갔다. 1년 전에 갔었기에 눈 속에서도 성인봉 길은 어림잡아 예측이 가능하리라 생각했다. 그러나 그렇지가 못했다. 나는 그 자리를 빙빙 돌고 있었던 것이다. 도동항의 바위 주위를 돌고 있었던 것이다. 바위에 쌓인 눈이 산더미 같았다. 쏟아지는 눈은 앞을 분간하기 힘든 상황을 만들었다. 눈에 덮인 도동항 마을은 고요함 자체였다. 거대한 눈 들판을 혼자 뚫고 있었다. 혼자 일 때가 나의 본질과 만날 수 있는 기회이다. 타클라마칸(Taklamakan) 사막을 태양을 받으며 혼자 가는 기분이 되었다. 먼저 읽었던 죽음의 타클라마칸 사막을 떠올렸다. 차가운 눈 속에서 뜨거운 사막을 떠올린 것이다.

그 책에는 무당벌레의 이야기가 나온다. 주인공의 옷섶에 붙은 무당벌레는 주인공을 죽음의 절망감에서 구해준다. 사막에서 무당벌레는 주인공에게 삶의 희망과 의지를 주는 횃불이 된다. 미미한 무당벌레가 사람을 구원한 것이다. 생명체가 없는 사막에서 무당벌레가 보인다는 것은 가까운 곳에 물이 있다는 것을 말해준다. 나는 눈 속에서 생각을 해보았다. 드디어 눈을 헤치며 팔각정에 도착했다. 팔각정은 큰 눈을 뒤집어쓰고 힘겹게 살아가고 있었다.

"저 곳이 서연 씨가 앉아서 편지를 쓰던 자리였는데…"

그 때는 서연 씨가 여대생처럼 보였다. 서연 씨도 자신이 학생이라고 선의의 거짓말을 했었다. 외로운 벤치를 눈 속에서 쳐다보았다. 나는 서연 씨에 대한 그리움에 가슴이 뭉클했다. 눈으로 쌓인 길은 움푹 들어가 있었다. "그곳만 조심스럽게 발을 디디면 성인봉 원시림에 도달할 수 있다!" 지금은 아무도 걸어간 자취가 없는 원시림의 눈길을 내가 가고 있었다. 아무도 걸어간 발자국이 없기에 내 발자국은 창조의 뚜렷한 흔적을 남기고 있었다. 그래서 더욱 조심스러웠다. 내가 서연 씨와 육체적 관계를 갖지 않은 이유도 이것이었다. 내가 진정으로 사랑한다면 만남은 더욱 조심스러워야 한다는 것이다. 서연 씨를 현상으로 보지 않고 본질로 봤기에 순수를 지킬 수가 있었다. 설령 서연 씨가 육체적 관계를 요구하더라도 유보시킬 수 있는 정신적 에너지를 지니고 있었다. 진정한 사랑이란 그렇다고 생각했다.

성인봉의 원시림! 생각만 해도 감동으로 가슴이 울렁거렸다. 수많은 나뭇가지들! 겨울을 맞이한 나무들이 벌거벗은 채 자연과 공존하는 곳! 벌거벗은 창의적인 내 의식만이 대상과 합일(合一), 자연동화(自然同化)를 이룰 수 있다. 나는 자신감으로 충만해 있었다. 나는 휴대폰을 꺼내보았다. 보험회사에서 발송한 메시지 몇 개가 남아 있었다. 나는 곧 삭제하였다. 눈은 그쳐 있으나 성인봉 등정 시간은 지체되었다. 새들도 날카로운 바람에 날기를 그쳐있었다. 나뭇가지에 앉아 움직임을 포기한 채 깎아놓은 인형처럼 가만히 있었다. 그러나 가끔 작은 새들은 몸을 흔들고 고개를 갸웃거렸다. 최소한의 행동을 통하여 새들은 에너지와 체온을 유지하고 있었다. 나는 심한 허기를 느끼고 있었다. 어제 저녁과 아침을 먹지 않은 관계로 허기를 느꼈다. 허기가 고통이 되고 있었다. 그러나 나는 경험으로 알고 있다. 나를 극한의 감옥에 가두고 시련을 가하면 생명력이 더 강해진다는 것을! 상황에 따라 본질은 약화될 수 있고 강화될 수도 있다. 생명의 본질은 시련이 극한에 다다랐을 때 비로소 감각으로 느낄 수 있다.

지금 나의 모습은 어떤가? 스스로 생각에 잠겼다. 나를 극한상황으로 몰아치기 위해서는 원시림까지 오늘 안에 도달해야 한다. 지금의 시각이 오후 1시경이니 앞으로 3시간은 더 성인봉 쪽으로 올라가야 한다. 그러나 눈 내린 원시림은 한 발을 디디기 어려운 상황이다. 새벽에 출발한 내 체력은 급격히 고갈될 것이다. 곧 정신은 혼미할 것이다. 발은 심한 동상에 노출될 것이다. 굶주림은 송곳이 되어 위장을 찌를 것이다. 내가 생각하는 성인봉의 원시림에서의 모습이다. 검은 산안개가 갑자기 내려왔다. 아래에서 연기처럼 수증기처럼 뿜어져 굼실굼실 뱀처럼 올라가고 있었다. 처음에는 흰색이었지만 서로 겹치면서 검은색의 거대한 괴물로 보였다. 땅의 따뜻함과 공기의 차가운 공기가 만나 거대한 환상의 세계를 만들고 있었다. 검은 산안개는 다양한 모양을 창작하고 있었다. 나는 손으로 휘휘 저어보았다. 그럴 때 안개는 서로 뭉쳤다가 흩어지면서 삼라만상(森羅萬象)의 환상을 만들고 있었다. 물에 여러 물감을 타고 막대로 저으면 물결과 색이 서로 섞이면서 만들어 내는 환상적인 모습과 같았다.

아직도 성인봉의 원시림은 멀었는가? 오늘 반드시 "얼쑤! 소리"를 통해 나의 본질을 찾고 창의력의 실체를 보리라! 창의력을 발휘하는 모체(母體)는 자연이었다. 사람의 다양한 옷의 무늬도 모두 자연의 여러 모양을 모방한 것이다. 물방울무늬의 옷은 자연의 물방울에서 소스를 얻은 이미지다. 인간이 만든 모든 기계도 마찬가지다. 포클레인의 모습은 인간의 팔을 거대하게 응용하여 만든 것이다. 인간도 자연의 한 부분이다. 인간의 다양한 헤어스타일은 구름이나 나무의 모양을 멀리서 보고 응용한 결과다. "자연은 위대한 스승이다"란 말에 감탄했다. 자연의 조그만 일에 인간이 감동하고 감탄했다. 도시에서는 생각조차 안 했던 일들이 자연에서는 가치 있는 심오한 일들이 된다. 대자연의 원시를 바라보면 대상을 대하는 관점이 바뀌기 때문이다. 내가 지금 경험하는 성인봉 원시림의 운무(雲霧)는 나를 자연의 본질로 안내하고 있었다.

저 멀리 희미하게 드러나는 것이 있었다. 거대하면서도 다양한 나무들의 군락이 나타났다. 겨울의 원시림! 나는 성인봉 원시림의 초입에 도달한 것이다. 나는 무아지경(無我之境)에 빠져 나무들을 어루만졌다. 안개를 휘저으며 손에 잡히는 나무를 천천히 만져보았다. 그런데 아무리 찾아도 창의력의 실체는 보이지도 들리지도 않았다. 1년 전의 성인봉 여행과 다른 것이 없는 것 같았다. 또 "얼쑤! 소리"를 듣지 못하는 것인가? 날이 어두워 원시림 속으로 들어갈 수 없었다. 나는 낡은 텐트를 쳤다. 재빨리 닭털침낭을 꺼냈다. 준비한 된장 몇 덩어리와 주위의 눈과 섞어 국물을 만들려고 했다. 그것은 훌륭한 대자연의 음식이 된다. 인위적인 된장 음식과 자연의 눈이 융합되면 특별한 음식이 된다. 자연을 닮은 담백한 된장 국물은 일품이다. 그러나 나는 이것도 거부하였다. 나를 극한 상황으로 몰아붙이기 위해서였다. 칼바람과 엄청난 눈에 나를 던져놓고 생명력을 강화시켜야 한다. 자연과 합일을 이루어야 한다. 밤이 되었다. 몸을 돌아누우니 위장의 텅 빈 공간이 감각으로 느껴졌다. 그러나 감각은 자연스러웠다. 위벽도 대자연의 흐름에 자연스럽게 호응하는 듯했다. 눈이 많이 왔는데도 추위는 새파란 맹위를 떨쳤다. 인간의 한계에 다다른 배고픔이 문제였다. 원시림의 고요를 만나면 배고픔은 해소되리라 생각했다.

성인봉, 원시림, 얼쑤! 소리

　밤 원시림의 고요는 무서웠다. 소리가 들리지 않으면서도 공기의 흐름의 소리가 들렸다. 어둠 속의 소리 없는 소리였다. 대자연의 소리 없는 소리였다. 성인봉 원시림의 울음인 듯 웃음이었다. 흐느낌이면서 깨달음의 소리였다. 그런데 내 심장은 비파(琵琶)처럼 떨리지 않았다. 나는 불안해지고 있었다. 내 근심과 걱정이 사라지고 나를 둘러싼 육체의 조각이 자연으로 무한히 찢어져 나가야 했다. 내가 자연과 합일을 이루어야 창의성을 본질을 발견할 수 있으리라! 내가 나를 만날 수 있어야 했다. 아직은 내가 나를 만나지 못하고 있었다. 나한테 무엇이 문제가 있는가? 원시림의 밤을 뜬눈으로 새웠다. 나를 더욱더 극한(極限)으로 몰아붙여야 했다. 내가 나를 정신적으로 죽이는 경지에 올라야 하다. 원시림의 고요에 조화를 이루 듯 미동도 없이 동상처럼 서 있었다. 칼바람은 계속 나를 깊숙이 찌르고 있었다. 나는 감각을 잃고 나를 잊고 말았다.

　날이 어렵게 밝았다. 함박눈도 어렵게 그쳐 있었다. 산안개는 서로 웅성거리며 성인봉 원시림을 하얀색으로 색칠하고 있었다. 겨울바람이 눈을 담아 내 얼굴에 뿌렸다. 결단을 내리지 못하는 나를 질타하는 듯 했다. 눈바람은 내 얼굴을 할퀴고 지나갔다. 얼굴에 감각이 죽어 있었다. 그런데 갑자기 심장에서 뜨거운 액체가 솟아올랐다. 나는 정신이 번쩍 들었다. 나는 무심코 주머니에 손을 넣었다. 하얀 머리핀이 무감각으로 만져졌다. 서연 씨의 순수한 얼굴이 떠올랐다. 긴 머리의 미소 짓는 서연 씨가 상상 속으로 다가왔다.

"바로 이거야!"

나는 짧은 비명을 질렀다. 서연 씨의 하얀 머리핀을 가만히 쳐다보았다. 머리핀의 하얀색이 희미하게 늘어지기 시작했다. 그런데 머리핀이 성인봉이 되고 원시림이 되었다. 머리핀이 나무들이 되고 돌이 되고 눈이 되고 안개가 되었다. 머리핀이 서연 씨가 되고 옥분 씨가 되고 내가 되었다. 주위를 둘러보니 온통 머리핀이 나무처럼 심어져 있었다. 성인봉 원시림은 고요함에 빠져 있었다. 그때 땅 위로 낮게 날아가는 점이 있었다.

"원시림에 작은 새가 날아간다!"

내 앞에 미묘한 움직임이 느껴졌다. 내 앞에 하나의 점이 날아가기 시작했다. 갑자기 일어난 일이었다. 모두가 잠든 원시의 정적 속에 흐름이 감지되었다. 새 한 마리가 날아가면서 남긴 파문은 성인봉을 흔들었다. 작은 새가 또렷하게 내 시야에 잡힌 이유가 됐다. 자연의 조화란 무엇인가? 정적에 쌓여 고요하다면 그것과 조화를 이루는 움직임이 있어야 한다는 것! 정중동(靜中動)! 원시림의 거대한 정적을 손가락만한 작은 새가 깨운 것이다. 미물인 작은 새에 의해 성인봉(聖人峰)이 움직이고 삼라만상(森羅萬象)이 흔들렸던 것이다. 삶의 본질은 무엇인가? 삶은 대조적 관계가 운명처럼 놓여있는 것이다.

고요한 원시림과 움직이는 새는 같은 대상이다. 바로 자연이라는 것이다. 성인봉 원시림도 자연이고 작은 새도 자연이다. 그렇다면 "하나의 대상에도 대조의 속성이 존재한다"는 깨달음이다. 나누어지면서 합쳐지고 합쳐지면서 나누어지는 존재이다. 지극한 깨달음은 평범한 사실에서 온다. 모든 대상과 상황은 움직이지 않는 속성과 움직이는 속성의 대조의 상황을 가지고 있다. 성인봉의 원시림은 고정되어 움직이지 않으나 반드시 바람에 흔들린다. 새는 날아가나 반드시 나뭇가지 에 앉는다. 대상에 대한 대조적인 속성을 동시에 갖는다. 태양도 사막에서는 뜨거운 온도가 되지만 북극에서는 차가운 온도가 된다.

"그렇다! 융합(融合)이 있다!"

대조가 의미를 지니려면 융합이 돼야 한다. 삼라만상은 융합의 결정체이다. 대조적인 속성을 지닌 물체들이 융합을 이루고 있는 것이다. 움직이지 않는 성인봉의 원시림과 움직이는 작은 새가 융합되어 대자연을 이루고 있는 것이다. 대조와 융합의 원리를 바탕으로 자연의 신비를 제공하고 있는 것이다. 대조와 융합으로 만들어내는 창조의 세계! 성인봉의 원시림은 작은 새로 보여주고 있는 것이다. 바로 원시림의 작은 새가 전해준 창의성의 본질이다. 날아가는 새의 크기는 작지만 그것의 날갯짓은 엄청난 결과를 주었다.

"그렇다! 그거였어!"

대조와 융합의 원리! 그것이 창의력의 실체이고 나의 본질이다. 나는 뜨거운 생명력을 느꼈다. 주머니에서 '하얀 머리핀'을 꺼내들었다. 단호하고 결단의 모습이 느껴졌다. 성인봉 원시림이 조용히 내 행동을 지켜보고 있었다. 성인봉의 원시림도 긴장해보였다. 나는 원시림을 향해서 힘껏 하얀 머리핀을 던져버렸다. 있는 힘을 다하여 던져버렸다. 그녀의 머리핀은 조그만 새가 날아가듯이 선명한 획을 그으며 날아가 떨어졌다. 마치 날아가는 작은 새의 모습이었다. 멈춰진 시공간을 떠나 하얀 눈 속에 하얀 머리핀이 파묻혔다. 머리핀이 원시림이 되고 원시림이 머리핀이 되었다. 원시림과 머리핀은 서로 다른 것이면서 순간 하나가 된 것이다. 합일이 된 것이다. 바로 대조(對照)와 융합(融合)의 원리다. 무엇에 홀린 듯 나는 부드럽게 외쳤다.

"덩더덩더덩더쿵!"

그 때였다. 은은한 소리가 부드럽게 심장을 자극했다.

"얼쑤!"

분명 "얼쑤! 소리"였다. 대자연이 호응하는 "얼쑤! 소리"였다. 내 귀를 의심했다. 내가 듣고 싶던 "얼쑤! 소리"가 들리기 시작했다. 한 사람이 자연과 융합되어 외치는 은은한 소리였다. 녹음된 것이 아닌 원음(原音)의 소리였다. 내 마음속에서 분출되는 본질의 소리면서 삼라만상의 소리였다. 자연과 인간은 다른 대상이면서 같은 대상임을 알려주는 소리였다. 내가 원시림이 되고 원시림이 내가 되는 소리였다. 내가 삼라만상이 되고 삼라만상이 내가 되는 소리였다. 내가 얼쑤! 소리가 되고 얼쑤! 소리가 내가 되는 소리였다. 차갑게 얼은 가슴을 따뜻하게 적시는 소리였다. 죽어있던 심장을 조용히 자극하여 깨우는 소리였다. 나는 생각에 잠겼다.

성인봉 원시림의 "얼쑤! 소리"는 나로 하여금 반대되는 두 상황을 분명히 느끼게 해줬다. 대자연의 원시의 고요함이 있고 날아가는 작은 새의 움직임이 있었다. 창의력의 원리는 모든 존재의 다름을 인정하고 그에 융합적 가치를 부여하는 인식과 실천에서 찾을 수 있었다. 그것의 실체는 대조(對照 compare)와 융합(融合 convergence)의 창의적 존재임을 깨달았다.

"얼쑤! 소리"는 내 귀를 뚫리게 해주는 소리였다. 절망적인 삶에서 의지의 깨달음을 주는 소리였다. 아버지께서 암으로 돌아가셨지만 내 가슴에 살아계심을 깨닫는 소리였다. 서연 씨가 내 곁을 떠나갔지만 나는 보내지 않고 가슴에 남아 있음을 깨닫는 소리였다. 그녀와의 정신적인 만남을 계속하기에 지금은 기쁨이 넘쳐 흘렀다. 그녀에 대한 사랑의 노래를 영원히 부를 수가 있었다. 그동안 갈등을 겪었던 사람들이 떠올랐다. 얼쑤! 그룹의 팀장들! 나는 그들을 믿었고 그들은 나를 배신했다는 것은 대조지만 다행히 대조이기에 융합이 가능하다는 깨달음이 생겼다. 내 마음에 함박눈이 내리고 산안개가 일어났다. 안개가 내 갈비뼈 사이를 헤치고 뿜어져 나왔다. 나는 다시 외쳐보았다.

"덩더덩더덩더쿵!"

"얼쑤!"

다시 "얼쑤! 소리"가 들렸다. 메아리처럼 세상을 울리면서 은은하게 들려왔다. 순간 나는 내가 성인봉(聖人峰)이 되고 내가 원시림 (原始林)이 되었다. 내가 서연 씨가 되고 옥분 씨가 되었다. 내가 작은 새가 되고 머리핀이 되었다. 내가 눈이 되고 안개가 되었다. 내가 자연이 되고 삼라만상이 되었다. 환상이 아닌 현실이었다. 믿지 못할 모습이었다. "얼쑤! 소리"는 창의력과 내 본질의 실체였다.

"덩더덩더덩더쿵!"

"얼쑤!"

내 마음속에서 탈춤의 광대들이 부드럽게 원을 그렸다. 흥성(興盛) 거리면서 미친 듯이 탈춤을 추었다. 광대들이 "덩더덩더덩더쿵!" 하고 외치니 관객들이 일제히 일어나 "얼쑤!"라는 추임새를 매겼다. 광대들은 더욱 신명(神明)이 나서 관객과 하나가 되어 융합의 탈춤을 추고 있었다. 광대와 관객들은 흥겨운 탈춤의 뒤풀이에 들어갔다. 광대들이 관객들이 되고 관객들이 광대들이 되었다. 저쪽 한 무리에서 "와아!" 하는 소리가 웃음과 섞여 들렸다. 흥겨움의 탈춤패가 덩실덩실 관객들과 춤을 추면서 아련히 사라지고 있었다. 원시림의 운무(雲霧)가 내 몸의 부드럽게 애무했다. 내 몸이 깃털처럼 가벼워지고 있었다. 나는 감았던 눈을 떴다. 나는 다시 외쳐보았다.

"덩더덩더덩더쿵!"

"얼쑤!"

그때 휴대폰이 울렸다. 조용한 원시림에서 그 소리는 크게 들렸다. 병원 구급차의 경보음 같았다. 내 머리에서 경보음이 들리고 빨간불이 빙빙 돌았다. 의식은 가벼워지고 있었다.

"저예요. 서연이! 그동안 정말 미안했어요. 제 아버지께서 반대가 심하여 민준 씨와의 결혼에 승낙을 받아내지 못했어요. 그 대신 아버지하고 약속을 했어요. 아버지께서 원하는 사람과도 결혼하지 않기로요."

서연 씨가 울먹이며 말했다. 내 마음속은 "얼쑤! 소리"로 가득 찼다. 그때 서연 씨와 내가 정신적으로 합일이 되고 있었다. 서연 씨는 계속 말했다.

"외국으로 유학을 떠나래요. 일종의 유배(流配)에 해당하겠지요. 그동안 민준 씨를 애인으로 생각했고 정말 사랑했어요. 그 징표(徵標)로 부탁드리고 싶어요. 내가 가는 나라만큼은 민준 씨가 정해주세요. 제발 부탁이에요."

그녀는 '정말' '제발' 등의 말로 사랑의 진정성을 강조했다. 내 휴대폰이 직직거렸다. 겨울바람에 휴대폰의 전파가 방해를 받는 모양이었다. 순간 옥분 씨가 떠올랐다. 그녀가 남편, 두 딸이 함께 다녀왔다는 나라가 있었다.

"크로아티아!"

나의 간결한 대답이었다. 성인봉의 원시림의 함박눈과 안개는 나까지도 원시림으로 만들어주었다. 함박눈과 안개는 내 몸 전체를 감싸 안고 나를 나에게 보여주었다. 나는 원시림이 되어 웃고 있었다. 함박눈이 성인봉 원시림에 내리기 시작했다. 내 마음속에 계속 자연의 소리는 들리고 있었다.

"덩더덩더덩더쿵!"

"얼쑤!"